ullstein

Das Buch

London 1890. Im Haus »Gabriel« trifft sich die vornehme Londoner Gesellschaft, um sich den erlesensten Vergnügungen hinzugeben. Der perfekte Ort für Victoria: Erschöpft und frierend, von Hunger und Angst zum Äußersten getrieben, bietet sie sich selbst zur Versteigerung an. Mit dem Geld will sie sich ihre Sicherheit erkaufen, denn seit einiger Zeit schon wird sie von einem Unbekannten verfolgt, der ihr Briefe schickt und jeden ihrer Schritte beobachtet. Gabriel, ein unnahbarer Mann von kalter Schönheit, ersteigert sie schließlich. Seine Vergangenheit scheint dunkel und voller Abgründe zu sein, doch sein Bedürfnis nach Liebe und sein Verlangen, berührt zu werden, machen ihn für Victoria begehrenswert. Sie kann nicht ahnen, welches Risiko sie eingeht, als sie schließlich bereit ist, ihn zu verführen.

Der Autor

Mit fünfzehn schrieb Robin Schone ihre erste erotische Geschichte. Heute gehört sie zu den führenden Autorinnen dieses Genres. Robin Schone ist verheiratet und lebt in den USA.

Von Robin Schone sind in unserem Hause bereits erschienen:

Der Club der verbotenen Lüste
Im Zauber der Verführung
Wenn die Leidenschaft erwacht

Robin Schone

Abgrund der Lust

Erotischer Roman

Aus dem Amerikanischen
von Ulrike Bischoff

Ullstein

Besuchen Sie uns im Internet:
www.ullstein-taschenbuch.de

Mix
Produktgruppe aus vorbildlich bewirtschafteten Wäldern und anderen kontrollierten Herkünften
www.fsc.org Zert.-Nr. GFA-COC-001278
© 1996 Forest Stewardship Council

Dieses Taschenbuch wurde auf FSC-zertifiziertem Papier gedruckt. FSC (Forest Stewardship Council) ist eine nichtstaatliche, gemeinnützige Organisation, die sich für eine ökologische und sozialverantwortliche Nutzung der Wälder unserer Erde einsetzt.

Neuausgabe im Ullstein Taschenbuch
1. Auflage März 2010

Das Buch ist unter dem Titel *Gabriels Engel* bereits in unserem Hause erschienen.
Titel der amerikanischen Originalausgabe: *Gabriel's Woman*
Dieses Werk wurde vermittelt durch die
Literarische Agentur Thomas Schlück GmbH, Garbsen
Umschlaggestaltung: HildenDesign, München
Titelabbildung: © Victoria Alexandrova/shutterstock
Papier: Pamo Super von Arctic Paper Mochenwangen GmbH
Druck und Bindearbeiten: CPI – Ebner & Spiegel, Ulm
Printed in Germany
ISBN 978-3-548-28158-2

Kapitel 1

Gabriel kannte die Frau in dem schäbigen Umhang. Er kannte sie, weil er früher so gewesen war wie sie. Durchgefroren. Hungrig. Die perfekte Beute und das perfekte Raubtier.

Sie kam, um einen Engel zu töten.

Sie würde die Morgendämmerung nicht erleben.

Stimmengewirr wehte auf gelbem Dunst und grauem Rauch nach oben. Männer in schwarzen Röcken und weißen Westen und Frauen in schimmernden Gewändern und funkelnden Juwelen bewegten sich in einem Gewirr von Tischen im flackernden Kerzenlicht: standen, saßen, lehnten sich in Mahagonisesseln zurück, beugten sich über weiße Seidentischtücher.

Sie wussten nicht, dass sie Köder waren, die vornehme englische Gesellschaft, die ihr Vergnügen suchte, und die Londoner Huren, die auf Reichtum aus waren. Sie wussten nicht, dass eine Frau sich an sie heranpirschte; Gabriel bebte am ganzen Körper vor Wissen. Um Lust, um Reichtum.

Um Leben; um Tod.

Die Wiedereröffnung des Hauses Gabriel – ein Etablissement, in dem jedes sinnliche Verlangen Befriedigung fand – lockte Freier und Prostituierte an.

Fleischeslust und Mord. Weißglut schoss auf.

Zwanzig Fuß unter ihm fing ein Mann seinen Blick ein. Ein Mann, dessen Haar so dunkel war, wie Gabriels blond war. Ein Mann mit violettblauen statt silbergrauen Augen. Seine rechte Wange war von Schatten durchfurcht.

Siebenundzwanzig Jahre voller Erinnerungen lagen zwischen ihnen. Bilder aus dem kriegshungrigen Frankreich, nicht aus dem winterverhangenen England; Bilder von zwei halb verhungerten Dreizehnjährigen, nicht von zwei Vierzigjährigen in maßgeschneiderten schwarzen Fracks mit weißen Westen.

Meine beiden Engel, hatte Madame gesagt, als sie die beiden von einer Pariser Straße pflückte. *Ein Dunkler für die Frauen. Ein Blonder für die Männer.*

Sie hatte sie das Huren gelehrt, und die beiden hatten sich selbst übertroffen. Sie hatte sie die acht Todsünden gelehrt, und die beiden hatten sie begangen.

Das helle Kerzenlicht verdunkelte sich und erinnerte Gabriel unvermittelt an den Revolver, der schwer in seiner linken Hand lag.

Michael, der gezeichnete Engel, war gekommen, um Gabriel, den unberührbaren Engel, zu beschützen.

Ohne ihn wäre Rache nicht möglich. Ohne ihn wäre Rache nicht notwendig.

Die Frau würde sterben, weil ein dunkelhaariger Engel lebte. Und liebte.

Ein Puls tätowierte einen unermüdlichen Rhythmus in den Rosenholzgriff: Männer, Frauen; Schmerz, Lust; Leben, Tod.

Der Adams-Revolver war mit einem Doppelfunktions-Schloss ausgestattet: manuelle Vorspannung für höhere Treffgenauigkeit, Spannabzug für schnelles Feuer. Er konnte den Revolver von Hand spannen. Er konnte abdrücken und einen einzigen, präzisen Schuss abfeuern.

Eine Kugel würde Michael töten. Eine Kugel würde dem siebenundzwanzigjährigen Kreislauf des Todes ein Ende setzen.

Gabriel spannte den Revolver nicht. Er konnte Michael nicht töten.

Der zweite Mann hatte eine Frau geschickt, die zu Ende bringen sollte, was Gabriel vor sechs Monaten nicht geschafft hatte.

Ein scharfer Knall jagte ihm Schauer über den Rücken. Die Frau blieb am Rand des Kerzenlichts stehen, Michael im Blickfeld. Aus dem rechten Augenwinkel sah Gabriel, wie ein Kellner in kurzem, schwarzem Rock und weißer Weste sich vorbeugte und mit einer weißen Seidenserviette wieder aufrichtete. Unmittelbar unter Gabriel rückten zwei Kellner dichter zu Michael. Ihre

Hände verharrten an ihren Seiten: Sie waren nicht darauf vorbereitet, eine Frau zu erschießen.

Vier Tische weiter schenkte ein Kellner Champagner aus einer frisch entkorkten Flasche ein, Kristall glitzerte, Flüssigkeit funkelte.

Noch immer keine Spur von dem zweiten Mann. Aber er war da unten, ein Chamäleon in schwarzem Frack und weißer Weste. Als Freier oder Prostituierter getarnt. Lehnte sich in einem Mahagonisessel zurück oder beugte sich über ein weißes Seidentischtuch.

Hart. Steif.

Prall von der Glut der Sinnenlust und dem Prickeln des Mordes. Die Zeit stockte mit Gabriels Herzschlag.

Die verhüllte Frau nahm die Arme nach vorn, einen matten dunklen Gegenstand in Händen.

Eine blau plattierte Schusswaffe reflektierte kein Licht. Das wusste Gabriel, weil seine eigene Waffe blau plattiert war.

Das Dröhnen erotischen Geplänkels verebbte.

Ihr Kopf war von der Falte einer dunklen Kapuze verdeckt: Gabriel konnte ihr Gesicht nicht sehen.

Trauer durchzuckte ihn. Um die Männer und Frauen, die gestorben waren; um die Männer und Frauen, die noch sterben würden. Um die Frau da unten, die bald sterben würde. Perfekte Beute und perfektes Raubtier. Gabriel zielte auf den fahlen Schimmer ihres Gesichts.

Gleichzeitig sagte eine Frauenstimme laut und deutlich: »Gentlemen, ich biete Ihnen meine Jungfräulichkeit an.«

Gabriel erstarrte. Die Frau war gekleidet wie eine Straßendirne; sie sprach wie eine wohl erzogene Dame. Nach und nach erstarb das affektierte Gelächter der vornehmen Herren und das geübte Gekicher der Kokotten. Seide wisperte. Kerzenflammen flackerten. Unsicherheit lähmte seine Kellner. Die Pflicht gebot, die Frau in ihrem billigen schwarzen Umhang hinauszuwerfen; die Erfahrung lehrte sie, dass es zu spät war: Die Unbekannte hatte bereits die Aufmerksamkeit reicher Freier erregt. Jungfräuliches Fleisch war begehrte Ware. Die Kellner würden nicht eingreifen.

»Der Mann, der das höchste Gebot abgibt, soll seinen Lohn noch in dieser Nacht erhalten«, fuhr sie mit schallender Stimme fort, die Hände ruhig, die Haltung gelassen, der Tod nur eine Kugel entfernt. »Fangen wir mit einhundertfünf Pfund an?«

Einhundertfünf Pfund wogte es durch Rauch und Dunst.

Auf den Londoner Straßen verkaufte sich Jungfräulichkeit – echte oder fabrizierte – für fünf Pfund, nicht für *einhundertfünf*.

Wie ein Schlag traf Gabriel die Erinnerung: an ein französisches *maison de rendezvous* und an eine Frau in luxuriösem purpurrotem Satin.

Vor siebenundzwanzig Jahren hatte *Madame* seine Unberührtheit für zweitausendsechshundertsechsundvierzig Francs verkauft. Einhundertfünf englische Pfund entsprachen zweitausendsechshundertsechsundvierzig französischen Francs. Dieses Wissen konnte die Frau nur von zwei Menschen haben: von Michael oder vom zweiten Mann. Gabriel zweifelte keinen Augenblick, von welchem der beiden sie ihr Wissen bezogen hatte. Er spannte den Revolver mit dem Daumen.

»Na hör mal!« Bosheit enthüllte die Cockney-Herkunft einer Dirne. »Keine Fischblase is' hundertfünf Pfund wert, Schätzchen!«

Licht und Schatten erbebten unter männlichem und weiblichem Gelächter. Die verhüllte Frau lachte nicht. Lachte der zweite Mann? Richtete er einen Revolver auf Michael, während Gabriel mit seiner Waffe auf die Frau zielte? Oder drückte die verhüllte Frau langsam den Abzug einer Waffe in ihrer Tasche, ohne etwas von ihrem Schicksal zu ahnen?

War die Frau gekommen, um einen Engel zu töten … oder war sie gekommen, um einen Engel abzulenken?

»Ich versichere Ihnen, Madam, meine Jungfräulichkeit stammt nicht vom Fischhändler«, erwiderte die Frau kühl. »Ich bin tatsächlich Jungfrau.«

Es war möglich. Die Umstände zwangen keusche, gebildete Frauen ebenso auf die Straße wie die lebenslustigen Ungebildeten.

Es spielte keine Rolle. Eine Waffe war in der Hand einer Jungfrau ebenso tödlich wie in der Hand einer Dirne. Gabriels Mittelfinger schmiegte sich an gebogenes Metall.

»Dann nimm deinen Umhang ab, Mädchen, und zeig uns, was du zu bieten hast«, forderte Lord James Ward Hunt, Earl of Goulburn und Innenminister, sie grob heraus. Gabriel würdigte ihn keines Blickes.

Im Kerzenlicht schimmerte das pomadige Haar des Mannes wie schwarzes Öl. Schatten verwandelten Rot in Schwarz. Das Blut der Frau würde ebenso schimmern wie das Haar des Innenministers.

»Ich sehe keinen Grund, mich zur Schau zu stellen, Sir«, erwiderte die verhüllte Frau ruhig. »Nicht mein Körper ist von Wert, sondern meine Jungfräulichkeit.«

Erstaunen ließ das restliche Gekicher verstummen. Huren, die Freier suchten, weigerten sich nicht, ihre Ware zur Schau zu stellen. Gabriel kannte sich aus, er hatte selbst über zwölf Jahre lang als Hure gearbeitet.

Anziehen. Ausziehen.

Reizen. Verführen.

Seinen Körper zu verkaufen war ihm als kleiner Preis für Essen, Schuhe und ein Bett zum Schlafen erschienen. Anfangs. Am Ende hatten seine Liebesdienste ihm nur noch als Beweis gedient, dass er nicht die Hure war, zu der man ihn ausgebildet hatte.

Der zweite Mann hatte ihm bewiesen, dass er sich geirrt hatte.

»Donnerwetter, sie hat Mumm!« Gabriel konzentrierte sich auf die Frau, nicht auf den frisch gewählten Parlamentsabgeordneten, der gerade sprach. »Ich gebe dir zwanzig Pfund, na, und?«

»Die Jungfräulichkeit ist die Mitgift einer Frau«, erklärte die verhüllte Frau ungerührt und wandte sich von Michael fort dem Parlamentsabgeordneten zu. Der Wechsel ihrer Haltung ließ den dunklen Gegenstand erkennen, den sie fest in der Hand hielt: Es war eine Tasche, keine Waffe. »Ist das alles, was die Unschuld einer Frau Ihnen wert ist, Sir? Zwanzig Pfund? Würden Sie Ihre Tochter – oder Schwester – so billig in eine Ehe verkaufen?«

Missbilligung ließ das männliche Interesse umschlagen. Prostituierte, gleich ob männlich oder weiblich, verglichen ihren

Wert nicht mit dem der vornehmen Gesellschaft. So hoch der Preis auch sein mochte, den sie für ihr Fleisch verlangen konnten.

Trällerndes Lachen hallte durch die von Kerzen erhellte Dunkelheit. Ein englischer Gentleman und ein Londoner Freudenmädchen gingen die mit rotem Teppich belegte Treppe am Rand des Saales hinauf, Frackschöße flatterten, Seide raschelte.

Sie waren sich beim Jahrgangschampagner einig geworden; ihr Fleisch würde den Handel oben in einem der Schlafzimmer besiegeln.

Gabriels Körper spannte sich, um den Adams-Revolver abzufeuern, während Glut, Geruch, Geräusche und Gehabe von Männern mit Frauen sein Geschlecht peinigten.

Gabriel fürchtete seinen eigenen Tod heute Nacht nicht. Das würde später kommen. Michael sterben zu sehen wäre seine Strafe, der Tod sein Lohn.

Für den Schmerz, für die Lust …

»Ich gebe Ihnen einhundertfünf Pfund, Mademoiselle, für Ihre … Unschuld«, bot eine seidige Männerstimme an.

Plötzliches Erkennen straffte Gabriels Kopfhaut. Als er diese Stimme zuletzt gehört hatte, hatte sie fließend Französisch gesprochen, nicht gestochenes Englisch. Es gab keinen Irrtum, wem sie gehörte: Der zweite Mann hatte auf die verhüllte Frau geboten.

Schwarz-weiße Bewegung durchschnitt den Rand seines Blickfelds. Reflexartig schnellte Gabriels Kopf nach rechts, sein Herz pochte, seine Linke war ruhig, das Warten vorüber. Ein Mann in schwarzem Frack beugte sich über ein weißes Seidentischtuch. Blau-orange züngelte eine Flamme zwischen einer stumpfen Zigarre und einer verjüngten Kerze. Graues Haar schimmerte im doppelten Spiel des Lichts, verschwand in einer Rauchwolke.

Er war nicht der Mann, der hundertfünf Pfund geboten hatte. Er war nicht der Mann, den Gabriel töten würde oder der ihn töten würde.

Ein ferner Glockenschlag durchdrang das Holz, das Glas, die pulsierende Erotik und den drohenden Tod, aus dem das Haus Gabriels erbaut war: Big Ben schlug die Stunde, eins, zwei, drei …

»Ich biete einhundertzwanzig Pfund.«

Ein fast kahler Schädel glänzte wie ein nahezu vollständiger Vollmond zwischen schimmernden goldenen Kragenknöpfen.

»Ich biete hundertfünfzig Pfund.«

Feuertränen funkelten in Kristall und glitzerten in dunklem Haar.

»Mein Gott«, rief Baron Strathgar aus der Mitte des Saales. Sein rundes Gesicht war vom Alkohol gerötet, sein deutscher Akzent vor Erregung stark ausgeprägt. »Ich biete zweihundert Pfund.«

Michaels Wachsamkeit schnürte Gabriel die Brust ab, während die Erwartung des zweiten Mannes ihm wie eine Faust in den Magen schlug.

Leises Gemurmel schwoll zu einer dumpfen Kakophonie an, zweihundert mutmaßende Stimmen wurden laut. Noch nie hatte im Haus Gabriel eine Auktion stattgefunden. Doch nun war eine in Gang. Männer boten keine zweihundert Pfund, um das Jungfernhäutchen einer Frau zu durchstoßen. Doch Strathgar hatte sie gerade geboten.

Gabriel bereitete sich auf das nächste Gebot vor.

Beobachtete. Wartete. Erinnerte sich …

… Wie er zum ersten Mal den Namen Gabriel gelesen hatte, in Druckbuchstaben geschrieben von Michael, während sie warteten, dass der Tag in den Abend überging.

… Wie er zum ersten Mal das Wort *Michael* geschrieben und in den Pausen zwischen den Frauen, die einen dunkelhaarigen Jungen kauften, und den Männern, die ihn kauften, Schreiben geübt hatte.

Überlegte …

… Wann das fleischliche Verlangen absterben und er aufhören würde, bebend nach etwas zu lechzen, was er niemals haben konnte.

… Wieso er die Weissagung einer Frau nicht vergessen konnte; dass er eine Frau finden würde, die ihm Lust bereiten würde. *Um alles wiedergutzumachen, was er erlitten hatte.*

Das Warten endete in Unruhe. Der deutsche Baron schob seinen Mahagonisessel zurück und stand auf, um seine Eroberung einzufordern.

»Ich gebe Ihnen fünfhundert Pfund.«

Strathgar hielt mitten im Schritt inne. Der grauhaarige Mann hatte das Gebot abgegeben. Gabriels Blick streifte den Rücken des Grauhaarigen, huschte hinüber zu der Blondine, die ihm gegenüber saß, und heftete sich auf den Mann am Tisch hinter ihnen. Dessen Haar am Hinterkopf war so schwarz, dass es blau schimmerte.

Gabriel brauchte seine Augen nicht zu sehen, um ihre Farbe zu wissen: Er sah sie jedes Mal, wenn er die Augen schloss, um zu schlafen.

Plötzlich flackerten männliche Spekulationen und weibliche Bosheit im Saal auf. Jemand hatte fünfhundert Pfund für die verhüllte Frau geboten. Jeder Freier beschloss, sie besitzen zu müssen. In rascher Folge meldeten sich Stimmen: »Fünfhundertfünfundzwanzig Pfund.« – »Fünfhundertfünfundsiebzig Pfund.« – »Sechshundert Pfund.« – »Sechshundertfünfzig Pfund.« – »Siebenhundert Pfund …«

Ein Klicken durchbrach den Aufruhr, eine Tür, die sich öffnete. Licht durchschnitt die Dunkelheit, das Ende nahte. Ein Mann blieb zwei Fuß hinter ihm stehen; zwanzig Fuß unter ihm fing Michael seinen Blick ein.

»Eintausend Pfund.« Schauer überliefen Gabriels übermäßig gespannte Haut.

Das Gebot kam vom zweiten Mann.

Ungläubige Verblüffung ging durch den Saal.

Nur zwei Huren hatten je einen so hohen Preis erzielt. Michel des Anges – Michael von den Engeln, ein Mann, der berühmt war für seine Fähigkeit, Frauen zur höchsten Wonne zu führen – und der Mann, der seit siebenundzwanzig Jahren unter dem Namen Gabriel bekannt war.

Gabriel, die Hure.

Gabriel, der Besitzer.

Gabriel, der unberührbare Engel.

Flackerndes Kerzenlicht dämpfte die Erkenntnis, die in Michaels Miene aufleuchtete: Er hatte gemerkt, dass der zweite Mann zwei Mal geboten hatte. Aber hatte er auch seine Stimme erkannt, fragte sich Gabriel. Er zielte mit seinem Adams-Revolver auf Haar so schwarz, dass es blau schimmerte. Würde Michael das Gesicht des zweiten Mannes noch erkennen, nachdem eine Kugel durch seinen Hinterkopf eingetreten und durch sein Gesicht ausgetreten wäre?

»Monsieur.« Der Mann hinter Gabriel trat nicht näher – Gaston war zu lange in Gabriels Diensten, um diesen Fehler zu machen. »Monsieur, er ist gekommen, wie Sie gesagt haben.«

Jeder, der für Gabriel arbeitete, wusste, dass er mit dem zweiten Mann rechnen musste. Aus diesem Grund hatte er das Haus Gabriel gebaut: um ihn anzulocken, mit Fleischeslust … mit Mord.

Michael.

Gabriel.

Aber sie wussten nicht, wie er aussah.

Sie wussten nicht, wie er roch.

Sie konnten ihn nicht spüren wie Gabriel, als Krebsgeschwür, das Hoffnung und Verzweiflung, Liebe und Hass verschlang.

»Woher wissen Sie, dass er hier ist, Gaston?«, fragte er ausdruckslos, ohne die Waffe sinken zu lassen.

»Er hat eine Nachricht *pour vous* geschrieben, Monsieur.«

Gaston sprach mit französischem Akzent.

Michael sprach Französisch wie ein Franzose, war aber Engländer. Gabriel sprach Englisch wie ein Engländer, war aber Franzose. Aus welchem Land der zweite Mann kam, wusste er nicht. Den Einzigen, der es ihm hätte sagen können, hatte Gabriel getötet. Es spielte keine Rolle. Es war nicht nötig, die Nationalität eines Mannes zu kennen, um ihn zu töten. Gabriel legte den Finger an den Abzug …

Plötzlich stand der grauhaarige Mann auf und verdeckte den zweiten Mann. Er half der Blondine beim Aufstehen. Sie war größer als der Grauhaarige und so elegant, wie es nur eine erfolgreiche Prostituierte sein konnte. Diamanten funkelten an Hals und Ohren. Rauch und Dunst rankten sich um ihr Haar – Haar, das fast so blond war wie Gabriels.

Gabriel meinte den Grauhaarigen und die Blondine schon einmal gesehen zu haben. Aber wo?

»Wann hat er Ihnen die Nachricht gegeben, Gaston?«, fragte er kurz angebunden.

Der zweite Mann hatte seine beiden Portiers bestochen, sonst hätten sie die Frau niemals hereingelassen. Das Haus Gabriel bewirtete keine Armen.

Er fragte sich, ob der zweite Mann auch seinen Geschäftsführer bestochen hatte. Ihm war klar, dass es durchaus möglich war. Jeder Mann und jede Frau in seinem Haus hatten ihren Preis. Andernfalls stünden sie nicht in Gabriels Diensten.

Der Grauhaarige und die Blondine schlängelten sich ohne Hast zwischen den von Kerzen erhellten Tischen hindurch. Eine graue Rauchfahne folgte ihnen.

Die verhüllte Frau stand reglos da. Unberührt von der Gefahr, die um sie her knisterte.

»Ein Kellner hat diese Nachricht vom Boden aufgehoben«, erklärte Gaston steif, gekränkt über Gabriels unausgesprochenen Verdacht. »Sie ist auf *une serviette* geschrieben.«

Das Bild eines Kellners, der sich vorbeugte und mit einer Serviette in der Hand wieder aufrichtete, blitzte vor Gabriels innerem Auge auf. Plötzlich überlief ihn vor Anspannung eine Gänsehaut.

Der Kellner war nicht in die Nähe des Mannes mit dem blauschwarzen Haar gekommen.

Er wollte den Abzug ziehen.

Er wollte den zweiten Mann töten. Er wollte die reinigende Endgültigkeit des Todes. Gabriel drückte nicht ab. Stattdessen beobachtete er den grauhaarigen Mann. Er beobachtete die blonde Frau. Er sah, wie das Paar am Ausgang innehielt.

Hinter Gabriel wartete Gaston gespannt. Unter Gabriel drehte sich die blonde Frau anmutig um, das helle Seidenkleid wirbelte. Der Grauhaarige ging durch die Tür. Als er verschwand, fiel Gabriel ein, wer er war: Ein Mitglied des Hundred Guineas Club, eines Etablissements für homosexuelle Männer, die in Frauengestalt auftraten. Die Blondine fing Gabriels Blick ein.

Das Wiedererkennen traf ihn wie ein Schlag.

Es waren nicht die Augen einer Frau, die ihn anstarrten; es waren die Augen des zweiten Mannes. Als Prostituierte getarnt, nicht als Freier. Eine Frau, kein Mann. Dem Erkennen folgte die Erkenntnis.

Der zweite Mann hatte die verhüllte Frau nicht hergebracht, um Michael, den dunkelhaarigen Engel, zu töten: Er hatte sie für Gabriel, den blonden Engel, hergebracht.

Lächelnd warf der zweite Mann eine höhnische Kusshand und verschwand. Aus Gabriels Reichweite. Aus Gabriels Haus.

Während Gabriel zusah. Ohne ihn aufhalten zu können.

Ebenso wie er ihn nicht hatte aufhalten können, als er in einer Mansarde angekettet war und von ihm lernte, was die französische Madame ihn nicht hatte lehren können. Rage spannte seine Muskeln. Er hatte eine Falle aufgestellt, nur um selbst in die Falle zu tappen.

Der zweite Mann würde heute Nacht nicht Michael töten, aber er würde töten. Er würde niemandem das Leben schenken, der ihn identifizieren konnte.

Niemandem außer der verhüllten Frau … *falls* Gabriel sie nahm.

»Wie lautet die Nachricht?«, fragte Gabriel gepresst.

»*Il dite* …« Gaston räusperte sich. »Sie lautet: *Gabriel, ich zitiere Shakespeare, einen Mann, den deine Schönheit und Expertise sicher inspiriert hätten: Die ganze Welt ist Bühne und alle Frauen und Männer bloße Spieler.*

Du hast eine wunderbare Bühne aufgebaut, mon ange, nun bringe ich dir eine Frau. Eine Hauptdarstellerin, wenn du so willst. Laissez le jeu commencer.«

Unmittelbar unterhalb von Gabriel schaute Michael sich suchend im Saal nach dem zweiten Mann um. Seine Unschuld krampfte Gabriels Magen zu einem Knoten zusammen. Michael hatte sich immer nur eine Frau gewünscht, die er lieben konnte. Gabriel hatte sich immer nur gewünscht, wie Michael zu sein.

Ein Mann voller Leidenschaft; ein Mann voller Unschuld. Ein Mann mit Seele.

Die verhüllte Frau stand allein, scheinbar unberührt von dem Wirbel, den sie verursacht hatte.

Angst fiederte Gabriels Fleisch.

Ich bringe dir eine Frau, hallte es in seinen Ohren nach. *Laissez le jeu commencer.*

Die Londoner Straßen waren voller Dirnen; Frauen schliefen auf den Schwellen der Armenhäuser. Doch der zweite Mann hatte diese Frau ausgewählt.

Sie war Jungfrau. Oder Hure.

Sie war angeheuert, um Gabriel zu töten. Oder sie war angeheuert, von Gabriel getötet zu werden. Sie war die letzte lebende Verbindung zum zweiten Mann.

Es gab nichts, was Gabriel nicht tun würde, um ihn zu erwischen. Und das wusste er.

»Ich biete zweitausend Pfund für die Frau«, schallte es über den Lärm unter ihm. Die Stimme gehörte Gabriel.

Er spürte zweihundert Augenpaare auf sich.

Gabriel war seit vierzehn Jahren, acht Monaten, zwei Wochen und sechs Tagen mit keiner Frau mehr zusammen gewesen. Die Freier wussten es. Die Prostituierten wussten es.

Der Mann, der ihn retten wollte, wusste es.

Der Mann, der zwei Engel töten wollte, wusste es.

Das Gesicht der Frau war in Dunkelheit gehüllt. Gabriel wusste nicht, was sie wusste. Bis jetzt. Aber er würde es erfahren. Bevor die Nacht vorüber wäre, würde er alles über sie erfahren.

Er hoffte um ihretwillen, dass sie eine Mörderin war. Es wäre besser für sie.

Wenn Gabriel sie nicht tötete, würde der zweite Mann es tun. Es wäre ein wesentlich schlimmerer Tod als der, den Gabriel ihr bereiten würde.

Laissez le jeu commencer.

Lasst das Spiel beginnen.

Kapitel 2

Leidenschaft.

Victoria schaute in silberne Augen und begriff, wieso respektable Männer und Frauen in das Haus Gabriel kamen.

Sie kamen, um Leidenschaft zu erleben.

Sie war gekommen, um ihr zu entrinnen.

»Sie können gehen, Gaston.«

Die seidige Männerstimme drang durch Dunst. Rauch. Wolle. Fleisch. Knochen.

Ein Raunen schabte über Victorias Haut, das Geräusch einer sich schließenden Tür. Die sie in einer Bibliothek einschloss, statt in einem Schlafzimmer, wie sie erwartet hatte. Am Ausgang der Nacht würde es nichts ändern.

Victoria wusste, dass ein Mann kein Bett brauchte, um sich mit einer Frau zu paaren: Häufig genügte ein Hauseingang oder eine Gasse.

Ein elektrischer Kronleuchter ergoss sein Licht über sie. Ein Schreibtisch mit silbern geäderter schwarzer Marmorplatte und ein blassblauer Ledersessel im Queen-Ann-Stil standen zwischen ihr und dem blonden Mann. Ihre Kapuze versperrte ihr den Blick zu den Seiten; aber sie wusste um die Gefahr, die um sie her knisterte. Sie schützte sie nicht vor der Tatsache, dass sie ihren Körper an den höchst Bietenden verkauft hatte.

Er regte sich nicht, dieser Mann, der ihre Jungfräulichkeit ersteigert hatte, eine griechische Statue in maßgeschneidertem schwarzseidenem Frack mit weißer Weste und hellblondem Haar, schimmernd wie gesponnenes Silber.

Ein Stich fuhr ihr durch die Brust.

Er war so schön, dass es wehtat ihn anzuschauen.

Mit pochendem Herzen und rasenden Gedanken riss Victoria sich von seinem Anblick los. Sie hatte ihn schon einmal gesehen: die hohen Wangenknochen, der klar geschnittene Mund, Augen, die niedrigste Begierden durchschauten …

Seine Linke lag mit der Handfläche auf dem schwarzen Marmor: blasse Finger, lang und schlank, kurze Fingernägel, matt schimmernd. Sein kleiner Finger mündete in einen Berg weißer Seide.

Victoria machte sich keine Illusionen, was Männer Frauen antaten. Die Hand, die sie streichelte, konnte sie ebenso verletzen. Entstellen. Töten.

Ihr Blick fuhr hoch.

Silberne Augen erwarteten ihren Blick.

Victorias Magen ballte sich wie eine Faust.

Vor Hunger, sagte sie sich.

Und wusste, dass sie log.

Sie hatte Angst. Aber Angst konnte sie sich nicht leisten.

»Sie haben zweitausend Pfund für meine Jungfräulichkeit geboten«, sagte sie unverblümt.

»Ich habe zweitausend Pfund geboten«, bestätigte er ausdruckslos mit undurchdringlichem Blick.

Aber die Unschuld einer Frau ist keine zweitausend Pfund wert, hätte Victoria schreien mögen. Sie tat es nicht.

»Ich besitze in diesen Dingen keine Erfahrung.« Sie umklammerte ihre wollene Tasche; ihr Ringfinger glitt durch eine lose Masche. »Wie beabsichtigen Sie mich zu bezahlen?«

»Das liegt ganz bei Ihnen, Mademoiselle.«

Der Kellner, der sie zu dem Mann hinter dem Schreibtisch mit der schwarzen Marmorplatte geführt hatte, hatte sie ebenfalls Mademoiselle genannt. Er hatte einen unverkennbar französischen Akzent gesprochen.

Der Mann, der einhundertfünf Pfund und später tausend Pfund geboten hatte, hatte sie ebenfalls Mademoiselle genannt. Er hatte mit einem unverkennbar englischen Akzent gesprochen.

Wie dieser Mann. Ein Zwang überfiel sie, die Nationalität des Mannes zu erfahren, der ihr die Unschuld nehmen würde. Victoria schluckte.

Prostituierte stellten ihren Freiern keine Fragen. Und durch ihr Handeln hatte sie heute Abend den Rang einer stellungslosen Gouvernante verloren und sich zur Prostituierten gemacht.

Entschlossen hob sie die Arme und streifte ihre Kapuze ab.

Spannung durchzuckte die Luft. Victoria erstarrte.

Der kleine Finger des Mannes, der den Berg weißer Seide berührt hatte, war nun darunter verborgen. Sie hatte die Bewegung nicht gesehen, aber er hatte sich bewegt.

»Ziehen Sie den Umhang aus.«

Es war ein kalter, barscher Befehl.

Ihr Blick schnellte hoch.

Sein Gesicht und seine Augen waren bar jeder Begierde.

Die letzten sechs Monate hatten Victoria gelehrt, dass Männer eine Frau nicht begehren mussten, um sie zu besitzen. Manche Männer fanden ihre Lust in der Macht, andere im Schmerz.

Schweiß sammelte sich unter ihren Brüsten und kroch über ihren Magen. Worin fand dieser Mann Lust, fragte sie sich: in Macht … oder Schmerz?

Warum sollte ein Mann – ein Mann, der doch sicher jede haben konnte, die er begehrte – zweitausend Pfund für die Jungfräulichkeit einer Frau bezahlen?

Sein silberner Blick wich nicht von ihr; die langen, hellen Finger rührten sich nicht von dem Seidentuch fort.

Bald würde er sie mit diesen Fingern berühren, dachte Victoria mit einem wachsenden Gefühl von Unwirklichkeit. Er würde ihre Brüste kneten und ihre Scham befingern.

Vielleicht auch nicht.

Vielleicht würde er sie an die Wand gelehnt nehmen oder über den Marmorschreibtisch gebeugt, ohne einleitende Küsse. Ohne Zärtlichkeiten. Nur ihre Geschlechter würden sich berühren.

Die Frau in Victoria schrie nach Flucht.

Die praktische Seite in ihr warnte, dass sie nirgendwohin laufen konnte. Ein sprühender Funke im Kamin unterstrich ihren Entschluss.

Was in dieser Nacht auch geschehen mochte, mit diesem Mann, es war ihre Entscheidung. Sie würde nicht davor zurückschrecken.

Unbeholfen öffnete sie mit entschlossenem Mund die Holzknöpfe ihres wollenen Umhangs. Als ihr linker Arm frei war, nahm sie die Tasche in die Linke und streifte den Umhang von der rechten Schulter. Sorgfältig drapierte sie den mottenzerfressenen Wollstoff über ihren linken Unterarm, als sei er wertvoll.

Er war es nicht. In den letzten sechs Monaten hatte sie alles verkauft, was sie besaß. Und es war immer noch nicht genug.

Der Mann mit den silbernen Augen warf einen flüchtigen Blick auf den Saum ihres braunen Wollkleids. Dunkle Wimpern warfen noch dunklere Schatten auf seine Wangen.

Sie wusste, was er sah.

Der Rock legte sich in Pfützen um ihre Füße. Ihre Tournüre hatte sie vor zwei Monaten verkauft.

Langsam schlug er die Lider auf; sein Gesicht war eine Alabastermaske.

Victoria sah sich, wie er sie sehen musste. Ihr Gesicht war hager vor Kälte, Angst und Hunger, ihr dunkelbraunes Haar matt vom Waschen in eiskaltem Wasser ohne jedes Waschmittel.

Sie war nicht schön, aber Schönheit hatte sie ihm auch nicht angeboten; sie hatte ihm ihre Unberührtheit geboten. Victoria straffte die Schultern.

»Wie heißen Sie, Mademoiselle?«, fragte er höflich, unverbindlich. Als hätten sie sich auf einem Ball kennen gelernt statt in einem Lokal mit schlechtem Ruf.

Verschiedene Namen gingen Victoria durch den Kopf: *Chastity*, Keuschheit, *Prudence*, Besonnenheit. Keiner war angebracht. Eine keusche, besonnene Frau wäre jetzt nicht in ihrer Lage.

»Mary«, log sie. Und wusste, dass er ihre Lüge durchschaute.

»Legen Sie Ihren Umhang und die Tasche auf den Stuhl.«

Victoria sog die Lippen an die Zähne, um ihre aufwallende Wut zu bezähmen. Er konnte sie immer noch zurückweisen, dieser elegante Mann, der von Schönheit und Luxus umgeben war. Nicht einen Gedanken würde er an die Hölle verschwenden, in die seine Zurückweisung sie verdammen würde.

Zu ihrer Linken glitzerte Gold an einer Bücherwand mit geprägten Ledereinbänden. Über ihrem Kopf strahlte ein Kristalllüster Hitze aus. Zu ihrer Rechten tanzten blau-gelb-rote Flammen in einem schwarzen Marmorkamin.

Eine blendende Sekunde lang hasste sie den Mann mit dem silberblonden Haar und den silbergrauen Augen für seinen Reichtum und die Männlichkeit, mit der er geboren war. Nur ihr Geschlecht und die Macht, die Männer aus der Unterwerfung einer Frau bezogen, hatten sie so tief sinken lassen, ihre Jungfräulichkeit zu verkaufen.

Victoria trat vor und legte den zerlumpten Wollumhang über die Lehne des Ledersessels, der ihr einziger Schutz war. Zögernd ließ sie die Tasche auf das Polster fallen und verhöhnte sich innerlich für ihr Widerstreben, sich davon zu trennen: Das einzig Wertvolle, was ihr geblieben war, war ihr Jungfernhäutchen.

Und auch das sollte bald dahin sein.

Mit plötzlicher Schärfe sagte er: »Gehen Sie von dem Sessel weg.«

Victoria schaute auf in stechende silberne Augen.

Ihr Herz pochte bis in ihre Kehle.

Die Wut, die in ihr schwelte, zwang das Herzklopfen nieder. Sie wollte kein Opfer sein. Nicht dieses Mannes. Nicht des Mannes, der ihr Leben systematisch zerstört hatte, nur weil er umsonst bekommen wollte, wofür dieser Mann zu zahlen bereit war.

Entschlossen trat Victoria neben den Sessel.

»Soll ich mein Kleid ausziehen?«, fragte sie unverfroren, wobei ihr Herz hämmernd in Ohren, Schläfen und Brust pochte. »Oder soll ich bloß meinen Rock schürzen und mich an eine Wand lehnen?«

»Schürzen Sie oft Ihren Rock, Mademoiselle?«, fragte er höflich mit mutwilligem Blick.

Victorias Kopf schnellte hoch. »Ich bin keine Hure«, sagte sie gepresst. Aber wozu?

Schatten schimmerten in seinen Augen und machten aus Silber Grau. »Sie haben Ihren Körper versteigert, Mademoiselle. Ich versichere Ihnen, das macht Sie zur Hure.«

»Und Sie haben meinen Körper gekauft, Sir«, schlug sie zurück. »Was macht das aus Ihnen?«

»Eine Hure, Mademoiselle«, sagte er ausdruckslos, das blasse

Gesicht eine schöne Maske. »Sind Sie nicht nur hart, sondern auch nass?«

Schrecken durchfuhr Victoria.

Er hatte bestimmt nicht gesagt, was sie zu hören meinte.

»Verzeihung?«

»Ihre Knospen sind hart, Mademoiselle. Ich habe mich nur gefragt, ob Sie auch nass vor Verlangen sind.«

Victoria hielt ihre Hände seitlich am Körper, plötzlich war sie sich der Wolle bewusst, die sich mit jedem Atemzug an ihren Brustwarzen rieb. Der kastanienbraune Teppich, die hohe weiße Decke und die in blassem Blau gestrichenen Wände schluckten die Geräusche der Freier und Prostituierten, die sich dahinter paarten; sie konnten jedoch die Bilder nicht abwehren, die seine Worte zwangsläufig heraufbeschworen.

Von Männern und Frauen.

Die sich umarmten. Küssten. Berührten.

Sich windende nackte Körper.

Die Lust gaben. Lust empfingen.

Bei all jenen fleischlichen Akten, nach denen anständige Frauen kein Verlangen verspürten. Das hatte sie zumindest glauben wollen. Die letzten sechs Monate hatten sie eines Besseren belehrt.

»Meine Brustwarzen sind hart, weil es draußen kalt ist«, erklärte sie kurz angebunden.

»Aber hier drinnen ist es nicht kalt. Angst, Mademoiselle, ist ein starkes Aphrodisiakum. Haben Sie Angst?«

»Ich bin Jungfrau, Sir.« Sie straffte ihren Rücken; ihre Brustwarzen stachen in ihr wollenes Mieder. »Ich habe noch nie einen Mann in mich aufgenommen. Ja, ich habe Angst.«

»Wie alt sind Sie?«

Victorias Herz stockte. Sah sie älter oder jünger aus, als sie war, fragte sie sich. Sollte sie lügen oder die Wahrheit sagen? Was wünschte ein Mann wie er sich von einer Frau?

»Ich bin vierunddreißig Jahre alt«, sagte sie schließlich zögernd.

»Sie sind kein junges Mädchen mehr.«

»Und Sie sind kein junger Mann mehr, Sir«, erwiderte sie. Victoria kniff die Lippen zusammen, zu spät, ihre Worte hallten zwischen ihnen wider.

»Nein, ich bin kein junger Mann mehr, Mademoiselle«, sagte er gleichmütig. »Aber ich bin sehr neugierig, warum Sie sich in Ihrem Alter entschlossen haben, sich heute Nacht im Haus Gabriel von Ihrer Jungfräulichkeit zu trennen.«

Hunger. Verzweiflung. Aber ein Mann wie er würde von Armut nichts hören wollen.

Victoria versuchte es mit Koketterie. »Vielleicht weil ich wusste, dass Sie heute Abend hier sein würden. Sie sind sehr schön, wissen Sie. Das erste Mal sollte eine Frau mit einem Mann wie Ihnen zusammen sein.«

Das Kompliment misslang. Victoria war keine kokette Person.

»Ich könnte Ihnen wehtun«, sagte er sanft.

Sein Blick hatte nichts Sanftes.

»Ich bin mir durchaus im Klaren, was ein Mann einer Frau antun kann.«

»Ich könnte Sie töten, Mademoiselle.«

Victorias Herz schlug gegen ihre Rippen.

»Sind Sie so kräftig gebaut, Sir?«, fragte sie höflich.

Wollte fliehen. Wollte kämpfen. Wollte die Nacht hinter sich bringen, um die Scherben ihres Lebens zusammenzukehren.

»Ja, Mademoiselle, ich bin kräftig gebaut«, sagte er nachdrücklich und musterte sie aufmerksam aus silbergrauen Augen. »Ich bringe es auf eine Länge von über neun Zoll. Warum haben Sie im Saal Ihren Umhang nicht ausgezogen?«

Brennende Holzscheite knackten.

Über neun Zoll, zwischen ihre Schenkel gestoßen.

Das Bild eines männlichen Geschlechts – dunkle Venen, karmesinrote, vortretende Eichel – blitzte vor Victorias Augen auf. Es wurde überlagert vom Bild des Innenministers Lord James Ward Hunt, Earl of Goldburn … *Zieh den Umhang aus, Mädchen, und zeig uns, was du zu bieten hast.*

Sonntags dinierte der Innenminister mit ihrem Vater; während der Woche verunglimpfte er vor dem Oberhaus liederliche

Frauen – das »schwache Geschlecht« – in dem ständigen Bemühen, die Londoner Straßen von Prostitution zu säubern. Sie fragte sich, ob ihr Vater vom nächtlichen Treiben seines Freundes wusste. Sie fragte sich, ob ihr Vater es ihm gleichtat.

Nichts war mehr so, wie sie noch vor sechs Monaten geglaubt hatte: nicht die so genannten achtbaren Männer und Frauen, nicht die Bürger auf den Londoner Straßen und vor allem Victoria nicht.

Ihr Leben lang war sie vor Begierden zurückgescheut; jetzt konnte sie ihnen nicht mehr entrinnen.

»Ich sah keinen Nutzen darin, mich öffentlich zur Schau zu stellen«, erklärte Victoria hölzern. »Von Wert ist meine Jungfräulichkeit, nicht mein Äußeres.«

»Hatten Sie Angst, dass die Männer Sie nicht attraktiv finden könnten?«

Sie hatte Angst, dass man sie erkennen könnte.

»Schönheit habe ich nicht angeboten«, sagte sie abwehrend. Und biss sich auf die Lippen, weil sie sich zu einer Gefühlsregung verleiten ließ.

Damen zeigten in der Öffentlichkeit keine Gefühle. Von Prostituierten erwartete man ebenso wenig wie von Gouvernanten, dass sie Gefühle besaßen, geschweige denn sie äußerten. Victoria, die früher eine Dame, dann Gouvernante und nun praktisch eine Prostituierte war, besaß jedoch Gefühle. Aber sie wollte sie nicht besitzen.

»Sie finden sich nicht schön?«, fragte er leichthin mit bohrendem Blick aus silbernen Augen. Sein Gesicht, von einem kurzen weißen Kragen mit passender Fliege gerahmt, seine Finger, von silbern geädertem schwarzem Marmor gerahmt, waren von erlesener Eleganz.

»Nein«, sagte Victoria verkrampft. Aufrichtig.

Frauen verpfändeten ihr Leben an ihre Eltern, Ehemänner und Kinder. Unterwerfung hatte nichts mit Schönheit zu tun.

»Und dennoch glauben Sie, Sie seien zweitausend Pfund wert.«

»Ich habe einhundertfünf Pfund verlangt«, entgegnete sie. »Sie haben zweitausend geboten.«

»Geld ist Ihnen wichtig«, bohrte er.

Victoria biss die Zähne zusammen. »Für Geld bekommt man Kohlen. Essen. Ein Dach über dem Kopf. Ja, Geld ist mir wichtig wie uns allen.«

Von dem Geld, das er als Stundenmiete für dieses Zimmer bezahlt hatte, hätte sie einige Wochen bequem leben können.

»Und was genau wären Sie bereit für Geld zu tun, Mademoiselle?«

Ein kalter Schauer lief Victoria über den Rücken, gefolgt von einer Hitzewelle.

Fragte er sie, welche körperlichen Gefälligkeiten sie ihm erweisen würde?

»Ich tue alles, was Sie wünschen.«

»Sie würden zulassen, dass ich Ihnen wehtue.«

Es war keine Frage.

Ihr Herz stockte, bevor es zu rasen begann. »Ich würde es vorziehen, wenn Sie es nicht täten.«

»Wann haben Sie zuletzt etwas gegessen?«

Zorn brannte in Victoria.

Er spielte mit ihr. *Nur weil er es konnte.*

»Ich bin nicht hier, um mich mit Ihnen über meinen Appetit zu unterhalten, Sir.«

»Aber Sie haben doch Hunger.«

Ihr Magen knurrte zustimmend.

»Nein«, log Victoria. »Ich habe keinen Hunger«

»Aber Sie wissen, wie es ist, zu hungern.«

Diesem Mann, der jeden weiblichen Instinkt ansprach, den sie je zu unterdrücken versucht hatte, würde sie keine Schwäche eingestehen.

»Ich habe gelegentlich eine Mahlzeit ausgelassen, ja.«

Die letzte Kruste eines kleinen Brotes hatte Victoria vor drei Tagen aufgegessen.

»Würden Sie für Geld töten, Mademoiselle?«

Manchmal töteten und beraubten Straßenmädchen die Freier, die sie bedienten. Hielt er sie für eine Straßendirne? Ein rissiger Fingernagel grub sich in ihre Handfläche. »Ich mag mich zwar heute Nacht prostituieren, Sir, aber ich bin weder eine Diebin noch eine Mörderin. Sie brauchen keine Angst vor mir zu haben.«

»Sie haben bisher noch nie einen Mann getötet?«, fragte er nach.

»Nein«, erklärte sie bestimmt. Aber Victoria hatte schon den Wunsch danach verspürt.

Als sie ihre mageren Ersparnisse von Tag zu Tag schwinden sah, hatte sie dem Mann, der dafür verantwortlich war, ebenso Leid zufügen wollen, wie er sie leiden machte.

»Würden Sie mich anbetteln, Mademoiselle?«

Die Kälte, die Victorias Rückgrat erstarren ließ, nistete sich in ihrer Brust ein.

»Nein«, sagte sie laut und deutlich. Entschieden. Hielt seinem Blick stand. »Nein, ich werde Sie nicht anbetteln.« Sie würde keinen Mann anbetteln.

Ein brennendes Holzscheit sackte im Kamin in sich zusammen. Funken sprühten.

»Ziehen Sie sich aus.«

Victorias Magen knurrte als verräterische Mahnung an ihre Sterblichkeit.

Wenn er sie nahm, könnte sie sterben.

Wenn er sie nicht nahm, würde sie mit Sicherheit sterben.

Vor Kälte. Vor Hunger.

Vielleicht würde man sie ihres Umhangs oder der Schuhe wegen töten, damit jemand anderes auf den Londoner Straßen eine Nacht, eine Woche, einen Monat überleben konnte.

Als stünde Victoria neben sich, hob sie die Hände an ihr Mieder. Sie sah sich durch silberne Augen.

Rote, rissige Finger öffneten einen Knopf, zwei, drei … Bleiche Haut schimmerte durch den breiter werdenden Spalt des Wollmieders. Der Halsansatz … das Tal zwischen ihren Brüsten … die nach innen, statt nach außen gewölbte Rundung ihres Bauches …

Victoria atmete tief durch und zuckte die Achseln. Raue Wolle rieselte über ihren Rücken, ihre Hüften und sackte zu ihren Füßen in sich zusammen.

Es gab kein Hemd, keine Unterröcke, hinter denen sie sich hätte verstecken können. Auch sie hatte sie auf der St. Giles Street verkauft.

Sie straffte die Schultern und war sich der sackigen Seidenunterhose um ihre Hüften, der an den Knien ausgebeulten Wollstrümpfe und der an den Knöcheln reibenden Stiefeletten stärker bewusst als ihres Atems.

Sie zwang sich, an nichts zu denken.

Hitze leckte ihre Haut, während sein kalter Blick über ihren Körper schweifte. Schultern. Brüste. Die Seidenunterhose über dem Scheitelpunkt ihrer Schenkel.

Zurück zu ihren Schultern, ihren Brüsten.

Sein Blick ruhte auf ihren Brustwarzen.

Sie waren tatsächlich hart.

Von der Kälte, sagte sie sich. Und wusste, dass sie schon wieder log.

Victoria wollte die Hände eines Mannes auf ihrem Körper spüren.

Sie wollte die Hände dieses Mannes auf ihrem Körper spüren.

Sie wollte ein für alle Mal der Jungfräulichkeit ein Ende bereiten, die zugleich der kostbare Besitz einer Frau und das Werkzeug ihres Sündenfalles war.

Zielstrebig griff Victoria nach dem Bund ihrer verschlissenen Seidenhose. Auch sie verlor sich im Faltenkreis ihres Wollkleides. Auf ihrem nackten Hinterteil breitete sich eine Gänsehaut aus.

Sie brauchte seinem Blick nicht erst zu folgen, um zu wissen, wohin er starrte: auf das Haar zwischen ihren Schenkeln, das so kraus wie ihr Kopfhaar glatt war.

Hitze folgte der Bahn seines Blickes.

Kein Mann hatte Victoria je nackt gesehen. Dieser Mann hatte sicher schon Hunderte nackter Frauen gesehen. Frauen mit weicher Haut und vollen, geschmeidigen Hüften. Frauen, deren Rippen nicht vorstachen wie Fischbein in einem Korsett. Frauen, die wussten, was sie von einem Mann wie ihm zu erwarten hatten.

Hastig beugte Victoria sich vor, um das provisorische Strumpfband an ihrem rechten Schenkel mit gewölbtem Rücken und baumelnden Brüsten aufzubinden.

»Stellen Sie sich hin.«

Der barsche Befehl ließ sie hochfahren. Leichte Farbe trat in die Wangen des Mannes. Sie machte die scharf geschnittene Perfektion seines Gesichts härter statt weicher.

Die Luft um ihn herum pulsierte. Vielleicht pulsierten aber auch die Venen in Victorias Augen.

Der Mann mit den silbergrauen Augen und dem silberblonden Haar war nicht so distanziert, wie er vorgab.

Sie war nicht so distanziert, wie sie vorgab.

»Treten Sie aus Ihren Kleidern heraus.«

Victorias Magen schlug Purzelbäume, als sie linkisch aus ihrer Unterhose und ihrem Kleid trat. Die Doppelschnur, die ihre Strümpfe hielt, schnitt in ihre Haut, als sie das rechte Knie beugte, dann das linke. Ihr Fuß versank im Moor des braunen Plüschteppichs.

»Lassen Sie Ihr Haar herunter.«

Sein Ton war immer noch barsch, seine Sprache aber nicht mehr so gepflegt. Englisch mit einer Spur Französisch.

Victorias Brüste pochten im Takt zu ihrem Herzklopfen. Flüchtig fragte sie sich, ob er ihren Herzschlag sehen konnte.

Sie hob die Arme und suchte mit geschärften Sinnen, vorgereckter Brust und straffem Bauch eine Haarnadel …

»Drehen Sie sich um.«

Victoria hielt inne, ihr Herz pochte, pochte. »Verzeihung?«

»Drehen Sie mir den Rücken zu und machen Sie Ihr Haar los.«

Wenn sie ihm den Rücken zuwandte, konnte sie sich nicht schützen.

Vor sechs Monaten hatte sie sich, eingeschnürt in ein Korsett und hinter ihrer Tugend verschanzt, nicht zu schützen vermocht. Victoria drehte sich um.

Ein blassblauer Lederdivan beherrschte die gegenüberliegende Wand. Darüber verschlang ein blaues Meer einen glutroten Sonnenuntergang. Vage erkannte Victoria in dem Gemälde die Schule der Impressionisten, der Schöpfer tanzenden Lichts und schimmernder Farben.

Sorgfältig entfernte sie die Haarnadeln; der Blick des Mannes hinter ihr war eine spürbare Berührung. Auf ihren Pobacken. Auf ihrem Nacken. Ihren Schultern. Zurück zu ihrem Hinterteil.

Auf dem Gemälde beugte sich ein schemenhafter Mann über ein kleines Boot; er ruderte über welliges Wasser einer untergehenden Sonne entgegen. Niemand würde je seinen Namen erfahren. Vielleicht hatte er keinen Namen. Vielleicht war er eine Ausgeburt der Fantasie des Künstlers. Ein Mann, der außerhalb des Gemäldes kein Leben besaß.

Unverständliche Gefühle wallten in Victoria auf: Demütigung, Erregung; Wut, Angst.

Ihr Haar fiel auf ihren Rücken; eine dicke, schwere Decke, die ihre Nacktheit verbarg und das Tal zwischen ihren Pobacken kitzelte. Es hielt die kommende Wirklichkeit nicht auf.

»Drehen Sie sich zu mir um.«

Haarnadeln stachen Victoria in die rechte Handfläche, als sie sich langsam umdrehte. Die Wärme des Zimmers spiegelte sich nicht in den Augen, die sie musterten.

Das war es, dachte sie – das war der Augenblick, in dem sie den letzten Rest ihrer Mädchenjahre verlieren würde. Das war es, worauf die letzten sechs Monate hinausgelaufen waren. Wohin die rasende Auktion unten geführt hatte. Die Zukunft stand vor ihr.

Sie wusste nicht, was jenseits dieses Augenblicks, dieser Nacht lag.

Sie wusste nicht, als was sie am nächsten Tag erwachen würde: als Victoria, die Frau, oder als Victoria, die Prostituierte. Die Angst, die sie während der Auktion in Schach gehalten hatte, überschwemmte sie in einer schwarzen Woge schierer Panik.

Sie hatte gelogen, als sie sich sagte, eine Frau, die ihren Körper verkaufe, behalte die Kontrolle: Victoria hatte die Kontrolle nicht, der Mann mit den silbernen Augen hatte sie.

Und er wusste es.

»Ich kenne Ihren Namen nicht«, platzte sie heraus. Ihr Haar drückte schwer wie ein Amboss auf ihren Körper.

»Nicht, Mademoiselle?«, fragte er leise, verführerisch.

Victoria öffnete den Mund, um zu antworten, sie könne unmöglich seinen Namen kennen: Frauen wie sie bewegten sich nicht in denselben Kreisen wie Männer wie er.

Stattdessen fragte sie: »Finden Sie mich begehrenswert?

Morgen würde sie bei der Erinnerung an ihre Frage entsetzt sein. Aber nicht jetzt.

Kein Mann hatte ihr je gesagt, sie sei begehrenswert.

Achtzehn Jahre lang hatte sie sich unscheinbar frisiert und gekleidet, um nicht die Aufmerksamkeit eines Mannes zu erregen und ihre Stellung zu verlieren. Nur um sie doch zu verlieren. Ihre Stellung. Ihre Unabhängigkeit. Ihre Selbstachtung.

Sie gab diesem Mann ihre Jungfräulichkeit, auch wenn er dafür bezahlte.

Sie musste von ihm hören, dass er sie begehrenswert fand.

Sie musste wissen, dass eine Frau in ihrer Geschlechtlichkeit eben solchen Wert besaß wie in ihrer Tugendhaftigkeit.

Der Kronleuchter über ihrem Kopf flackerte und brannte in silbernen Augen, ein Spiegel der Trostlosigkeit ihrer Seele. Victorias Herzschlag zählte die verrinnenden Sekunden …

Wenn er sie erniedrigte …

»Ja, ich finde Sie begehrenswert«, sagte er endlich.

Er log. Schmerz erblühte zu plötzlichem Zorn. »Nein, das tun Sie nicht«, fuhr Victoria auf.

Er wollte, was auch die anderen wollten: ein Stück Fleisch, statt einer Frau.

Die glänzenden Lichter, die in seinen Augen funkelten, verloschen. »Woher wissen Sie, was ich empfinde, Mademoiselle?«

Blut trommelte in Victorias Brüsten und Schenkeln und spornte sie an: »Würden Sie mich begehren, Sir, dann säßen Sie nicht da und starrten mich an, als wäre ich mit Ungeziefer verseucht. Ich bin genauso sauber wie Sie.«

Genauso wertvoll wie er. Die Stille, die ihn umgab, dehnte sich aus, bis sie die Luft verschlang.

»Warum sollte ich Sie ersteigern, wenn ich Sie nicht begehre?«, fragte er leise.

»Sie haben mich nicht gesehen«, erklärte Victoria, vergeblich bemüht, ihrer rasenden Gefühle Herr zu werden. *Das hatte sie nicht herausgefordert.* »Wie können Sie etwas begehren, was Sie nicht sehen?«

Wie konnte sie sich nach etwas sehnen, was sie noch nie erlebt hatte? Aber sie sehnte sich danach.

Insgeheim hatte sie davon geträumt, dass ein Mann sie als die Frau lieben würde, die sie war, und nicht als Inbegriff der Tugend, die zu verkörpern sie sich gezwungen hatte. Dieser Traum war nun dahin. Kein Mann würde sie je lieben: Männer liebten keine Huren.

Der Mann vor ihr saß still wie eine Statue mit unverwandtem Blick. Hatte er je geliebt? War er je geliebt worden?

»Was glauben Sie, weshalb ich Sie ersteigere, wenn ich Sie nicht haben will?«, fragte er in betörend zärtlichem Ton.

In seinen Augen lag keine Zärtlichkeit. Aber Victoria wollte dort Zärtlichkeit sehen. Sie wollte, dass ihm an ihr lag …

Nach dieser Nacht wäre sie nicht mehr dieselbe. Sie brauchte jemanden, der der alten Victoria Childers nachtrauerte und die neue begrüßte.

»Manche Männer glauben, dass man die Pocken heilen kann, indem man eine Jungfrau nimmt«, behauptete sie kühn, um eine Emotion – irgendeine Reaktion – von diesem Mann zu provozieren, der in seinem ganzen Leben keinen Tag Hunger erlebt hatte.

Es gelang ihr.

Seine silbernen Augen verengten sich. »Ich habe nicht die Pocken, Mademoiselle.«

Victoria schreckte vor der Drohung in seinem Tonfall und seinen Augen nicht zurück.

»Ich auch nicht, Sir«, sagte sie scharf.

Gefahr lag in der Luft.

»Was wollen Sie, Mademoiselle?«, fragte er leise.

Sie wollte, was jede Frau wollte.

»Ich will, dass ein Mann mich will statt meiner Jungfräulichkeit«, sagte Victoria heiser.

»Sie wollen, dass ich Sie begehre, nicht Ihre Jungfräulichkeit?«, wiederholte er, als sei ihm noch nie der Gedanke gekommen, dass eine Frau um ihrer selbst willen, nicht um ihrer Unschuld willen begehrt werden wollte.

Die Zeit für Lügen war vorbei. »Ja, das will ich.«

Victoria weigerte sich, den Blick von seinen Augen zu wenden, die abwechselnd Licht und Schatten, silbernes Feuer und grauen Stahl widerspiegelten.

Das war die Frau, die sie war. Das war die Frau, die sie immer schon war …

»Und wie hätten Sie gern, dass ich Ihnen meine Begierde zeige?«, fragte er, ihrem Blick standhaltend, ihn verschlingend.

Victoria dachte an den Mann, der seine Begierde demonstriert hatte, indem er sie aus ihrer Stellung entließ.

»Sie haben zweitausend Pfund für das Privileg bezahlt, mich zu berühren«, sagte sie. Ihr Herz schnürte ihr die Kehle zu.

»Sie wollen, dass ich Sie berühre?«, fragte er mit jener leisen, verführerischen Stimme, die weder leise, noch verführerisch war, sondern schlicht gefährlich.

»Ich will nicht genommen werden wie eine Straßendirne.«

Die Wahrheit übertönte schroff das Prasseln des Feuers und das Rauschen des Blutes in Victorias Ohren.

Einen beunruhigenden Augenblick lang sprach der Schmerz, den sie empfand, aus seinen Augen. Doch sofort war der Schmerz verschwunden. Aus seinen Augen, nicht aus ihren.

»Dennoch sind Sie hergekommen und haben Ihre Jungfräulichkeit verkauft« – in seiner Stimme lag keinerlei Gefühl, kein Leben in seinen Augen – »wie eine Straßendirne.«

Victoria schreckte vor der Wahrheit nicht zurück. »Ja.«

»Wie möchten Sie denn genommen werden, Mademoiselle?«, fragte er abrupt.

Mit Leidenschaft. Mit Zärtlichkeit.

Aber sie wussten beide, dass sie dieses Recht verkauft hatte.

Victorias Brüste schimmerten mit der Kraft ihres Herzschlages. Eine Haarnadel bohrte sich in ihre Handfläche.

»Mit Respekt«, sagte sie angespannt. »Ich möchte mit Respekt genommen werden … weil ich eine Frau bin.«

Nicht weil sie Jungfrau war. Sie wollte respektiert werden, weil sie eine Frau war.

Die wachsende Spannung raubte Victoria den Atem.

»*Die ganze Welt ist Bühne und alle Frauen und Männer bloße Spieler*«, zitierte er unvermittelt. Beobachtete sie. Mit Blicken, schärfer als die Stahlnadel, die in ihre Handfläche stach. »Mögen Sie Shakespeare, Mademoiselle?«

Victoria zwinkerte verwundert mit den Augen über diesen plötzlichen Themenwechsel. Er verlangsamte das Rasen ihres Herzens nicht.

»Ich mag dieses Stück von Shakespeare nicht besonders, nein«, brachte sie heraus.

»Welches Stück ist es?«

»*Wie es Euch gefällt*«, sagte Victoria. »Das Stück, aus dem Sie gerade zitiert haben.«

Die Luft erbebte – irgendwo im Gebäude war vielleicht eine Tür geöffnet worden. Oder geschlossen.

»Mögen Sie das Theater?«, fragte er mit jener quälend verführerischen Stimme, die kein Mann besitzen durfte.

Sie tanzte auf ihrer Haut wie Elmsfeuer. Neckend. Quälend. Sie mit dem verhöhnend, was sie nicht haben konnte. Sie zwang sich, sich auf seine Frage zu konzentrieren, statt auf ihr Verlangen und ihre Nacktheit.

Victoria hatte nur einmal ein Theaterstück gesehen.

»Ja«, sagte sie. »Ich mag das Theater.«

Wieder ein unterschwelliges Beben – eine Reaktion. Aber auf was?

»Kommen Sie her, Mademoiselle.«

Der leise Befehl nahm Victoria nicht die Beklemmung in der Brust.

Jetzt würde er sie nehmen. Vollständig angezogen, während sie rutschende Strümpfe und ausgetretene Stiefeletten trug. An eine Wand gelehnt oder über den Schreibtisch gebeugt. Wie eine Hure.

Victoria fiel auf, wie lächerlich sie aussehen musste: eine ehemalige Gouvernante ohne jede Eleganz, deren einziger lohnender Wert ihr Jungfernhäutchen war. Wie komisch musste er es gefunden haben, dass sie Respekt forderte, wo die niedrigsten Arbeiter über ihre Kleidung die Nase gerümpft hätten.

»Meine Schuhe …«, wandte sie ein.

»Lassen Sie sie an.«

»Das ist un…« Victoria brach ab.

»Unwürdig, Mademoiselle?«, bot er mit zynischem Grinsen an.

Die Erfahrung anderer Nächte mit anderen Frauen war unauslöschlich in sein Gesicht graviert.

Wie oft hatte er dieses Ritual vollzogen, fragte sie sich. Wie viele schüchterne Jungfrauen hatte er beruhigt?

»Ich wollte sagen … unpraktisch«, antwortete Victoria und rang um Fassung.

Sie kannte diese Frau nicht, die unerschrocken nackt vor einem Fremden stand und ihren Schmerz und ihr Verlangen hinausschrie – sie jagte Victoria genauso viel Angst ein wie der Mann mit den silbernen Augen.

»Ich versichere Ihnen, Mademoiselle, Ihre Schuhe werden nicht im Weg sein«, sagte er kryptisch.

Der dicke Teppich saugte Victorias Füße auf; sie watete mit vorgeschobenem Becken vorwärts. Ihre Schenkel rieben aneinander; die Reibung, die auf ihren geschwollenen unteren Lippen tanzte, funkelte in seinen Augen.

Er wusste um das Verlangen, das seine Schönheit schürte, sagten diese Augen. Er wusste um die Feuchtigkeit, die aus ihrem Schoß sickerte, und um die Hitze, die auf ihren Knospen perlte.

Nach der kurzen Zeit, die sie zusammen verbracht hatten, wusste er mehr über Victoria als jeder andere Mensch, den sie je gekannt hatte.

Victorias linker Absatz knickte um. Mit pendelndem Haar und vor Verlegenheit brennendem Gesicht fing sie sich. Der Mann mit den silbernen Augen ließ weder Zustimmung noch Spott erkennen, Fleisch gewordener Marmor. Er drehte sich in seinem Sessel, Holz knackte, er verfolgte ihr Kommen mit undurchdringlicher Miene. Victoria blieb stehen, eingeklemmt zwischen seinem Körper und dem Schreibtisch. Hinter ihr knisterte das Holzfeuer emsig, unbeeindruckt vom bevorstehenden Verlust weiblicher Unschuld.

Er roch nach teurer Seife; darunter nahm sie das schwache Aroma von Tabak und Parfüm wahr, das den Salon unten durchdrungen hatte. Sein Kopf war auf einer Höhe mit ihrer Brust; ihre Schuhspitzen waren nur wenige Finger breit entfernt von den Spitzen seiner Lacklederschuhe.

Die räumliche Überlegenheit war kein Vorteil. Victoria zweifelte keinen Moment daran, wer der Stärkere war. Der Schnellere. Der Gefährlichere.

Er starrte lange auf ihre Brüste, auf ihre Brustwarze, die durch ihre über der rechten Schulter hängende Haarmähne lugte.

Seine Wimpern waren lang. Dicht. Dunkel wie Ruß. Sie warfen dunkle, fiedrige Schatten auf seine bleiche, makellose Haut. Nur war er jetzt nicht mehr so blass. Dunkles Rosa ließ seine hohen Wangenknochen hervortreten.

Victoria spürte, wie ihre Knospen sich unter seinem Blick verhärteten, wuchsen.

Langsam hob er die Wimpern. Seine Augen nagelten sie fest.

»Ich will nicht begehren …« flüsterte sie vehement und fühlte sich unsagbar verletzlich.

Sie hatte nie begehren wollen … die Berührung eines Mannes, die Küsse eines Mannes, die Leidenschaft eines Mannes …

Seine nadeldünnen Pupillen weiteten sich, Silber verwandelte sich in Schwarz. »Begierde ist ein Teil von uns allen, Mademoiselle.«

Victorias Kehle schnürte sich unerklärlich zu. »Sie scheinen nicht … heimgesucht zu werden … von diesen Begierden.«

Bedauern huschte über seine Miene, wurde von seinen schwarzen Pupillen geschluckt. »Manche halten Begierde nicht für eine Heimsuchung.«

Er schon, das spürte Victoria auf Anhieb.

Dieser Mann kämpfte gegen seine Begierden ebenso an wie sie gegen die ihren. Angst vor dem Verlangen, aber außer Stande, die Angst oder die Begierde zu unterbinden.

»Sind Sie deshalb heute Abend in das Haus Gabriel gekommen … um eine Frau zu finden, die ihre Bedürfnisse nicht verleugnet?«, fragte sie zögernd.

Tief in ihrem Schoß pochte es, ein Mal, zwei Mal, drei Mal ...

»Wie weit wollen Sie dieses Spiel treiben, Mademoiselle?«, fragte er seltsam barsch.

»Es ist kein Spiel, wenn eine Frau einem Mann ihre Jungfräulichkeit gibt«, antwortete Victoria aufgewühlt.

»Was ist, wenn ich mehr will als Ihre Jungfräulichkeit?«

Wehende Härchen bildeten eine silberne Aureole um seinen Kopf.

Ihr fiel ein, wo sie diesen Mann schon gesehen hatte: Sein Ebenbild hatte sie in Kirchenfenstern gesehen. Er hatte das Gesicht eines Engels.

Ein Engel, der mit einer Hand Erlösung, mit der anderen Zerstörung brachte.

Tränen brannten in ihren Augen. »Mehr habe ich nicht.«

»Sie haben Männer mit Frauen gesehen.«

Die Bilder, die Victoria in den letzten sechs Monaten gesehen hatte – von hastigen Paarungen und unverhohlenem Betasten –, spiegelten sich in ihren Augen.

»Ja.«

Es gab nichts, was sie in diesen letzten sechs Monaten nicht gesehen hätte.

»Dann wissen Sie ja, dass es viele Arten gibt, wie Männer Frauen begehren.«

Hitze und Kälte jagten über Victorias Rücken. Das war wahrhaftig eine offene Sprache.

»Ja.«

»Haben Sie je einen Mann in Ihren Mund genommen, Mademoiselle?«

Der warme Atem auf ihrer Haut fühlte sich mit einem Mal eiskalt an gegen die sengende Hitze, die ihr über Hals und Brust nach unten kroch. »Nein.«

Licht und Schatten glimmten in seinen Augen. »Aber Sie würden es tun ... für mich?«

Victoria kämpfte gegen lebenslange Hemmungen. »Ja.«

Für diese eine Nacht ...

Mit diesem einen Mann ...

»Sprechen Sie Französisch?«

»*Un petit peu*«, gab sie zu. Ein bisschen.

Genug, um Kindern die Grammatik beizubringen. Aber er würde nichts von ihrem früheren Beruf wissen wollen. Nach dieser Nacht würden sie sich nie wiedersehen. Das Prickeln der Haarnadeln in ihrer Hand wanderte ihren Arm hinauf.

»Die Franzosen haben einen Ausdruck: *empétarder*«, sagte er; seine Marmorhaut glühte wie von Kerzen erwärmter Alabaster. »Kennen Sie ihn?«

»Pétarder heißt ... nach hinten losgehen«, sagte Victoria unsicher.

Pralle Brüste. Harte Knospen.

»*Empétarder* bedeutet das Gegenteil«, murmelte er und schätzte ihre Reaktion ab. »Es wird ausschließlich im geschlechtlichen Sinne gebraucht und bedeutet, etwas von hinten in sich aufnehmen.«

Von ... hinten. Victoria verschlug es den Atem. Ihr Begreifen leuchtete in seinen geweiteten Pupillen auf.

»Würden Sie mir dort Zutritt gewähren, Mademoiselle?«, fragte er bewusst provozierend. »Würden Sie Ihren Körper mit mir teilen ... wie immer ich es von Ihnen verlange?«

Instinktiv wich Victoria zurück. Nein.

Die Dunkelheit in seinem Blick ließ sie nicht zurückweichen.

»Ja. Wenn Sie es wünschen.«

»Aber würde es Ihnen Lust bereiten, so genommen zu werden?«

»Ich ... weiß es nicht.« Victoria schluckte. Ihre Brüste bebten bei der Bewegung; Brüste, die er noch nicht berührt hatte. »Lust ist Schmerz immer vorzuziehen.«

»Lust geht immer mit Schmerz einher, Mademoiselle«, sagte er seltsam distanziert. »Die Franzosen bezeichnen einen Höhepunkt manchmal als *la petite mort*, den kleinen Tod. Würden Sie Ihren Schmerz mit mir teilen ... ebenso wie Ihre Lust?«

Der kleine Tod ...

Auf den Straßen Londons gab es keinen kleinen Tod; jeder Tod war endgültig.

»Ich würde es versuchen«, sagte sie.

»Würden Sie sich von mir umarmen lassen, wenn unser beider Körper vor Schweiß triefen und der Geruch unseres Geschlechts unsere Lungen füllt«, sagte er. Es war eher eine Feststellung als eine Frage.

Seine Worte waren erregend.

»Niemand hat mich je umarmt«, gestand Victoria unaufgefordert. Niemand, außer einem Kind … Aber daran wollte Victoria nicht denken. Nicht heute Nacht.

»Aber Sie würden sich von mir umarmen lassen«, beharrte er.

Vor Schweiß triefend. Der Geruch ihres Geschlechts, der ihre Lungen füllte. Sie atmete tief durch und roch den schwachen, sauberen, maskulinen Duft, der ihm eigen war. »Ja.«

Victoria würde sich von ihm umarmen lassen.

»Und Sie würden mich umarmen.«

Die Leere in seinen Augen bedrückte ihr Herz. Er glaubte nicht, dass eine Frau ihn umarmen wollte. Vielleicht glaubte er aber auch nicht, dass eine Hure ihn umarmen wollte.

»Ja«, sagte Victoria.

»Weil ich Ihnen zweitausend Pfund gebe«, bohrte er.

»Ja«, log Victoria.

Sie würde ihren Körper nicht wegen der zweitausend Pfund mit ihm teilen: Dieser Mann hatte sie mit seinen Worten berührt, wenn schon nicht mit seinem Körper.

Eine winzige Alarmglocke meldete sich in Victorias Kopf. Für eine Frau wie sie – eine Frau ohne jede Erfahrung – war es der Gipfel der Anmaßung, anzunehmen, dass ein Mann wie er sich nach Nähe sehnte.

Victoria ignorierte die Warnung.

Sein Haar war länger, als die Mode vorschrieb. Es kräuselte sich über seinem Kragen.

Sie fühlte sich seltsam schwach, zugleich aber auch unendlich stark in ihrer Weiblichkeit und streckte die Hand aus, um eine silberne Locke zu berühren.

Ohne Vorwarnung, ohne ein Knacken von Holz, das eine Bewegung verraten hätte, klaffte zwischen ihnen plötzlich eine weit größere Distanz als die wenigen Zentimeter, die ihre Körper voneinander trennten.

»Ziehen Sie sich an, Mademoiselle«, sagte er ausdruckslos. »Und sagen Sie mir den Namen des Mannes, der Sie angeheuert hat.«

Kapitel 3

Ziehen Sie sich an!, hallte es in Victorias Ohren wider. Gefolgt von *Und sagen Sie mir den Namen des Mannes, der Sie angeheuert hat.*

Plötzlich spürte sie das Kaminfeuer, das ihr Hinterteil wärmte, und ihre Brüste, die sich plötzlich wie Eisklumpen anfühlten. Schwer. Hinderlich. Nicht begehrenswert.

Sie verstand nicht, warum der blonde Mann sie entließ. Es war auch nicht nötig. Eine Zurückweisung war in jeder Sprache eine Zurückweisung, sei es mit Worten oder körperlich. Victoria behielt ihren Schmerz für sich und trat zurück. Ihr linker Absatz knickte um. Unwillkürlich griff sie Halt suchend nach … dem weißen Tuch. Haarnadeln regneten auf die schwarze Marmorplatte.

Sie schlug schwer auf den Schreibtisch und starrte durch zwei dunkle, leblose Haarsträhnen auf einen Revolver. Der Griff war aus Rosenholz geschnitzt, der Lauf matt blauschwarz. Er hatte die gleiche Farbe wie das Haar ihres Vaters, stellte sie benommen fest. Dann war nur noch das matt blauschwarze Metall zu sehen, das Holz verschwand in langen, eleganten Fingern.

Victoria riss den Kopf hoch, ließ die Serviette fallen und schob sich vom Schreibtisch fort.

Licht flutete in die Pupillen des Mannes, bis sie nur noch zwei kleine schwarze Punkte waren und seine Augen die Farbe geschmolzenen Silbers hatten. Es lag keine Leidenschaft in ihnen. Kein Mitgefühl. Keine Spur der Intimitäten, die er gesagt hatte.

Das Bild ihrer Leiche, nur in rutschenden Strümpfen und ausgetretenen Stiefeletten, blitzte in ihrem Kopf auf. Sie wollte nicht, dass man ihre Leiche in rutschenden Strümpfen, ausgetretenen Schuhen und mit zerzaustem Haar fand.

Worte drängten ihr auf die Zunge; sie schluckte sie. Sie hatte gesagt, sie würde nicht betteln.

»Werden Sie mich töten?«, fragte Victoria ruhig.

Statt einer Antwort knarrte Holz. Der Mann mit den silbergrauen Augen stand geschmeidig auf und schob die Waffe in ein Holster unter seinem Arm; braunes Leder glänzte, wurde aber sofort wieder von seinem Frack verschluckt. Er drehte sich um, ging um den Schreibtisch herum über den kastanienbraunen Plüschteppich, wobei seine Frackschöße flatterten. Er hob ihre Kleider auf. Straffe Hinterbacken spannten die schwarze Seidenhose.

Seide und Wolle schlug an ihre Brust.

Wie aus einem Reflex fing Victoria ihre Kleider auf.

Von hinten war er ebenso elegant wie von vorn. Aber er wandte ihr jetzt nicht den Rücken zu. Kalte graue Augen taten ihre Nacktheit und ihren Wert als Frau ab, ob Jungfrau oder nicht. »Soll ich Sie töten?«, fragte er ungerührt.

Es kam ihr vor, als habe sie ihr Leben lang mit der Drohung des Todes gelebt.

Victoria zitterte – Beine, Hände, Bauch. Um keinen Preis würde sie ihm die Genugtuung geben, ihre Angst zu zeigen. Sie hob die Arme, zog sich trotzig das abgetragene Wollkleid über den Kopf, verfing sich mit den Armen in Seide, kam frei. Sie beugte sich vor und zog ihre Unterhose an. Stunden vergingen, bis sie die beiden winzigen Knöpfe am Bund ihrer Seidenhose geschlossen hatte. Tage vergingen, bis die Holzknöpfe am Mieder ihres Wollkleides geschlossen waren.

Seine Augen warteten auf ihre.

»Ich bin eine Jungfrau«, erklärte sie ruhig. »Und ich habe keinen …« Vor sechs Monaten hätte sie die Bezeichnung für Männer noch nicht gekannt, die von den Einnahmen für das Fleisch einer Frau lebten – »keinen Zuhälter«.

Silbriges Eis glitzerte in seinen Augen. »Ich bin mir Ihrer Jungfräulichkeit durchaus bewusst, Mademoiselle.«

Victoria sog die Luft ein; es brachte ihr Herz nicht zur Ruhe.

Das Verlangen, das eben erst ihre Brust hart und ihren Schoß feucht gemacht hatte, pochte und pulsierte weiter wie ein Tier, das noch nichts von seinem Tod gemerkt hatte.

Victoria atmete tief durch, um sich zu beruhigen. Es gelang ihr nicht. »Ich fürchte, dann verstehe ich nicht, was Sie wissen möchten.«

»Ich will wissen, warum Sie hier sind.«

»Ich dachte doch, das wäre klar«, erwiderte sie mit pochendem Herzen.

»Ein Mann hat sie hergeschickt, Mademoiselle. Ich will seinen Namen wissen.«

»Mich hat kein Mann geschickt«, wiederholte sie. Zumindest nicht unmittelbar.

Aber sie wäre nicht hier, wenn es nicht wegen eines Mannes wäre.

»Dann hat eine Frau sie geschickt.«

»Ich bin nicht von einer Frau geschickt.«

Sein Ton wurde schärfer. »Wer hat Ihnen Geld gegeben, um meine Portiers zu bestechen?«

Sie würde nicht in Panik geraten.

»Ich habe die Portiers nicht bestochen.«

»Mein Haus ist kein gewöhnliches Wirtshaus, Mademoiselle.« Sein Blick war unnachgiebig. »Wie sind Sie an meinen Portiers vorbeigekommen, wenn Sie sie nicht bestochen haben?«

Mein Haus. Meine Portiers.

Böse Vorahnungen mischten sich in Victorias Angst, Wut und Begierde. »Sind Sie der Besitzer dieses Etablissements?«

Seine silbergrauen Augen verrieten keinerlei Regung. »Ich bin Gabriel.«

Gabriel. Das Haus Gabriel.

Mein Gott. Victoria hatte gesagt, sie sei in das Haus Gabriel gekommen in der Hoffnung, dass er da sei.

Das erste Mal sollte eine Frau mit einem Mann wie Ihnen zusammen sein, hatte sie gesagt.

Dachte er, sie sei absichtlich in sein Haus eingedrungen, um sein Interesse zu wecken?

»Sind Sie Franzose?«, fragte sie impulsiv. Und fragte sich, ob die letzten sechs Monate ihr Gehirn vernebelt hatten. Was spielte es für eine Rolle, was für ein Landsmann er war? Ein Franzose konnte eine Frau ebenso leicht erschießen wie ein Engländer.

»Ich bin Franzose«, bestätigte er kühl. »Ein letztes Mal, Mademoiselle. Wie sind Sie an meinen Portiers vorbeigekommen?«

Victoria erinnerte sich an die beiden Männer, die den Eingang bewacht hatten: Einer hatte Haar, das glänzte wie gesponnenes Gold, nicht wie das gesponnene Silber des Mannes, der vor ihr stand; der andere Portier hatte Haar, das schimmerte wie üppiges Mahagoni.

Ihre Schönheit verblasste im Vergleich zu der ihres Dienstherrn.

»Ich habe ihnen gesagt, dass ich einen Beschützer brauche«, erklärte sie kurz angebunden. Und fragte sich, ob er ihr glauben würde.

»Und sie haben Sie hereingelassen?«, fragte er beißend; die silbernen Augen funkelten warnend.

Victoria straffte die Schultern. »Ich habe nicht die Angewohnheit zu lügen, Sir.«

»Tatsächlich nicht?« Der Zynismus in seinem Ton war unverkennbar.

»Nein«, bekräftigte Victoria.

»Auf der Straße liegt der Preis für die Jungfräulichkeit einer Frau bei fünf Pfund.«

Sie klammerte sich an ihren Stolz. Er war wesentlich bequemer als Angst. »Ich bin mir über den Wert der Jungfräulichkeit durchaus im Klaren.«

Ihr Ruf. Ihre Stellung. Ihr Leben …

»Warum haben Sie dann einhundertfünf Pfund verlangt?«

Weil sie nicht damit gerechnet hatte, sie zu bekommen.

»Finden Sie nicht, dass die Jungfräulichkeit einer Frau diese Summe wert ist, Sir?«, forderte sie ihn heraus.

»Ich finde, dass Frauen – und Männer – wesentlich mehr wert sind als hundertfünf Pfund«, erwiderte er rätselhaft.

Es war nicht die Antwort, die Victoria erwartet hatte.

»Weil Sie es genießen, Frauen zu deflorieren«, sagte sie zornig.

»Nein, Mademoiselle, weil ich für einhundertfünf Pfund verkauft wurde. Aber das wussten Sie ja bereits, nicht wahr?«

Worte hallten in ihren Ohren wider.

Sie haben Ihren Körper versteigert, Mademoiselle. Ich versichere Ihnen, das macht Sie zur Hure.

Und Sie haben meinen Körper gekauft, Sir.

Was macht das aus Ihnen?

Eine Hure …

Plötzlich wurde Victoria klar, wo sie seine Augen schon gesehen hatte: Auf den Straßen Londons, als sie anständige Arbeit gesucht hatte. Obdachlose besaßen den gleichen ausdruckslosen Blick. Männer, Frauen und Kinder, deren tägliches Los aus Hunger, Kälte und Hoffnungslosigkeit bestand. Männer, Frauen und Kinder, die gewohnheitsmäßig hurten, stahlen und töteten, um zu überleben, während andere um sie her starben.

Ihr Herz pochte gegen ihre Rippen.

»Wer sind Sie?«, raunte sie.

»Ich habe Ihnen schon gesagt, wer ich bin: Ich bin Gabriel.«

Der Eigentümer. Hure.

Aber nicht aus freien Stücken. Armut beraubte Männer – ebenso wie Frauen – einer freien Entscheidung.

»Es tut mir Leid«, sagte Victoria und wusste sofort, dass sie das Falsche gesagt hatte.

Dieser Mann, der gegen jede Wahrscheinlichkeit überlebt hatte, wollte kein Mitleid.

Schweigend versperrte er ihr den Weg; die schwarze Seidenhose streifte die Lederlehne des Queen-Anne-Sessels.

»Warum tut es Ihnen Leid, Mademoiselle?«, fragte er so leise, dass sie sich anstrengen musste, ihn zu verstehen.

Victoria weigerte sich, zurückzuschrecken, weder im buchstäblichen noch im übertragenen Sinne. »Es tut mir Leid, dass Sie gegen Ihren Willen verkauft wurden.«

»Aber es geschah nicht gegen meinen Willen, Mademoiselle«, entgegnete er in seidigem Ton. »Hat der Mann etwa vergessen, Ihnen das zu erzählen?«

»Wir tun, was wir tun müssen, um zu überleben.« Victoria ignorierte seinen Hinweis auf *den Mann.* »Das ist keine Frage des Wollens.«

Seine Nasenflügel bebten leicht. »Haben Sie heute Abend getan, was Sie tun mussten?«

Victoria straffte die Lippen. »Ja, ich habe heute Abend getan, was ich tun musste.«

»Sie haben eingewilligt, in mein Haus zu kommen und Ihre Jungfräulichkeit zu versteigern.«

Wut flammte in ihr auf; sie rang sie nieder. »Ich habe nicht eingewilligt, aber ich bin heute Abend zu diesem Zweck in Ihr Haus gekommen, ja.«

»Sie sind also eine unfreiwillige Komplizin«, hakte er nach.

»Ich bin keine Komplizin.«

»Aber Sie sind wegen eines Mannes hier.«

Ja.

Victoria straffte den Rücken. Wolle rieb über ihre immer noch harten Knospen. »Ich habe Ihnen gesagt, ich kenne den Mann nicht, von dem Sie sprechen.«

»Wer hat Ihnen dann mein Haus empfohlen, Mademoiselle?«

»Eine Pro–« Nein, Victoria würde die Frau, die sich mit ihr angefreundet hatte, nicht als Prostituierte bezeichnen; Frauen – und Männer – taten, was sie tun mussten, um zu überleben. »Jemand gab mir den Rat, Ihre Klientel sei … großzügiger als ein Mann auf der Straße.«

»Und dieser Jemand« – er ahmte bewusst ihr Zögern nach – »ist das ein Mann oder eine Frau?«

Am liebsten hätte Victoria erwidert, das ginge ihn nichts an, die Vernunft warnte sie jedoch davor. Der dünne Grat zwischen ihren Schultern spannte sich. Sie ließ sich nicht gern manipulieren.

»Eine Frau«, sagte Victoria kurz und bündig.

»Hat diese Frau Ihnen gesagt, Sie sollten als Anfangsgebot einhundertfünf Pfund verlangen?«

Victoria weigerte sich, seinem atemberaubend intensiven Blick auszuweichen.

»Es tut mir Leid, wenn ich Sie mit dem Gebot … mit dem Anfangsgebot von einhundertfünf Pfund verhöhnt habe.« Victoria rang sich die Entschuldigung ab. »Ich versichere Ihnen, weder meine Freundin noch ich wussten von Ihren Umständen; vor heute Abend wusste ich nicht einmal, dass es Sie gibt.«

Der Mann mit den silbergrauen Augen und dem silberblonden Haar war weder von ihrer Entschuldigung noch von ihrer Unwissenheit beeindruckt.

»Beantworten Sie meine Frage, Mademoiselle.«

»Ja«, fuhr Victoria ihn an, »meine Freundin hat vorgeschlagen, dass ich mit dieser Summe anfange.«

Seine Augen verengten sich. »Wie groß ist Ihre Freundin?«

»Kleiner als ich.« Victoria richtete sich zu ihrer vollen Größe von ein Meter siebzig auf. »Wenn Sie mich jetzt bitte entschuldigen würden, Sir. Ich möchte gehen.«

Er gab ihr den Weg nicht frei. »Sie können nicht gehen, Mademoiselle.«

Victorias Herz stockte. »Verzeihung?«

Die Höflichkeitsfloskel klang unpassend. Schon zum dritten Mal hatte sie ihn um Entschuldigung gebeten.

»Sie sind redegewandt«, wich er aus. Sein Finger fand zielsicher eine Falte im blassen Leder der Armlehne. In der Falte war eine kleine Insel. Victoria fiel die Ähnlichkeit mit der Scham einer Frau auf: klaffende Lippen, eine dunklere Höhlung … Ihr Kopf schnellte hoch.

»Eine gepflegte Sprache ist für eine Gouvernante unerlässlich«, sagte Victoria steif. Und merkte, dass sie unwillentlich ihren früheren Beruf verraten hatte. Sie biss sich auf die Unterlippe.

Das silberne Funkeln in seinen Augen bestätigte ihren Fehler.

»Wie lange waren Sie Gouvernante?«, fragte er beiläufig. Victoria ließ sich von seiner plötzlichen Leichtigkeit nicht täuschen.

Der Mann, der sich Gabriel nannte, war wie eine Katze. Eine große, schöne, tödliche Katze, die mit ihrer Beute spielte und ihr im nächsten Augenblick die Kehle durchbiss.

Abwehrend hob Victoria das Kinn. »Ich glaube kaum, dass das für Sie von Belang ist, Sir.«

»O doch, Mademoiselle.« Seine Stimme war ein seidiges Schnurren. »Sie haben sich mir für zweitausend Pfund verkauft.«

Wieder stockte ihr Herzschlag.

»Ich habe Ihnen meine Jungfräulichkeit verkauft«, wandte Victoria scharf ein. »Mich habe ich nicht verkauft.«

Aber er wollte ihre Jungfräulichkeit nicht. Ganz zu schweigen von der Frau, die sie besaß.

Dunkle Wimpern verhüllten seine Augen. Instinktiv folgte Victoria seinem Blick.

Sanft streichelte er die blaue Lederfalte. »Wie lange sind Sie schon ohne Stellung?«

Ein Bild ihres nackten Körpers mit gespreizten Beinen blitzte in ihrem Kopf auf. Gefolgt von dem Bild eines langen, schlanken Fingers, der sie streichelte ...

Sie riss sich vom Anblick seines streichelnden Fingers los. Heiß schoss ihr das Blut in die Wangen. »Sechs Monate.«

Er fing ihren Blick ein. »Wie lange waren Sie Gouvernante?«, wiederholte er.

Er würde die Frage so lange wiederholen, bis sie antwortete, wurde Victoria klar.

»Achtzehn Jahre«, spie sie aus.

»Sie sind mit sechzehn Gouvernante geworden?«

Victoria schaute auf seine Hand, um den Erinnerungen auszuweichen, wie sie zu ihrem Beruf gekommen war.

Ein langer Finger bohrte sich in die dunkle Ledermulde.

»Ja.« Ein Zucken schoss ihr zwischen die Schenkel. »Ich bin mit sechzehn Gouvernante geworden.«

»Und nach achtzehn Jahren ist Ihnen nun klar geworden, dass Prostitution mehr einbringt als eine Gouvernantenstellung?«, fragte Gabriel beiläufig.

Victoria schaute auf.

Der Blick seiner silbernen Augen hatte nichts Beiläufiges.

Ja, lag ihr auf der Zunge.

»Ich wurde entlassen«, kam es ihr stattdessen über die Lippen.

Dass man Victoria ohne Zeugnis entlassen hatte, brauchte sie nicht zu erklären. Das Wissen lag in seinen Augen. Die Gesellschaft vertraute ihre Kinder nicht Gouvernanten an, die ohne Zeugnis entlassen wurden. Und für niedere Arbeiten stellte man keine unerfahrenen Gouvernanten ein, denn Arbeiter kamen scharenweise vom Land nach London. Es gab viele Frauen in Victorias Lage. Das machte es jedoch nicht einfacher, ihr Los zu ertragen.

»Die Hure, die Sie hergeschickt hat« – Schatten lauerten in seinen Augen, Erinnerungen vielleicht an seine eigene Vergangenheit – »Sie glauben, Sie sei Ihre Freundin.«

Victoria zögerte nicht. »Ja.«

»Sie würden sie vor mir schützen.«

Dolly hatte einen Mann gehindert, sie zu vergewaltigen, als sonst niemand auch nur einen Finger gerührt hatte. Sie hatte mit Victoria gesprochen. Sich ihr anvertraut. Ihr zur Seite gestanden, als Victoria Rat brauchte. Sie war ihr eine Freundin, als Victoria verzweifelt Freundschaft gebraucht hatte.

»Ja.« Victoria straffte die Schultern. »Ja, ich würde sie beschützen, wenn es in meiner Macht stünde.«

Ohne Vorwarnung glitt der lange weiße Finger, der beiläufig in der blauen Lederfalte gestochert hatte, über die gepolsterte Armlehne und hakte sich in die Wollschlaufen ihrer Tasche. Einen Augenblick lang starrte Victoria auf die makellos schöne Hand und das plumpe, reizlose Täschchen, das er vom Sessel pflückte. Erst jetzt wurde ihr sein Tun in vollem Umfang bewusst. Er hatte ihre Tasche.

Alles, was Victoria besaß, war in diesem Täschchen. Er hatte kein Recht dazu. Sie stürzte vor, um ihr Eigentum zurück zu fordern. Ihr Leben. Ihre Würde.

Er griff in den Wollbeutel und zog ein kleines Stück fest gefalteten braunen Papiers heraus. »Was ist das?«

Victoria stockte und dachte an die Waffe in seinem Frack. »Das ist ein … Mittel, um eine Empfängnis zu verhindern. Bitte geben Sie mir meine Tasche.«

Er ließ die Tasche nicht los. »Ihre Freundin … hat sie Ihnen dieses Mittel gegeben?«

Es gab Männer, die hielten es für ihr Recht, Frauen zu schwängern, nur weil sie Männer waren.

»Ja, meine Freundin hat es mir gegeben.« Sie streckte gebieterisch die Hand aus. »Bitte geben Sie mir jetzt meine Tasche wieder.«

Er streifte sich die doppelte Wollschnur über das Handgelenk und faltete das Papier auseinander; das Täschchen baumelte, Papier knisterte, dunkle Wimpern beschatteten seine Wangen. Zwei weiße Pillen rollten in seine rechte Hand.

Langsam schlug er die dunklen Wimpern hoch. »Hat Ihre Freundin Ihnen gesagt, was das ist?«

Victorias Schweigen sagte mehr als Worte.

»Das ist Quecksilbersublimat, Mademoiselle.« Sein Blick war unbarmherzig. »Hat Ihre Freundin Ihnen gesagt, wie Sie die Tabletten anwenden sollen?«

»Sie scheinen über dieses Produkt gut informiert zu sein, Sir«, erwiderte Victoria, ließ die Hand sinken, ballte sie zur Faust und grub die Nägel in ihre Handfläche. »Wieso sagen Sie es mir nicht?«

»Jede Tablette enthält ein halbes Gramm Quecksilbersublimat. Eine Tablette verursacht heftige Krämpfe, die häufig zum Tode führen. Zwei Tabletten in Ihre Scheide eingeführt würden Sie mit Sicherheit töten, Mademoiselle.«

Victoria spürte, wie sie bleich wurde. Dolly hatte ihr gesagt, sie solle beide Tabletten in ihren Körper einführen, um eine Empfängnis zu verhüten. Sie hatte ihr nicht gesagt, was es war oder welche Wirkung es haben könnte. Sie hatte ihr nicht gesagt, dass es ihr schaden könnte … sie töten könnte.

»Sie lügen«, sagte Victoria. Und glaubte selbst nicht daran.

Der Mann mit den silbergrauen Augen und dem silberblonden Haar sagte nichts. Er brauchte nichts zu sagen. Er ließ die beiden Tabletten wieder in das braune Papier fallen und faltete es zusammen.

»Sie sagte, dass viele Frauen die Tabletten benutzen«, erklärte Victoria.

»Sicher. Aber Frauen, die sie ein Mal benutzen, tun es sicher kein zweites Mal. Und eine Frau, die ihre Anwendung überlebt hat, würde sie bestimmt nicht als Verhütungsmittel empfehlen.«

Er kniff die Enden des Papiers zusammen. Langsam hob er die Lider und nagelte sie mit der Wahrheit fest. »War Ihre Freundin jung und unerfahren, Mademoiselle?«

Dolly hatte sich selbst als Zwei-Pence-Dirne bezeichnet, die als Hure arbeitete, seit sie zehn Jahre alt war. Eine Frau mit graubraunen Haaren und fehlenden Schneidezähnen. Sie hatte Victoria gedrängt, sich zur Eröffnung des Hauses Gabriel einzuschleichen. In dem Gedränge würde niemand sie bemerken, hatte sie erklärt. Nur reiche, mächtige Männer hätten dort Zutritt, hatte sie hinzugefügt. Männer, die weitaus mehr für ihre Jungfräulichkeit zu zahlen bereit wären als Männer in einem Bordell oder auf der Straße.

Und dabei hatte sie die ganze Zeit Victorias Tod geplant. Sicher in der Hoffnung, Victorias Geld zu stehlen, wenn ihre Leiche kalt in einer Gasse läge. Alles im Namen des Überlebens.

Der elegante Raum war zu eng. Der Lüster an der Decke zu hell. Das knisternde Feuer zu heiß. Das Haar auf ihrem Rücken zu schwer.

Victoria musste fort von diesen stechenden Augen. Vorsichtig ging sie um ihn herum und nahm ihren Umhang von der Lehne des Ledersessels. Ihre Tasche brauchte sie nicht – er konnte es behalten. Das Gift. Ihre Zahnbürste. Ihren Kamm. Die Haarnadeln.

Er hielt sie nicht auf.

Die Tür war aus hoch glänzendem Holz in einem Farbton zwischen Braun und Gelb. Die Gouvernante in Victoria erkannte Satinholz, das in Indien und Ceylon wuchs.

Die Tür war nicht verschlossen. Das war nicht nötig. Der Kellner, der sie in die Bibliothek geführt hatte, stand vor der Tür Wache. Victoria bezweifelte nicht, dass auch er unter seinem schwarzen Rock eine Waffe trug.

»Bringen Sie ein Tablett herauf, Gaston.« Die allzu vertraute Stimme glitt glatter als Satin an ihrem Rückgrat herunter. »Und eine Kanne Tee. Mademoiselle bleibt bei uns.«

»Sehr wohl, Monsieur.«

Behutsam schloss Gaston die Tür vor Victorias Nase.

Sie wirbelte herum, dass ihr Kleid sich an ihren Knöcheln verfing, ihr Haar wehte und ihr Herz ihr die Kehle zuschnürte. »Sie können mich nicht gegen meinen Willen festhalten.«

»*Au contraire.*« Gabriel schaute sie an. »Wenn Ihr Leben nicht verzichtbar wäre, wären Sie nicht hier, Mademoiselle.«

Dass er ihr Leben so beiläufig abtat, verschlug ihr vorübergehend die Sprache.

»Sie wollen mich nicht«, stieß Victoria hervor und klammerte sich an ihren Umhang wie an einen Rettungsanker.

»Sie wären überrascht, was ich will«, erwiderte er kryptisch.

Beobachtend. Wartend. Als sei sie gefährlich, nicht er.

»Sie hatten nie die Absicht, mir beizuwohnen«, warf Victoria ihm leichtsinnig vor.

»Nein«, bestätigte er. Licht und Dunkel schimmerten in seinen silbernen Augen. »Ich hatte nicht die Absicht, Ihnen beizuwohnen.«

»Sie haben mir befohlen, mich auszuziehen«, sagte sie. *Obwohl Sie wussten, dass Sie mich nicht nehmen würden*, brauchte sie nicht erst hinzuzufügen.

Er hatte ihre armseligen, provisorischen Strumpfbänder gesehen, die rutschenden Strümpfe, die fadenscheinige Unterhose und die abgetragenen Schuhe. Seine Augen blieben kühl. Ungerührt.

»Warum?« Victorias Schrei prallte an der Decke ab und huschte über die blau gestrichenen Wände. »Warum haben Sie mich angelogen?«

Warum hatte er sie mit Bildern verschlungener Körper gelockt, die in der Nachglut der Lust vor Schweiß trieften? *Warum hatte er ihr gesagt, er finde sie begehrenswert*?

»Ich musste es wissen«, sagte er schlicht.

Vorher hatte sie die flüchtigen Schatten in seinen Augen als Bedauern ausgelegt; diesen Fehler machte sie nun nicht mehr.

»Was mussten Sie wissen? Wie weit eine Jungfrau gehen würde, um an Geld zu kommen?« Victoria rang darum, den schrillen Beiklang der Angst aus ihrer Stimme zu halten. »Sie haben Ihren Körper verkauft. Ich versichere Ihnen, Sir, ich wäre noch viel weiter gegangen, als mit den Brüsten vor Ihrem Gesicht dazustehen.«

Sie schloss den Mund und lauschte dem Widerhall ihrer Worte. Die Wände rückten näher, bis sie ihre Enge beklemmend in ihrem Rücken, ihrer Brust, ihren Seiten spürte.

Sie hätte ihn in den Mund genommen.

Sie hätte ihn in jede Körperöffnung genommen.

Und er wusste es.

Es war offenkundig, dass ihre Jungfräulichkeit für ihn keinen Wert besaß. Aber sie war alles, was ihr geblieben war. Auch das wusste er.

»Ich musste wissen, ob Sie eine Waffe haben, Mademoiselle«, sagte er lediglich.

»Sie haben mir befohlen, meine Unterhose auszuziehen« – sie schnappte nach Luft –, »um zu sehen, ob ich darin eine Waffe verstecke?«

»Ja.«

»Was dachten Sie, wo ich diese Waffe versteckt hätte – in meiner Vagina?«

»Das ist möglich.«

Victoria starrte ihn an.

»Was sind wir Frauen doch für ein gefährliches Geschlecht. Und vom Glück begünstigt.« Das Lachen, das in ihrer Brust gefangen saß, sprang in ihre Kehle. Sie erinnerte sich an den älteren Bruder eines ihr anvertrauten Kindes, der billige Schauerromane über die amerikanischen Grenzsiedlungen verschlungen hatte. »Wir brauchen kein Holster, wir haben unsere Vagina, aus der wir die Waffe ziehen können.«

Das Lachen, das sich ihr entrang, spiegelte sich nicht in seinen Augen wider.

»Auch Männer besitzen Körperöffnungen, Mademoiselle«, sagte er ausdruckslos.

Das Lachen brach sich Bahn. Victoria erinnerte sich … *Empétarder … jemanden von hinten aufnehmen.*

Demütigung brannte auf ihren Wangen. »Ich glaube kaum, dass die Öffnungen einer Frau – oder eines Mannes – dazu geeignet sind, Schusswaffen aufzunehmen, Sir.«

»Messer sind ebenso tödlich, Mademoiselle. Und Schusswaffen gibt es in verschiedenen Größen und Formen.«

Ja, es war bei Frauen in Mode, Miniaturpistolen mit beweglichen Teilen an Halsketten oder Ohrringen zu tragen.

»Halten Sie es für notwendig, alle Frauen zu durchsuchen, die Sie kaufen?«, fragte sie gepresst.

»Ich kaufe Frauen nicht für Liebesdienste.«

Kaufte er Frauen um zu töten?

»Dann weiß ich wirklich nicht, warum Sie mich ersteigert haben.«

»Sie haben etwas, was ich haben will.«

»Sie haben gesagt, dass Sie meine Jungfräulichkeit nicht wollen.«

»Ich will den Namen des Mannes – oder der Frau –, der Sie zu mir geschickt hat.«

Ärger verdrängte ihre Angst. »Ich habe Ihnen schon gesagt, dass mich niemand in das Haus Gabriel geschickt hat.«

Victoria hatte sich aus freien Stücken entschlossen, sich zu verkaufen.

»Dann sagen Sie mir den Namen der Frau, die Ihnen das Quecksilbersublimat gegeben hat.«

Unter dem seidigen Klang seiner gepflegten Stimme lauerte blanker Stahl.

»Und wenn ich es tue?«

»Dann werde ich diese Person finden.«

»Und wenn ich es nicht tue?«

»Dann wird die Person sterben.«

Sie würde nicht hysterisch werden.

»Und wenn Sie diese Person finden? Was machen Sie dann mit ihr?«

»Was notwendig ist, um die Auskünfte zu bekommen, die ich brauche.«

Er würde ihr wehtun. Er würde …

Victorias Augen weiteten sich schlagartig, als sie begriff. »Sie glauben, dass meine … Freundin« – sie stolperte über das Wort – »mich absichtlich hergeschickt hat. Zu Ihnen.«

Er antwortete nicht. Er brauchte nicht zu antworten.

»Sie glauben, ich bin hergekommen, um Ihnen etwas zu tun«, sagte sie ungläubig.

Er wandte den Blick nicht von ihr.

»Darf ich Sie daran erinnern, Sir, dass Sie mich ersteigert haben. Warum haben Sie auf mich geboten, wenn Sie glaubten, dass ich Ihnen etwas zufügen würde?«

»Wenn ich Sie nicht ersteigert hätte, würden Sie einen weitaus schlimmeren Tod sterben, als Quecksilbersublimat ihn verursacht, Mademoiselle.«

Victoria erinnerte sich an den Mann, der ihr gefordertes Anfangsgebot abgegeben hatte. *Ich gebe Ihnen hundertfünf Pfund, Mademoiselle, für Ihre … Unschuld.*

Ein kalter Schauer lief ihr über den Rücken. Hatte er ihre Unschuld oder ihr Leben kaufen wollen?

Entschlossen schluckte sie die aufwallende Panik herunter, die in ihr brodelte wie Selterswasser. »Und jetzt?«

»Sie können immer noch sterben.«

»Sie haben gedroht, mich zu erschießen, Sir.« Sie knetete krampfhaft ihren Umhang. »Lieber gehe ich das Wagnis mit diesem anderen Mann ein.«

Seine Weigerung war deutlich an seinen Augen abzulesen.

Victoria bekam nicht genug Luft. »Bitte lassen Sie mich gehen.«

»Fangen Sie an zu betteln, Mademoiselle?«

Sie wich zurück. »Nein.« Niemals.

Er senkte die Lider. Fiedrige Schatten verunstalteten seine marmorglatten Wangen. Er hielt ihre Tasche weit auf und griff hinein.

Victorias Magen verkrampfte sich. Sie wusste, was er dort finden würde. »Geben Sie mir meine Tasche zurück.«

Er holte ein Bündel Briefe heraus.

Jedes Wort, das darin geschrieben stand, hatte sich in Victorias Kopf eingebrannt. Es überlief sie heiß und kalt.

Er schaute sie durch dunkle Wimpern an. »Sie haben einen Verehrer, Mademoiselle.«

Diese Briefe hatte kein Verehrer geschrieben.

Victorias Entsetzen, dass Gabriel die Briefe lesen könnte, überwog ihre Angst. Sie ging zu ihm und streckte die Hand aus. »Ich erlaube Ihnen nicht, diese Briefe zu lesen, Sir. Bitte geben Sie sie mir zurück. Sie sind privat.«

»Ich frage Sie nicht um Erlaubnis« – er öffnete die Augen, starrte sie von oben herab an und sagte betont: »Victoria.«

Er war zehn Zentimeter größer als sie. Noch nie hatte Victoria sich so klein und hilflos gefühlt.

»Lassen Sie mich gehen«, wiederholte sie.

»Das kann ich nicht.«

Verzweiflung befiel sie.

»Sie haben Hunger kennen gelernt«, sagte sie unbesonnen.

»Es gibt viele Arten von Hunger, Mademoiselle.«

Hunger des Körpers. Hunger der Seele. Hunger des Fleisches.

Victoria scheute vor dem Letzteren zurück. Er durfte diese Briefe nicht lesen.

»Sie haben auf der Straße gelebt.«

»Ich wurde in Calais in der Gosse geboren.«

Calais, Frankreich, lag unmittelbar auf der anderen Seite des Ärmelkanals. War sein Körper in Frankreich oder England verkauft worden, fragte sie sich. Doch dann: Waren die Straßen in Frankreich sicherer als in England?

»Ich weiß nicht, welches Verbrechen ich Ihrer Ansicht nach begangen habe, Sir«, sagte sie in ihrem vernünftigsten Gouvernantenton. »Aber die Londoner Straßen werden mich wesentlich härter bestrafen als Sie. Ich bitte Sie noch ein Mal: Lassen Sie mich gehen.«

Er legte den Kopf schief. Die Kälte in seinen Augen raubte Victoria den Atem. »Sie haben Angst vor dem, was ich in den Briefen finden werde.«

Sie hatte Angst vor dem, was sie in den Briefen gefunden hatte.

»Sie wollen mich nicht«, wiederholte Victoria.

»Doch, Mademoiselle«, erwiderte er ohne Begierde in den silbernen Augen.

Nein, er wollte sie nicht, aber er wusste, dass sie ihn wollte.

Hatte er gewusst, dass sie seine Berührung in ihrem Körper gespürt hatte, als er die Lederfalte streichelte, fragte sie sich flüchtig.

Sofort tat sie diese Frage ab. Natürlich hatte er es gewusst. Jede Bewegung, jedes seiner Worte war berechnet.

»Wenn Sie mich wollten, hätten Sie mich genommen, Sir.«

Eine vertraute Starre legte sich auf Gabriel. Victorias Gesicht spiegelt sich in seinen Pupillen, zwei bleiche Kreise, schwarz umrahmt.

»Ich kann Sie nicht nehmen, Mademoiselle«, sagte er schließlich.

»Warum?«

Das *Warum* prallte an den Wänden ab.

»Weil Sie sterben werden, wenn ich Sie nehme.«

Weil Sie sterben werden lief ihr den Rücken hinunter.

»Ich kann sterben, wenn ich bei Ihnen bleibe; ich kann sterben, wenn ich gehe.« Sicher war das nicht Victoria, die da sprach, aber sie hörte ihre Stimme. »Ich denke, Sir, wenn ich schon sterben soll, möchte ich lieber nicht als Jungfrau sterben.«

Ihre gewagten Worte hingen in der Luft.

Seine Augen brannten.

Wie konnte silbernes Eis brennen, fragte Victoria sich in einem Teil ihres Hirns, das noch zu Fragen fähig war.

»Ich werde Sie nicht sterben lassen«, sagte er.

»Aber Sie haben doch gesagt, dass Sie es nicht garantieren können«, entgegnete Victoria.

Er antwortete nicht.

»Wenn Sie mich zwingen zu bleiben, werde ich Sie verführen, Sir«, behauptete Victoria aus reiner Prahlerei. Sie hatte keinerlei Vorstellung, wie man einen Mann verführte.

»Dann werden Sie die Konsequenzen tragen müssen, Mademoiselle.« Seine schwarzen Pupillen schluckten das Silber seiner Iris. »Ebenso wie ich.«

Es wurde dunkel um sie.

»Wieso glauben Sie, dass ich Ihnen ein Leid zufügen will?«, fragte Victoria. Und konnte die Verzweiflung in ihrer Stimme nicht verhehlen.

»Wieso haben Sie Angst davor, dass ich Ihre Briefe lese?«, entgegnete er.

»Vielleicht haben wir beide die gleiche Angst, Sir.«

»Was glauben Sie, wovor ich Angst habe, Mademoiselle?«, fragte er höflich.

In seinen Augen, seiner Stimme lauerte Tod.

Victoria hatte noch nie getötet, dieser Mann schon. Keine Sekunde bezweifelte sie, dass er es wieder tun würde.

»Ich glaube, Sie haben Angst, sich vom anderen Geschlecht berühren zu lassen, Sir.« Victoria umklammerte ihren Umhang, atmete Dunst, Feuchtigkeit, das bittere Aroma ihrer Angst.

»Sie glauben, ich habe Angst, mich vom anderen Geschlecht berühren zu lassen«, wiederholte er leise und ließ jedes Wort auf der Zunge zergehen. »Sie glauben, ich habe Angst, mich von Frauen berühren zu lassen. Haben Sie Angst, sich von Frauen berühren zu lassen, Mademoiselle?«

Sich von Frauen berühren zu lassen … wie er sich von Männern hatte berühren lassen?

Victoria schluckte. »Nein, ich habe keine Angst, mich von Frauen berühren zu lassen.«

»Wovor haben Sie dann Angst, Mademoiselle, wenn Sie meinen, dass wir dieselbe Angst teilen?«

»Ich habe Angst, mich von einem Mann berühren zu lassen«, rang Victoria sich ab.

Das Licht, das seine Pupillen umrandete, leuchtete heller als der Kronleuchter über ihnen, ein greller, gefährlicher Kreis aus reinem Silber.

»Ich habe Angst, dass es mir gefällt, mich von einem Mann berühren zu lassen«, fuhr sie entschlossen fort.

Victorias Herz hämmerte in ihren Ohren, als sie die Wahrheit eingestand, die sie so lange zu verbergen gesucht hatte. Eine Wahrheit, die zu erkennen die Briefe sie gezwungen hatten.

»Ich habe Angst, dass ich tatsächlich eine Hure bin.«

Kapitel 4

Victorias Stimme hallte zwischen ihnen nach. Der Mann mit den silbergrauen Augen und dem silberblonden Haar schien gebannt von ihren Worten: *Angst, mich berühren zu lassen … Angst, dass es mir gefällt, mich berühren zu lassen … Angst, dass ich tatsächlich eine Hure bin …* Vielleicht war nur Victoria von der Tatsache gebannt, dass sie so etwas ausgesprochen hatte. Die Scham, die ihr Geständnis hätte wecken sollen, blieb aus.

Victoria hob herausfordernd das Kinn: Er sollte es ja nicht wagen, sie zu verurteilen, er, der seinen Körper verkauft hatte. Wie sie ihren Körper verkauft hatte.

»Die Briefe in meiner Tasche haben mir klar gemacht, was ich bin. Ich war tatsächlich nass vor Begierde. Weil ich wollte, dass Sie – ein Fremder – mich berühren.«

Schmerz zerriss ihr die Brust. »Nicht dass man seinen Körper verkauft, macht einen zur Hure, nicht wahr?«, sagte sie leichthin; aber ihre Stimme war nicht leicht. »Es ist die Lust an der körperlichen Berührung. Ich wollte Ihre Berührung; deshalb bin ich eine Hure.

Ich hätte nicht gedacht, dass diese Nacht mich so aufrühren würde.« Victoria zwinkerte plötzliche Tränen zurück. »Aber es ist so. Rechtfertigt das meinen Tod?«

Sekunden streckten sich zur Ewigkeit. Nur Gabriels Augen waren lebendig. Silberne Leuchtfeuer, die vor Verlangen brannten.

Zu berühren … sich berühren zu lassen. Zu umarmen … sich umarmen zu lassen.

Ein Holzscheit sackte in sich zusammen, die Wirklichkeit war wieder da.

Er wollte sie nicht berühren oder sich von ihr berühren lassen. Und vor allem wollte er sich nicht von ihr umarmen lassen.

»Ich kann Sie nicht gehen lassen, Mademoiselle.«

Bedauern lag in seiner Stimme, seinem Gesicht. Dann war es verschwunden. Sein Verlangen. Sein Bedauern. Die Sehnsucht nach Berührung. Umarmung.

Wieder war der Mann, der vor ihr stand, eine lebende, atmende Statue, von Gefühlen unverschandelte Schönheit.

»Gabriel war Gottes Bote«, sagte Victoria impulsiv.

»Ja. Michael war sein Auserwählter«, erwiderte er. Seine silberne Iris fraß das Schwarz seiner Pupillen.

Victoria wappnete sich. »Was werden Sie mit mir machen?«

»Ich werde versuchen, Sie zu retten.«

Aber sie könnte dennoch sterben.

»Ich glaube kaum, dass die Frau, die mir die … die Verhütungstabletten gegeben hat, eine ernsthafte Bedrohung darstellt«, sagte Victoria nachdrücklich. »Sie wollte mich lediglich ausrauben. Jetzt werde ich nicht genug Geld verdienen, dass es für sie der Mühe wert wäre.«

Sie würde auch nicht genug Geld verdienen, um zu entrinnen. Dem Mann, der die Briefe geschrieben hatte.

»Nein, sie wird Sie nicht wieder behelligen«, stimmte er ruhig zu.

Victoria seufzte erleichtert. »Da haben Sie es …«

»Sie wird Sie nicht wieder behelligen, Mademoiselle, weil sie tot ist. Oder bald sein wird.«

Dolly hatte versprochen, Victoria zum Haus Gabriel zu begleiten; Victoria hatte gewartet, bis Big Ben Viertel vor zwölf geschlagen hatte. Sie war nicht gekommen. Übelkeit schnürte Victoria die Kehle zu.

»Woher wissen Sie das?«, brachte sie mühsam heraus.

»Ich weiß es daher, Mademoiselle.«

Instinktiv griff Victoria nach dem weißen Tuch, das er in ihre Hand fallen ließ. Verständnislos musterte sie den Stoff, eine Serviette vermutlich.

»Drehen Sie sie um.«

Auf der Rückseite der weißen Seidenserviette waren schwarze Tintenflecken. Allmählich nahmen die schwarzen Kleckse Gestalt an. Es waren Buchstaben. Eine schwungvolle, schwarze, männliche Schrift. Auf die Seide war eine Nachricht geschrieben. Victoria las die kurze Mitteilung. Ein Mal. Zwei Mal. Drei Mal. Jedes Mal stockte sie beim letzten Satz:

Du hast eine wunderbare Bühne aufgebaut, mon ange, nun bringe ich dir eine Frau. Eine Hauptdarstellerin, wenn du so willst. Laissez le jeu commencer.

Lasst das Spiel beginnen …

Mit scheinbarer Ruhe faltete sie die Serviette sorgsam zusammen und reichte sie ihm. Gabriel nahm sie nicht. Unbeholfen ließ Victoria ihre Hand sinken; die Seide zerknitterte zwischen ihren zur Faust geballten Fingern. »Meine … Die Frau, die mir die Tabletten gegeben hat, hat das nicht geschrieben.« Selbst wenn Dolly schreiben konnte – und das in einer so schwungvollen, männlichen Handschrift –, hätte sie nicht Shakespeare zitieren können.

»Nein.«

Die ganze Welt ist Bühne und alle Frauen und Männer bloße Spieler. Victoria hatte Autor und Stück erkannt, aus dem das Zitat stammte. Er glaubte doch wohl nicht …?

»Ich bin Gouvernante«, sagte sie abwehrend.

»Ja.« Seine Antwort war nicht viel versprechend.

»Mein Stellung erfordert gewisse Kenntnisse über Shakespeares Werk.«

Schweigend schaute er zu, wie sie zappelte.

»Ich …« *Kenne den Mann nicht, der das geschrieben hat.* Victoria leckte sich die Lippen. »Was bedeutet das: Du hast eine ›Bühne aufgebaut‹? Für wen haben Sie die Bühne aufgebaut?«

»Für einen Mann, Mademoiselle.«

»Der Mann, der diese Mitteilung geschrieben hat.«

»Ja.«

»Und Sie glauben, dass dieser Mann, dass – dass ich seinetwegen hier bin?«

»Ja.«

»Das ist absurd. Woher sollte er wissen …«

Ihr Atem blieb ihr in der Kehle stecken. Vor sechs Monaten hatte der Mann ihrer Arbeitgeberin Victoria vorgeworfen, mit ihm zu flirten. Victoria hatte es nicht getan. Ihre Arbeitgeberin hatte von der Wahrheit nichts wissen wollen. Sie hatte Victoria ohne Zeugnis entlassen.

Drei Monate später waren die ersten Briefe eingetroffen, mit der Morgenpost unter der Tür ihres gemieteten Zimmers durchgeschoben. Briefe, die behaupteten, jemand beobachte sie. Jemand warte auf sie.

Briefe, die in allen Einzelheiten die Wonnen schilderten, die sie bald erleben würde. Durch die Lippen eines Mannes. Die Hände eines Mannes. Eines Mannes …

»Es ist unmöglich«, sagte Victoria abrupt.

Sie wusste, wer die Briefe schrieb: Sie kamen vom Ehemann ihrer früheren Arbeitgeberin. Seine Handschrift entsprach nicht der Schrift auf der Serviette.

Im Gegensatz zu dem Mann, der auf die Seidenserviette geschrieben hatte, besuchte der Ehemann ihrer ehemaligen Arbeitgeberin keine Etablissements wie das Haus Gabriel. Falls doch, hätte er für eine Frau bezahlt, statt Victoria ihren guten Ruf und ihren Beruf zu nehmen. Nur um sich ihrer Jungfräulichkeit zu bemächtigen.

»Ich will jetzt meine Tasche wieder haben, bitte.«

»Gleich, Mademoiselle.« Zuerst wollte er die Briefe lesen, das wusste sie.

»Ich versichere Ihnen, Sir, ich besitze keine Briefe von der Handschrift auf dieser Serviette.«

»Dann haben Sie ja nichts zu befürchten.«

Das elektrische Licht versengte ihre Haut.

»Vor heute Abend habe ich nicht einmal von Ihrer Existenz gewusst«, argumentierte Victoria.

»Das haben Sie schon gesagt.«

»Ich habe nicht die Absicht, Sie zu verletzen.«

»Ich Sie auch nicht.«

»Welchen Zweck sollte dieser Mann damit verfolgen, mich zu Ihnen zu schicken?«, platzte Victoria heraus.

Sie kannte weder den Mann, der sich Gabriel nannte, noch den Mann, der sie angeblich töten wollte. Es ergab keinen vernünftigen Sinn.

Gabriel senkte die Lider und ließ die Briefe wieder in ihre Tasche fallen. Langsam schaute er auf. Der Ausdruck seiner silbernen Augen raubte ihr den Atem: Sie sah Angst. Wenn er Angst hatte …

»Ich weiß es nicht, Mademoiselle.« Sofort war die Angst aus seinem Blick verschwunden. Er ließ ihre Tasche auf den Sessel fallen. »Ihr Tablett wird gleich kommen. Möchten Sie sich frisch machen?«

Nein.

»Ja, danke.«

Vielleicht gab es im Bad ein Fenster, durch das sie fliehen könnte. Schweigend drehte er sich um. Victoria widerstand dem Drang, ihre Tasche an sich zu nehmen. Wenn sie sie aufheben sollte, würde er sie ihr abnehmen. Sie wusste nicht, was sie tun würde, wenn er Gewalt anwenden sollte: Schreien. In Ohnmacht fallen. Sich wehren.

Was Victoria für eine Schranktür aus Satinholz gehalten hatte, erwies sich als Tür. Eine Tür, die ins Stockfinstere führte.

Victorias Herz pochte an ihren Rippen. Licht fiel auf den nackten Holzfußboden und glänzte von einem Messingbett. Der Geruch von Bienenwachs und sauberem Leinen hüllte sie ein. Die Seidenserviette in der Linken, ihren Umhang in der Rechten, folgte Victoria ihm in die duftende Dunkelheit. Seine Schritte waren leise, unaufdringlich, Victorias laut und aufdringlich.

Im Schlafzimmer gab es keine Fenster.

Das leise Klicken einer sich öffnenden Tür klang ohrenbetäubend über Victorias hämmernden Herzschlag. Grelles Licht blendete sie.

Gabriel glitt zurück in den Schatten. Sein silberblondes Haar schimmerte. »Wenn Sie fertig sind, können Sie wieder zu mir kommen, Mademoiselle.« Resolut trat Victoria vor.

Die Tür ging zu, schloss sie ein. Sie sah eine Kupferbadewanne mit Satinholzverkleidung und Wasserhahn. Eine kupferbeschlagene Haube schloss sie von drei Seiten ein.

Victoria hatte im Kristallpalast kombinierte Badewannen und Duschbäder gesehen – aus Mahagoni oder Walnussholz statt aus dem kostbareren Satinholz –, aber noch nie hatte sie in einem Haus gearbeitet, das mit diesem Luxus ausgestattet war. Die Haube war etwa 2 Meter 30 hoch und recht imposant. Gegenüber der Tür hing ein Wasserbehälter aus Satinholz über einer elfenbeinfarbenen Toilette. Auf dem schmalen Schränkchen, das die Verbindung von Wasserrohr und Toilette verbarg, stand eine Schachtel Papiertücher. Die Etikette verlangte, dass solche Papiertücher ständig den Blicken verborgen blieben, um niemanden an ihren Zweck zu erinnern. Offensichtlich hielt der Mann namens Gabriel nichts von solchen Förmlichkeiten. Es war schwer, sich daran zu erinnern, wann ein solcher Anblick sie zuletzt beleidigt hätte.

Auf der anderen Seite des Badezimmers musterte sie eine Frau mit bleichem Gesicht, umrahmt von dunklem, glanzlosem Haar. Victorias Freude über den Anblick des kombinierten Duschbads verebbte. Die Frau, die sie sah, war ihr eigenes Spiegelbild über einem goldgeäderten, weißen Marmorwaschbecken.

Eine Erkenntnis folgte der nächsten: Im Bad gab es kein Fenster. Victoria saß in der Falle.

Gabriel betätigte den Lichtschalter mit der kalten Messingplatte und dem glatten Holzknopf. Über ihm flammte das Licht auf. Ein glatter Satinholzschrank beherrschte die Innenwand des Schlafzimmers; an der Außenwand stand ein Messingbett mit einer hellen Seidendecke. Die französische Madame hatte Überladenes statt Schlichtes geliebt, Opulenz statt Eleganz. Parfüm statt Sauberkeit.

Ihr würde sein Haus nicht gefallen. Gefiel es Victoria?

Er nahm ein Streichholz aus der Obsidianschale auf dem Kaminsims, ging in die Hocke und zündete die Schicht Holzspäne unter den aufgeschichteten Holzscheiten an. Blaugelbe Flammen züngelten hoch. Er hielt das brennende Streichholz lange in der Hand und dachte an die Jahre, die er ohne Essen gelebt hatte. Ohne Dach über dem Kopf. Ohne Sicherheit.

Werden Sie mich anbetteln, Mademoiselle?

Nein. Nein, ich werde Sie nicht anbetteln.

Sie hatte nicht gebettelt. Victoria hatte nicht um Essen gebettelt. Nicht um Geld. Sie hatte nicht um ihr Leben gebettelt. Sie hatte ihn nicht angebettelt, ihr Verlangen nach einem unberührbaren Engel zu stillen, das sie offenkundig verspürte. Stattdessen hatte sie, eine Jungfrau, gedroht, ihn zu verführen, einen Mann, der zwölf Jahre lang der Verführer war.

Victoria hätte ihn mit ihrem Mund genommen. Sie hätte ihn auf jede Weise genommen, in der Gabriel je einen Mann oder eine Frau genommen hatte. Sie wollte ihn immer noch, obwohl sie wusste, was er war.

Sein Geschlecht pochte bei der Erinnerung an den frischen Duft ihrer Begierde. Es hemmte die Gedanken nicht, die ihm durch den Kopf rasten.

Vor sechs Monaten hatte man Victoria aus ihrer Stellung entlassen.

Vor sechs Monaten hatte Gabriel den ersten Mann getötet.

… Nun bringe ich dir eine Frau.

Eine Frau, die lange genug auf der Straße gelebt hatte, um die Regeln des Überlebens zu verstehen, die aber durch dieses Wissen noch nicht zerstört war. Eine Frau, die seine Vergangenheit nicht verurteilte.

Wir tun, was wir tun müssen, um zu überleben.

Hitze leckte seine Haut. Gabriel schaute auf das Streichholz zwischen Daumen und Mittelfinger. Die blaue Flamme huschte über geschwärztes Holz.

Victorias Augen besaßen das gleiche lebhafte, unschuldige Blau wie das Feuer.

Hoffte der zweite Mann, ihn durch eine sinnliche Tändelei abzulenken?

Victoria hatte Angst vor dem, was er in ihren Briefen finden würde. Sie hatte ihm einen falschen Namen genannt. Hatte sie auch gelogen, was den zweiten Mann anging?

Sofort fiel Gabriel die entsetzte Kränkung in ihren Augen ein, als er ihr gesagt hatte, was Quecksilbersublimat bei einer Frau bewirkte. Eine Hure hatte sie töten wollen, dennoch hatte Victoria sie beschützt.

Wie weit würde sie gehen, um einen Liebhaber zu beschützen, fragte er sich. Wo hatte der zweite Mann sie gefunden? Wie hatte er sie gefunden? Warum hatte er sie gefunden? Gabriel warf das Streichholz ins Feuer und stand auf. Ein Colt Derringer und ein Bowiemesser lagen in der obersten Schublade des Satinholznachttischs.

Tödliche Waffen.

Sie war ohne Waffen zu ihm gekommen; in seiner Suite würde sie keine Waffen finden. Der Tod sollte durch den zweiten Mann oder durch Gabriel kommen: nicht durch eine Frau.

Er nahm den Derringer und das Messer und ging leise durch das Zimmer, das Victoria für die nächsten Tage, Wochen oder Monate als Schlafzimmer dienen würde. Der Duft frisch aufgebrühten Tees wehte durch die offene Schlafzimmertür. Gabriel hielt inne. Es war nicht Gaston, der in seinem Arbeitszimmer auf ihn wartete.

Kapitel 5

Michael hockte mit gesenktem Kopf auf der Schreibtischkante. Blaue Glanzlichter schimmerten in seinem schwarzen Haar. Neben seiner Hüfte stand ein großes Silbertablett; aus einer silbernen Teekanne kräuselte grauer Dampf hervor. Er hielt eine kleine, braune Tonschale in einer Hand und ein kleines Sandwich ohne Kruste in der anderen.

Beide Hände waren von roten Narben und Striemen entstellt. Finger. Handflächen. Handrücken.

Unter Gabriels Augen tunkte Michael das Brot in die Tonschale. Es tauchte voller Schokolade wieder auf.

Das Pochen in Gabriels Lenden griff auf seine linke Hand, dann auf seine Rechte über, die das Bowiemesser und den Colt Derringer umklammerten.

Er war nicht bereit, sich Michael zu stellen. Nicht so lange er noch den Duft von Victorias Begierde in der Nase und die Stimme des zweiten Mannes im Ohr hatte. Es spielte keine Rolle.

Gabriels Begierde; Victorias Begierde. Tod.

Laissez le jeu commencer. Lasst das Spiel beginnen.

Gabriel hatte die Bühne aufgebaut; jetzt musste er seine Rolle spielen. Schweigend schloss er die Schlafzimmertür hinter sich.

Äußerlich schien Michael vollauf mit seinem Sandwich beschäftigt zu sein: Aber er war es nicht. Michael spürte Gabriels Anwesenheit. Ebenso wie er den zweiten Mann im Salon gespürt hatte.

»Ich habe Gaston gesagt, er soll dich rauswerfen, Michael«, sagte Gabriel ausdruckslos.

Langsam hob Michael den Kopf. Seine violettblauen Augen waren kühl berechnend. Die gleichen runzeligen Verbrennungen, die seine Hände entstellten, zeichneten auch seine rechte Wange und standen in krassem Gegensatz zur Vollkommenheit seiner Züge.

»Glaubst du wirklich, ich würde gehen, ohne dich zu sehen, Gabriel?«, fragte er leise.

Michaels Stimme hatte sich in den sechs Monaten nicht verändert, seit Gabriel sie zuletzt gehört hatte. Sie war leise, lasziv und verführerisch, die Stimme eines Mannes, der sein Vermögen durch Hurerei erworben hatte.

Nein, Gabriel hatte nicht erwartet, dass Michael sich von ihm abwandte. Aber er hatte es gewünscht. Nach all den Jahren wollte er den dunkelhaarigen Engel mit den hungrigen violettblauen Augen immer noch beschützen.

Gabriels Blick schweifte von Michael zu dem mit Schokolade überzogenen Brot. Ein Stich zog ihm die Brust zusammen. Vor siebenundzwanzig Jahren hatte Michaels Magen allein schon den Geruch von Schokolade nicht ertragen, von ihrem Geschmack ganz zu schweigen.

»Seit wann magst du *chocolat, mon frère*?«, fragte er.

Gabriel wusste, dass seine Stimme den gleichen wissenden Tonfall besaß wie Michaels: Sie hatten beide gelernt, zu locken, zu verführen, zu befriedigen.

Gabriels Lippen brannten bei der Erinnerung: Vor sechs Monaten hatte er Michaels narbige Wange geküsst. Dann hatte er den ersten Mann getötet.

Wie leicht wäre es gewesen, den Abzug zu drücken und Michael zu töten. Vor sechs Monaten.

Heute Nacht …

»Wie geht es Anne?«, fragte Gabriel unvermittelt.

Die Wärme, die in Michaels Augen trat, und das Strahlen, das sein Gesicht leuchten ließ, zwang Gabriel fast in die Knie. Einen atemberaubenden Augenblick lang erkannte er den Mann vor sich nicht wieder.

Gabriel hatte Michael halb tot vor Hunger und Angst erlebt. Er hatte ihn halb verrückt vor Kummer und Leid erlebt. Noch nie zuvor hatte er Michael glücklich gesehen. Aber jetzt war er es.

Michael hatte gefunden, was Gabriel nie finden würde: Liebe. Anerkennung. Frieden. All das bei einer Frau, die violettblaue Augen silbergrauen vorzog. Einen dunkelhaarigen Engel einem blonden Engel vorzog. Einen Mann, der das Leben achtete, einem Mann vorzog, der Leben genommen hatte.

Das Leuchten in Michaels Gesicht verblasste auf der Stelle, die Augen wurden wieder kühl berechnend. »Wieso besuchst du uns nicht und siehst selbst nach, Gabriel?«

»Vermisst du mich, *mon frère*?«, erwiderte Gabriel spöttisch.

»Ja.«

Für einen flüchtigen Augenblick ließ Michael seine Maske fallen. Nichts Trügerisches lag in seinen Augen, nichts Gekünsteltes in seiner Stimme.

Eine unsichtbare Faust ballte sich in Gabriels Magengrube.

Michael liebte ihn, und Gabriel wusste nicht, wieso.

Michael hatte Gabriel nie verurteilt, weil er ein namenloser Bastard war oder die Entscheidungen getroffen hatte, die er getroffen hatte.

Gabriel wünschte, er hätte ihn beschimpft und verurteilt.

Gabriel wünschte, er könnte hassen und sicher sein, dass er Hass empfand, nicht verkappte Angst.

Er wich Michaels Augen aus. Sie hatten sich in den siebenundzwanzig Jahren, die Gabriel ihn kannte, nicht verändert: Sie waren immer noch unverhohlen hungrig.

Victorias Augen waren ebenfalls hungrig. Unschuldige blaue

Augen, die nach Sinnlichkeit hungerten. Nach Liebe. Nach Anerkennung.

Der zweite Mann hatte Victoria zu ihm gebracht, weil sie hungrig war. Genau wie Michael hungrig war.

Weil sie begehrte. Wie Gabriel nicht zu begehren vermochte. Aber warum?

»Du hast mich Lesen und Schreiben gelehrt«, sagte Gabriel. Er wollte die Beweggründe des zweiten Mannes verstehen. Er wollte Michaels Beweggründe verstehen. »Warum?«

»Du hast mich Stehlen gelehrt: Ich fand es einen gerechten Tausch.« Schärfe lag in Michaels Ton. »Wer ist der zweite Mann, Gabriel?«

Gabriel sah Michael unerschrocken in die Augen.

»Du weißt, wer er ist«, antwortete er ungerührt.

Michael hatte Gabriel in einer Mansarde angekettet gefunden wie einen Hund, als er in seinem eigenen Dreck um den Tod betete. Aber Michael hatte ihn nicht sterben lassen. Gabriel wünschte, er hätte es getan.

»Du hast mir erzählt, dass er der zweite Mann war, der dich vergewaltigt hat«, sagte Michael.

Zwei Männer hatten Gabriel vergewaltigt; einen hatte er getötet, der zweite Mann lebte immer noch.

Gabriel schlug die Augen nicht vor dem Misstrauen nieder, das in Michaels Blick schwelte. »Ich habe gesagt, dass ein zweiter Mann da war«, bestätigte er ruhig.

»Aber bis vor sechs Monaten hast du nie einen zweiten Mann erwähnt.«

»Ich wusste nicht, dass du dich für Einzelheiten interessierst. Verzeih mir, *mon vieux*«, sagte Gabriel seidig, um Michael bewusst zu ärgern. »Ich dachte, deine Interessen lägen anderswo.« Bei Frauen statt bei Männern, meinte er. Michael biss nicht an.

»Ich dachte, du wärst der einzige Mensch in meinem Leben, den meine Vergangenheit nicht zerstört hätte, Gabriel.« Schwarze Wimpern verhüllten Michaels Augen. Er stellte die Schale mit der Schokolade auf das Silbertablett.

Schmerz durchzuckte Gabriel. Michael würde sich unweigerlich irgendwann die Teile zusammenreimen. Und Gabriel wünschte, er könnte ihm auch das ersparen. Das sanfte Klirren von Glas an Metall übertönte das Hämmern seines Herzens.

Langsam schaute Michael auf, violettblaue Augen nagelten silberne fest. »Aber ich habe mich geirrt, nicht wahr, *mon frère*?«

»Keiner von uns entrinnt der Vergangenheit, Michael«, sagte Gabriel wahrheitsgemäß.

Und wartete. In dem Wissen, dass er nichts tun konnte, um den weiteren Verlauf der Dinge aufzuhalten. Michael rutschte lautlos vom Schreibtisch. Seine Augen waren entschlossen, die Narben auf seiner Wange weiß vor Anspannung. Er trat einen Schritt vor …

»Warum hat die Frau ihren Körper in deinem Haus versteigert, Gabriel?«

Zwei Schritte …

»Warum verkauft jemand seinen Körper, Michael?«, fragte Gabriel ironisch. Sein Herz schlug schneller.

Er fragte sich, wie weit Michael Gabriel in seiner Suche nach der Wahrheit treiben würde. Er fragte sich, wie weit der zweite Mann ihn in seinem Spiel mit dem Tod treiben würde.

Er fragte sich, was er tun würde, wenn Victoria versuchen sollte, ihn zu verführen.

Drei Schritte …

»Du hast bisher nie Auktionen zugelassen, *mon ami*«, forderte Michael ihn heraus.

Vier Schritte …

»Heute Abend ist die große Wiedereröffnung meines Hauses«, antwortete Gabriel ruhig. Er wählte Wahrheit und Lügen mit gleicher Sorgfalt aus. »Ich fand es passend.«

Fünf Schritte …

Michael hob ironisch eine Augenbraue. »Und fandest du es auch passend, dass der Eigentümer seine Gäste überbot, Gabriel?«

Sechs Schritte …

»Vielleicht bin ich einsam, Michael«, sagte er leise. »Vielleicht möchte ich eine Frau für mich.« Gabriel wusste nicht, ob er log oder nicht.

Sieben Schritte …

»Und der zweite Mann, ist er auch einsam?«, entgegnete Michael beißend. Seine Augen waren erbarmungslos in ihrer Wahrheitssuche. »Hat er deshalb zwei Gebote auf deine Frau abgegeben?«

Deine Frau hallte es von der weiß gestrichenen Decke wider.

Schwarzes Männerhaar verwandelte sich in dunkles Frauenhaar. Er hatte Victorias Stimme im Ohr: *Ich habe Angst, mich von einem Mann berühren zu lassen … Ich habe Angst, dass es mir gefällt, mich von einem Mann berühren zu lassen … Ich habe Angst, dass ich tatsächlich eine Hure bin.*

Schlagartig verwandelte sich Victorias dunkles Haar wieder in Michaels schwarzes Haar, die Nacktheit einer Frau in die Entschlossenheit eines narbigen Engels.

Gabriel spürte die Wärme, die Michaels Körper ausstrahlte. Er zwang sich, nicht vor ihm zurückzuweichen. Wie er sich gezwungen hatte, nicht zurückzuweichen, als Victoria vorher Schritt für Schritt auf ihn zugekommen war, mit vorgeschobenem Becken, schwingenden Hüften, hüpfenden Brüsten.

Fast hätte sie ihn berührt. Und einen atemberaubenden Augenblick lang hätte er es fast geschehen lassen.

Victoria wusste nicht, welche Folgen es nach sich zog, ihn zu berühren; Gabriel wusste es. Michael wusste es.

»Vielleicht«, sagte Gabriel leichthin. Jeder Muskel seines Körpers pochte vor Wachsamkeit.

Wenn Michael nicht stehen blieb …

Acht Schritte …

Gabriel erstarrte, die linke Hand am Heft des Messers, den rechten Mittelfinger am Abzug.

Michael hielt inne. Nach Schokolade riechender Atem streichelte Gabriels Wange.

Zwei Engel standen Auge in Auge, ein dunkelhaariger, ein blonder. Einer ausgebildet, Frauen zu Gefallen zu sein, der andere, Männern zu Gefallen zu sein.

»Warum hast du ihn nicht getötet, Gabriel?« Silberne Augen spiegelten sich in violettblauen, violettblaue in silbernen, zwei

Männer, gefangen in einer Vergangenheit, die keiner von beiden sich ausgesucht hatte. »Ich weiß, dass er da war. Du warst bereit, die Frau zu erschießen. Warum nicht den zweiten Mann?«

Michael hatte also den blau plattierten Revolver gesehen. Wusste er, wie nah er dem Tod gekommen war? Wusste er, wie nah er jetzt dem Tod war?

»Hast du ihn gesehen, Michael?«, fragte Gabriel gleichmütig.

»Nein, ich habe ihn nicht gesehen, aber du standest über uns, Gabriel. Es ist unmöglich, dass du ihn nicht gesehen hast.«

Gabriel konzentrierte sich auf den feuchten Schokoladenduft, statt auf die Augen, die an seiner Seele saugten, und auf seine Finger, die sich eigenständig spannten, um sich zu schützen. »Vielleicht sehe ich nicht so klar, wie ich gern glauben möchte.«

Eine weitere Wahrheit. Gabriel hatte nicht mit einer Komplizin gerechnet, die unter dem Vorwand, ihren Körper zu versteigern, in sein Haus eindringen würde.

Er hatte nicht damit gerechnet, eine Frau zu finden, die ihn nicht verurteilte.

Um alles wiedergutzumachen, was er erlitten hatte.

»Lebt die Frau?«, fragte Michael mit scharfem Blick.

»Als ich sie vor ein paar Minuten allein ließ, ja«, sagte Gabriel. Aber wie lange noch?

»Ist sie eine Hure?«

Gabriel bezähmte seine aufwallende Wut. »Nein.«

Victoria war keine Hure, Huren boten nicht alles an, ihr Leben, ihren Schmerz, ihre Lust.

»Ist sie Jungfrau?«

»Ja.« Der Schokoladengeschmack legte sich auf Gabriels Zunge. »Sie ist Jungfrau.«

»Und woher weißt du das, Gabriel?«, peitschte es durch die Luft. »Hast du sie berührt?«

Schmerz …

Gabriel wollte keinen Schmerz spüren.

Ich will nicht begehren …

»Du weißt, dass ich es nicht getan habe, Michael«, sagte Gabriel betont ruhig, alle Sinne auf die Frau im Nachbarzimmer und den Mann vor ihm ausgerichtet. »Du weißt genau, wie lange es her ist, seit ich zuletzt jemanden berührt habe.«

Jeden Augenblick konnte Victoria die Tür öffnen …

Würde auch sie Michael vorziehen, fragte er sich flüchtig. Die Eifersucht, die dieser Gedanke weckte, überraschte ihn.

Der zweite Mann hatte sie zu Gabriel geschickt, nicht zu Michael. Er wollte nicht, dass sie einen dunkelhaarigen Engel bevorzugte.

Gabriel wollte das, was Michael hatte: eine Frau, die seine Vergangenheit und die Bedürfnisse einer männlichen Hure akzeptieren würde. Ein Muskel zuckte in seinem Kinn, Hitze breitete sich aus, der Druck wuchs. Wenn Michael nicht zurücktrat …

Michael ging nicht zurück.

»Sie weiß, dass du für zweitausendsechshundertvierundsechzig Francs verkauft wurdest«, beharrte er. Der Gegenwert von einhundertfünf englischen Pfund.

»Sie weiß es«, bestätigte Gabriel und spannte die Muskeln noch stärker an. Bereitete sich vor, zu handeln oder zu reagieren. Zu töten oder zu fliehen.

»Der zweite Mann hat sie dir geschickt.«

Gabriel stritt das Offensichtliche nicht ab. »Ja.«

»Warum will er dich töten, Gabriel?«, fragte Michael provozierend.

Gabriel wusste, was Michael tat: Dieselbe Technik hatte er bei Victoria angewandt. Angriff. Verführung.

Er hielt völlig still, atmete den Duft von Michaels Atem ein, gefangen in Michaels Körperwärme. Gefangen von der Wahrheit.

»Er will mich töten, weil er weiß, dass ich ihn töte, wenn er es nicht tut«, sagte Gabriel kühl. Die Wahrheit, aber nicht die ganze Wahrheit.

»Hat die Frau dich berührt, Gabriel?«

Gabriel erstarrte. Er wusste, wohin Michaels Frage führte, konnte ihn aber nicht aufhalten. »Nein.«

»Vor sechs Monaten hast du mich berührt.«

Gemeinsame Erinnerungen flackerten zwischen ihnen auf. Narbiges Fleisch. Kalte Lippen. Rotes Blut.

»Was würdest du tun, wenn ich dich berühren würde, Gabriel?«, fragte Michael leise.

Zerbrechen.

Gabriel würde zerbrechen, wenn Michael ihn berühren sollte.

Und einer von ihnen würde sterben. Vielleicht würden sie beide sterben.

Michael hatte nicht getötet; das hieß nicht, dass er nicht dazu imstande wäre.

»Spiel dieses Spiel nicht mit mir, *mon frère*«, sagte Gabriel gepresst.

»Aber es ist ein Spiel, *mon ami*«, sagte Michael zärtlich. »Seit fast fünfzehn Jahren suchst du den zweiten Mann. In dieser ganzen Zeit hast du ihn nicht finden können. Warum sollte er dich jetzt aus Angst um sein Leben aufspüren?«

»Vielleicht ist er es leid, wegzulaufen.«

Wie Gabriel es leid war, wegzulaufen.

Die Zeit tickte buchstäblich dahin, in seiner Wange, in seinen Händen. Zählte die Sekunden, bis die Frau durch die Tür käme und einen dunkelhaarigen Engel einem blonden vorzöge.

Bis Michael Gabriel berührte.

Bis Gabriel Michael tötete.

Und er zerbräche.

»Das glaube ich nicht«, sagte Michael sanft.

»Was glaubst du nicht, Michael?«, fragte Gabriel. Er erstickte am Schokoladengeruch.

»Ich glaube nicht, dass er es leid ist, wegzulaufen. Und ich glaube nicht, dass er je vor dir weggelaufen ist, Gabriel.«

»Dann sag mir, warum er deiner Ansicht nach heute Abend gekommen ist«, raunte Gabriel lockend, sich auf das Spiel einlassend.

Es war immer ein Spiel gewesen: der erste Mann, der zweite Mann.

»Mein Onkel hat alle zerstört, an denen mir lag«, sagte Michael leise. Alle bis auf Anne.

»Ich habe deinen Onkel getötet, Michael.«

Den ersten Mann. Und Gabriel würde es wieder tun.

Zorn flackerte in den violettblauen Augen auf: Michael hatte Gabriel noch nicht verziehen, dass er seinen Onkel getötet hatte, damit er selbst keinen Mord auf sich lud. Er fasste sich jedoch schnell: »Du sagtest, mein Onkel habe den Namen des zweiten Mannes gekannt, der dich vergewaltigt hat.«

»Dein Onkel kannte manches«, wich Gabriel aus.

»Mein Onkel kannte seinen Namen, Gabriel«, wiederholte Michael nachdrücklich mit unerbittlichem Blick, »weil er den zweiten Mann angeheuert hat, der dich vergewaltigt hat.«

Gabriel kämpfte gegen die nie endenden Erinnerungen an Schmerz, der in Lust umschlug, und an Lust, die den Überlebenswillen zerstörte.

Michael konnte die Wahrheit nicht kennen.

»Woher weißt du das, Michael?«

»Ich weiß es, weil du mich hasst, seitdem du vergewaltigt wurdest, Gabriel.«

Michaels Schokoladenatem blieb Gabriel in der Kehle stecken.

»Genugtuung«, flüsterte Michael als Widerhall auf Gabriels Stimme vor sechs Monaten.

Für was?, hatte Michael gefragt.

Lust. Schmerz.

»Du wolltest mich töten, als du mir die Waffe an die Schläfe gehalten hast.« In Michaels Augen lag weder Lust noch Schmerz. »Du willst mich auch jetzt töten. Aber nicht wegen der Frau, die mich dir vorgezogen hat.«

Gabriel sah zwei Männer, einen dunkelhaarigen, einen blonden.

»Nicht, Michael?«, fragte er gleichgültig. Spielte seine Rolle. Unfähig zu kämpfen. Unfähig zu fliehen.

»Du warst nie eifersüchtig auf mich, *mon frère*«, sagte Michael bestimmt.

Die Wahrheit ließ sich nicht aufhalten.

»Ich war immer eifersüchtig auf dich, Michael.«

Schon als Dreizehnjähriger hatte Gabriel Michael beneidet – er hatte ihn um sein Verlangen nach Liebe beneidet. Als Mann hatte Gabriel Michael seinen Mut zu lieben verübelt. Die violettblauen

Augen flatterten nicht, als er nun die Wahrheit in Gabriels Blick las. Die Liebe. Den Hass.

»Vor sechs Monaten habe ich es nicht verstanden, Gabriel. Aber du und Anne habt mir die Wahrheit klar gemacht. Ihr liebt mich und habt wegen dieser Liebe gelitten. Mit dieser Liebe habt ihr mich beschützt. Ich bin sicher, mein Onkel hat sich über eure edle Einstellung und meine Ahnungslosigkeit maßlos gefreut.« Ironie färbte kurz Michaels Stimme, verschwand aber sofort. »Genau wie ich sicher bin, dass es ihm großes Vergnügen gemacht hat, für den Fall seines Todes Vorkehrungen für deinen Tod zu treffen. Aus keinem anderen Grund, als mich leiden zu machen. Und ich versichere dir, Gabriel, ich würde leiden, wenn du sterben solltest.«

»Du glaubst also, dass dein Onkel dem zweiten Mann Anweisung hinterlassen hat, mich zu töten, falls er selbst getötet würde« – Gabriel presste die Worte um den geballten Schokoladenatem herum, der in seiner Kehle steckte –, »um dir wehzutun?«

»Genau das hat er getan, Gabriel«, sagte Michael unerschütterlich.

»Wenn das der Fall wäre, Michael, dann würde ich an deiner Stelle Anne nicht ohne Schutz lassen. Ihr Tod würde dir viel mehr Kummer bereiten als meiner.« Das Bild des Earl tauchte vor Gabriels innerem Auge auf. »Und ich versichere dir, dieser Tatsache war sich dein Onkel durchaus bewusst.«

Zweifel flackerten in Michaels Blick auf, verschwanden. »Anne ist nicht allein. Ich habe zusätzlich zu den Männern, die du postiert hast, Wachen aufgestellt, die auf sie aufpassen.«

Gabriels Männer waren professionell: professionelle Huren, professionelle Diebe, professionelle Mörder. Sie hätten ihre Anwesenheit besser kaschieren müssen.

»Wachen kann man bestechen«, sagte Gabriel.

»Du wirst nicht zulassen, dass Anne etwas zustößt.« Michael sprach mit leiser Sicherheit. Drei Stunden zuvor hatte Gabriel noch dieselbe Sicherheit besessen. Aber das war vor drei Stunden. Er hatte gedacht, der zweite Mann würde einen dunkelhaarigen Engel töten, aber er hatte es nicht getan. Stattdessen hatte er einem blonden Engel eine Frau geschickt. Eine Hauptdarstellerin, die weder Waffen, noch Wissen oder Bosheit besaß. Und Gabriel wusste nicht, warum.

»Vielleicht kann ich ihn nicht aufhalten?«, sagte Gabriel wahrheitsgemäß.

»Und die Frau kann es?«, fragte Michael hellwach.

»Ich weiß es nicht.«

»Was willst du mit ihr machen?«

Was wollte Gabriel mit einer Frau machen, die ihn begehrte – einer Frau, die ihn akzeptierte? Einer Frau, die er begehrte?

»Ich weiß es nicht.«

»Wirst du sie vögeln?«

Wie möchten Sie genommen werden, Mademoiselle?

Ich möchte mit Respekt genommen werden … weil ich eine Frau bin.

Das Pulsieren wanderte Gabriels Arm hinauf und nistete sich in seiner Brust, seinen Lenden, seinem Geschlecht ein.

»Aber du wirst sie töten, Gabriel?«, beharrte Michael.

Das Pulsieren wurde stärker, bis Gabriel nicht mehr wusste, wo es aufhörte oder wo es angefangen hatte. Mit einem dreizehnjährigen Jungen oder mit einer vierunddreißigjährigen Frau.

»Was wäre dir lieber, Michael?«, fragte Gabriel gespannt. »Dass ich sie vögele oder dass ich sie töte?«

Michaels Pupillen weiteten sich, bis Gabriel in seinen Augen einen violett umrandeten Hof aus silbernem Haar sah. »Vor sechs Monaten wolltest du mir helfen.«

»Ich habe getan, was ich konnte.«

Eine weitere in Wahrheit gehüllte Lüge. Gabriel hätte den ersten Mann sofort töten sollen, statt sein Spiel mitzuspielen.

»Lass mich die Frau mitnehmen.«

Vor sechs Monaten hatte Gabriel angeboten, Michaels Frau mitzunehmen. Um sie vor dem ersten Mann zu retten. Die Geschichte wiederholte sich.

»Das kann ich nicht, *mon vieux.*« In Gabriels Stimme lag kein Bedauern, so wenig wie vor sechs Monaten in Michaels Stimme, als er Gabriels Angebot abgelehnt hatte. »Sie wurde zu mir geschickt, nicht zu dir.«

Eine Frau für einen unberührbaren Engel.

»Du hast dieses Spiel schon einmal erlebt …«

»Glaubst du, dein Onkel hat arrangiert, mir eine Frau zu schicken, um mich in den Tod zu locken?«, spottete Gabriel.

Möglich war es. Der erste Mann könnte dafür gesorgt haben, dass Victoria aus ihrer Stellung entlassen wurde. Er hatte jeden Menschen getötet, den Michael je geliebt hatte. Ein weiteres Leben zu zerstören würde einem Toten nichts ausmachen.

»Ich glaube, du bist viel verletzlicher, als du wahrhaben willst.« Feuer funkelte in Michaels Augen. »Ja, ich glaube, dass mein Onkel das wusste.«

Gabriel zweifelte nicht im mindesten daran.

»Körperliche Liebe war dein Vergnügen, Michael, nicht meins«, sagte er ausdruckslos.

»Du lügst, Gabriel.«

Gabriel erstarrte. Es war lange her, seit jemand ihm ins Gesicht gesagt hatte, er sei ein Lügner.

»Ich rate dir, einen Mann nicht Lügner zu nennen, wenn er eine Schusswaffe und ein Messer bei sich hat«, sagte Gabriel leise, »und beides zu benutzen weiß.«

In Michaels Augen lag keine Angst. »Dann sag mir, dass du nicht willst, Gabriel.«

»Ich will das hier nicht, Michael.« Aus Gabriels Ton sprach die Wahrheit.

»Sag mir, dass du dich nicht erinnerst, wie es ist, eine Frau zu schmecken. Das Fleisch einer Frau zu berühren«, sagte Michael unerbittlich. Immer noch ohne Angst. Aber er sollte Angst haben. »Sag mir, dass du dich nicht in der Lust einer Frau verlieren willst.«

Der ferne Schlag von Big Ben drang durch Holz und Glas.

Gabriel erinnerte sich … an die Männer, die er für Geld genommen hatte. An die Frauen, die er zum Ausgleich genommen hatte.

»Sag mir, dass du keine Frau begehrst, Gabriel.« Gabriels Schmerz loderte in Michaels Augen. »Sag es, und überzeuge mich.«

Gabriel konnte es nicht abstreiten. Aber er konnte es auch nicht zugeben.

»Geh nach Hause, Michael«, sagte Gabriel. *Geh, bevor die Erinnerungen an die Lust stärker werden als die Erinnerungen an den Schmerz.* »Geh nach Hause zu Anne.«

Anne mit ihrem hellbraunen Haar und den hellblauen Augen.

Anne, die ihm eine Frau gewünscht hatte. *Um alles wiedergutzumachen, was er litt.*

»Warum?«, fragte Michael herausfordernd.

Bereit zu bleiben. Bereit zu sterben. Und das alles für einen Mann, der bereits zwei Mal einen Revolver auf seinen Kopf gerichtet hatte.

Gabriel brauchte nicht zu lügen. »Solange du fort bleibst, *mon vieux*, werde ich überleben.«

Und Michael ebenfalls.

Keiner der beiden Männer zuckte mit der Wimper, atmete, rührte sich.

Michaels Körperwärme und sein Schokoladenatem hüllten Gabriel ein. Wenn er nicht zurücktrat ...

Gabriel wog das Heft des Messers in seiner Linken, Elfenbein wärmte sein Fleisch, beugte sich seinen Wünschen ...

Zwischen einem Herzschlag und dem nächsten trat Michael zurück.

Gabriel atmete tief durch, sog den Duft frisch aufgebrühten Tees und Holzfeuers ein statt Schokoladengeruch.

»Habe ich deshalb keine Einladung bekommen?«, fragte Michael kurz angebunden.

»Vielleicht.«

Vielleicht hatte Gabriel es nicht über sich gebracht, Michael eine Einladung zur Wiedereröffnung des Hauses Gabriel zu schreiben, weil er die Konsequenzen seines Tuns kannte. Vielleicht hatte er aber auch gewusst, dass Michael wesentlich misstrauischer wäre, wenn er keine Einladung bekäme. Vielleicht hatte er durch den Verzicht auf eine Einladung sicherstellen wollen, dass Michael seine Rolle in diesem Spiel spielte, von dem er nichts wusste.

»Hast du die Frau eingesperrt?«

Victoria begehrte Gabriel, aber sie vertraute ihm nicht. Sie hatte gedacht, er würde sie töten. Und das sollte er auch.

»Nein. Ich habe sie nicht eingesperrt.«

Suchte sie gerade jetzt sein Schlafzimmer nach einer Waffe ab, mit der sie sich schützen könnte? Die beiden offenkundigsten Waffen hatte Gabriel zwar entfernt, aber jeder Gegenstand konnte zur Waffe werden. Eine Zahnbürste. Eine Vase. Eine Krawatte. Ihm fiel der Gehstock in seinem Kleiderschrank ein. Wenn man ihn drehte, verwandelte der silberne Knauf sich in das Heft eines kurzen Degens. Michael besaß einen Gehstock mit goldenem Knauf: Beide waren eigens für sie angefertigt, um zu töten.

Höflich, heuchlerisch lud Gabriel ihn ein: »Möchtest du sie kennen lernen?«, und fragte sich gleichzeitig, was er tun sollte, falls Michael annahm.

Michael durchschaute Gabriels Heuchelei. Und akzeptierte sie. Wie er Gabriel immer akzeptiert hatte. Seine Vergangenheit. Seine Entscheidungen … Den dreizehnjährigen Jungen, der er früher war; den vierzigjährigen Mann, der aus ihm geworden war.

»Ich lass dich nicht sterben, Gabriel«, sagte Michael schlicht. »Denk daran.« Während Gabriel Michaels Leben nur zu bereitwillig gefährdet hatte.

Bevor Gabriel antworten konnte – mit einer Halbwahrheit oder einer Halblüge –, drehte Michael sich um. Am Schreibtisch hielt er inne. Sein rechter Ellbogen beugte sich; gleichzeitig spannte sich sein Frack über seinen breiten Schultern. Er könnte nach einer Waffe greifen.

Gabriel zwang sich, nicht den Derringer zu heben, um den ersten Schuss abzugeben. Er wusste, dass er zu nah am Abgrund war.

Michael war das einzig Gute, was Gabriel je besessen hatte.

Ein weißer Umschlag durchschnitt die Luft und landete neben dem Silbertablett auf der schwarzen Marmorplatte des Schreibtischs.

»Das ist eine Einladung, Gabriel.« Michael drehte sich nicht um. Er wusste um die Gefahr, in der er sich befand. »Anne und ich heiraten.«

Einen Augenblick lang raubte es Gabriel den Atem.

»Und welchen Namen wirst du ihr geben, Michael?«, schlug er zu. »Soll sie Madame des Anges heißen oder Lady Anne Sturges Bourne? Wird sie die Frau einer Hure oder Countess des Earl of Granville?«

Es war zu spät, die verletzenden Worte zurückzunehmen. Michael hatte den Titel nicht in Anspruch genommen, der ihm nach dem Tod seines Onkels rechtmäßig zustand. Er hatte Gabriels Rachsucht nicht verdient.

Die Bemerkung bewirkte, was Gabriel vorher nicht gelungen war: Sie trieb Michael aus Gabriels Arbeitszimmer. Aus Gabriels Haus. Aus Gabriels Leben. Michael würde auch ohne Gabriel überleben, aber konnte Gabriel ohne Michael überleben?

Sein Blick fiel auf die Briefe aus Victorias Tasche. Diese Briefe würden zeigen, ob Victoria gelogen oder die Wahrheit gesagt hatte. Sie würden Gabriel zeigen, was er zu erwarten hatte, wenn er seine Schlafzimmertür öffnete: eine Schauspielerin. Oder eine Mörderin. Eine Frau, die eine männliche Hure lieben würde. Oder eine Frau, die töten würde, um der Armut zu entfliehen.

Sie würden ihm zeigen, ob sie leben oder sterben würde.

Kapitel 6

Victoria wusste nicht, wonach sie suchte, sie wusste nur, dass sie etwas finden musste: Ein Mittel, das ihr zur Flucht verhelfen könnte; eine Waffe, mit der sie sich schützen könnte. Einen Schlüssel, mit dem sie die Schlafzimmertür abschließen könnte.

Gabriel würde sie nicht viel länger allein lassen. Jeder Atemzug, jeder Herzschlag maß die verrinnenden Minuten. Jeder Atemzug, jeder Herzschlag erinnerte sie, dass er sie jeden Augenblick erwischen konnte. Und sie konnte nichts dagegen tun.

Victoria riss die unterste Schublade der Satinholzkommode auf. Mit einem Schlag sträubte sich ihr Nackenhaar.

»Ich kenne dich, Victoria Childers.«

Victoria erstarrte.

»Du willst, wonach jede Frau sich insgeheim sehnt.«

Die Briefe. Er hatte sie gelesen.

»Du willst geküsst und gestreichelt werden.« Victoria wirbelte auf Knien herum, die durch das Wollkleid auf dem gebohnerten Holzboden leicht rutschten. Sie stützte sich mit den Händen auf den Boden, um nicht zu fallen. Ihr Haar schwang zu beiden Seiten ihres Kopfes wie ein Doppelpendel.

Der Mann – Gabriel – stand in der Tür. Seine silbernen Augen funkelten, sein Haar bildete eine silberne Aureole. In seinen Händen blitzte es silbern auf. Sie hatte nicht gehört, wie er die Tür geöffnet hatte. Er machte keinerlei Versuch, den Taschenrevolver – das Metall war silberglänzend statt matt blauschwarz – und das tödlich wirkende Messer in seiner Hand zu verbergen.

Keines von beiden war nach Größe und Form geeignet, sie im Körper einer Frau – oder eines Mannes – zu verstecken.

Victoria starrte auf das Messer. Der Rücken war gezähnt wie eine Säge, die Klinge lang und breit. So etwas hatte sie noch nie gesehen. Ihr Blick wanderte von dem Messer zu dem Mann.

»Deine Brüste sehnen sich schmerzlich danach, dass ein Mann sie streichelt und an ihnen saugt«, zitierte er mit funkelnden Augen. Sie waren weitaus gefährlicher als eine Messerklinge. *»Der ewige Hunger einer Frau«*.

Schon geschrieben waren die Worte verführerisch; von dieser seidigen, zärtlichen Stimme gesprochen, wurden sie zum Sprachrohr der Fantasie.

»Ich werde dein vor Verlangen brennendes Fleisch besänftigen«, fuhr er fort. *»Ich werde deinen Hunger stillen.«*

Victorias Herz stockte. Dieser Mann wirkte, als hätte er in seinem ganzen Leben noch nie schmerzliches Verlangen oder Hunger verspürt.

Wer war der wahre Gabriel?

Der Mann, der sie gefragt hatte, ob sie sich von ihm schweißtriefend umarmen lassen würde, oder der Mann, der mühelos ein tödliches Messer schwang?

»Bald wird dein Leiden ein Ende haben, und du wirst die Wonne kennen lernen, die in den Armen eines Mannes zu finden ist«, zitierte Gabriel weiter. *»Du wirst die Wonne kennen lernen, die in meinen Armen zu finden ist, Victoria Childers. Ich werde für dich sorgen, dich trösten, dich erretten aus deiner Armut … Meine allerliebste Gouvernante, du brauchst mir nur deine Unschuld zu schenken, dann musst du nicht mehr leiden.«*

Ihre Erinnerung fügte den fehlenden Halbsatz ein:

Ich werde für dich sorgen, dich trösten, dich erretten aus deiner Armut, ein Übel, dessen Notwendigkeit du sicher einsehen wirst, wenn ich deine Begierden vollauf befriedigt habe. Meine allerliebste Gouvernante, du brauchst mir nur deine Unschuld zu schenken, dann musst du nicht mehr leiden.

»Sie haben ein hervorragendes Gedächtnis, Sir«, sagte sie gleichmütig. Und fragte sich, wann ihre Selbstbeherrschung schwinden würde wie eine Illusion, die sie schließlich war. Eigentlich war es unmöglich, dass ein Mann, der sich so lässig bewegte, so schnell sein konnte.

»Ja, das habe ich, Victoria Childers.« Gabriel stand vor ihr und schaute mit bleichem Gesicht und undurchdringlicher Miene auf sie herab. Er hielt ihr das Messer und den Taschenrevolver hin und fragte sanft: »Haben Sie danach gesucht?«

Er wirkte ruhig: Er war es nicht. Victoria spürte die geballte Kraft, die er ausstrahlte. Es gefiel ihm nicht, dass jemand seine Schubladen durchsuchte: Das konnte sie ihm nicht verübeln. Es gefiel ihm nicht, dass sie fliehen wollte: Das verübelte sie ihm. Würde er sie jetzt töten oder leben lassen? Wie es auch kam, sie würde nicht betteln.

»Ich weiß es nicht«, sagte sie wahrheitsgemäß.

Er trat neben die offene Schublade. Sie schaute zu ihm auf. Folgte ihm vorsichtig. Ohne zu wissen, womit sie rechnen musste. Ohne zu wissen, wann sie damit rechnen musste. Gabriel ließ Revolver und Messer fallen.

Instinktiv folgte ihr Blick dem fallenden Silber. Die beiden

Waffen landeten in der untersten Schublade auf einem Stapel ordentlich gefalteter, gestärkter Hemden. Der dunkle Holzgriff des Revolvers und der Ledergriff des Messers sanken tiefer in den Stapel weißer Hemden ein als der silberne Lauf und die Klinge.

»Sie brauchten mein Schlafzimmer nicht zu durchsuchen, Mademoiselle«, sagte er in jenem täuschend sanften Ton. »Im Badezimmer gibt es ebenfalls Waffen.«

Victoria antwortete nicht.

»Mit genügend Kraft kann zum Beispiel eine Zahnbürste eine Kehle durchbohren.«

Ja, Victoria hatte in den letzten sechs Monaten den Tod in mancherlei Gestalt gesehen.

Sie hob den Kopf und begegnete entschlossen seinem Blick; in ihren Ohren knackte und knisterte das Feuer. »Das hört sich nicht nach einer sonderlich wirkungsvollen Waffe an.«

»Dann empfehle ich Ihnen, den Derringer zu benutzen.« Seide wisperte, Lederstiefel knarrten. Eben noch stand Gabriel dräuend vor Victoria, im nächsten Augenblick ging er in die Hocke, die Beine zu einem einladenden V gespreizt, und legte die Hände leicht auf die Schenkel. »Sie schießt bis zu einer Entfernung von drei Fuß treffsicher. Ein Messer ist sicher schärfer als eine Zahnbürste, aber es erfordert ebenfalls einen gewissen Kraftaufwand. Außerdem beinhaltet es ein größeres Risiko als ein Revolver, zumal für eine Frau. Sie müssen näher an Ihr Opfer heran, um es zu benutzen; wenn der Mann – oder die Frau –, den Sie beseitigen wollen, stärker ist, nimmt er Ihnen das Messer ab und richtet es gegen Sie. Es sei denn, Sie wären geübt im Messerwerfen, was ich bezweifle. Aber die Wahl der Waffe überlasse ich ganz Ihnen.«

Victorias Augen weiteten sich. »Fordern Sie mich auf, Sie zu töten, Sir?«

»Ja.« Er nahm den Taschenrevolver, drehte ihn um und reichte ihn ihr mit dem Griff zuerst. »Nehmen Sie, Mademoiselle.«

Nehmen Sie hallte es über das knisternde Feuer wider.

Sie hatte seine Unterwäsche durchwühlt – dünne Seidensocken, bestickte Seidentaschentücher, feine Wollhosen, weicher als Daunen. Es konnte nicht wahr sein. Ein Mann, der Seidensocken, gestickte Taschentücher und feine Wollunterhosen trug, forderte eine Frau nicht auf, ihn zu töten. Benommen nahm Victoria die Waffe, die er ihr reichte; der harte Holzgriff war warm von seiner Hand. Aus seinem Blick sprach weder Ermutigung noch Entmutigung.

Victoria leckte sich die rauen, rissigen Lippen. »Wenn ich Sie erschieße, nimmt der Kellner draußen mich fest.«

Gabriels Lippen wirkten blütenweich. »Vermutlich.«

Der Revolver fiel aus ihren gefühllosen Händen; gedämpft prallte die Waffe auf die gestärkten Hemden. »Dann werden Sie mir verzeihen, dass ich Ihrer Aufforderung nicht nachkomme.«

Er beugte sich vor, streckte die Hand aus …

Victoria schaute ihm unverwandt in die Augen.

Langsam hob er das Messer auf und hielt es ihr hin.

Licht funkelte auf der gezähnten Schneide. Eine Schneide, die zu keinem anderen Zweck diente als zu töten.

Gekonnt balancierte er den Elfenbeingriff auf seiner Handfläche. »Sehen Sie, Mademoiselle.« Silber funkelte zwischen langen, dunklen Wimpern hindurch. »Ich lasse Ihnen keine Wahl.«

Langsam schlug er die Wimpern hoch, dass seine Augen ungehindert funkelten. »Wenn Sie mich nicht töten, töte ich Sie.«

Victoria schaute auf den Revolver, der halb in dem Stapel gestärkter Hemden vergraben war. Sie starrte auf das Messer, das er lässig in der Linken hielt.

Der Wunsch zu leben rang mit dem Wunsch zu überleben.

Sie atmete tief durch und schaute ihm in die Augen. »In diesem Fall würde ich es vorziehen, wenn Sie mich erschießen, Sir. Ich glaube, es wäre weniger schmerzhaft als mit einem Messer getötet zu werden. Es sei denn natürlich, Sie hätten die Absicht, mir Schmerzen zuzufügen.«

»Das ist kein Spiel.«

Victorias Herz stockte, raste schneller. »Es ist sicher keines, mit dem ich vertraut wäre.«

»Sie glauben nicht, dass ich Sie töten werde«, sagte Gabriel ausdruckslos mit undurchschaubarer Miene.

»Im Gegenteil, Sir.« Victorias Herz konnte unmöglich weiter

so rasen – sie würde an einem Herzanfall sterben. »Sie waren so großzügig, mir zu raten, welche Waffe in den Händen einer Frau die wirkungsvollste wäre. Ich wollte lediglich meine Präferenz zum Ausdruck bringen, welche Waffe ich gegen mich verwendet wissen möchte.«

»Haben Sie Angst zu sterben, Mademoiselle?«

Ja.

»Ich habe in den letzten sechs Monaten mit dem Gedanken an den Tod gelebt«, sagte Victoria mit einer Ruhe, die sie keineswegs empfand. »Ich bin es leid, Angst zu haben.«

»Aber Sie haben Angst.«

»Angst ist eine natürliche Reaktion auf das Unbekannte.« Die gezähnte Klinge glitzerte hungrig. »Ich bin noch nie gestorben.«

Den kleinen Tod.

Den endgültigen Tod.

»Begierde ist ebenfalls natürlich, Mademoiselle. Dennoch haben Sie auch davor Angst.«

Wut züngelte durch Victorias Angst. »Ich will nicht das Opfer männlicher Lust werden.«

»Und Sie wollen nicht betteln.«

»Nein.« Sie straffte die Lippen. »Ich werde nicht betteln.«

»Ein Mann kann eine Frau betteln machen, Mademoiselle.«

Um Lust, brauchte er nicht erst zu sagen.

Heißes Blut schoss Victoria in die Wangen.

»Manche Frauen vielleicht.« Trotzig hob sie ihr Kinn. »So bin ich nicht.«

»Wir sind alle so.«

»Männer betteln nicht um fleischliche Erlösung«, sagte Victoria wütend.

Das hatte ihr Vater sie gelehrt. Frauen waren schwach, Männer nicht.

Frauen mussten die Konsequenzen ihrer Begierden tragen, Männer nicht.

»Ich habe um fleischliche Erlösung gebettelt, Mademoiselle.«

Victoria starrte ihn an.

Dunkelheit glitzerte in Gabriels Augen.

Sie erinnerte sich, wie er die Berührung ihrer Hand gemieden hatte, als sie nach der Seidenserviette griff.

Wenn ich Sie nicht ersteigert hätte, Mademoiselle, würden Sie einen weitaus schlimmeren Tod sterben, als Quecksilbersublimat ihn verursacht.

Victoria rang mit der Wahrheit. »Dieser Mann, der mich Ihrer Ansicht nach zum Haus … zu Ihrem Haus gelenkt hat …«

Schweigend wartete Gabriel, bis Victoria den Zusammenhang herstellte.

»… er hat Sie betteln gemacht«, schloss sie.

»Ja«, sagte er unverhohlen.

Wartete, dass Victoria ihn verurteilte.

Vielleicht hätte sie es vor sechs Monaten getan.

»Und Sie glauben, dieser Mann würde … Dinge … tun …, um mich betteln zu machen?«

»Wenn Sie dieses Haus verlassen, ja.«

»Warum?«

Warum sollte ein Mann, von dem sie vor dieser Nacht noch nichts wusste, ihr Leid zufügen wollen?

»Männer töten aus vielen Gründen. Manche Männer töten für Geld. Manche Männer töten aus Sport. Und manche Männer töten nur, weil sie es können, Mademoiselle.«

Das Blut wich aus ihrem Gesicht.

In den letzten sechs Monaten hatte sie erlebt, wie respektable Männer Bettler schlugen, vornehme Damen Straßendirnen beschimpften und Kinder andere Kinder verhöhnten, weil sie zerlumpte Kleider und keine Schuhe hatten. Nur weil sie es konnten.

Victoria nahm sich zusammen. »Sie sagten, er würde mich töten, Sir, nicht zu seinem Vergnügen vergewaltigen.«

»Was er tut, hat mit Lust oder Vergnügen nichts zu tun.« In Gabriels Augen gab es weder Lust noch Vergnügen. Was hatte der Mann ihm angetan? »Am Ende würde er Sie töten.«

»Sie hat er nicht getötet.«

»Das gehörte nicht zu seinem Plan.«

Laissez le jeu commencer.

Lasst das Spiel beginnen.

Wann würde es enden?

Victoria bemühte sich, Gabriels kalter Logik zu folgen. »Aber mein Tod würde zu seinem Plan gehören?«

»Ja.«

»Weil ich verzichtbar bin«, wiederholte sie eine frühere Äußerung von ihm.

Die gezähnte Messerklinge blitzte zustimmend auf.

»Ja.«

Rötlich gelbe und blaue Flammen züngelten im Kamin hoch.

Victoria hatte gar nicht gewusst, dass brennende Holzscheite so viel Kälte ausstrahlen konnten.

»Und Sie haben die Absicht, mich zu töten, um mir diesen … Tod zu ersparen?«

»Letzten Endes wären Sie mir dankbar.«

Wut brodelte in Victoria hoch. »Der Mann, der diese Briefe schrieb, behauptete, wenn ich ihm erst meine Jungfräulichkeit geschenkt hätte, würde ich das ›notwendige‹ Übel verstehen, alles zu verlieren, wofür ich je gearbeitet habe. Und nun behaupten Sie, ich würde Ihnen dankbar sein, dass Sie mich töten. Sie werden verzeihen, Sir, wenn ich keinem von Ihnen beiden zustimme.«

»Der Mann, der die Briefe schrieb, ließ Ihnen keine Wahl. Ich schon.«

»Eine Wahl zwischen was?« Hysterie lag in Victorias Stimme. »Auf welche Weise Sie sich meiner entledigen?«

»Ich lasse Ihnen die Wahl zu leben, Mademoiselle.«

Erst Tod, jetzt …

»Und was muss ich tun, um dieses Leben zu erhalten, das Sie mir anbieten?«

»Seien Sie mein Gast.«

»Verzeihung?«

Wie viele Male hatte Victoria nun schon um Verzeihung gebeten, fragte sie sich, obwohl es widersinnig war. Vier Mal? Fünf Mal? Öfter?

»Bleiben Sie hier, in meiner Wohnung, bis es sicher ist.« Sicherheit – in seinen Augen lag keine Sicherheit. Sein Zimmer. Sein Haus. »Ich habe Männer, die Sie bewachen werden.«

»Eben haben Sie gesagt, Sie könnten nicht für meine Sicherheit garantieren«, erwiderte Victoria.

»Das kann ich auch nicht.«

Das Messingbett glänzte. In seinen Augen lag keine Einladung, es mit ihm zu teilen. Sie dachte an die Straßen, die sie erwarteten. Und entschied sich eigensinnig für sie.

»Ich kann nicht hier in Ihren Privaträumen bleiben«, erklärte sie bestimmt. Und klang wie die vierunddreißigjährige Gouvernante und alte Jungfer, die sie einmal war.

»Sie sind mit der Bereitschaft hergekommen, weitaus mehr zu tun als lediglich in meinem Bett zu schlafen, Mademoiselle.«

Die Erinnerung an seine Zurückweisung, als sie ihn zu berühren versucht hatte, nagte an ihr. »Aber Sie wollen mich nicht … auf diese Weise.«

Ihr Mund klappte hörbar zu. Warum hatte sie das gesagt?

Gabriel hatte behauptet, wenn er sie nähme, werde sie sterben.

»Wenn das vorbei ist, zahle ich Ihnen zweitausend Pfund«, bot Gabriel an.

Mit zweitausend Pfund könnte Victoria den Rest ihres Lebens behaglich leben. Ohne Angst vor Hunger. Kälte. Vor einem Mann, der nur darauf wartete, ihr die Jungfräulichkeit zu rauben …

»Ich habe kein Verlangen nach Geld, das ich nicht verdiene.« Victoria zuckte zusammen. Selbst in ihren Ohren klang sie selbstgerecht.

»Dann verschaffe ich Ihnen eine Anstellung«, erklärte der Mann mit den silbernen Augen ruhig.

»Als Gouvernante?«, fragte sie. Und überlegte, wieso sie nicht mehr Begeisterung für den Gedanken aufbrachte, wieder in ihrem Beruf zu arbeiten.

»Ja.«

»Ich glaube kaum, dass Familienväter erpicht darauf wären, eine Gouvernante einzustellen, die sich im Haus Gabriel aufgehalten hat.«

»Mademoiselle, meine Kunden würden wesentlich lieber eine Gouvernante einstellen, die mein Gast war, als ihre geschlechtlichen Vorlieben bekannt werden zu lassen.«

Eigentlich sollte Victoria nicht überrascht sein. Wieso war sie es doch?

»Das ist Erpressung«, sagte sie unsicher.

»Das ist der Preis der Sünde«, erwiderte er unerbittlich.

»Sie bieten mir also Ihren Schutz an«, sagte sie langsam und versuchte, vernünftig nachzudenken, nicht in Panik zu geraten.

»Ich biete Ihnen meinen Schutz an.«

Sie empfand plötzliche Erleichterung. Und verachtete sich dafür.

Sie wollte nicht auf einen Mann angewiesen sein. Nicht für Essen. Nicht für ein Dach über dem Kopf. Nicht für körperliche Befriedigung.

»Für wie lange?«, fragte Victoria kurz angebunden.

»So lange wie nötig.« So lange wie nötig war, um einen Mann aufzuspüren, meinte er. Und ihn zu töten.

»Woher wissen Sie, dass ich nicht die Komplizin dieses Mannes bin?«

Entsetzen wallte in Victoria auf. Das konnte sie unmöglich gesagt haben. Aber sie hatte es gesagt.

»Woher wissen Sie, dass ich Ihnen dieses Angebot nicht nur mache, um Sie zu töten, wenn Ihre Schreie meine Gäste nicht mehr stören können?«, erwiderte er ruhig.

Victoria schaute unverwandt in seine Augen statt auf das Messer in seiner Hand.

»Ist das so?«, fragte sie gefasst.

»Dies ist ein Freudenhaus, Mademoiselle«, antwortete er sachlich. »Wenn jemand Sie schreien hörte, würde er denken, es läge an den Qualen der Leidenschaft.«

Die Männer auf der Straße grunzten manchmal, wenn sie sich paarten, wie Schweine, die nach Nahrung stöberten; die Straßendirnen ertrugen es stumm.

»Schreien Männer … und Frauen … oft in Ihrem Haus, Sir?«, fragte sie.

»Die Wände sind dazu ausgelegt, die Privatsphäre zu wahren«, erklärte Gabriel höflich, sie bewusst missverstehend. »Sie werden sie nicht hören.«

»Die Männer und Frauen, die sich auf der Straße … paaren – sie schreien nicht vor Leidenschaft«, sagte Victoria unverblümter.

In seinem Blick sah sie seine Vergangenheit: den Hunger. Die Kälte. Die Liebesdienste. Den Überlebenswillen. Gleich um welchen Preis.

Was konnte einen Mann wie ihn dazu bringen zu betteln?

»Die Männer und Frauen auf der Straße paaren sich, wie sie leben, Mademoiselle«, sagte Gabriel gleichgültig. »Sie stehlen ein paar Augenblicke der Lust hier, eine Geldbörse da.«

Und zwischendurch ein Leben.

Victorias Wollkleid bot kein gutes Polster mehr: Ihre Knie schmerzten. Ihre Handflächen waren feucht. Sie rieb sie an ihren Schenkeln trocken. Die Wolle war rau, kratzig.

»Ich kann Ihnen den Namen der Prostituierten nicht geben«, sagte sie.

Victoria konnte Dolly nicht mehr als Freundin bezeichnen, aber sie wollte nicht für den Tod einer anderen Frau verantwortlich sein. Auch sie war ein Opfer der Umstände.

»Ich habe Ihnen schon gesagt, dass sie bald tot sein wird, falls sie es nicht schon ist.« Die Messerklinge funkelte in seiner Hand, seinen langen, eleganten Fingern. »Ihr Name wäre nutzlos.«

Victoria wandte den Blick ab.

Seine Augen erwarteten ihre.

Er bat sie nicht um Hilfe. Warum fühlte sie sich genötigt, sie ihm zu anzubieten?

»Der Mann, der die Briefe schrieb …« Victoria leckte mit schnellem Zungenschlag ihre raue Oberlippe. »Er dürfte den Mann nicht kennen, der … Sie missbraucht hat.«

»Woher wissen Sie das, Mademoiselle?«

Victoria ließ sich von Gabriels höflichem Ton nicht täuschen.

»Ich weiß es, weil er Sie nicht kennen dürfte, Sir.«

»Viele Männer kennen mich, Mademoiselle«, sagte Gabriel zynisch.

»Würde er Ihr Haus kennen, würde er nicht Jagd auf die Gouvernante seiner Kinder machen, Sir«, erwiderte Victoria.

Nicht Jagd auf die Gouvernante seiner Kinder machen, hallte es in ihren Ohren wider. Victoria wurde noch blasser, obwohl es kaum möglich schien.

Die silbernen Augen waren hart, kompromisslos. »Sie sind entweder eine Närrin oder eine Lügnerin, Mademoiselle.«

Victoria funkelte ihn wütend an. »Ich kann Ihnen nicht helfen, Sir.«

Wenn sie ihm den Namen des Mannes gäbe, der ihr die Briefe schrieb, würde der Mann mit den silbergrauen Augen und dem silberblonden Haar ihn aufspüren. Victoria wollte nicht, dass Gabriel erfuhr, wer ihr Vater war. Sie wollte nicht, dass er etwas über ihre Vergangenheit erfuhr.

»Ich kann Ihnen nicht helfen«, wiederholte sie.

»Aber ich kann Ihnen helfen, Mademoiselle«, sagte er seidenweich.

Mit Essen. Einem Dach über dem Kopf. Einer Stellung. Aber um welchen Preis? Tränen brannten in ihren Augen. Tränen der Erschöpfung, sagte sie sich. Und wusste, dass sie schon wieder log.

»Warum wollen Sie mir helfen, obwohl Sie wissen, dass ich Ihnen nicht helfen kann?«, fragte sie ruhig.

Er stand auf, Leder quietschte.

Victorias Augen waren auf einer Höhe mit dem Scheitelpunkt seiner Schenkel. Durch die enge, schwarze Seidenhose war sein Geschlecht nicht zu übersehen.

Sind Sie so kräftig gebaut, Sir?

Ich bringe es auf eine Länge von über neun Zoll.

Victoria warf den Kopf in den Nacken.

Gabriels Augen funkelten.

»Vielleicht weil auch ich einmal behauptet habe, ich würde nicht betteln, Mademoiselle. Vielleicht will ich Ihnen das ersparen.«

In seinen Augen lag zu viel Schmerz. Zu viel Tod.

Hatte er je gelacht, dieser Mann, der in einer Gosse von Calais, Frankreich, geboren war?

»Haben Sie je eine Frau um körperliche Erlösung angebettelt?«, fragte sie impulsiv.

Die Hitze im Schlafzimmer kristallisierte sich.

»Ich bin Gabriel, Mademoiselle. Ich habe Männer bedient, nicht Frauen.«

»Damit Sie zu essen hatten«, sagte Victoria bestimmt.

»Damit ich reich werden konnte«, entgegnete Gabriel leise. »Was glauben Sie, wie ich dieses Haus bauen konnte?«

Victorias Vater hatte sie gelehrt, dass Sünde hässlich sei. Sie hatte Hässlichkeit gesehen. Gabriel oder sein Haus hatten nichts Hässliches.

Victoria spürte, dass sie jetzt in weit größerer Gefahr war als in dem Augenblick, als er sie beim Durchsuchen seiner Schubladen überrascht hatte. Einem Eindringling würde Gabriel verzeihen; einer Frau, die in seiner Vergangenheit herumstöberte, verzieh er nicht. Niemand würde um Victoria Childers, eine alte Jungfer, trauern. Wer würde um Gabriel trauern?

»Sie haben meine Frage nicht beantwortet, Sir.« Victorias Stimme klang, als käme sie von weit her. »Wenn Sie meine Frage nicht beantworten, können Sie nicht erwarten, dass ich Ihre beantworte.« Einen Augenblick glaubte sie, dass Gabriel nicht antworten würde, doch dann …

»Nein, Mademoiselle, ich habe nie eine Frau um Erlösung angebettelt.«

»Hat je eine Frau Sie um Erlösung angebettelt?«, hakte sie nach. Mit Herzklopfen. Körperliche Liebe war eine verführerische Verlockung.

»Ja.«

»Haben Sie es genossen?«

»Ja.«

»Haben Sie … vor Lust … geschrien?«, fragte Victoria. Sie konnte nicht aufhören zu fragen. Wollte mehr wissen … Über körperliche Liebe. Über einen Mann namens Gabriel und eine Frau namens Victoria. Sie wollte wissen, warum sie zu ihm geschickt worden war, nicht eine andere Frau.

Lange Sekunden vergingen, ein Herzschlag, drei Herzschläge, sechs … neun … Victoria lauschte gespannt – auf die Männer und Frauen im Haus, auf eine Kutsche, die vorüberfuhr. Endlich …

»Nein, Mademoiselle, ich habe nicht vor Lust geschrien.«

Aber er hatte Lust bereitet. Lust als Ausgleich für das, was er nicht bekam.

Die einzigen Geräusche im Zimmer waren das Knacken des Feuers, Victorias Herzschlag und die Wahrheit, die in den Schatten lauerte.

»Diese Frauen, die Sie um Erlösung angebettelt haben, haben sie das getan, bevor oder nachdem Sie selbst … um Erlösung … gebettelt haben?«

»Vorher.«

Victoria war gebannt von der Nacktheit in Gabriels Augen, die nun matt grau statt silbern waren. Allmählich ging ihr die Wahrheit auf. Es war zu spät, die Fragen aufzuhalten, aber sie wünschte, sie könnte es. Sie hatte nach der Wahrheit gefragt; sie starrte ihr ins Gesicht.

»Es ist vierzehn Jahre, acht Monate, zwei Wochen und sechs Tage her, seit ich um Erlösung gebettelt habe, Mademoiselle.« Der Mann hinter der vollkommenen Marmormaske loderte zu heißem Leben auf – ein Mann, der sich sehnte, zu berühren, berührt zu werden, zu umarmen, umarmt zu werden; sofort wurde er hinter einer Alabasterwand der Schönheit verschlossen. »Seitdem habe ich keine Frau mehr angerührt.«

Kapitel 7

»Warum?«

Gabriels Stimme hallte dumpf durch den leeren Saal. Tropfende Kerzen kämpften gegen die Dunkelheit.

Die Zeit der Abrechnung war gekommen.

Steif standen die beiden Portiers in Hab-Acht-Stellung. Licht und Schatten spielten auf ihren Gesichtern; goldblondes Haar spielte ins Strohblond, braunes Haar in Feuer und Bronze.

Keiner der Männer schaute Gabriel an. Keiner der Männer zeigte Angst oder Reue.

Lange dachte Gabriel, sie würden nicht antworten. Und dann …

»*C'est* – es war wegen ihrer Augen, Monsieur.«

Gabriels Kopf schnellte zu Stephen herum; Rot flammte in seinem braunen Haar auf und erstarb.

Ich habe ihnen gesagt, dass ich einen Beschützer brauche, hatte Victoria Childers erklärt.

»Ihr habt meine Befehle missachtet wegen eines Paars *beaux yeux*?«, fragte er scharf.

»Non, Monsieur.«

Bernsteinfarbene Augen hielten Gabriels silbernen unerschrocken stand. »Ich habe Ihre Befehle missachtet, weil ich mich gut erinnere, wie es ist, Hunger zu haben und nichts verkaufen zu können außer sich selbst.«

»Vor sechs Monaten war dein Gedächtnis nicht so gut, Stephen.«

Stephen war seit fünf Jahren in Gabriels Diensten. Nicht ein einziges Mal hatte er eine Straßendirne oder Nutte über die Schwelle gelassen.

Bis heute Abend.

Aber Victoria war weder eine Straßendirne noch eine Nutte: Sie war eine Schachfigur.

Vom zweiten Mann geschickt.

Plötzlich richteten sich tiefblaue Augen auf Gabriel. »Wenn wir sie weggeschickt hätten, hätte sie die Nacht nicht überlebt, Sir.«

John war ein simpler Junge aus Lancashire, der nach London gekommen war, um sein Glück zu machen. Einer von Tausenden, die alljährlich in Scharen in die Stadt strömten.

Seine Schönheit war das Einzige, was ihn von den anderen Arbeit suchenden Jungen unterschied.

John war zum Bauern erzogen, zu einfacher, ehrlicher Arbeit. Hurerei hatte gegen seine Prinzipien verstoßen.

Aber er hatte es getan. Fünf Jahren hatte John als Hure gearbeitet. Es hatte ihn beinahe umgebracht.

Gabriel hatte John von der Straße geholt, ihm Essen, Kleider und Arbeit gegeben und ihn ausgebildet. Er war seit zehn Jahren bei Gabriel. Vor sechs Monaten hatte Gabriel ihm den Auftrag gegeben, Michael und seine Frau zu beschützen.

Er spürte, wie die Morgendämmerung ihn niederdrückte.

»Du kennst den Preis für Untreue, John.«

In Johns Augen lag keine Reue. Kein Protest.

John wie auch Stephen hatten gewusst, was ihr Verhalten sie kosten würde. Dennoch hatten sie so gehandelt.

Warum?

Ein flüchtiges Lächeln glimmte in Johns blauen Augen auf und erstarb mit einer tropfenden Kerze. »Sie war großartig, nicht wahr, Sir?«

Rückblickend ...

»Ja«, sagte Gabriel. »Sie war großartig.«

Die Lebemänner und Politiker hatte es entsetzt, dass eine Hure ebenso viel Wert für sich in Anspruch nahm wie ihre Frauen, Töchter und Schwestern.

»Stephen und ich holen unsere Sachen und gehen, bevor das Gesinde aufsteht«, sagte John sachlich.

Gabriel konnte es sich nicht leisten, die beiden Männer zu behalten, nicht jetzt, nachdem der zweite Mann wieder da war.

Das verstand John besser als jeder andere seiner Bediensteten.

Mehr denn je brauchte Gabriel Männer, auf die er sich verlassen konnte.

Indem sie die Frau ins Haus gelassen hatten – eine Frau, die ebenso gut auch eine Mörderin hätte sein können –, hatten sie ihre Unzuverlässigkeit unter Beweis gestellt.

Er konnte ihnen nie wieder vertrauen.

Dieses Wissen machte Gabriel seine Aufgabe nicht leichter.

»Gaston wird euch zwei Monatslöhne als Abfindung geben«, sagte er ausdruckslos.

Stephens Bernsteinblick schweifte von Gabriels silbernem fort. »Danke, Sir.« Er drehte sich um und ging, das kastanienbraune Haar leblos im Schatten.

»John.«

John hielt mitten im Schritt inne. Sein Haar schimmerte golden. »Sir?«

Gabriels Augen verengten sich, beobachteten sein Gesicht und seinen Körper auf Anzeichen von Anspannung.

Anzeichen von Verrat.

»Hat jemand – irgend jemand – die Frau begleitet?«

»Nein, Sir.« John schaute an Gabriels Schulter vorbei. »Sie kam allein.«

Es konnte eine Lüge sein. Es konnte aber auch die Wahrheit sein. Gabriel würde es nie erfahren.

John drehte sich lautlos um. Blieb stehen. Instinktiv griff Gabriel in seinen Frack, spürte das warme Streicheln des Satinfutters, den harten, glatten Griff des Revolvers. John war ebenso bewaffnet wie Gabriel. Wie alle Kellner und Portiers Gabriels. Die Waffen des Portiers blieben an seinen Seiten.

»Der Nebel war dicker als Erbsensuppe, Sir«, sagte John ruhig. »Die Wahrheit ist, ich weiß nicht, ob die Frau allein kam oder nicht. Es könnte jemand bei ihr gewesen sein und abseits des Lampenlichts gewartet haben. Mit Sicherheit kann ich nur sagen, dass ich niemanden bei ihr gesehen habe.«

Johns Brust straffte sich.

John sagte die Wahrheit. Aber Stephen?

»Warum hast du es getan, John?«

»Sie hat mich an Mr. Michael erinnert.«

Hungrige Augen.

»Und Sie hat mich an Sie erinnert.«

Huren. Luden. Bettler. Mörder. Diebe.

Alle, die im Haus Gabriel arbeiteten, hatten die Straße überlebt.

»Ich habe mich gefragt, wo wir wohl jetzt wären, wenn uns jemand die Gelegenheit gegeben hätte, beim ersten Mal genug Geld zu verdienen, um der Gosse zu entkommen«, erklärte John.

John war der Gosse entkommen, lange bevor Gabriel ihn gefunden hatte.

»Nimm deine Abfindung und kaufe dir ein Stück Land, John«, sagte Gabriel leise.

»Es ist zu spät.«

Gabriel dachte an Michael. Er dachte an Anne.

Er dachte an ihre bevorstehende Hochzeit.

Gabriels Völkchen, nannte Michael seine Bediensteten, allesamt Einwanderer und Heimatlose.

Ein Bild des grauhaarigen Mannes blitzte vor Gabriels innerem Auge auf. Gefolgt von Bildern aus dem Hundred Guineas Club.

John war der Gosse entkommen, um in dem Homosexuellen-Club zu arbeiten. Nein, er konnte nie wieder zu einem einfachen Jungen vom Land werden.

»Vertraust du Stephen, John?«, fragte er aus einem Impuls heraus.

Er hasste die Pläne, die in seinem Kopf Gestalt annahmen. Wusste, dass es keine Alternative gab.

Gabriel würde nicht zulassen, dass sein Haus in ein Schlachtfeld verwandelt würde, wenn er es verhindern konnte.

John straffte den Rücken. »Ich vertraue hier jedem, Sir.«

Wieder eine Sünde.

Huren konnten sich Vertrauen nicht leisten.

»Vertraust du mir?«, fragte Gabriel leise.

»Ja.«

Letzten Endes hatte auch Victoria Childers ihm vertraut.

Sie hatte sein Essen gegessen und schlief nun in seinem Bett. In dem Glauben, sein Gast zu sein.

Sie war es nicht.

Victoria war ebenso eine Gefangene wie Gabriel.

»Soll ich dir vertrauen?«, fragte Gabriel sanft.

»Ich habe getan, was ich richtig fand«, sagte John gestelzt.

Gabriel musste eine Entscheidung treffen. John und Stephen gehen zu lassen – weil sie getan hatten, was sie für richtig hielten.

Oder sie zu behalten – in dem Wissen, dass ihre Menschlichkeit weiteren Tod bringen würde.

Der zweite Mann könnte sie bestochen haben.

Wenn sie schuldig waren, würde der zweite Mann sie töten.

Wenn sie unschuldig waren, würde Gabriels Entlassung sie töten.

Es wäre ein viel schlimmerer Tod als der, den der zweite Mann ihnen bereiten würde.

Ganz London würde wissen, dass er sie entlassen hatte. Niemand würde Männer einstellen, die der unberührbare Engel verworfen hatte.

John und Stephen würden wieder huren.

Ein wesentlich besseres Los als das, was sie erwartete, wenn Gabriel sie zum Bleiben auffordern sollte.

Niemand hatte ein Recht, von einem Mann zu verlangen, was Gabriel von ihnen verlangen würde.

»Sie haben die Entlassung nicht verdient, Monsieur.«

Gabriel starrte auf das Tischtuch mit den Weinflecken. Das zierliche Profil einer Frau mit gerader Nase, geschwungener Stirn und festem Kinn tauchte auf.

Victoria hielt sich nicht für schön: Aber sie war es.

Nur bei einer Frau hatte Gabriel je ihre Art von Schönheit gesehen, und sie würde bald Michael gehören.

»Sie haben sie gewarnt, dass ein Mann versuchen würde, Monsieur Michael zu töten; Sie haben sie nicht vor einer Frau gewarnt«, protestierte Gaston steif. »John und Stephen führten nichts Böses im Schilde, als sie die Frau heute Abend hereinließen.«

Gabriels Entschluss war gefallen.

Er konnte sich kein Bedauern leisten. Keine Unentschlossenheit.

Kein Mitleid.

Sofort verschwamm Victorias Bild; statt ihres Profils sah er nur noch Weinflecken.

»Wieso glauben Sie, dass mein Vorgehen zu hart war, Gaston?« Gabriel schaute von der Tischdecke auf. »Sie haben meine Anweisungen nicht befolgt. Hätte ich ihren Lohn erhöhen sollen, statt sie zu entlassen?«

»Sie lieben Sie, Monsieur.«

Gedämpfte Geräusche drangen in den Salon, das Scheppern eines Topfes, ein verhaltener Fluch.

Pierre bereitete ein spätes Frühstück zu.

Bald würden die Hausdiener kommen und den Saal aufräumen.

Gabriel wusste, wann und bei welcher Gelegenheit er jeden einzelnen eingestellt hatte.

Er wollte nicht ihre Liebe; er wollte ihre Loyalität.

»Liebe hat einen Preis, Gaston«, sagte Gabriel kühl. »Sie gehört dem, der den höchsten Lohn zahlt.«

Die Liebe einer Hure wechselte mit jedem Freier.

»Die Männer sind unruhig, Monsieur.«

»Ihre Stellung ist sicher, solange sie sich an die Regeln des Hauses halten.«

»Sie dachten, Sie wären vor sechs Monaten gestorben.«

Gabriel erstarrte.

Kein einziges Mal hatten Gaston oder Gabriels Leute über die Geschehnisse von vor sechs Monaten gesprochen.

»Wie sie sehen, bin ich sehr lebendig.«

»Sie haben das Haus niedergebrannt«, erklärte Gaston wie versteinert.

Und dann hatte Gabriel es wiederaufgebaut.

Das Erstere, um einen Engel zu retten; das Letztere, um ein Ungeheuer zu fangen.

»Ich habe sie für alles entschädigt, was sie verloren haben.«

»Es geht nicht um Habseligkeiten, Monsieur.« Die Kerze rechts von Gaston flackerte, verlosch; Gastons rechte Gesichtshälfte verdunkelte sich im Schatten. »Sie haben ihnen nicht die Wahrheit gesagt. Sie wissen nicht mehr, ob sie Ihnen noch vertrauen können.«

Schwacher Kaffeeduft wehte über den schalen Geruch von Wein und Zigarren.

Huren konnten sich Vertrauen nicht leisten.

Gabriel hatte einmal gedacht, er kenne die Wahrheit; der zweite Mann hatte ihm bewiesen, dass er sich geirrt hatte.

»Wollen Sie sagen, dass ich keinem meiner Bediensteten vertrauen kann, Gaston?«, fragte Gabriel vorsichtig.

Gaston straffte die Schultern. »Niemand in Ihrem Haus würde Sie verraten.«

»Aber Sie haben Monsieur Michel nicht hinausgeworfen, wie ich angewiesen hatte«, sagte Gabriel scharf. »Manche würden behaupten, das sei eine Form von Verrat.«

Die Vergangenheit geisterte durch Gastons Blick. »Monsieur Michael wollte Ihre Leiche nicht loslassen«, sagte er ungewöhnlich bewegt.

Gabriel erinnerte sich ...

... Das Echo eines Schusses.

... Der Silberdunst von Atem.

Hast du um mich getrauert?

Ja.

»Es war nicht meine Leiche«, sagte Gabriel abwesend.

Michael hatte den verbrannten Leichnam eines Bettlers in Armen gehalten – nicht Gabriel.

Gabriel hatte die Leiche des Bettlers in sein Bett gelegt in der Hoffnung, dass man ihn fälschlich für Gabriel halten würde.

So war es auch gekommen.

Gabriel hatte getan, was notwendig war, um Michael zu retten. Damit er ein Leben statt eines Alptraums leben konnte.

Nur um zu erkennen, dass der Alptraum gerade erst angefangen hatte.

»Er dachte, es wäre Ihre Leiche, Monsieur.« Der seltene Gefühlsausbruch ließ Gastons Gesicht leuchten. »Er liebt Sie. Monsieur Michael gehört zu unserer Familie. Ich werde ihn nicht hinauswerfen. *Jamais.* Er hat sich um uns gekümmert, als wir nicht wussten, wo wir hin sollten.«

Zwei Worte trafen Gabriel wie ein Schlag.

Jamais. Niemals.

Familie.

Sie waren alle Huren. Zuhälter. Bettler. Mörder. Diebe.

Ihre Vergangenheit würde sich *niemals* ändern. Sie alle wären nicht zusammen, wenn sie eine *Familie* hätten.

Gaston starrte über Gabriels Kopf hinweg. »Soll ich mir selbst zwei Monatslöhne als Abfindung geben, Monsieur?«

Gabriels linker Mundwinkel zuckte nach oben.

Gaston war seit vierzehn Jahren bei Gabriel. Er hatte ihn, zu blutigem Brei zerschlagen, in einer Gasse in Seven Dials gefunden.

Ohne Gaston wäre das Haus Gabriel undenkbar. Er führte das Haus und die Leute, die darin arbeiteten.

»Damit Sie bei Monsieur Michael in Dienst gehen können?«, fragte er leichthin. »*Je ne crois pas, mon ami*. Sie beide würden nur ein Konkurrenzhaus eröffnen, und was soll dann aus mir werden?«

Gaston entspannte sich nicht bei Gastons Geplänkel.

»Die Männer haben Angst, Monsieur.«

Jegliche Leichtfertigkeit war mit einem Schlag verschwunden.

»Zahlen Sie ihnen mehr«, sagte Gabriel angespannt.

»Sie wollen wissen, wen sie töten sollen, Monsieur, statt jedes Mal aus der Haut zu fahren wie die Kaninchen, wenn eine Champagnerflasche entkorkt wird. *S'il vous plaît*. Wenn Sie doch nur den Mann beschreiben würden, der hinter Ihnen her ist ...«

Victoria hatte etwas ganz Ähnliches gesagt.

Wenn Sie meine Fragen nicht beantworten, können Sie nicht erwarten, dass ich Ihre beantworte.

Gabriel öffnete den Mund.

Es war ein berechtigtes Ansinnen. Männer, die ihr Leben aufs Spiel setzten, um das Leben eines anderen zu retten, hatten ein Recht zu erfahren, wie ihr möglicher Mörder aussah.

Aber die Worte kamen ihm nicht über die Lippen.

»Heute Abend war ein Mann hier«, sagte er stattdessen.

»Es waren heute Abend mehrere Hundert Männer hier, Monsieur.«

Gabriel überhörte Gastons Sarkasmus.

»Der Mann hat graue Haare – er ist Mitte bis Ende fünfzig. Sein Name ist Gerald Fitzjohn. Ich möchte seine Londoner Adresse wissen. Schicken Sie Jeremy in die Bibliothek, sie nachzuschlagen.«

»Jeremy hat sich gerade schlafen gelegt, Sir.«

»Dann würde ich vorschlagen, dass Sie ihn wecken, Gaston«, sagte Gabriel leise, bedrohlich.

»Sehr wohl, Monsieur«, antwortete Gaston hölzern.

»Schicken Sie Jacques zur *Times* und zu den *News*.«

Es waren die beiden meist gelesenen Tageszeitungen Londons.

Gaston wollte schon Einwände erheben – auch Jacques hatte sich gerade schlafen gelegt.

Er schloss den Mund.

»Ich möchte, dass Jacques die Stellenanzeigen der letzten eineinhalb Jahre durchsieht.« Gabriel erinnerte sich an Victorias Behauptung: *Würde er Ihr Haus kennen, würde er nicht den Gouvernanten seiner Kinder nachstellen, Sir.* »Sagen Sie ihm, er soll nach wiederholten Stellenangeboten derselben Inserenten für eine Gouvernante suchen. Wenn er welche findet, möchte ich, dass er Namen und Adressen notiert.«

Victoria mochte glauben, dass sie ein zufälliges Opfer ihres Dienstherrn war; Gabriel wusste es besser. Männer, die Frauen nachstellten, hatten meist schon eine entsprechende Vorgeschichte. Der Haushalt, in dem sie angestellt war, suchte wahrscheinlich regelmäßig eine neue Gouvernante.

»*Très bien*«, sagte Gaston.

»Lassen Sie David die Stellenagenturen aufsuchen.« David konnte Mann und Frau, Jung und Alt mit seinem Charme bezaubern. »Er soll sagen, eine Gouvernante namens Victoria Childers habe sich um eine Stelle beworben, aber er habe ihre Adresse verlegt.«

Gastons Augen weiteten sich, als er den Namen und den früheren Beruf der verhüllten Frau erfuhr.

»Wenn Jeremy Fitzjohns Adresse herausgefunden hat, soll er in den Archiven den Familiennamen Childers suchen. Wenn er eine Familie Childers findet, in der eine Tochter namens Victoria aufgeführt ist, soll er sich Namen und Adresse notieren.«

»*Très bien.*«

Sehr wohl.

Die Nacht würde nichts Gutes bringen.

Das Töten hatte begonnen.

»Gaston.«

»*Oui?*«, fragte Gaston vorsichtig.

»Ich brauche diese Angaben bis heute Mittag«, sagte Gabriel leise. »Ein Dienstmädchen soll mich wecken, wenn sie zurück sind.«

Mit einem Mal war Gabriel todmüde.

Der Gedanke, auf einem Ledersofa zu schlafen, war nicht sonderlich verlockend.

Vor siebenundzwanzig Jahren hätte er es für Luxus gehalten.

Nein, er war kein Junge mehr.

Er war ein Mann, und er kannte den Preis des Lebens.

»*Très bien*, Monsieur. Ich habe Evan, Julien und Allen zur Bewachung der Frau eingeteilt. Sie wechseln sich alle acht Stunden ab.«

»*Merci.*«

Gaston rang die Hände.

Gabriel fragte sich, ob die Frau wohl schlief … oder ob auch sie sich Sorgen machte.

Niemand hat mich je umarmt, hatte sie ihm gestanden.

Aber sie hätte sich von ihm umarmen lassen … nass von Schweiß und körperlicher Liebe.

»Viele Männer haben Mitleid mit der Notlage der Frau«, platzte Gaston heraus.

Gabriel spürte, wie sein Nackenhaar sich sträubte.

»Ich werde den Mann töten, der sie entkommen lässt«, sagte Gabriel leise. Bedrohlich. »Sagen Sie das den Männern, die Mitleid mit ihr haben.«

»Ihnen gefällt die Vorstellung nicht, dass Sie die Frau bestrafen.«

»Wieso glauben sie, dass ich sie bestrafe, Gaston?«, fragte er mit stechender Sanftheit in der Stimme.

»Marcel hat nicht über die Nachricht gesprochen, die er gefunden hat, Monsieur«, sagte Gaston abwehrend. »Aber die Männer spüren, dass etwas nicht stimmt. Sie hätten die Auktion verhindern können, aber Sie haben es nicht getan.«

Nein, Gabriel hatte die Auktion nicht verhindert. Stattdessen hatte er die Frau ersteigert und nun war sie bei ihm.

Bis Mittag würde es sich in ganz London herumgesprochen haben, dass die verhüllte Frau den unberührbaren Engel in Versuchung geführt hatte.

»Sagen Sie ihnen, dass der Mann, der mich umbringen will, auch sie töten wird.« Gabriel ließ die Wahrheit in seine Augen und seine Stimme sickern. »Wenn sie entkommt, ist sie eine tote Frau.«

Gastons Blick traf auf Gabriels. Seine braunen Augen waren ein einziges Fragezeichen.

Warum?

Warum hatte Gabriel ein Haus gebaut, in dem jeder Wunsch erfüllt wurde, nur um einen Mörder anzulocken?

Warum sollte ein Mörder zwei männliche Huren so unbedingt vernichten wollen, dass er bereit wäre, in diese Falle zu gehen?

Was hatte der zweite Mann ihm angetan, dass Gabriel nicht einmal eine schlichte Berührung ertragen konnte?

Gaston stellte diese Fragen nicht. Aber Gabriel war klar, dass Victoria sie stellen würde.

Er hatte ihr mehr von sich gesagt als je einem anderen Menschen.

Er hatte ihr gesagt, dass er gebettelt hatte, aber er hatte ihr nicht gesagt, worum er gebettelt hatte.

Er wusste jedoch, dass sie ihn danach fragen würde. Morgen. Übermorgen.

Victoria würde fragen, worum er den zweiten Mann angebettelt hatte. Und Gabriel würde es ihr sagen.

Das hatte sie verdient.

»Wir würden für Sie sterben, Monsieur«, sagte Gaston schlicht. »Niemand wird gegen Ihre Wünsche handeln.«

Ja, Männer – und Frauen – würden sterben. Das war Teil des Spiels.

Gaston wandte den Blick ab. »Was ich über Monsieur Michael gesagt habe …«

Gabriel erinnerte sich, was er Michael zum Abschied gesagt hatte.

»Ich glaube nicht, dass wir uns um Monsieur Michael Sorgen machen müssen«, fiel er ihm ins Wort und schob den Schmerz beiseite.

Er dachte an Victorias abgetragenes Wollkleid, die zerschlissene Seidenunterhose und die rutschenden Strümpfe.

Meine Jungfräulichkeit ist alles, was mir geblieben ist, hatte sie gesagt.

Aber es war nicht alles, was Victoria geblieben war.

Sie besaß Leidenschaft.

Ich wollte Ihre Berührung; deshalb bin ich eine Hure, hatte sie ihm gesagt.

Und er hatte sie in diesem Glauben gelassen.

Aber nicht Leidenschaft machte einen Mann oder eine Frau zur Hure – körperliche Liebe ohne Leidenschaft machte einen zur Hure. Michael hatte sich prostituiert, aber eine Hure war er nie gewesen. Im Gegensatz zu Gabriel.

Rechtfertigt das meinen Tod?

»Schicken Sie einen Boten zu Madame René«, sagte Gabriel unvermittelt. »Lassen Sie ihr ausrichten, dass wir eine Schneiderin brauchen.«

Kapitel 8

Schwarz legte es sich auf ihre Augen, eine Männerhand ...

Keuchend fuhr Victoria mit bebender Brust hoch, behindert von ihrem Haar. Nur um festzustellen, dass das Schwarze keine Hand war. Victoria war im Dunkeln eingeschlafen, im Dunkeln aufgewacht.

Sie spürte die harte Matratze unter ihrem Hinterteil und das weiche Laken, das sie einhüllte. Es war nicht ihr Bett. In Victorias gemietetem Zimmer gab es nur eine durchhängende Matratze und keine Laken.

Kein Licht drang durch das schmutzige Fenster – weder graues Tageslicht noch das goldgelbe Licht der Straßenlaternen.

Ein üppig süßer Geschmack lag ihr im Mund.

Schokolade.

Erinnerung folgte dem Erwachen.

Victoria schlief im Schlafzimmer des Mannes mit den silbergrauen Augen und dem silberblonden Haar. Das üppig süße Aroma auf ihrer Zunge stammte von dem Becher *au chocolat*, der zu ihrem Abendessen gehört hatte. Ein Abendessen, das sie allein eingenommen hatte.

Unter dem Duft von Wäscheseife und Stärke nahm sie einen schwachen Hauch wahr … ihn: den sauberen Moschusduft männlichen Fleisches.

Victoria hatte in den Laken geschlafen, in denen er gelegen hatte. Ein Mann, der sich Gabriel nannte. Sein Duft hatte sie in der vergangenen Nacht in Schlaf gelullt. Oder war es immer noch Nacht? Sie lauschte … Auf seinen Atem. Seine Gegenwart. Seine Gedanken. Er war nicht zu spüren.

Dies ist ein Freudenhaus, Mademoiselle … Die Wände sind dazu ausgelegt, die Privatsphäre zu wahren.

Hitze wallte in Victoria auf.

Die Gedanken, die sie ausgesprochen, die Fragen, die sie diesem Mann gestern Abend gestellt hatte, taten sich in ihr auf wie eine offene Falle. Die Dunkelheit lastete auf Victorias Brust. Sie hatte die Tage, Wochen und Monate gezählt, seit sie ihre Anstellung verloren hatte. Die Verluste und Demütigungen, die sie erlitten hatte, verblassten gegen das, was Gabriel durchgemacht hatte.

Er verleugnete die Bedürfnisse seines Fleisches wegen einer Tat, die sich seiner Kontrolle entzogen hatte. Und er hatte jede Minute, jede Stunde eines jeden verrinnenden Jahres gezählt.

Victoria fiel die Straßendirne namens Dolly ein und das gefaltete Papierchen, das sie Victoria in die Hand gedrückt hatte. Zum Schutz, hatte sie Victoria versichert. Eine männliche Stimme entlarvte die Lüge. Victoria bemühte sich, die Wahrheit zu verdrängen. Die Wahrheit ließ sich nicht verdrängen.

Der lastende Druck auf ihrer Brust wurde zum Amboss – er sackte durch bis in ihren Unterleib.

Victoria warf die Bettdecke zurück und stand auf.

Der Holzboden war eiskalt an ihren nackten Füßen; kühle Luft umspielte ihre Nacktheit. Keine Glut im Kamin gab Licht. Wärme. Sicherheit.

Gabriel, der Besitzer dieses Hauses und erklärte Strichjunge und Mörder, konnte jeden Augenblick durch die Tür kommen und das Licht einschalten.

Ich war tatsächlich nass vor Begierde. Weil ich wollte, dass Sie – ein Fremder – mich berühren.

Die Scham, die sich bei ihrem Geständnis nicht eingestellt hatte, blieb auch jetzt seltsamerweise aus.

Victoria schaltete den Fluss ihrer Erinnerungen entschlossen ab. Sie konnte es sich nicht leisten, Angst zu haben. Hoffnung. Begierde. Den ewigen Hunger einer Frau.

Mit ausgestreckten Armen tastete Victoria sich vor in den dunklen Raum – und stieß auf eine schwarze Wand.

Der plötzliche Aufprall von Fleisch auf Holz durchbrach die pulsierende Stille. Keine Wand … Sie war gegen den Kleiderschrank gelaufen.

Victoria erstarrte mit pochendem Herzen. Hatte er sie gehört? Was, wenn er dem Lärm nachginge?

Sie war nackt, konnte sich nicht einmal hinter einem Paar Strümpfe verstecken. Ihr Kleid – wo war es? Das Badezimmer – wo war es?

Mit Händen und Füßen gleichzeitig seitwärts gleitend fand Victoria den Rand des Kleiderschranks, die angrenzende Wand. Sie streifte mit der Linken über die Wand, die Rechte vorgestreckt, um Möbelstücke abzuwehren. Oder einen angreifenden Mann. Ihre Finger stießen an einen Holzrahmen, tauchten ins Leere. Sie hatte die Badezimmertür gefunden. Victoria griff durch die Türöffnung, ließ ihre Fingerspitzen leicht über die Wand kreisen, kreisen … glatte Wandfarbe … eisiges Metall … Ein Holzschalter.

Licht blendete sie. Aus dem grellen Schein tauchte glänzendes Kupfer auf, das kombinierte Duschbad … ein Marmormonolith, das Waschbecken … und eine nackte Frau mit wirrem, dunklem Haar. Victorias Blick zuckte vor ihrem Spiegelbild über dem Marmorbecken zurück. Vom Alter vergilbte Seide hing schlaff über einem hölzernen Handtuchständer; daneben formlose fleischfarbene Röhren. Gestern Abend hatte sie wie jeden Abend vor dem Zubettgehen ihre Unterhose und ihre Strümpfe gewaschen.

War er ins Schlafzimmer und ins Badezimmer gekommen, während sie geschlafen hatte? Hatte er gesehen, was kein Mann zu sehen das Recht hatte – die vergeblichen Bemühungen einer

Frau, Anstand zu bewahren, obwohl ihr kein Anstand mehr zu Gebote stand? Unfehlbar wanderte ihr Blick zurück zum Spiegel. Die nackte, dunkelhaarige Frau darin starrte Victoria unverfroren an.

Weiße Brüste lauerten durch zwei dunkle, verknotete Haarsträhnen – eine Frau bar irdischen Besitzes und stolzer Eitelkeit. Victoria kannte die Frau im Spiegel nicht. Sie kannte die Frau nicht, die sich vor einem Fremden ausgezogen und keinerlei Scham empfunden hatte.

Ihre Brüste sprangen vor, eine Proklamation ihres Geschlechts. Ein Symbol der Schwäche und Verwundbarkeit. Die Sünde einer Frau.

Begierde ist ein Teil von uns allen, Mademoiselle.

Victoria erinnerte sich an die Herrschaften der vornehmen Gesellschaft, die zugesehen hatten, wie sie ihre Jungfräulichkeit versteigerte. Männer, die im Parlament saßen; Frauen, die in der Gesellschaft den Ton angaben. Hatten sie die Leidenschaft gefunden, die sie suchten?

Eine blasse, schlanke Hand hob sich im Spiegel. *Du willst geküsst werden …* murmelte eine vertraute männliche Stimme provozierend. Die Frau im Spiegel berührte ihre roten Lippen. Rissige Haut kitzelte Victorias Fingerspitzen; Spannung durchzuckte sie.

Kein Mann hatte je ihre Lippen geküsst.

Männer küssten die Frauen auf der Straße nicht; sie paarten sich nur mit ihnen. Jetzt begriff sie, weshalb. Die Straßendirnen hatten gespannte, rissige Lippen – wie Victoria. Vor sechs Monaten waren ihre Lippen noch voll und rund gewesen. Hatte sie insgeheim die Fülle ihrer Lippen und die Weichheit ihrer Haut bewundert? War ihre Eitelkeit so offenkundig gewesen?

Deine Brüste … drängte die provozierende Männerstimme. Die blasse, schlanke Hand im Spiegel glitt langsam nach unten über ein spitzes Kinn, eine sehnige Kehle, eine pulsierende Mulde. Warmes Haar bedeckte die Finger der Frau.

Unter dem dunklen Haar legte sich schwielige Haut auf eine runde Brust. Sie war weich und voll, wie Victorias Körper es sonst nicht war. Eine Brustwarze lugte zischen den Fingern und dem wirren Haar hervor: eine dunkle Knospe. Sie fühlte sich nicht an wie eine Knospe. Sie war hart. Übersät mit winzigen Höckern – wie Gänsehaut. An der Spitze war eine leichte Vertiefung.

Bevor die Briefe kamen, hatte Victoria nie ihren nackten Körper betrachtet, sich nie berührt, außer mit einem Waschlappen.

Nie hatte sie die Sinnlichkeit erahnt, die unter ihren schlichten Wollkleidern schlummerte und nur darauf wartete, von ihr entdeckt zu werden. Nun hatte der Mann mit den silbergrauen Augen und dem silberblonden Haar die Briefe gelesen. Und er wusste Bescheid …

Du willst, wonach jede Frau sich insgeheim sehnt.

Aber sie wollte nicht begehren. Streicheln. Saugen. Sie wollte sich nicht sehnen. Sie wollte nicht hungern … Nach der Wärme einer Berührung. Nach der Verschmelzung der Vereinigung. Sie wollte sich nicht nach den Händen eines Mannes sehnen … nach dem Geschlecht eines Mannes … nach der Zunge eine Mannes.

Victoria ließ die Hand sinken und drehte sich abrupt mit wehendem Haar um. In den letzten sechs Monaten hatte sie sich auf einen angeschlagenen Nachttopf gekauert; der Luxus, auf einem glatten Toilettensitz aus Holz zu sitzen, war eine angenehme Abwechslung. Es erinnerte sie an die Annehmlichkeiten, die sie früher einmal für selbstverständlich gehalten hatte, und an den Komfort, den man ihr genommen hatte. Komfort, den sie vielleicht nie wieder erleben würde. Alles war dahin. Ihr Porzellanschmuck. Die Perlenhalskette; die Korallenohrringe, die sie nie zu tragen gewagt hatte. Die gravierte Silberuhr, die ihre erste Dienstherrin ihr geschenkt hatte. Ihre Kleider. Das Zimmer, das nach Armut und Verzweiflung stank. Die Miete war fällig, und sie konnte nicht zahlen. Mittlerweile hatte es sicher eine andere gemietet. Victoria griff nach der Schachtel mit Papiertüchern hinter sich. Die Spülung rauschte leise, statt laut zu gurgeln wie die altmodischere Anlage im Haus ihrer letzten Dienstherren. Ihre Unterhose war noch feucht, ihre Zukunft noch unbestimmt.

Sie konnte wieder ins Bett gehen oder sich anziehen. Sie konnte vorgeben, Gabriels Gast zu sein … oder seine Gefangene, wie sie es ihres Wissens tatsächlich war. Ihre Entscheidung …

Das kombinierte Duschbad lockte. Victoria versuchte sich zu erinnern, wann sie das letzte Mal etwas nur zum Vergnügen getan hatte. Sie wusste es nicht. Als Kind hatte sie Angst vor ihrem Vater gehabt, Angst, dass er sie beschimpfen würde. Und er hatte es getan. Als Gouvernante hatte sie Angst vor ihren Dienstherren gehabt, Angst, dass man sie entlassen würde. Und sie hatten es getan. Nun war sie weder ein Kind noch eine Gouvernante: Sie war eine ganz auf sich gestellte Frau. Victoria hatte nichts mehr zu verlieren. Weder die Liebe eines Vaters noch den Lohn eines Dienstherren.

Entschlossen glitt sie über den kalten Fliesenboden. Sechs Messinghähne reihten sich auf dem Satinholzpaneel des kombinierten Duschbads. Sie waren deutlich beschriftet: *Warm*, *Kalt*, *Wanne*, *Nadelbrause*, *Leberbrause*, *Dusche*. Das Herz schlug ihr bis zum Hals, als sie den Hahn mit der Aufschrift *Dusche* aufdrehte. Nichts passierte. Schnell schloss sie den Hahn wieder. Hatte sie etwas zerbrochen?

Es dauerte eine Weile, bis die Vernunft siegte. Zögernd öffnete sie den Hahn mit der Aufschrift *Kalt*. Das laut prasselnde Wasser kam nicht aus dem Kupferspeier an der Badewanne – zögernd schaute Victoria unter die Kupferhaube –, es kam aber auch nicht aus der großen, runden Kupferscheibe darüber. Ein kleines Thermometer über den sechs Kupferhähnen zog ihren Blick auf sich. Allmählich wurde ihr klar, dass das kalte Wasser in einen Mischbehälter floss. Sie öffnete den Heißwasserhahn. Sofort sprang die Temperatur auf dem Thermometer in die Höhe. Neben dem Thermometer zeigte eine Anzeige den Füllstand des Mischbehälters an. Ein Viertel voll, zwei Viertel voll, drei Viertel voll … voll. Hastig drehte Victoria die beiden Wasserhähne zu. Erregung ließ ihr Blut schneller pulsieren.

An der Badezimmertür gab es keinen Riegel. Der Gedanke dämpfte ihre Erregung kein bisschen. Sie stieg in die Kupferwanne – das eiskalte Metall ließ sie die Zehen kräuseln – und trat vorsichtig unter die Kupferhaube.

Sofort war Victoria von vorn, von den Seiten und von oben

eingeschlossen – es war, als betrete man eine Kupfergrotte. Zwei kleinere Kupferscheiben auf jeder Seite waren nach unten gebogen – sie hatten Hüfthöhe. Ein Kupferrohr verlief in jeder der vier Ecken; sie waren von oben bis unten durchlöchert.

Eine Frau mit kupferfarbener Haut spiegelte Victorias Bewegungen wider – drehte den Kopf, wenn Victoria den Kopf drehte, schob die Brust heraus, wenn Victoria die Brust herausschob, hob den Arm …

Victoria drehte den Hahn mit der Aufschrift *Nadelbrause* auf. Sofort prasselte warmes Wasser auf sie ein – auf Brüste, Hinterteil, linke Hüfte, rechten Knöchel, Gesicht, Bauch, Rücken. Keine Stelle ihres Körpers, die das aus vier perforierten Rohren spritzende Wasser nicht erreichte.

Ihr Haar klebte ihr an Schultern und Rücken; Dampf füllte ihre Lungen. Sie drehte den Hahn mit der Aufschrift *Nadelbrause* ab – sofort versiegte das Wasser. Mutig öffnete sie den Hahn mit der Aufschrift *Dusche*. Und stand auf der Stelle im Regen. Die Wucht, mit der das Wasser auf ihren Kopf und ihre Schultern prasselte, war prickelnd und zugleich liebkosend.

Es war, als sei sie nackt von einem Sommerregen überrascht worden. Instinktiv drehte sie sich in Wasserstrahl und Hitze. In einer Nische der Kupferwände gab es ein Stück Seife und eine Flasche – Victoria musterte das Etikett – *Haarshampoo*. Der Dampf ließ die Aufschrift verschwimmen. Die Seife erkannte sie an ihrem Duft – es war seine. Sein Shampoo.

Der Mann, der versprochen hatte, sie zu beschützen. Falls er es konnte. Victoria benutzte Gabriels Seife. Und dann benutzte sie Gabriels Shampoo. Anschließend hob sie das Gesicht in den Sommerregen, bis sie das gesamte Wasser im Mischbehälter aufgebraucht hatte.

Für eine kleine Weile fand sie die Freude wieder, die mit Unschuld einhergeht. Doch dann war auch das vorbei. Ihre Freude. Ihre Unschuld.

Victoria schlug die Augen auf und starrte auf die Frau mit der kupferfarbenen Haut und dem dunklen, glatt am Kopf klebenden Haar.

Die Kupferpaneele waren voller Wassertropfen wie regennasse Fensterscheiben. Silbrig lief das Wasser in gewundenen Rinnsalen langsam am kupfernen Körper der Frau herunter. Ihre Züge waren verschwommen, unwirklich, schamlos sinnlich.

Die Frau vor der Verdammung des Menschen.

Der Anblick dieser Frau mit der kupferfarbenen Haut vermittelte ein eigentümliches Machtgefühl. Die Illusion der Macht verflüchtigte sich auch nicht, als Victoria aus der Kupfergrotte trat.

Das blaue Handtuch auf dem hölzernen Halter neben der Wanne war weich, dick und luxuriös. Victoria benutzte Gabriels Handtuch. Ein silberblondes Haar hatte sich in den Zähnen eines Elfenbeinkamms verfangen. Ein scharfer Stich zuckte durch ihre Brust.

Sie wollen mich nicht, hatte sie Gabriel vorgeworfen.

Sie wären überrascht, was ich will, Mademoiselle, hatte er geantwortet.

Victoria benutzte Gabriels Kamm. Wasserschwarze Haare gesellten sich zu dem einzelnen silberblonden Haar. Glühende Tränen brannten in ihren Augen.

Entschlossen klammerte Victoria sich an die Illusion der Macht und öffnete die oberste Schublade unter dem Marmorwaschbecken. Sie starrte auf eine Zahnbürste mit Elfenbeingriff. Gabriels Zahnbürste. Ihre eigene Zahnbürste mit Holzgriff war in ihrer Tasche, zusammen mit den Briefen und ihrem kleinen Kamm mit den Zahnlücken.

Auf dem Tablett mit dem Abendessen hatten zwei Schalen *au chocolat* gestanden. War er zurückgekommen, nachdem Victoria zu Bett gegangen war? Hatte er die Schokolade gegessen?

Was hatte der Mann Gabriel angetan, dass er keine Frau mehr anrühren wollte?

Victoria kramte in der Schublade und fand eine weitere Zahnbürste: Sie sah genauso aus wie Gabriels. Wirkte aber unbenutzt. Sie benutzte sie. Und dann benutzte sie Gabriels Zahnbecher, der neben dem Waschbecken stand, um sich den Mund auszuspülen.

Victoria war so sauber, wie seit Monaten nicht mehr. Sie fühlte sich beschwingt.

Ihre Unterhose war immer noch feucht. Es blieb ihr nichts übrig als abzuwarten, bis sie trocken war. Und ein Kleid anzuziehen, das nicht sauber war, so sehr Victoria sich auch bemüht hatte, es sauber zu halten.

Plötzlich zitterte sie vor Kälte unter ihrem nassen Haar, das ihr an Rücken und Hinterteil klebte. Sie öffnete die Badezimmertür. Es war nicht dunkel. Grelles elektrisches Licht durchflutete das Schlafzimmer.

Eine kleine Frau mit flammrotem Haar stand neben dem stummen Diener, über den Victoria am Abend zuvor ihr Kleid gehängt hatte. Ein blaues Hütchen mit frecher Pfauenfeder saß keck auf dem elegant frisierten Haar der zierlichen Frau. Hinter ihr warf der Drehspiegel das Bild einer zierlichen Frau mit flammrotem Haar und blauem Hut mit Pfauenfeder zurück. Beide Bilder hielten voller Abscheu Victorias braunes Wollkleid von sich – wie aus Angst vor Ungeziefer. Der schlanke Rücken der rothaarigen Frau war steif; die Miene auf ihrem faltigen, geschminkten Gesicht ließ Ekel erkennen. Kaum hatte Victoria diesen Eindringling bemerkt, als die ältere Frau aufschaute. Sie musterten sich schweigend: Eine aus entsetzten Augen, die andere aus kritischen. Die rothaarige Frau betrachtete Victoria abschätzend wie die Männer und Frauen, die ihrer Versteigerung beigewohnt hatten.

Victoria wurde wütend. Die Frau hatte kein Recht, Victoria zu verurteilen – weder ihr Tun noch ihre Kleidung.

Ein Perlenkollier schimmerte an ihrem Hals. Vom Verkauf dieser Perlenkette könnten sämtliche Obdachlosen Londons satt werden. Victoria hatte die Wahl, sich im Badezimmer oder hinter ihren Händen zu verstecken. Oder sich zu nehmen, was ihr gehörte.

Stolz.

Würde.

Ihr Kleid.

Sie ging zu der älteren Frau und riss ihr das braune Kleid aus den Händen, die keinen Widerstand leisteten. Die Frau war klein, nicht größer als einen Meter zweiundfünfzig; Victoria, die gut einen Kopf größer war, musste den Kopf senken, um auf sie herabzuschauen. Sie hielt sich das Kleid vor die Brust, dass der braune Wollstoff ihren Körper bis zu den Füßen verdeckte, und trat mit wiedergewonnener Würde zurück.

»Ich fürchte, Sie haben sich im Zimmer geirrt, Madam«, sagte sie kalt.

»*Madame*«, korrigierte die ältere Frau sie gebieterisch. »Ich bin Madame René.«

Sie sprach, als gehöre sie zum französischen Königshaus oder als müsse Victoria zumindest ihren Namen kennen.

»Dennoch, *Madame*, Sie sind in meinem Schlafzimmer«, spie Victoria aus. »Seien Sie so gut zu gehen.«

»Dieses *chambre à coucher* gehört Monsieur Gabriel, Mademoiselle, nicht Ihnen. Gewöhnlich machen wir keine Hausbesuche. *Vite* … wir haben keine Zeit zu verlieren. Meine Kunden warten auf mich.«

Kunden … Männer? … warteten auf sie? War die ältere Frau eine Prostituierte? Kräftige Hände entrissen Victoria den Wollstoff. Flüchtig fragte sie sich, ob Gabriel sich von hinten angeschlichen und ihr Kleid geschnappt hatte. Aber sie beide waren allein im Schlafzimmer: eine elegante, zierliche Frau unbestimmbaren Alters, nach der neuesten Mode gekleidet, und eine vierunddreißigjährige Frau, die nichts trug als ihr nasses Haar.

Die Frau, die sich Madame René nannte, umkreiste Victoria. Victoria wirbelte herum und wollte ihr Kleid zurückfordern. Zwei warme Hände legten sich auf ihre Brüste, hoben sie an und schoben sie zusammen.

»Sie haben passable Brüste, Mademoiselle« – sofort schnellten Victorias Brüste wieder in ihre Ausgangsposition zurück. Madame René holte aus einer Seitentasche ein aufgerolltes Maßband. Sie zog ein kurzes Stück heraus und straffte es zwischen kleinen, schlanken Händen. Ein taubeneigroßer Diamantring blitzte am Zeigefinger ihrer rechten Hand. »Aber Sie haben weder Hüften noch *derrière*. Wir werden Ihnen Kleider entwerfen, die Ihren Busen betonen, *oui?* Und dann werden wir Hüften und *derrière* ein bisschen auspolstern.«

Victoria starrte auf die Frau herunter. Männer sprachen über die Brüste von Frauen; Frauen sprachen nicht über andere Frauen. Das Wollkleid lag zwischen ihnen auf dem Boden. Victoria vergaß ihre Würde. Sie hatte nackt vor Gabriel gestanden; sie würde nicht nackt vor einer Frau herumstolzieren, die ihr an die Brust fasste. Victoria tauchte nach ihrem Kleid. Ein kleiner lederbeschuhter Fuß trat das Kleid fort. Es schlitterte über den spiegelglatten Boden.

»Sie sind in meiner Obhut, Mademoiselle.« Jahrelange Autorität sprach aus dem Ton der älteren Frau. »Ich dulde nicht, dass eine meiner Frauen in Lumpen herumläuft.«

In meiner Obhut … eine meiner Frauen.

Hatte Gabriel vor, Victoria eine neue Stellung zu suchen, indem er sie zur Prostituierten ausbilden ließ? Victoria richtete sich auf, mit geschärften Sinnen nahm sie ihre baumelnden Brüste wahr, die sich im gebohnerten Holzboden spiegelten. Ein eisiges Rinnsal lief zwischen ihren Pobacken herunter. Sie ballte die Hände zu Fäusten.

»Madame René, ich brauche keine Kupplerin.«

Die ältere Frau reckte sich zu voller Höhe. »Ich bin eine *couturière*, Mademoiselle.«

Eine Schneiderin.

Gabriel hatte gesagt, sein Haus sei kein Bordell. Warum sollte eine Schneiderin es besuchen?

»Madame, hier liegt offenbar ein Irrtum vor.« Victorias Brustwarzen stachen in die Luft zwischen ihnen. »Ich habe nicht nach einer … einer *couturière* geschickt.«

Die hellbraunen Augen verengten sich nachdenklich.

»*C'est vrai*«, sagte sie.

»Was ist wahr?«, fragte Victoria scharf und stemmte die Hände in die Hüften, statt ihre Blöße zu bedecken, wie sie es unwillkürlich wollten.

»Monsieur Gabriel, er kann nicht … wie sagen Sie Engländer … für eine Frau steif werden.«

Vor Victorias innerem Auge blitzte ein Bild von Gabriels schwarzer Seidenhose auf, als er am Vorabend vor ihr gestanden hatte. Gefolgt vom Widerhall ihrer Worte. *Seiner Worte.* Es hatte ihm wehgetan, ihr die Wahrheit zu sagen. Aber er hatte es getan. Wie konnte diese Frau es wagen, ihn zu verurteilen?

Die aufwallende Wut wurde vom Scharfsinn hinter den braunen Augen der Frau eingedämmt. Es gab nur einen Grund, weshalb die selbstherrliche Frau hier sein konnte. Dieses *chambre à coucher* gehört Monsieur Gabriel, hatte sie gesagt.

»Monsieur Gabriel hat nach Ihnen geschickt«, stellte Victoria fest.

Die ältere Frau legte den Kopf schief. »Er hat nach einer meiner Schneiderinnen geschickt, *oui.*«

Aber er hatte nicht ausdrücklich nach Madame René geschickt.

»Und Sie sind persönlich gekommen, weil Sie die Frau sehen wollten, die er ersteigert hat«, vermutete Victoria.

»Ganz London will die Frau sehen, die Monsieur Gabriel ersteigert hat, Mademoiselle.«

Damit sie ihn verurteilen konnten. Wie er sich selbst bereits verurteilt hatte.

»Sie haben Ihr Ziel erreicht, Madame René«, spie Victoria aus. »Und jetzt gehen Sie bitte. Sie können Ihren Kunden mitteilen, dass Monsieur Gabriel keinerlei Schwierigkeiten hat, für eine Frau steif zu werden.«

Und dass Victoria einen passablen Busen, aber weder Hüften noch *derrière* besaß.

Neugier flackerte in den braunen Augen der älteren Frau auf. »Sie sind wütend.«

Victoria stritt es nicht ab. »Ich mag keinen Klatsch, Madame.« Lügen hatten Victoria um ihre Stellung gebracht. Und nun würden sie sie wohl ihr Leben kosten.

»Klatsch kann niemandem wehtun, der keinen Namen hat, Mademoiselle,« tat Madame René ihre Bemerkung ab.

An solchen Snobismus hatte Victoria sich schon lange gewöhnt.

»Aber Monsieur Gabriel hat einen Namen«, sagte sie mit Nachdruck.

Die Schneiderin erinnerte Victoria mit ihrem schief gelegten Kopf plötzlich an einen neugierigen Vogel ... einen Raubvogel.

»Und Sie glauben, dieser Klatsch würde ihm wehtun?«, fragte Madame René neugierig.

»Ich denke doch, dass es jeden Mann ärgern würde, wenn über sein Privatleben geredet wird, Madame.« Victorias Ton zeigte deutlich, dass sie keine weiteren Gespräche wünschte.

»*Mais* Monsieur Gabriel ist nicht irgendein Mann, *est-il?*«

»Nein, das ist er nicht«, bestätigte Victoria so kühl, wie ihre Haut sich anfühlte. »Wenn er das wäre, würde er nicht mehr leben.«

Madame René machte ihren Kopf gerade; die Pfauenfeder schwankte.

»Nein, das stimmt«, bestätigte die Schneiderin lebhaft.

Victoria zwinkerte verwundert. Für einen flüchtigen Moment leuchtete Anerkennung aus den braunen Augen der Älteren, wich aber sofort einer wissenden Herablassung.

»Sie haben Glück, Mademoiselle. Monsieur Gabriel ist *très riche*. Nicht jeder kann sich meine Kleider leisten.« Kleider ... Gabriel hatte eine Näherin bestellt, die ihr Kleider nähen sollte.

Victoria stellte sich eine feminine, frivole Kreation aus Seide und Satin vor. Das überwältigende Verlangen nach einem neuen Kleid kam einem körperlichen Schmerz gleich. Sofort überlagerte das auf dem Boden zerknüllte Wollkleid diese Vorstellung. Sie wollte keine Almosen.

»Ich brauche kein weiteres Kleid, vielen Dank, Madame René«, erklärte Victoria kühl. »Wenn Sie mich jetzt bitte entschuldigen würden ...«

Die braunen Augen funkelten verschlagen. »Wenn Sie mich fortschicken, werden Sie den Spekulationen über Monsieur Gabriels Fähigkeiten nur neue Nahrung geben, Mademoiselle.«

Victoria verhärtete sich gegen die Beeinflussung der Schneiderin. Erpressung war der Preis der Sünde, hatte Gabriel gesagt.

»Wollen Sie mich erpressen, Madame René?«

»Sie sind noch Jungfrau, Mademoiselle«, erklärte die Schneiderin. Der Muskel in Victorias Schoß krampfte sich zusammen.

»Sie irren sich, Madame.«

»Mademoiselle, hätte Monsieur Gabriel Sie genommen, würden Ihre Augen vor Zufriedenheit strahlen und Ihr Mund, Ihre Brüste und Ihre Geschlechtslippen wären geschwollen. Ich versichere Ihnen, er hat Sie nicht angerührt.«

Geschlechtslippen dröhnte es in Victorias Ohren. Instinktiv presste Victoria die Beine zusammen; ihre Arme klemmten ihre Rippen ein.

»Und diese Beobachtungen werden Sie natürlich weitergeben«, sagte sie schneidend.

»Er war *un prostitué*, Mademoiselle.« Für Männer, nicht für Frauen, brauchte sie nicht hinzuzufügen.

»Ich weiß durchaus, was Monsieur Gabriel war«, erwiderte Victoria frostig.

»Aber wissen Sie auch, was er jetzt ist?«, fragte die Schneiderin.

Wie lange musste sie noch vor dieser Frau im harten elektrischen Licht stehen, das jeden Makel offenbarte?

»Er ist der Eigentümer dieses Hauses«, sagte sie steif.

»Er ist der unberührbare Engel, Mademoiselle«, berichtigte Madame René sie. »Und er gibt Leuten wie uns Arbeit. Wir sind nicht alle erfolgreich.«

Instinktiv starrte Victoria auf die Perlenkette am Hals der Schneiderin.

»Aber Sie waren erfolgreich«, sagte sie ungestüm.

»*Oui*, ich war *très* erfolgreich. Die meisten Prostituierten sterben an Krankheit und Armut, Mademoiselle. Sie haben Armut erlebt; das sehe ich an Ihren Augen. Nur sehr wenige Männer – oder Frauen – zahlen so viel Geld, wie Sie gestern Abend bekommen haben.«

Aber Gabriel hatte die zweitausend Pfund nicht geboten, um sie zu besitzen.

Die Kälte, die Victoria plötzlich erfasste, hatte nichts mit dem Zimmer oder dem nassen Haar zu tun, das an ihrem Rücken klebte.

Hatte der Mann, der zuerst einhundertfünf und später tausend Pfund geboten hatte, nach ihrer Jungfräulichkeit getrachtet … oder hatte er ihr nach dem Leben getrachtet?

»Haben auch Frauen Monsieur Gabriels … Dienste gekauft?«, fragte Victoria wie unter Zwang.

Die Frage rutschte ihr heraus.

»*Oui.*« Madame Renés Augen strahlten bei der Erinnerung. »Er und Monsieur Michael waren in ganz London gefeiert. *Les deux anges.*«

Die beiden Engel.

War Michael der Mann, der Gabriel verletzt hatte?

War er der Mann, der einhundertfünf Pfund und später tausend Pfund geboten hatte …?

»Dieser Monsieur Michael … waren er und Gabriel … Rivalen?«

»Sie waren Freunde.«

»Und jetzt?«

»Es gibt Bande, die nichts lösen kann, Mademoiselle«, erklärte die Schneiderin rätselhaft.

»Sie haben mich gesehen, Madame.« Beißende Ironie würzte Victorias Ton. »Jetzt können Sie gehen.«

Sonst würde sie vor Kälte und Anspannung sterben in dem Bemühen, ihre Arme an den Seiten zu halten, statt sich hinter ihnen zu verstecken, wie sie sich hinter Wollkleidern und den Kindern anderer Frauen versteckt hatte. Madame René ging nicht.

»Sie enttäuschen mich, Mademoiselle.«

Ihre Brust schmerzte – vom Druck ihrer Arme. Es gab keinen Grund, weshalb Victoria sich etwas aus den Gefühlen der *couturière* machen sollte.

»Verzeihung«, sagte sie steif.

»Ich habe Sie für eine mutige Frau gehalten.«

»Die Geschichte hat schon oft Verzweiflung mit Heldentum verwechselt.«

»Es bedarf einer mutigen Frau, einen Mann wie Gabriel zu lieben.«

Was, wenn ich mehr wollte als Ihre Jungfräulichkeit?

Etwas anderes hatte Victoria einem Mann nicht zu bieten.

»Dann ist es ja nur gut, dass Monsieur Gabriel mich nicht ersteigert hat, damit ich ihn liebe«, antwortete sie.

Madame Renés Augen verengten sich. Der Diamant an ihrem Zeigefinger blitzte missbilligend.

»Monsieur Michael ist nach seiner Fähigkeit benannt, Frauen Lust zu bereiten.«

Victorias Herz stockte.

»Wie kann ein Mann nach seiner Fähigkeit benannt sein, Frauen Lust zu bereiten?«, fragte sie höflich.

»Er wird Michel des Anges genannt.«

Michael von den Engeln.

»Engel kennen keine geschlechtliche Vereinigung, Madame.«

Madame René ließ sich von Victorias Zynismus nicht abschrecken. »Wir Franzosen sagen zum Höhepunkt *voir les anges*, Engel sehen.«

Gabriel hatte den Höhepunkt als *la petite mort* bezeichnet, den kleinen Tod.

Das Auge der Pfauenfeder und der Blick der Schneiderin waren gleichermaßen unverwandt. Beide suchten ... was?

»Manche Frauen behaupten, Monsieur Gabriels Können übersteige das seines Freundes«, erklärte die Schneiderin nachdrücklich.

Die Kälte, die Victoria einhüllte, wich glühender Hitze.

»Madame, verzeihen Sie, aber ich bin es nicht gewohnt, mich unbekleidet zu unterhalten.«

Madame René zuckte die Achseln. »Wir sind doch Frauen, Mademoiselle. Und Monsieur Gabriel nimmt keinen Anstoß am Körper einer Frau.«

»Monsieur Gabriel war schon geraume Zeit nicht mehr mit einer Frau zusammen.«

Warum hatte Victoria das gesagt?

»*Oui.*«

»Ich weiß nicht, wie man einen Mann verführt.«

Ich weiß nicht, wie man einen Mann verführt, hallte es im kalten Schlafzimmer wider.

Genugtuung strahlte aus Madame Renés braunen Augen.

»*Tournez autour*, Mademoiselle, *et je vous montrerai comment séduire un homme.*«

Automatisch übersetzte Victoria das Französisch der Älteren: Drehen Sie sich um … und ich zeige Ihnen, wie man einen Mann verführt.

Spannung tanzte in ihrem Bauch.

Der Blick der Älteren forderte Victoria stillschweigend heraus, Frau zu sein. Einen Mann zu lieben, der Liebe verschmähte. Victoria drehte sich um und schaute in den Drehspiegel. Silberne Augen schauten sie an.

Kapitel 9

Victoria hatte Gabriel nicht ins Schlafzimmer kommen hören. Aber er stand da.

Sie hatte Gabriels Gegenwart nicht gespürt. Jetzt spürte sie sie in jeder Faser ihres Körpers: In ihren Brüsten, die passabel waren, in Hüften und *derrière*, die es nicht waren …

Drei Menschen beobachteten Victoria: Madame René, Victoria und Gabriel.

Madame René wartete ab, wie mutig Victoria wäre.

Victoria wartete darauf, vor Scham in den Boden zu versinken.

Und worauf wartete Gabriel?

»Heben Sie die Arme, Mademoiselle, damit ich Ihre Maße nehmen kann.«

Madame Renés Stimme kam von weither. Ihre Absichten waren nur allzu deutlich.

Sie wollte Victoria vor Gabriel zur Schau stellen.

Sie wollte, dass Victoria einen Mann verführte, der für seine Verführungskunst berühmt war – einen Mann, der *seit vierzehn Jahren, acht Monaten, zwei Wochen und sechs Tagen keine Frau mehr angerührt hatte.*

Victoria dachte an die Jahre, die sie in den Häusern anderer Frauen gelebt, sich um die Kinder anderer Frauen gekümmert und ihren Lohn von den Ehemännern anderer Frauen erhalten hatte.

Sie hatte kein Heim, keine Kinder, keinen Ehemann.

Gabriels Heim war ein Gasthaus, seine Bediensteten waren Prostituierte, die weniger Glück gehabt hatten als er, und er hatte keinen Menschen, der ihn umarmte.

Die dunkelhaarige Frau im Drehspiegel hob die Arme; die Frau Victoria spürte, wie ihre Brüste sich hoben und ihre Knospen hart wurden.

Passable Brüste, hatte die Schneiderin gesagt.

Die silbernen Augen im Spiegel musterten Victorias Brüste, ihre Rundungen, ihre Fülle.

Ihre Reize.

Fand auch er sie passabel?

Madame René trat vor. Kobaltblau bedeckte Arme legten sich um Victorias Brust. Schlossen sie ein.

Berührten sie.

Das Maßband kniff in ihre Brüste, während Hitze und Licht ihr über die Haut liefen.

Victorias geschärfte Sinne spiegelten sich in Gabriels Augen wider.

Wie lange hatte er schon in der Tür gestanden – gelauscht, zugeschaut, fragte Victoria sich atemlos.

Warum hatte er nicht zu erkennen gegeben, dass er da war?

Warum hatte er keine Einwände dagegen erhoben, dass sie über ihn sprachen?

Victoria atmete zur Beruhigung tief ein.

Sie war noch nie mutig gewesen.

Vielleicht konnte Victoria bei diesem Mann sein, was sie bisher nie hatte sein können.

»Madame René. Sie sagten, wenn Mr. Gabriel mich genommen hätte, wären mein Mund, meine Brüste und meine« – Victoria zögerte, schöpfte aber Mut aus der plötzlichen Reglosigkeit der silbernen Augen, die sie beobachteten – »meine Geschlechtslippen geschwollen.«

Das Maßband sank herunter; Victorias Knospen schnellten hoch. Das Kratzen eines Bleistifts auf Papier jagte ihr den Rücken hinauf und hinunter.

»Haben Sie … Frauen … so … nackt … gesehen, nachdem sie die Nacht mit ihm verbracht hatten?«

Der körperwarme Metallrand grub sich in Victorias linke Achselhöhle.

Der silberne Blick im Spiegel richtete sich auf Victorias linke Achselhöhle.

»Ja, Mademoiselle.«

Das Maßband streckte sich bis zu Victorias Handgelenk, geglättet von kräftigen Fingern.

Der silberne Blick folgte Madame Renés Hand.

Die Brüste der nackten Frau im Spiegel hoben und senkten sich; Victorias Lungen füllten sich mit Luft und atmeten sie aus.

»Ist er … war er … sanft zu den Frauen?«, fragte Victoria.

Sie erkannte ihre eigene Stimme nicht.

Sie war heiser vor Begierde.

Vielleicht war es aber auch Angst, die sie heiser machte.

Das Maßband fiel herunter.

Der silberne Blick schnellte hoch zu Victorias wartenden Augen.

»*Un prostitué* ist so sanft oder grob, wie der Kunde wünscht, Mademoiselle«, sagte Madame René unnatürlich sachlich in dieser völlig unsachlichen Situation.

Wieder hastiges Gekritzel.

»Eine Frau … eine Frau mag es doch sicher nicht, wenn ein Mann grob zu ihr ist«, sagte Victoria aufgewühlt mit rauer Kehle.

Der silberne Blick bohrte sich in den rasenden Pulsschlag an ihrem Halsansatz.

»Wenn wir erregt sind, wollen wir keine Sanftheit, Mademoiselle.« Eben grub sich der Metallrand noch in Victorias Haut – fast schmerzhaft, aber doch nicht ganz –, und im nächsten Augenblick trat an seine Stelle kalte Erleichterung. »Ein erfahrener Mann – oder eine Frau – weiß, wann une petite Schmerz die Lust steigert.«

Schmerz. Lust.

Lust geht immer mit Schmerz einher, Mademoiselle.

»Und Monsieur Gabriel … weiß er, wann ein bisschen Schmerz die … Lust einer Frau steigert?«, fragte Victoria.

»Er weiß es, Mademoiselle.«

Seine Augen bestätigten Madame Renés Äußerung nicht, stritten sie aber auch nicht ab.

Victorias Kehle schnürte sich zu.

Hatte der Mann, der Gabriel vergewaltigt hatte, ebenfalls gewusst, wann Schmerz Lust bereiten konnte?

»Sie können die Arme jetzt wieder herunternehmen, Mademoiselle.«

Victoria senkte die Arme.

Er betrachtete im Spiegel die Bewegung ihrer Brüste.

Plötzlich kniete Madame Rene vor Victoria. Ihr Gesicht war auf einer Höhe mit dem dicht gelockten Haar am Scheitelpunkt von Victorias Schenkeln.

Die Pfauenfeder tanzte.

»Spreizen Sie die Beine, Mademoiselle.«

Victoria starrte in silberne Augen und fand den nötigen Mut: Sie spreizte die Beine.

Kalte Luft drang in sie ein.

Etwas Greifbareres als Luft kitzelte ihren Bauch – die Pfauenfeder. Gleichzeitig drückte sich das kalte Metallband in ihren Schenkelansatz – nah, viel zu nah an ihrem weiblichen Fleisch, das plötzlich schmerzhaft anschwoll.

Unwillkürlich fuhr Victoria auf.

Warme, kräftige Finger hielten das Metall fest. Vielleicht waren es auch die silbernen Augen im Spiegel, die es an Ort und Stelle hielten.

Gabriels Blick brannte ... auf Victorias Mund, Victorias Brüsten, Victorias Geschlechtslippen.

»Welche Art ...« – Victoria konzentrierte sich krampfhaft auf die Formulierung des Satzes statt in seinen Augen und der atemberaubenden Hitze zu ertrinken, die sie erzeugten – »Frauen bevorzugt Monsieur Gabriel?«, fragte sie, eingezwängt zwischen dem Mann hinter ihr und der Frau, die vor ihr am Boden kniete.

»Monsieur Gabriel bevorzugt« – kräftigte Finger fuhren leicht über das Maßband innen an Victorias Schenkel entlang, dass sie die kalte Luft einsog, glitten über ihre Wade und umschlossen ihren Knöchel – »was jeder Mann mag, Mademoiselle«, antwortete Madame René täuschend beiläufig.

Madame René ließ sich weder von ihren Messungen noch von dem Gespräch ablenken. Sie wusste genau, was sie tat. Mit Victoria.

Mit Gabriel.

Abrupt zogen sich die Finger zurück – von Victorias Schenkelansatz … von der Innenseite ihres Knöchels. Das Kratzen eines Bleistifts auf Papier schabte über ihre Haut.

Die Augen im Spiegel forderten Victoria heraus, weiterzumachen.

»Und was mögen Männer, Madame René?«, fragte Victoria unsicher.

»Männer wollen begehrt werden« – die Augen im Spiegel folgten Madame Renés emsigen Händen über die Innenseite von Victorias Schenkel, die Rundung ihrer Wade – »um ihres Geschlechts willen und um ihrer selbst willen. Männer wollen geliebt werden, Mademoiselle. Genau wie wir Frauen geliebt werden wollen, *oui?*«

Madame René stand ebenso rasch auf, wie sie in die Knie gegangen war.

»*Maintenant*, heben Sie Ihr Haar hoch, *s'il vous plaît*.«

Langsam hob Victoria die Arme, hoch, höher, griff hinter sich und türmte ihr Haar oben auf den Kopf.

Es war kalt, schwer und nass.

Ihre Brüste waren kalt, schwer und geschwollen.

Die Augen, die sie beobachteten, waren kalt, tödlich und intensiv.

Er war der Eigentümer, sagten sie. Er war eine Hure, warnten sie. Er war ein Mörder, drohten sie.

Victoria sah einen unberührbaren Engel.

»Wie liebt eine Frau einen Mann, Madame?«

Das Maßband legte sich über Victorias Schulterblätter.

»Küsst sie ihn, um ihm zu zeigen, dass sie ihn begehrt?«

Spannung lag in der Luft.

»Saugt sie an seinen Brustwarzen, um ihm Lust zu bereiten?

Nimmt sie ihn in sich auf, um ihm zu zeigen, dass weder sie noch er allein sein muss?«

»Der Körper eines Mannes ist nicht sonderlich anders als der einer Frau, Mademoiselle. Männer verlangt es nach der gleichen Aufmerksamkeit, nach der auch wir uns sehnen.«

Weiteres Gekritzel. Weniger Luft.

»Eine Frau hat keine Angst, den Körper eines Mannes zu erkunden, um herauszufinden, was ihm gefällt, Mademoiselle.«

Michael und Gabriel waren Freunde gewesen.

Der Schlüssel zu Gabriel lag in dieser Freundschaft, dachte Victoria.

»Ist Monsieur Michael ebenso gut ausgestattet wie Gabriel?«, fragte Victoria kühn.

Gefahr schürte die erotische Spannung.

Sie ging zu weit, sagten seine Augen.

Jeder Nerv in Victorias Körper gab ihm Recht.

»Sie stehen beide in dem Ruf, gebaut zu sein wie *des étalons*« – das Maßband kroch ihren Rücken hinunter bis zur Taille und wurde festgehalten – »wie Hengste.«

Die Hitze von Madames Fingern wich dem Gekritzel von Zahlen.

Victorias Brüste bebten mit der Macht ihres Herzschlags.

Es gab nichts, was Gabriel in ihrer Stellung nicht hätte sehen können: Das Heben ihrer Brüste, ihre ungeschützte Achselhöhle, die Rippen, die zu scharf hervortraten, die vorragenden Hüftknochen, das dunkle Dreieck der Haare zwischen ihren Schenkeln.

Die dunkelroten Lippen, die darunter hervorlugten.

Was vorher geschlummert hatte, war nun vor Verlangen geschwollen.

Sah er sie?

Hatte die Schneiderin sie gesehen?

»Ist es notwendig, dass ein Mann kräftig gebaut ist, damit er eine Frau befriedigt?«, fragte Victoria mit Herzklopfen im Hals.

»Non. Aber von einem Mann, der *un prostitué* ist, erwartet man nicht, dass er ein gewöhnlicher Mann ist. Frauen möchten nicht für *une bitte* zahlen, der nicht länger ist, als ihre eigenen Finger, Mademoiselle.«

Une bitte.

Victoria hatte keine Mühe, das Französisch der Schneiderin zu verstehen.

Bezeichnete Gabriel sein Geschlecht auch als *une bitte?*

Hatte er mit den Frauen, die ihn gekauft hatten, Französisch gesprochen … oder Englisch?

»Wie groß muss ein Mann sein, um mit einem … Hengst verglichen zu werden, Madame?«

»Ein Mann muss mindestens neun Zoll erreichen, um mit *un étalon* verglichen zu werden, Mademoiselle«, sagte Madame René bestimmt. Plötzlich fuhren ihre messenden Finger Victorias Rücken hinunter und drückten das Maßband in ihre Taille. Dann zogen sie sich zurück – die Vision eines schwellenden männlichen Geschlechts, Madames Finger, das Maßband.

Die silbernen Augen zogen sich nicht zurück.

Die manuelle Vermessung von Victorias Fleisch spiegelte sich in seinem Blick.

Gabriel hatte gesagt, er sei länger als neun Zoll.

Wie viel länger, fragte sie sich.

»Hat je ein Mann Sie um Erlösung angebettelt, Madame?«, fragte Victoria; ihr Körper war zum Zerreißen angespannt.

Gabriels heißer Blick gefror zu silbrigem Eis.

»Es ist die Aufgabe eines *prostitué*, Lust zu bereiten.« Die Schneiderin schrieb Maße auf, scheinbar ohne die Bedeutung von Victorias Frage zu bemerken. »*Le plus* Lust, desto besser, *oui?*«

Je mehr Lust, desto besser. *Ja.*

»Hat ein … Freier Sie je zum Betteln gebracht, Madame?«

Eine Garrotte schloss sich um Victorias Hals.

»*Non, non*, nicht bewegen, Mademoiselle. Ich muss noch dieses eine Maß nehmen. *Voilà.*«

Victoria stand still.

Das Maßband straffte sich um ihre Kehle …

»Wenn Respekt und Zuneigung füreinander vorhanden sind«

– warmer Atem kitzelte Victorias Rücken –, »gibt es tausend Wege, wie ein Mann und eine Frau sich gegenseitig vor Lust zum Schreien bringen können.«

Dann war Victoria frei.

Die Schneiderin machte sich eine Notiz, ein flüchtiges Kratzen von Blei auf Papier.

Die silbernen Augen im Spiegel hielten Victorias Blick fest.

»Und wenn kein Respekt …«, Victoria schluckte trocken, »und keine Zuneigung vorhanden sind?«

»Dann ist es eine Vergewaltigung der Sinne.«

Madame René trat zurück.

»Während Verführung ein Reizen der Sinne ist, Mademoiselle. Verführung malt mit Worten nackte Bilder. Sie weckt die Vorfreude auf … *un baiser*, einen Kuss … *une caresse*, eine Liebkosung … *un embrassement*, eine Umarmung … Das ist die Kunst der Verführung, *n'est-il pas*, Monsieur Gabriel?«

»*Oui*, Madame René«, stimmte er ausdruckslos zu.

Unter der Kälte seiner Augen lagen die Bilder, die ihm die Schneiderin bewusst eingegeben hatte. *Un baiser*, ein Kuss. *Une caresse*, eine Liebkosung. *Un embrassement*, eine Umarmung.

Victoria stellte sich Gabriels männliches Fleisch vor – sein *bitte* –, das sie küsste, liebkoste, in sie eindrang. Acht Zoll, neun Zoll … Gabriel stellte sich Victorias weibliches Fleisch vor, das seines umarmte, Zoll für Zoll.

Die Schneiderin hatte sie geschickt gezwungen, sich ihrer Begierde zu stellen.

»Ich werde ihnen *immédiatement* Kleider für Mademoiselle schicken, Monsieur«, sagte Madame René mit Genugtuung. »*Au revoir*, Mademoiselle.«

Im Spiegel beobachtete Victoria, wie Madame René aufreizend davonschaukelte.

Plötzlich trat Gabriel aus Victorias Blickfeld; die französische Schneiderin verschwand durch die Tür. Sie ließ einen vollständig bekleideten Mann zurück, der seine Begierden verleugnete, und eine nackte Frau, die ihre Bedürfnisse unverhohlen offenbart hatte.

Victoria ließ die Arme sinken. Kaltes, feuchtes Haar fiel auf ihren Rücken.

Sie drehte sich um, dass ihr Haar über ihre nackten Schultern wehte.

Gabriel stand an der Tür. Der Schatten, der sein Gesicht im Spiegel verhüllt hatte, war nichts anderes als dunkle Bartstoppeln. Sein Barthaar hatte die gleiche Farbe wie seine Augenbrauen – braun, statt blond.

Er trug das weiße Seidenhemd, das er schon am Abend zuvor getragen hatte. Nur ohne Kragen. Manschetten. Kragenknöpfe.

Das Hemd war zerknittert, als habe er darin geschlafen. Dunkles Haar in der Farbe seiner Augenbrauen und Bartstoppeln kräuselte sich durch das offene V der weißen Seide.

Victoria starrte auf die dunklen Locken. Bestimmt kitzelten sie an der Brust einer Frau.

Ohne Vorwarnung entstand ein Bild der kombinierten Duschwanne vor ihren Augen. Die beiden nach unten gebogenen Brauseköpfe hatten sich in Hüfthöhe befunden. Hätte sie sie hoch gebogen und den Hahn aufgedreht, wäre das Wasser ihr zwischen die Schenkel gespritzt.

Ihr Kitzler pochte vor plötzlichem Begreifen.

Victorias Kopf fuhr hoch.

Gabriels Blick wartete auf sie.

»Die Leberbrause … Sie ist nicht in der richtigen Höhe, um die Leber zu massieren«, sagte sie völlig unvermittelt.

Er gab nicht vor, sie misszuverstehen.

»Nein.«

Victoria dachte an die gesitteten, anständigen Leute, die sich das kombinierte Duschbad im Kristallpalast angeschaut hatten. Wussten sie, dass ein Strahl, der in der Reklame als Lebermassage gepriesen wurde, eigentlich für die so genannte Selbstbefleckung gedacht war?

Instinktiv wanderte ihr Blick zu Gabriels Schenkeln.

»Ist ihr Strahl für Männer anregend?«

Die schwarze Seide pochte im Takt zum Pulsieren, das durch ihren eigenen Körper ging.

»Nicht im gleichen Maße wie für Frauen.«

Sein Ton war kühl und gefasst.

Victorias Blick schnellte hoch und begegnete seinem.

»Trotzdem hat Ihre Dusche diese Einrichtung.«

»Sie war damit ausgestattet.«

»War Michael der Mann, den Sie überboten haben?«

Victorias Haar stand zu Berge von der geladenen Atmosphäre, die Gabriel ausstrahlte.

»Nein«, erklärte er höflich. »Der Mann, der auf Sie geboten hat, war nicht Michael.«

»Aber Michael war im Saal«, beharrte Victoria.

»Michael war im Saal«, bestätigte Gabriel leichthin.

In seinen Augen lag keine Leichtigkeit.

Les deux anges. Die beiden Engel.

Sie sind Rivalen, hatte Victoria gesagt.

Sie sind Freunde, hatte Madame René sie korrigiert.

»Der Mann, den Sie überboten haben ... Ist er derjenige, von dem Sie dachten, er hätte mich zu Ihnen geschickt?«

»Ja.«

Wenn ich Sie nicht ersteigert hätte, würden Sie einen viel schlimmeren Tod sterben, als Quecksilbersublimat ihn verursacht, Mademoiselle.

Victorias schnell sich hebende und senkende Brust strafte ihre äußerliche Ruhe Lügen.

»Ist er derjenige, von dem Sie glauben, dass er mich töten wird?«, fragte sie ruhig.

»Wenn ich Sie nicht beschütze, ja.«

Aber er wusste nicht, ob er sie schützen konnte.

»Wie lange haben Sie gelauscht?«, fragte Victoria, bevor sie vor Angst und Begierde barst.

»Lange genug, Mademoiselle.«

Lange genug wofür?

»Wollen Männer geliebt werden?«

»Ich weiß es nicht, Mademoiselle«, wich er höflich aus.

Victoria wusste es auch nicht.

»Bezeichnen Sie Ihr ... Geschlecht ... als *bitte?*«

Das elektrische Licht war zu grell.

»Nein, Mademoiselle.« Er zuckte nicht mit der Wimper über ihre Impertinenz. »Ich bezeichne es als Schwanz.«

»Werden Sie steif, wenn Sie mit Frauen zusammen sind?«

»Ich war seit vierzehn Jahren nicht mehr mit einer Frau zusammen«, sagte er ausdruckslos.

»Ich bin nicht völlig ahnungslos, Sir.« Victorias Fingernägel gruben sich in ihre Handflächen. Lust. Schmerz. »Ich bin mir durchaus im Klaren, dass ein Mann mit einer Frau keinen Verkehr haben muss, um steif zu werden.«

»Vielleicht sollten Sie lieber fragen, ob ich steif werde, wenn ich mit Männern zusammen bin, Mademoiselle«, sagte Gabriel in plötzlich gefährlich provozierendem Ton.

Die Kälte in seinen Augen raubte Victoria den Atem.

Sie nahm das Leben in ihre Hände. »Ist es so?«

Gabriel kam auf sie zu.

Victorias Herz pochte bis in ihre Kehle.

Vor dem Kamin blieb Gabriel stehen. Er beugte sich herunter, nahm die schwarze Eisenschaufel aus dem Bronzeständer und schob die Asche vom Feuer des vergangenen Abends beiseite. Er nahm ein Holzscheit aus dem Korb, zwei, drei, wobei sein Hemd sich abwechselnd straffte – und das Spiel seiner Muskeln erkennen ließ – und erschlaffte.

Er versteckte sich.

Victoria wusste es, weil sie sich ihr Leben lang versteckt hatte.

»Wieso sagt Madame René zu einem Höhepunkt *voir les anges*, Mr. Gabriel, während Sie es als *la petite mort* bezeichnen?«

Abrupt richtete Gabriel sich auf und griff in die Obsidianschale auf dem Kaminsims. Als er sich wieder bückte, spreizte er weit die Knie.

Die straffen Wölbungen seines Hinterteils zeichneten sich deutlich in der schwarzen Seidenhose ab.

Ein Streichholz flammte auf; Schwefeldämpfe stachen ihr in die Nase. Ein winziges, gelbes Flämmchen knabberte an einem Scheit, breitete sich zu einer lodernden orange-blauen Flamme aus.

Victoria wusste nicht, wie lange sie es noch aushalten konnte, nackt vor ihm zu stehen. Doch dann wurde es ihr klar.

Keine Sekunde länger konnte sie nackt vor ihm stehen.

Victoria drehte sich auf nackten Zehen um, die am Holzboden klebten. Sie bückte sich nach dem leblosen braunen Wollkleid.

»Wenn Sie diesen wertlosen Lumpen aufheben, Mademoiselle, nehme ich ihn Ihnen fort.«

Sie hielt mit angespannten Pobacken inne.

Die Augen im Spiegel waren über ihren eigenen: Gabriel hatte sich lautlos aufgerichtet.

»Sie wollten wissen, ob ich steif werde, wenn ich mit Männern zusammen bin.«

Aus seinem Ton sprach keinerlei Regung; warum raubte ihr der Schmerz plötzlich den Atem?

»Ja«, brachte sie heraus.

»Drehen Sie sich um, Mademoiselle, und schauen Sie mich an, wenn Sie die Wahrheit wissen wollen.«

Langsam drehte Victoria sich um; ihre nackten Zehen rieben über das glatte Holz. Mit straffen Schultern begegnete sie seinem Blick.

Er war ausdruckslos wie der Spiegel hinter ihr.

»Ein Mann braucht für den Beischlaf keine Begierde zu empfinden, er braucht lediglich einen steifen Stachel.«

»Ich …« Sie hob das Kinn. »… verstehe nicht.«

»Madame Renés Berührung hat Sie erregt.«

Victoria atmete scharf ein. »Wie können Sie es wagen …«

»… weil Sie sich vorgestellt haben, dass ich Sie berühre.«

Ja.

Aber sie sagte es nicht.

»Geschlechtsorgane sind Apparate, Mademoiselle.« Zynismus machte seine silbernen Augen matt. »Wie mein Bad und meine Dusche. Wenn Sie einen Wasserhahn aufdrehen, kommt Wasser heraus. Gleichgültig, ob ein Mann oder eine Frau ihn aufdreht.«

Wenn das der Fall war, warum waren seine Augen dann so leer?

»Sie sagen, dass ein Mann keine Gefühle oder Emotionen

braucht, um …« Victoria rang nach Worten, sie, eine Gouvernante, die bis vor sechs Monaten noch nie das Wort Schwanz gehört hatte, »den Geschlechtsakt zu vollziehen …«

»Richtig.«

»… und dass die … die Kopulation lediglich eine reflexartige Reaktion ist, eine Sache von Ursache und Wirkung.«

»Ja.«

Sie würde den Blick nicht abwenden.

»Sie wollen also sagen, dass Sie keinen Höhepunkt erlebt haben, wenn Sie mit … einem Kunden zusammen waren?«

»Nein, Mademoiselle, das sage ich nicht«, gestand er offen.

Und wenn es weder Respekt … noch Zuneigung gibt?

Dann ist es eine Vergewaltigung der Sinne.

»Körperliche Liebe macht Ihnen keinen Spaß«, sagte Victoria.

Gabriel stritt es nicht ab.

»Wenn Ihr Schwanz nichts anderes als ein mechanischer Apparat wäre, hätten Sie keine Angst, eine Frau zu berühren, Sir. Aber Sie haben Angst.«

Dunkelheit glitzerte in seinen Augen.

Nur eins konnte diese Dunkelheit hervorgebracht haben.

Wenn Victoria weitermachte, gäbe es kein Zurück mehr.

Er könnte sie umbringen für das, was sie gleich sagen würde. Victoria würde es ihm nicht übel nehmen. Aber es gab Schlimmeres als den Tod. Ohne tröstliche Berührungen zu leben war viel, viel schlimmer als der Tod. Victoria wusste es, weil sie sich diesen schlichten Trost über achtzehn Jahre lang versagt hatte. Sie sagte, was sie zu sagen hatte.

»Der Mann, der Sie vergewaltigt hat …« Die Warnung in Gabriels Blick versetzte Victoria einen Stich ins Herz, hielt sie aber nicht auf. »Er hat Ihnen Lust bereitet.«

Victoria war etwas überrascht, dass die knisternden Flammen im Kamin nicht gefroren.

»Er verstand es, Schmerz lustvoll zu gestalten.«

Dunkelheit löschte das Silber in Gabriels Augen aus.

»Er hat Sie dazu gebracht, Lust zu empfinden.«

Kapitel 10

»Und das werden Sie sich nie verzeihen.«

Aus Victorias Stimme sprach weibliche Überzeugung.

Jamais. Niemals.

Gabriel maß ihren Atem am Heben und Senken ihrer Brust, statt sich auf die Erinnerungen einzulassen, die ihre Worte heraufbeschworen.

Er konnte sie töten. Und sie wusste es. Oder er konnte den zweiten Mann sie töten lassen. Auch das wusste sie. Sie hatte Angst. Aber sie versteckte sich nicht hinter ihrer Angst.

Sie war die einzige Frau, die es wagte, sich seiner Vergangenheit zu stellen.

Wie hatte der zweite Mann sie gefunden?

Gabriel ging mit berechneter Zielsicherheit auf Victoria zu. Sie wich nicht zurück. Absichtlich umkreiste er sie.

Ihr Haar war am Abend zuvor noch matt und glanzlos gewesen – wie ihr Umhang. Nun schimmerte es im elektrischen Licht – ein kalter, nasser, glatter Schutzschild.

Victoria drehte sich mit Gabriel.

Er spürte die Glut ihrer Nacktheit. Sah sein Spiegelbild in ihren blauen Augen, in einem Augenblick von Angst umwölkt, im nächsten vor Verlangen glühend. Er roch seine Seife und sein Shampoo auf ihrer Haut und in ihrem Haar, männliche Düfte, feminin durch die Süße ihres Geschlechts.

Gabriel beugte sich herunter und hob ihr Kleid auf. Seine Augen waren auf einer Höhe mit ihrer Scham.

Victorias Schamhaar war dunkel und lockig. Die Lippen ihres Geschlechts waren dunkelrot wie ihre Brustwarzen.

Sie waren feucht vor Erregung. Prall vor Verlangen.

Und er hatte sie noch nicht einmal angerührt.

Zum Teufel mit Madame René.

Victorias Neugier würde wachsen. Ebenso wie Gabriels. Sie würde sich fragen, wie es sich anfühlen mochte, einen Mann Stück für Stück in sich aufzunehmen. Er würde sich fragen, wie

Victoria sich anfühlte, glattes, nasses Fleisch, das sich Stück für Stück dehnte … zwei Zoll … fünf Zoll … sieben Zoll … neun Zoll …

Er würde sich fragen, wie sie klang, wenn sie aufschrie, zuerst vor Schmerz beim Verlust ihrer Jungfräulichkeit, dann vor Lust bei ihrem ersten Höhepunkt mit einem Mann.

Er würde sich fragen, was nötig wäre, Victoria zum Betteln zu bringen.

Gabriel richtete sich auf.

»Ja, Mademoiselle Childers, er hat mich dazu gebracht, bei der Vergewaltigung Lust zu empfinden«, sagte er kalt, nachdrücklich. »Genau wie Sie Lust empfanden, als Sie die Briefe des Mannes lasen, der Sie terrorisiert.«

Gabriel kehrte ihr den Rücken zu – er konnte sich nicht erinnern, wann er zum letzten Mal einem Mann oder einer Frau den Rücken gekehrt hatte – und warf ihr Kleid ins Kaminfeuer. Blauer Rauch kräuselte sich den Schornstein hinauf. Gabriel war angespannt. Wenn Victoria versuchen sollte, das Wollkleid zu retten, würde er sie daran hindern.

Er wollte ihr nicht wehtun. Aber er würde es tun.

»Sie haben kein Recht, meine Kleidung zu vernichten«, sagte Victoria gepresst.

Sie versuchte nicht, ihr Kleid zu retten. Auch sie wusste, dass er ihr wehtun würde, wenn sie eingriffe.

Recht. Huren hatten keine Rechte.

Blaue Flammen leckten an einem braunen Wollärmel, erstarben.

»Sie haben lange genug auf der Straße gelebt, um zu wissen, dass Macht Recht ist«, sagte er rundheraus.

»Und Ihre Macht ist größer als meine.«

Wut lag in Victorias Ton. Es gefiel ihr nicht, auf einen Mann angewiesen zu sein. Gabriel wusste nur zu gut, wie es war, machtlos zu sein.

»Ja, Mademoiselle Childers«, er wandte sich wieder ihr zu, »meine Macht ist größer als Ihre.«

Der Gestank schwelender Wolle durchdrang das Schlafzimmer.

Victorias blaue Augen sprühten Funken. »Ich habe keine Kleider mehr.«

Kleider konnte Gabriel ihr geben.

»Madame René wird bald Kleider schicken.«

Samt. Seide. Satin. Kleider, die schön und praktisch zugleich waren.

Gabriel würde alles tun, was in seiner Macht stand, um ihr ein Leben zu verschaffen, in dem sie Spaß an diesen Kleidern finden konnte.

Victoria schob das Kinn vor; ihre Lippen waren rissig, ihre Wangenknochen traten zu scharf hervor, die Linie ihres Kinns war zu verletzlich. »Ich will keine Almosen von Ihnen.«

Nein, eine Frau wie sie wollte keine Almosen.

»Was wollen Sie dann?«, fragte Gabriel leise. Er kannte die Antwort.

Sie wollte die Lust, die ein Engel verschaffen konnte. *Voir les anges*. Aber wollte sie auch den Schmerz, den ein Engel bereiten konnte? *La petite mort?*

»Sie sagten, Sie würden mir helfen, eine Stellung als Gouvernante zu finden«, erwiderte Victoria verstockt.

Gabriel antwortete nicht.

Er wollte sie nicht im Haus eines anderen Mannes arbeiten sehen, beaufsichtigt von der Frau eines anderen Mannes, wo sie sich um die Kinder eines anderen Mannes kümmerte.

Die Spannung zwischen ihnen wuchs.

Angst. Begierde.

Eine trocknende Haarsträhne schimmerte kastanienrot im elektrischen Licht. »Ich glaube kaum, dass die Kleider, die Madame René kreiert, für eine Gouvernante geeignet sind.«

Gabriel hätte am liebsten Victorias Haar berührt, um die äußere Kühle und innere Glut ihrer Haut darunter zu spüren. Sie würde die Straße nicht überleben, vom zweiten Mann ganz zu schweigen.

Würde sie Gabriel überleben? Es war Zeit, es herauszufinden.

»Aber Sie sind keine Gouvernante, Mademoiselle Childers.« Gabriel sah ihr fest in die Augen. »Oder?«

Victoria las die Wahrheit in seinen Augen. Sie straffte die Schultern; flüchtig bedauerte er, dass ihre Brustwarzen nicht mehr hart waren. »Wie haben Sie herausgefunden, wer mein Vater ist?«

»Bibliotheken sind wunderbare Einrichtungen, Mademoiselle«, sagte Gabriel höflich. »Sämtliche Geburten und Todesfälle der vornehmen Gesellschaft werden für die breite Öffentlichkeit sorgfältig dokumentiert.«

Steif ging sie mit leicht wippenden Brüsten auf ihn zu. Steif ging sie mit sanft wiegendem Hinterteil an ihm vorbei. Gabriel beobachtete sie aus schmalen Augen. Victoria nahm die Seidendecke vom Bett und schlang sie sich unbeholfen um. Sie versteckte sich vor der Vergangenheit, die sie nicht eingestehen wollte. Gabriel lauschte auf das Rascheln der Seide, das Knacken eines Holzscheits, und wartete, bis sie ihren Mut wiederfand. Sie brauchte nicht lang. Die Seide zu einem Knoten vor der Brust zusammengerafft, drehte Victoria Childers – Tochter von Sir Reginald Fitzgerald, einem der reichsten Männer Englands – sich langsam zu ihm um.

»Mein Vater wird nicht dafür zahlen, mich zurückzubekommen«, sagte sie mit stiller Würde.

Gabriel glaubte ihr.

»Ich habe nicht die Absicht, Sie ihm zurückzugeben«, antwortete er wahrheitsgemäß.

»Er wird auch nicht dafür zahlen, dass Sie Stillschweigen über meinen … meinen Verstoß gegen die guten Sitten bewahren.«

An Victorias Halsansatz pulsierte es.

Sie hatte einen schönen Hals. Lang. Schlank. Er würde leicht brechen.

»Ich brauche kein Geld.«

Gabriel hatte mehr Geld, als er in zwei Leben ausgeben könnte.

Victoria glaubte ihm nicht.

»Warum haben Sie sich dann die Mühe gemacht, meine Herkunft auszukundschaften, wenn Sie nicht vorhaben, mich zu erpressen?«, fragte sie gepresst. »Erpressung ist der Preis der Sünde, oder nicht?«

Seine zynische Äußerung aus ihrem Munde zu hören, erschütterte Gabriel vorübergehend. Aber es schreckte ihn nicht ab.

»Haben Sie gesündigt, Mademoiselle?«, spottete er sanft.

Victoria schaute ihm offen in die Augen. »Noch nicht.«

Gabriels Hoden spannten sich.

Vor Wut. Vor Begierde.

Er konnte sie nicht berühren. Er wollte nicht, dass ein anderer sie berührte. Nicht so lange sie unter seinem Schutz stand.

»Ihr Vater könnte indirekt mit dem Mann zu tun haben, der Sie hergeschickt hat«, sagte er.

Ein rascher Atemzug war die Antwort. Gefolgt von einem schnellen Widerspruch. »Das glauben Sie doch wohl nicht ernsthaft?«

»Nicht?«

Gabriel wusste nicht mehr, was er glauben sollte.

Ich glaube, du bist viel verletzlicher, als du glauben willst, hatte Michael ihm gesagt. *Ja, ich glaube, mein Onkel wusste das.*

Aber wusste es auch der zweite Mann?

»Nein, Sie glauben es nicht«, sagte Victoria bestimmt.

Angst, Begierde und Wut, die in Gabriels Adern pochten, fanden ein Ventil.

Er wollte diese Frau nicht begehren. Aber er tat es.

Ja, seine Begierde machte ihn verletzlich.

»Dann sagen Sie mir, was ich über einen Mann denken soll – einen reichen, angesehenen Mann –, der zulässt, dass seine einzige Tochter sich verkauft, um Essen und ein Dach über dem Kopf zu haben, Mademoiselle«, sagte er erbarmungslos.

Und der sich nicht darum kümmerte, ob sie getötet oder verletzt wurde.

Erregung flackerte in Victorias blauen Augen auf – Augen, die zu viel gesehen, zu viel erlebt, zu viel gewollt hatten. »Er weiß nicht, dass ich hier bin.«

»Sind Sie sich da so sicher?«, spie Gabriel aus.

»Ja, da bin ich mir sicher.« Ihre Knöchel, die die Seidendecke vor ihrer Brust umklammerten, wurden weiß. »Mein Vater hat keine Verwendung für eine Tochter.«

Im Adelsregister war ein Sohn aufgeführt, Daniel Childers. Victoria hatte einen vier Jahre jüngeren Bruder. In einer Gesellschaft, die Vermögen und Titel nur in der männlichen Linie vererbte, war es nicht ungewöhnlich, dass Männer Söhne ihren Töchtern vorzogen.

Gabriel wollte Victoria schonen; er konnte nicht.

Geheimnisse töteten.

Männer. Frauen.

Huren.

»Warum ist das so, Mademoiselle Childers?«, forderte er sie heraus. Der Gestank der brennenden Wolle stach ihn in die Nase. »Warum lässt ein Vater zu, dass seine Tochter Prostituierte wird?«

Schmerz durchzuckte Gabriel – er kam von Victoria.

Sie wandte den Blick nicht ab. »Weil mein Vater glaubt, dass Frauen Huren sind, Sir.«

Victoria war seit achtzehn Jahren Gouvernante, hatte sie gesagt. Sie war mit sechzehn Jahren Gouvernante geworden. Entweder hatte ihr Vater Victoria aus dem Haus getrieben, oder sie hatte aus freien Stücken das Leben eines Dienstboten dem einer Dame, als die sie geboren war, vorgezogen, um seinem Regiment zu entkommen.

Es gab noch eine Möglichkeit: Daran wollte Gabriel jedoch nicht denken.

Er musste daran denken.

»Er hat eine Frau geheiratet, Mademoiselle«, stachelte Gabriel sie auf.

»Und sie war eine Hure«, erwiderte Victoria mit verkniffenen, rissigen Lippen und hoch erhobenem Kinn.

In den Registern standen lediglich Namen und Adelsränge.

»Ihre Mutter gehört zum Adel ohne Titel«, sagte Gabriel scharf.

»Mein Vater glaubt, dass Frauen in Sünde geboren werden.« Die Trostlosigkeit, die Victorias Augen verdunkelte, lastete auf Gabriels Schultern. »Und er hatte Recht. Meine Mutter verließ ihn, als ich elf war. Wegen eines anderen Mannes. Ich bin wie meine Mutter. Ich bin eine Hure.«

Gefühle töteten. Warum konnte er die Gefühle dieser Frau nicht eindämmen?

Gabriel bot Victoria den einzigen Trost an, den er geben konnte. »Sie sind keine Hure, Mademoiselle.«

»Wenn ich keine Hure wäre, warum …« Victoria schluckte, um wenigstens das letzte ihrer Geheimnisse nicht preiszugeben, den Namen ihres Dienstherren – »warum musste er mich dann aus meiner Stellung entlassen? Warum hat er mir diese Briefe geschrieben? Warum habe ich sie gelesen? Immer und immer wieder habe ich sie gelesen. Warum?«

Der zweite Mann rief Gabriel. Er war da draußen und wartete, dass Gabriel ihn fand. Zum ersten Mal hatte er eine Spur hinterlassen, die er verfolgen konnte. Gabriel konnte Victoria nicht allein lassen. Nicht so.

»Wir haben alle Bedürfnisse, Victoria.«

Die Worte kamen tief aus Gabriels Brust. Victoria blieb reglos in Seide gehüllt stehen.

»Als ich ein Junge war, wollte ich ein Bett zum Schlafen.« Die Madame hatte es ihm gegeben.

»Als ich Hure wurde, wollte ich erfolgreich sein.« Damit er nie wieder hungern müsste. Die Madame hatte es ihm ermöglicht.

»Als ich ein Mann wurde, wollte ich die Leidenschaft einer Frau erleben. Nur ein einziges Mal wollte ich die Lust spüren, die ich gab.«

Die Zeit verrann. Gabriel erinnerte sich an das seidige nasse Fleisch, das um Erlösung weinte. Er erinnerte sich an den Geschmack einer Frau; erinnerte sich an den Duft einer Frau.

Seide raschelte; sofort vertrieb es die Erinnerung an andere Frauen. Die Erinnerung an seine Begierde vertrieb es nicht.

Nach all diesen Jahren war sie immer noch nicht gestorben.

Gabriel konzentrierte sich auf Victorias Augen, Victorias Körper. Victorias Duft, der den Raum erfüllte, jetzt überlagert vom Gestank brennender Wolle, aber dennoch.

»Haben Sie sie gespürt?«

»Nein.«

Die Wahrheit.

Gabriel hatte sich nie in der Lust einer Frau verloren.

Die Wahrheit sollte ihm nicht mehr wehtun; warum tat sie es dennoch?

»Sie haben Madame René gefragt, wie man einen Mann verführt«, sagte Gabriel abwesend. »Ich sage es Ihnen. Wenn er Hunger hat, geben Sie ihm zu essen. Wenn er Schmerzen hat, geben Sie ihm Hoffnung. Wenn er keine Bleibe hat, geben Sie ihm ein Bett zum Schlafen. Um zu verführen, muss man die Illusion von Vertrauen schaffen können.

Der Mann, der die Briefe geschrieben hat, hat Sie von sich abhängig gemacht: Sie hatten Hunger; er sagte Ihnen, er würde Ihnen Essen geben. Sie hatten Angst; er sagte Ihnen, er würde Sie trösten. Und als Sie keine Bleibe mehr hatten, sagte er, er würde das Bett mit Ihnen teilen.

Sie sind keine Hure. Wenn man nichts mehr zu verlieren hat, aber alles zu gewinnen, ist es sehr leicht, der Geschlechtlichkeit zu erliegen, Victoria.«

Der stechende Geruch der brennenden Wolle trieb Victoria Tränen in die Augen. Er hätte das Kleid nicht verbrennen sollen. Er hätte nicht versuchen sollen, Victoria zu trösten; es gab keinen Trost bei einem Mann, der getötet hatte und wieder töten würde.

Gabriel kehrte Victoria den Rücken – schon zum zweiten Mal an diesem Tag – und ging ins Bad. Leise schloss er die Tür hinter sich. Eine zerschlissene Unterhose und schlaffe Strümpfe hingen ordentlich über einer Handtuchstange. Victorias schmerzerfüllter Aufschrei hallte in ihm nach: *Ich bin genauso sauber wie Sie.*

Das Marmorwaschbecken hatte Wasserflecken. Gabriel starrte in den Spiegel darüber. Mattes Grau spähte durch eine beschlagene Stelle. Für einen flüchtigen Augenblick starrte Gabriel in Augen voller Hoffnung. Sie schwand wie die Illusion, der sie entsprang.

Victoria starrte auf die geschlossene Tür, unfähig zu atmen. Das unwirkliche Gefühl, das sein Geständnis hervorgerufen hatte, schwand. Und sie konnte wieder atmen.

Auf der schwarzen Marmorplatte des Schreibtischs schimmerte ein Silbertablett. Der Duft von Eiern mit Schinken und Kaffee lag in der Luft. Victorias Magen knurrte.

Wenn er Hunger hat, geben Sie ihm zu essen. Wenn er Schmerzen hat, geben Sie ihm Hoffnung. Wenn er keine Bleibe hat, geben Sie ihm ein Bett zum Schlafen, hallte es in ihren Ohren nach.

Gabriel hatte ihr zu essen gegeben und er hatte auf sein Bett verzichtet, damit sie darin schlafen konnte.

Er hatte ihr keine Hoffnung gegeben, aber er hatte sie zu trösten versucht.

Verführung.

Die Illusion von Vertrauen.

Auf dem Tablett stand nur eine Tasse. Victoria wollte nicht allein essen. Sie schenkte eine Tasse Kaffee ein und sog das köstliche Aroma ein. Er schmeckte wie reinster Nektar.

Graues Licht erfüllte die Bibliothek. Goldlettern glitzerten einladend. Victoria kannte sich mit Büchern aus; Bücher waren ihr Leben, so lange sie denken konnte. Wie man einen Engel tröstete, wusste sie jedoch nicht.

Müßig überflog sie die Reihen ledergebundener Bücher. Lauschte angespannt … auf ein Wispern in der Luft. Einen Schritt.

Gabriel.

Große geprägte Lettern fielen Victoria ins Auge: der Name eines Mannes, Jules Verne. *Reise zum Mittelpunkt der Erde; Voyage au centre de la terre; Zwanzigtausend Meilen unter den Meeren; Vingt mille lieues sous les mers; Die geheimnisvolle Insel; L'Ile mystérieuse; In achtzig Tagen um die Welt; Le Tour du monde en quatre-vingts jours* … Gabriel besaß viele Werke von Jules Verne, in Englisch und Französisch. Aufmerksamer betrachtete sie andere Bücher von Victor Hugo, George Sand … Shakespeare … Jeder Titel war auf Französisch und Englisch vorhanden.

Victoria vergaß ihren Kaffe, nahm *L'Ile mystérieuse*, die französische Ausgabe von *Die geheimnisvolle Insel*, und trat ans Fenster. Die englische Fassung war wesentlich leichter.

Welche Sprache las Gabriel lieber, fragte sie sich … Englisch oder Französisch?

Blendendes Licht flammte über ihr auf. Victoria blinzelte.

Sie brauchte Gabriel nicht erst zu sehen, um zu wissen, dass er den Kronleuchter eingeschaltet hatte. Jeder Knochen ihres Körpers schrie ihr Bewusstsein heraus.

Er stand neben dem blauen Ledersofa, eingerahmt von dem strahlenden Sonnenuntergang und dem schimmernd blauen Meer auf dem Gemälde hinter ihm. Sein Gesicht war rosig; er hatte sich rasiert. Ein schwarzer Derby-Wollmantel und ein graues Wolljackett mit Nadelstreifen hingen über seinem rechten Arm. Um einen gestärkten weißen Kragen trug er ein rote Seidenkrawatte. Die graue Nadelstreifenweste und die passende Hose saßen perfekt. In seiner linken Hand wog er einen silbernen Gehstock, in der rechten einen schwarzen Bowler.

Von dem Mann mit Bartstoppeln, der mit ihr über seine Bedürfnisse gesprochen hatte, war keine Spur mehr zu entdecken. An seiner Stelle stand ein eleganter, frisch rasierter Herr.

Vor vierundzwanzig Stunden hätte sie ihn noch für einen verwöhnten Gentleman gehalten. Diesen Fehler machte Victoria nun nicht mehr.

Gabriel war elegant. Gabriel war schön.

Gabriel war gefährlich.

»Stellen Sie sich nicht ans Fenster«, befahl er kurz angebunden. »Und halten Sie die Blenden geschlossen.«

Victoria rührte sich nicht vom Fenster fort. »Es kann mich niemand sehen.«

»Den Mann, der eine Waffe auf Sie richtet, werden Sie nicht sehen, Mademoiselle«, sagte Gabriel seidig. »Vielleicht sehen Sie einen Lichtblitz, wenn er abdrückt, vielleicht aber auch nicht. Eines steht fest: Den Schuss hören Sie nicht, dann sind Sie bereits tot.«

Die Gefahr, von einem Mann erschossen zu werden, den sie nie gesehen hatte, war unwirklich; der Mann vor ihr nicht.

»Sie gehen aus«, stellte Victoria fest. »Wer wird verhindern, dass jemand Sie erschießt?«

Gabriel legte Mantel, Rock, Stock und Hut auf das Ledersofa, das ihm erst vor wenigen Stunden als Bett gedient hatte. Er beugte sich herunter und holte ein Lederholster hervor. Dann hob er ein Kissen an und zog darunter einen Revolver hervor. »Er wird mich nicht erschießen.«

Die Trommel des Revolvers war matt blauschwarz.

Der Geruch von Eiern und Speck würgte sie.

Victoria erkannte den Revolver: Es war derselbe, den er am Abend zuvor unter der weißen Serviette versteckt gehalten hatte. Es war die Waffe, die er bereit gehalten hatte, um sie zu erschießen.

Victoria trat mit zittrigen Beinen vom Fenster weg.

Bitter stieg ihr der Kaffee in die Kehle. »Sie gehen ihn suchen.«

Und töten.

Die unausgesprochenen Worte standen zwischen ihnen.

»Ja.« Gabriel schob sich das Holster über den rechten Arm und schnallte den Gurt um seine Rippen.

»Die …« Tränen brannten in Victorias Augen; sie wollte keine Angst haben, nicht um sich, nicht um Gabriel. »Die Prostituierte sagte, es gab vor der Eröffnung dieses Hauses schon einmal ein Haus Gabriel. Sie sagte, es sei abgebrannt. Hat der Mann, den Sie suchen, es niedergebrannt?«

»Nein.« Gabriel rückte den Lederriemen auf seiner Schulter zurecht, bevor er den Revolver in das Holster steckte; seine Bewegungen waren sicher, geübt, als habe er das schon Tausende Male getan. Er nahm den grauen Wollgehrock mit Nadelstreifen vom Sofa und schaute Victoria an. »Ich habe es niedergebrannt.«

Victoria atmete tief durch; der Seidenknoten vor ihrer Brust löste sich.

Gabriels silbergraue Augen forderten sie heraus, die Frage zu stellen, die ihr durch den Kopf schoss: *Warum?*

»Ihre Bücher … Sie haben sowohl die englische als auch die französische Ausgabe«, sagte sie stattdessen. »Welche lesen Sie lieber?«

»Ich habe in Englisch lesen gelernt.« Er log nicht. »Ich hoffe, eines Tages ebenso gut Französisch zu lesen.«

Ihre Finger umklammerten weiches Leder. »Wer hat Ihnen beigebracht, Englisch zu lesen?«

»Michael.«

»Michael ist Engländer.«

»Ja.«

Die Frage rutschte ihr heraus. »Mein Vater hat Ihr Haus nie besucht, nicht wahr?«

Der Schrecken, der Victoria durch die Glieder gefahren war, als sie am Abend zuvor angesehene Männer und Frauen hier gesehen hatte – Männer und Frauen, die mit ihrem Vater bekannt waren –, war ihr immer noch gegenwärtig.

»Nein, Ihr Vater hat mein Haus nie besucht.«

Victoria glaubte Gabriel.

»Mein Vater würde mir nichts tun«, erklärte sie bestimmt.

Wen wollte sie überzeugen? Sich selbst? Oder Gabriel?

»Nicht einmal, um seinen Ruf zu wahren?«, fragte Gabriel sanft.

»Ich glaube, er würde sich durch die Tatsache bestätigt fühlen, dass ich hier bin«, sagte sie nüchtern.

Ausnahmsweise tat die Wahrheit nicht weh. Sie hatte den Preis gekannt, als sie seinen Schutz mit sechzehn Jahren verließ. Sie würde niemals zurückgehen, selbst wenn er sie wieder aufnehmen würde.

»Und was ist mit Ihrem Bruder?«

Gabriels Frage raubte Victoria den Atem. Ihre Finger gruben sich in das Leder, ohne auf den Schaden zu achten, den sie damit anrichten könnte. »Woher wissen Sie, dass ich einen Bruder habe?«

Dumme, dumme Frage. Das Adelsregister …

»Ich weiß, dass er dreißig Jahre alt ist.« Der Zorn in seinen Augen war unverkennbar. »Ich weiß, dass er ein Mann ist, der durchaus imstande wäre, für eine Schwester zu sorgen, Mademoiselle. Aber er hat es nicht getan.«

Victoria hob das Kinn. Er hatte kein Recht sie zu verurteilen … »Mein Bruder weiß nichts von meiner Lage.«

»Warum nicht?«

»Er ist weggelaufen, als er zwölf war.«

»Und ihm lag nicht genug an Ihnen, um je zurückzukommen und zu sehen, wie es seiner Schwester ging?«

Victoria war verblüfft über den Zorn in Gabriels Stimme. Ihrem Bruder hatte an ihr gelegen … zu sehr sogar.

»Mein Bruder ist meinetwegen fortgelaufen.« Die Erinnerung umwölkte ihren Blick. »Ich mache ihm keinen Vorwurf.« Aber ihrem Vater machte Victoria Vorwürfe. Ihrem Vater würde sie immer Vorwürfe machen.

»Warum ist er weggelaufen, Mademoiselle Childers?«

Abscheu krampfte Victorias Magen zusammen.

»Mein Vater hat Daniel bestraft«, erklärte sie zögernd. Dass ihr Vater Daniel oft bestraft hatte, brauchte sie nicht zu sagen.

Gabriel wäre angewidert, warnte die alte Victoria.

Gabriel verdiente es, die Wahrheit zu erfahren, vertrat die neue Victoria.

Gabriel wartete schweigend. Es war ihre Entscheidung …

Victoria blickte zurück …

»Ich hörte Daniel später an diesem Abend weinen und ging in sein Schlafzimmer; ich legte mich zu ihm ins Bett und nahm ihn in den Arm. Um ihn zu trösten«, sagte sie abwehrend. Es war ihr grässlich, dass sie nach all den Jahren immer noch das Gefühl hatte, sich verteidigen zu müssen. »Er schlief in meinen Armen ein. Ich schlief ein, ihn im Arm. Mein Vater weckte uns.«

Victoria konnte den Schmerz und die Wut nicht zurückhalten.

»Er beschuldigte uns … in Sünde zusammenzuliegen.« Sie schluckte hörbar. »Mein Vater begreift nicht, dass man lieben – und sich berühren – kann ohne fleischliche Begierde.«

»Also wurden Sie Gouvernante«, sagte Gabriel.

»Ja.«

»Und Sie liebten die Kinder anderer Frauen …«

Victoria verzog die Lippen zu einem trockenen Grinsen. »Nicht alle Kinder sind liebenswert …«

»… weil Sie bei Männern kein Zutrauen in sich selbst hatten.«

Victoria konnte nicht länger vor der Wahrheit davonlaufen.

»Ja.«

Zwei leise Glockenschläge durchschnitten die Spannung; Big Ben schlug die Stunde.

»Begierde ist natürlich, Mademoiselle.« Silberne Lichter tanzten in seinen Augen. »Der Mann, der Ihre Begierde gegen Sie verwendet hat, ist im Unrecht, nicht Sie.«

Victoria stellte sich einen Jungen vor, der ein Bett zum Schlafen wollte … einen Heranwachsenden, der Erfolg haben wollte, um nie wieder arm zu sein … einen Mann, der die Lust spüren wollte, die er anderen schenkte.

»Der Mann, der Ihre Begierde gegen Sie verwendet hat, war im Unrecht, Sir«, sagte Victoria mitfühlend, »nicht Sie.«

Gabriels Kopf schnellte zurück, als habe Victoria ihn geohrfeigt.

Victoria wartete, dass Gabriel die Wahrheit akzeptierte.

Gabriel zog sich den Nadelstreifenrock über, drehte sich um und nahm Mantel, Stock und Hut.

Sie erhaschte einen flüchtigen Blick auf die Wache vor der Tür.

Gabriel grüßte ihn nicht.

Victoria starrte in dunkle, neugierige Augen. Und dann schloss sich die Tür hinter Gabriel. Ließ Victoria allein.

Plötzlich hatte sie einen Bärenhunger. Sie setzte sich in Gabriels Sessel, legte das französische Buch in Reichweite und hob die silberne Haube vom Teller. Das weiße Porzellan hatte einen blauen Rand. Victoria aß mit Appetit. Als sie das letzte Stück Schinken, den letzten Bissen Ei und die letzte Kruste blättrigen Croissants gegessen hatte, setzte sie die Silberhaube wieder auf und brachte das Tablett zur Tür.

Der dunkelhaarige Mann – mindestens zehn Jahre jünger als Gabriel – drehte sich mit gezogener Waffe zu ihr um. Sie hatte ihn überrascht. Er hatte sie überrascht.

»Bitte sagen Sie dem Koch, das Frühstück war ganz köstlich«, sagte sie ruhig und reichte ihm das Tablett.

Langsam schweifte der Blick des Mannes über die Seidendecke, die Victorias Schultern unbedeckt ließ. Ein boshaftes Funkeln flackerte in seinen Augen auf. Offenbar hatte die Prostitution ihm weder die Lust noch die Begierde genommen.

»Vielen Dank, Ma'am.« Er schob die Waffe unter sein schwarzes Jackett und nahm grinsend das Tablett. Seine Stimme war leise, kultiviert, verführerisch. »Pierre wird sich freuen.«

Ihr Herz stockte. Er sah wirklich sehr gut aus.

»Danke.« Victoria zögerte verlegen. Sie atmete tief durch. Es gab wahrhaftig keinen Grund zur Verlegenheit – es gab nichts, womit sie auch nur einen Menschen im Haus Gabriel schockieren könnte. »Bitte richten Sie Pierre aus, dass ich gern mit meiner nächsten Mahlzeit eine Dose Kondome hätte …«

Kapitel 11

Die Londoner Luft war feuchtkalt. Gelblicher Nebel hüllte die Stadt ein. Gabriel schwang lässig den Gehstock. Die Jagd war eröffnet. Er kannte die Adresse, die er suchte; er wusste nur nicht, ob der Mann, den er suchte, zu Hause war. Gabriel fand das Stadthaus ohne Schwierigkeiten. Es lag am Park.

Kinderstimmen drangen durch das gelbe Zwielicht, das auf London lag. Die Kinder spielten *London Bridge*; ihre Kindermädchen tauschten den neuesten Klatsch aus.

Niemand würde zwei Männer bemerken, die durch den Nebel schlenderten. Und falls doch, würde niemand sie erkennen.

»Schuhputzen für einen Penny, Gouvernor«, bot eine barsche Stimme an.

Gabriel starrte in sechsjährige Augen, die wie sechzig wirkten. Er ließ sich die Schuhe putzen. Er dachte nicht an seine Schuhe. Er dachte nicht an den Mann, den er suchte. Gabriel dachte an Victoria.

Sie wollte einen Engel retten.

Gabriel war kein Engel.

Wie liebt eine Frau einen Mann?

Michael liebte Gabriel. Seine Liebe hatte Gabriels Leben zerstört.

Gaston behauptete, seine Bediensteten liebten Gabriel. Ihre Liebe gab Gabriel die Möglichkeit, ihr Leben zu zerstören.

Keine Frau hatte Gabriel je geliebt. Er betete, dass keine Frau ihn je lieben möge.

Der Schuhputzer setzte sich zurück auf seine Fersen, damit Gabriel sein Werk begutachten konnte. Die jungen-alten Augen funkelten blau.

Der Mann, der Ihre Begierde gegen Sie verwendet hat, war im Unrecht, Sir, nicht Sie.

Gabriel nahm den Fuß von der Kiste und warf dem Schuhputzer einen Florin zu.

Die Tür des Stadthauses öffnete sich. Eine Frau mit zwei kleinen Mädchen – acht und zehn Jahre alt – kam heraus. Die Frau trug einen schäbigen Mantel und eine Haube; die beiden Mädchen hatten Pelzmützen und passende Muffs an. Die Gouvernante nahm ihre beiden Schützlinge an die Hand.

Victoria hatte gesagt, nicht alle Kinder seien liebenswert. Hatte sie die beiden Mädchen gemocht, fragte er sich flüchtig. Würde sie die Kinder eines Bastards lieben?

Gabriel wartete, ob die beiden Mädchen und ihre Gouvernante in den Park gingen. Sie taten es. Die Gouvernante schirmte die beiden Mädchen gegen Gabriel ab, als sie sie durch das Tor drängte. Der Nebel verschlang sie bald.

Ein Muffin-Verkäufer bot seine Ware feil.

Victoria hatte nicht gefrühstückt, solange er da war. Ob sie gegessen hatte, nachdem er gegangen war?

Gabriel kaufte einen Zimtmuffin. Kaum hatte er ihn gegessen, öffnete sich erneut die Tür des Stadthauses. Es war der Mann, den Gabriel suchte.

Er trug einen gewöhnlichen Mahagonistock in der rechten Hand. Der Stock mit dem Silberknauf in Gabriels Linker war eine Mahnung, dass nichts so war, wie es den Anschein hatte.

Gabriel stieß sich vom Parktor ab. Lässig schlenderte er über die Straße, stieg geschickt über einen Haufen dampfender Pferdeäpfel und schlängelte sich zwischen einem holpernden Omnibus und einem Maultierkarren hindurch. Er erreichte den Gehsteig.

Der Mann kam gemächlich die Treppe herunter und wandte sich nach Norden, in die dem Park entgegengesetzte Richtung. Schritte hallten durch den wabernden Nebel. Gabriels Schritte gesellten sich dazu.

Gabriel nahm den Stock in die rechte Hand und zog den Adams-Revolver aus dem Holster unter seinem Rock hervor; er hielt ihn in seinem Derby-Mantel verborgen.

Der Mann ging ein bisschen schneller. Ein Bobby stand an der nächsten Straßenecke. Eine Mietdroschke kam schnell auf den Mann und Gabriel zu. Der Mann hob den Arm, um sie anzuhalten. Gabriel blieb nichts anderes übrig, als rasch zu handeln.

»Sir. Sir!« Gabriel passte seinen Schritt dem des Mannes an. Mit leiser, unverfänglicher Stimme fragte er: »Sind Sie Mr. Thornton?«

Der Mann blieb stehen und musterte Gabriel argwöhnisch, den Arm immer noch erhoben. Er war konservativ gekleidet, mittleren Alters und hatte ein blasses, schmales Gesicht mit Sommersprossen. Er sah nicht aus wie ein Mann, der eine Frau terrorisieren würde. Während Gabriel genau wusste, dass er selbst aussah wie der Mann, der er war: ein Mann, der getötet hatte und wieder töten würde.

»Ja«, sagte der Mann nervös.

Sein erster Fehler. Skrupellos nutzte Gabriel die Harmlosigkeit des Mannes aus.

»Ihre Tochter Penelope hatte einen Unfall, Sir. Die Gouvernante, eine Miss Abercarthy« – die Dame in der Stellenvermittlung, die David ausgefragt hatte, hatte dem gut aussehenden Mann allzu bereitwillig alles erzählt, was er wissen wollte – »hat mich gebeten, Sie zu holen.«

Der Mann ließ den Arm sinken. Das Hufgeklapper der Mietdroschke zog an ihnen vorbei.

»Penelope!« Verwunderung zeichnete sich in der Miene des Mannes ab. »Wieso, was ist mit ihr? Wo ist sie?«

Gabriel brauchte nicht zu lügen.

»Sie ist im Park«, sagte er und wartete, ob er Gewalt anwenden musste.

Bereitwillig wandte der Mann sich zum Park. Es war gerade kein Verkehr. Schnell und mühelos überquerte Gabriel die Straße, als sei er in Eile, zum Unglücksort zurückzukehren. Der Mann folgte ihm eilig. Gemeinsam traten sie durch das offene Tor zum Park.

»Wo ist sie?«, fragte der Mann besorgt.

Kinderstimmen setzten ihr Spiel fort: »*London bridge is falling down, falling down, falling down* …« schallte es durch den nebeligen Park.

»Da drüben«, sagte Gabriel und ging auf eine dichtere Nebelbank und die Umrisse eines Baumes zu, fort von den spielenden Kindern. Unbedacht ging Thornton Gabriel in die Falle.

Gabriel stieß dem Mann den Knauf seines Gehstocks vor die Brust. Er prallte gegen den Baum und atmete mit hörbarem Zischen aus. Sein Hut rutschte ihm über ein Auge; gleichzeitig fiel ihm der Stock aus den Fingern. Gabriel drückte dem Mann den Silberknauf auf die Luftröhre und nagelte ihn damit wirkungsvoll am Baum fest; gleichzeitig hielt er ihm den blau plattierten Revolver ins Gesicht. Thornton keuchte mit schreckweiten Augen.

»Ich an Ihrer Stelle würde nicht schreien, Thornton.« Gabriels Atem schimmerte silbern im gelblichen Nebel. Er verringerte den Druck auf die Luftröhre des Mannes nicht. »Sie wollen doch nicht, dass Ihre beiden Töchter Sie mit weggeschossenem Gesicht sehen.«

»O, also …« Die Stimme des Mannes war schrill vor Hysterie, sein Atem vermengte sich mit Gabriels.

»Still«, warnte Gabriel leise.

»Mein Geld … ist im Mantel.« Das Weiß seines rechten Auges wirkte rund wie ein Miniaturmond. »Ich kann Sie bezahlen – ich bin ein reicher Mann –«

Victoria hatte gedacht, Gabriel wollte ihren Vater erpressen. Flüchtig wünschte er, der Mann vor ihm, wäre ihr Vater. Er würde ihm zeigen, wie wenig Geld zählte.

»Ich will Ihr Geld nicht, Thornton.«

Thorntons Augen traten vor. »Bitte, bringen Sie mich nicht um.«

Victoria hatte nicht um ihr Leben gebettelt. Hatte Thornton gehofft, sie dazu zu bringen? Hatte er gehofft, sie um Lust betteln zu machen? Hatte er sich in ihr Schlafzimmer gestohlen und ihre Seidenunterhose gesehen, als sie noch weich und weiß war? Gabriel schürte seine Wut.

»Ich werde Sie nicht erschießen, wenn Sie mir sagen, was ich wissen will«, sagte er schmeichelnd. Gabriel log nicht. Ein Schuss würde Aufmerksamkeit erregen; eine zerquetschte Luftröhre nicht.

»Alles, Sir«, stammelte der Mann. Er besaß keinen Stolz, keine Würde; den Titel des Gentleman trug er nur aufgrund seiner Herkunft und seines Vermögens. »Ich sage Ihnen alles, was Sie wissen wollen.«

Gabriel zweifelte nicht daran.

»Alles, Thornton?«, fragte Gabriel leise, verführerisch.

»Ja ... Ja!«, bestätigte Thornton eifrig, glühende Hoffnung in den Augen. Es war sein zweiter Fehler. Hoffnung tötete.

Es war Zeit, dem Spiel ein Ende zu machen.

»Sagen Sie mir, warum Sie Victoria Childers terrorisieren.«

Der Mann blinzelte. »Victoria Child..., wieso, sie ist nicht mehr in meinem Haus angestellt.«

»Warum nicht?«, fragte Gabriel mit samtener Stimme.

Der Mann verdrehte nervös die Augen. »Sie ... sie ... meine Frau hat sie entlassen.«

»Und, warum hat sie das getan?«

»Sie ... sie ... Victoria Childers ... sie hat mit mir geflirtet ...« Es war Thorntons dritter Fehler. Ein Mann log nicht im Angesicht des Todes.

»Victoria Childers ist keine Frau, die flirtet.« Gabriel stieß den Lauf des Revolvers leicht in Thorntons rechte Wange. Metall stieß auf Knochen. »Warum haben Sie Ihre Frau angelogen?«

»Ach bitte ...«

»Die Wahrheit, Thornton«, schmeichelte Gabriel. »Ich will nur die Wahrheit.«

»Ich ...«, der Mann versuchte zu schlucken, schaffte es nicht, »ich habe meine Frau nicht angelogen.«

»Wollen Sie sagen, dass Victoria Childers mit Ihnen geflirtet hat, Thornton?«, fragte er bedrohlich.

Der Mann machte einen vierten Fehler. Er verdrehte die Augen nach oben, als suche er dort nach einem Retter. »Nein, nein, das habe ich nicht gesagt.«

»Was haben Sie denn gesagt?«

»Meine F-f-frau«, stotterte er, »meine Frau ist sehr eifersüchtig.«

»Die Stellenvermittlung besorgt Ihnen alle paar Monate eine neue Gouvernante, Thornton. Sie haben doch sicher nicht geglaubt, dass Ihre Ränke nicht auffallen würden.«

»Ich weiß … ich weiß nicht, wovon Sie reden.« Der Lauf des Revolvers schob ihm das Innere seiner Wange zwischen die Zähne, sodass er den Mund nicht ganz schließen konnte. Seine Vokale wurden breiter. »Meine Frau stellt die Gouvernanten ein und entlässt sie.«

Seine Frau …

»Sie müssen inzwischen einen ganz schönen Harem haben.«

Thornton wurde allmählich klar, wie gefährlich Gabriel war. »Bitte, tun Sie mir nichts«, bettelte er.

»Finden Sie nicht, dass Sie es verdient hätten?«, sagte Gabriel sanft. Und fragte sich, was Thornton mit Victoria gemacht hätte, wenn sie zu ihm gekommen wäre.

Hätte er sie dem zweiten Mann übergeben, bevor oder nachdem er sie missbraucht hätte?

»Ich habe nichts getan, das sage ich Ihnen doch«, sagte der Mann gequält.

»Trotzdem wurde Victoria Childers entlassen. Ohne Zeugnis. Gouvernanten, die keine Zeugnisse haben, bekommen keine anständige Anstellung. Sie lassen Ihren Frauen wahrhaftig keine andere Wahl, als zu Ihnen zu kommen, nicht wahr, Thornton?«

Um Essen zu bekommen. Ein Dach über dem Kopf. Körperliche Liebe …

»Ich weiß nicht, wovon Sie reden. Ich habe keine Frauen. Ich habe meine Ehefrau. Meine Frau weiß, wohin die Gouvernanten gehen. Sie kommen nicht zu mir. Niemand kommt zu mir. Ich weiß nicht, was Sie von mir wollen. Ich habe nichts getan, das versichere ich Ihnen.«

In der Stimme des Mannes lag ein misstönender Anklang von Wahrheit.

Gabriel drückte ihm den Lauf des Revolvers fester ins Gesicht.

Der Mann würde morgen einen blauen Flecken auf der Wange haben. Passend zu dem blauen Fleck an seiner Kehle.

»Bitte, Sir, bitte, nehmen Sie die Waffe weg.«

Der Atem des Mannes roch nach Kaffee; das bittere Aroma von Ammoniak wehte herauf. Vor Angst hatte Thornton sich in die Hose gemacht. Das Kichern eines Kindes hallte herüber. Eine ferne Erinnerung an Unschuld. Victoria hatte gesagt, ihr Dienstherr habe gelogen. Um ihre Entlassung zu erwirken. Sie hatte gesagt, ihr ehemaliger Arbeitgeber habe die Briefe geschrieben. Um sie zu verführen.

Glaubst du, dein Onkel hätte arrangiert, dass mir eine Frau geschickt wird, die mich in den Tod lockt?, hatte Gabriel Michael verspottet.

»Wohin wollten Sie, als Sie aus Ihrem Haus gingen?«, fragte Gabriel scharf.

»In meinen …«, die entstellte Stimme des Mannes bebte, »Club.«

Zweifel kroch Gabriel den Rücken hinauf. Der Mann hatte zugegeben, dass Victoria bei ihm gearbeitet hatte. Eingestellt *von seiner Frau*. Wenn er nicht der Mann war …

»Wenn Sie keinen Füllfederhalter haben, bringe ich Sie um, Thornton«, sagte Gabriel nachdrücklich.

»Ich habe einen Füllfederhalter, Sir!«, sagte der Mann eifrig. »Hier in meinem Rock! Sehen Sie!«

Es konnte eine List sein. Der Mann könnte eine Waffe in seinem Rock haben statt eines Füllfederhalters. Es gab nur eine Möglichkeit für Gabriel, es in Erfahrung zu bringen.

»Holen Sie den Füllfederhalter aus Ihrem Rock«, befahl Gabriel.

»Ich k-k-k-ann nicht. Mein Mantel ist zugeknöpft.«

»Knöpfen Sie ihn auf.«

»Ich k-k-kann nicht, mit der Waffe in meiner Wange, Sir.«

Zynismus verzerrte Gabriels Mund.

»Sie würden sich wundern, was ein Mann kann, Thornton.« Ein Mann konnte töten. Ein Mann konnte Leben schenken. »Knöpfen Sie Ihren Mantel auf.«

Der Mann kämpfte unbeholfen mit den Knöpfen. Kurz darauf öffnete sich sein Mantel.

»Jetzt greifen Sie in Ihren Rock. Langsam.«

Thornton griff in seinen Rock. Langsam.

Gabriels Daumen spannte den Hahn seines Revolvers, ein tödliches Klicken hallte durch den Nebel. Wenn Thornton eine Waffe zöge, wäre er ein toter Mann, sagte das Klicken. Schweiß rann über Thorntons Wange, glitzerte auf der blau plattierten Mündung. Vorsichtig holte er einen dicken bronzenen Füllfederhalter heraus. Er schwankte hin und her.

Hatte Victoria vor Angst gezittert, fragte er sich.

»Ich möchte, dass Sie etwas schreiben«, sagte Gabriel brüsk.

Es war Zeit herauszufinden, wer der wahre Briefschreiber war.

»Ich habe … ich habe kein Papier.«

»Ziehen Sie Ihre linke Manschette aus.«

Gabriel trat weit genug zurück, um Thornton Platz zu lassen, seine Hände vor den Körper zu nehmen.

Er las Thorntons Absichten, bevor der Mann Zeit hatte, sie auszuführen: Er wollte weglaufen.

»Wissen Sie, was eine Kugel aus dieser Entfernung aus dem Gesicht eines Mannes macht?«, fragte Gabriel leise.

Thornton riss sich die linke Manschette vom Handgelenk. Behutsam nahm Gabriel die Waffe weg. Eine weiße Druckstelle dellte die Wange des Mannes ein.

»Wenn Sie schreien, bringe ich Sie um«, sagte er klar und deutlich. »Wenn Sie weglaufen, bringe ich Sie um. Haben Sie mich verstanden?«

»Ja.« Thornton atmete in kurzen Stößen. »Ja, ich verstehe, Sir.«

»*Bon*. Ich will, dass Sie etwas auf die Manschette schreiben.«

»Was? Was soll ich schreiben? Ich schreibe alles, was Sie wollen. Alles. Sagen Sie mir nur, was ich schreiben soll …«

Gabriel dachte rasch nach. »Schreiben Sie: ›Der ewige Hunger einer Frau.‹«

Aus Thorntons Miene sprach kein Wiedererkennen, nur die Angst zu sterben und die Bereitschaft, alles zu tun, um dem Tod zu entrinnen.

Mit dem Mund zog Thornton die Kappe des Füllfederhalters ab, benutzte die linke Hand als Unterlage und kritzelte hastig die Worte auf die steife, weiße Manschette; sein Atem dampfte in der Luft. Als er fertig war, schaute er begierig auf wie ein Kind, das auf Anerkennung wartete.

»Halten Sie die Manschette hoch, damit ich es lesen kann«, befahl Gabriel.

Thornton hielt die Manschette hoch, die bronzene Kappe im Mund, die Hand zitternd, dass die Manschette hin und her schwankte und die schwarze Schrift tanzte. Gabriel riss Thornton die Manschette aus der Hand. Die schwarze Schrift passte nicht zu der in Victorias Briefen.

Sein Inneres krampfte sich bei der Erkenntnis zusammen. Thornton war nicht der Mann, der Victoria Childers die Briefe geschrieben hatte.

Kapitel 12

Ein steifes, weißes Stück Stoff schwebte auf das Laken herunter, das Victoria gerade unter die Matratze steckte. Verwirrt hob sie es auf. Es war die Manschette eines Mannes. Schwarze Tintenflecke stachen scharf hervor. Victoria drehte die Manschette um.

Der ewige Hunger einer Frau schlug ihr ins Gesicht.

Ihr Herz schlug gegen ihre Rippen. Victoria ließ die Manschette fallen und fuhr hoch. Die Manschette wirbelte herunter. Warmer Atem kitzelte ihren Nacken. Sie drehte sich um.

Gabriel stand unmittelbar hinter ihr. Er roch nach kalter Luft und Londoner Nebel.

Die Eier mit Schinken, die Victoria vor einiger Zeit heißhungrig verschlungen hatte, stiegen ihr wieder in die Kehle.

»Ich habe Ihren früheren Dienstherrn getroffen, Mademoiselle Childers.«

Ihren früheren Dienstherrn getroffen …

»Der Mann, der diese Notiz auf die Manschette geschrieben hat, war nicht mein Dienstherr«, sagte sie steif.

»*Au contraire*, Mademoiselle.« Gabriels Atem roch entfernt nach Zimt. »Peter Thornton war durchaus Ihr Dienstherr.«

War ihr Dienstherr? Meinte Gabriel, dass Peter Thornton ihr früherer Dienstherr war? Oder meinte er, dass Peter Thornton nicht mehr war? Hatte Gabriel ihn getötet?

Victoria fasste sich an die Kehle. Ihr Puls pochte warm an ihren Fingern: Tod, Gefahr, Begierde. »Woher wissen Sie, dass mein früherer Dienstherr Peter Thornton heißt?«

»Ich habe einen meiner Männer zu verschiedenen Stellenvermittlungen geschickt.« Die Wärme von Gabriels Atem stand in krassem Gegensatz zur Kälte seiner Augen. »Er hat ihnen gesagt, dass er ein Vorstellungsgespräch mit einer Gouvernante namens Victoria Childers geführt habe und sie einstellen wolle, aber ihre Adresse verlegt habe. Die West Agency fand Ihre Akte. Allerdings hatten sie Ihre derzeitige Adresse nicht, aber sie hofften, Ihr früherer Arbeitgeber habe sie.«

Bewunderung wetteiferte mit Victorias Zorn. »Sie sind sehr gründlich, Sir.«

Erschreckend gründlich. Der Mann, der die Briefe geschrieben hatte, konnte von ihm lernen.

»Unwissenheit ist tödlich, Mademoiselle«, sagte Gabriel leise. »Geheimnisse ebenso.«

Er wusste über ihren Vater Bescheid. Über ihren Bruder. Victoria hatte keine Geheimnisse mehr. Ein Gedanke jagte den anderen. Victoria hatte Peter Thorntons Handschrift nie gesehen, aber wenn er die Briefe nicht geschrieben hatte, wer dann? Gleichzeitig fiel ihr auf, dass sie auch die Handschrift des Mannes mit den silbergrauen Augen und dem silberblonden Haar nie gesehen hatte.

Laissez le jeu commencer. Lasst das Spiel beginnen.

Aber wer waren die Spieler?

Unerwarteter Schmerz schnürte Victorias Brust ein.

Gabriel vertraute ihr nicht. Aber sie hatte ihm vertraut. Sie wollte keine Angst haben.

Victoria ließ ihre Hand sinken und straffte die Schultern; ihre Brüste spannten die geknotete Seide. »Und nun glauben Sie wieder, ich sei mit diesem – diesem Mann im Bunde, von dem Sie behaupten, er sei hinter Ihnen her.«

Heißer Atem streifte sengend ihre Wange.

»Sind Sie es nicht?«, fragte Gabriel leichthin.

Sie schmeckte Zimt.

Gabriels Wimpern waren zu lang, zu dicht. Sein Gesicht zu schön. Zu distanziert.

Der Geruch verbrannter Wolle lag immer noch in der Luft.

Victoria trug seine Bettdecke. Selbst wenn sie einen sicheren Zufluchtsort gewusst hätte, hätte sie nicht weglaufen können. Er hatte ihr Kleid verbrannt. Sie saß in der Falle.

»Nein.« Victoria knirschte mit den Zähnen. »Das bin ich nicht.«

»Der Mann, der die Briefe schrieb, wusste, dass Sie Seidenunterhosen tragen, Mademoiselle.«

Peter Thornton war der einzige Mann in ihrem Umkreis, der sich Zutritt zu ihrem Schlafzimmer und ihrer Leibwäsche hätte verschaffen können. Wer sonst konnte wissen …

»Ich habe alle bis auf eine auf der St. Giles Street verkauft.« Victoria wandte den Blick nicht von den gefährlichen Augen. »Jeder, der mir gefolgt wäre, hätte nach mir in den Laden gehen und kaufen können, was ich verkauft hatte.«

Der Gedanke, dass ein Fremder sie auf Schritt und Tritt verfolgt haben könnte, beruhigte Victoria nicht.

»Möglich«, gab Gabriel zu. Aber unwahrscheinlich, sagten seine Augen.

Sie würde nicht betteln. Weinen. Sie würde nicht gekränkt sein, weil ein unberührbarer Engel ihr nicht glaubte.

Victoria hob ihr Kinn noch höher. »Ich lasse mich nicht zum Opfer machen.«

Das Schwarz seiner Pupillen schluckte das Silber seiner Iris. »Das sind Sie schon, Victoria Childers.«

Das Bewusstsein ihrer nackten Brustansätze und Schultern über der Seidendecke und ihrer Nacktheit darunter kroch über Victorias Haut.

Er war zu nah, die Glut, die sein Körper ausstrahlte, zu heiß.

Wie konnte er an ihr zweifeln? Er hatte mit ihr gesprochen … Er hatte ihr von seinen Bedürfnissen erzählt …

»Und wessen Opfer bin ich, Sir?«, forderte Victoria ihn heraus. »Sie sagen, es gibt einen Mann, der mir etwas antun will; ich habe diesen Mann nie gesehen. Sie behaupten, Sie wollen mich beschützen; aber Sie bedrohen mich. Wessen Opfer bin ich also?«

Ihre Kränkung spiegelte sich flüchtig in seinem Blick. An ihre Stelle trat kalte Berechnung.

»Ein Mann terrorisiert Sie, Mademoiselle.« Hitze mit Zimtaroma strich fiedrig über ihre Lippen. »Aber Sie wollen mir seinen Namen nicht nennen. Warum?«

»Ich kenne seinen Namen nicht«, wiederholte Victoria hartnäckig. Die Verzweiflung in ihrer Stimme ließ sich nicht verhehlen.

»Sie sagten, es sei Thornton.«

»Ja«, spie sie aus.

»Warum haben Sie mir seinen Namen nicht gesagt?«

Sie leckte sich die Lippen, schmeckte Zimt, schmeckte Gabriels Atem. »Weil ich Angst hatte.«

Sie hatte immer noch Angst.

»Wovor, Mademoiselle?«

Seine Stimme und sein Atem waren eine Liebkosung. Die Kälte in seinen Augen ließ ihre Wimpern gefrieren.

»Ich hatte Angst, dass Sie ihn finden könnten«, sagte Victoria.

»Ich habe ihn gefunden.«

»Ich hatte Angst, dass Sie mit ihm sprechen könnten.«

»Ich habe mit ihm gesprochen.«

Schwarze Flecken tanzten vor Victorias Augen. »Ich hatte Angst, er würde Ihnen sagen, wer ich bin.«

»Ich weiß, wer Sie sind.«

»Sie wissen nicht, wer ich bin!«, sagte sie bissig.

Er zuckte nicht mit der Wimper über ihren Ausbruch – einen Ausbruch, der erneut bewies, dass Victoria nicht die Frau war, für die sie sich gehalten hatte.

Ruhig. Vernünftig. Über die Begierden des Fleisches erhaben.

Dunkles Wissen funkelte in Gabriels Augen. »Ich kenne dich, Victoria.«

Er hatte ihren Körper nackt gesehen, sagten seine Augen. Gabriel kannte die Größe ihrer Brüste, ihre schmalen Hüften, die Rundung ihrer Pobacken. Aber er kannte *sie* nicht.

»Was wissen Sie schon von mir?«

»Ich weiß, dass Sie das Gefühl von Seide auf Ihrer Haut mögen.« Sein Blick huschte über ihre nackten Schultern, spielte mit dem Seidenknoten zwischen ihren Brüsten. »Ich weiß, dass Sie mutig sind. Ich weiß, dass Sie treu sind.«

Seine Wimpern hoben sich, sein silberner Blick hielt ihren fest. »Ich weiß, dass Sie mich umbringen werden …«

Victoria blieb der Atem in der Kehle stecken – vielleicht war es auch sein Atem, der ihre Kehle zuschnürte. »Ich würde Ihnen nie wehtun.«

»Auch das weiß ich.«

»Woher wissen Sie das?«

»Wegen Ihrer Augen.« Gabriels Augen verdunkelten sich, aus Silber wurde Grau. »Sie sind wegen Ihrer Augen hier.«

Sie musste ihn missverstanden haben. »Verzeihung?«

»Madame René hat Ihnen gesagt, dass Michael und ich Freunde sind.«

Es dauerte einen Moment, bis Victoria den Gedankensprung nachvollzogen hatte.

»Ja. Sie sagte, es gäbe zwischen Ihnen Bande, die nie zerbrechen könnten.«

Außer durch den Tod …

»Als wir dreizehn waren, nahm eine Madame in Paris uns auf.« Die Vergangenheit drängte sich in Gabriels Blick. »Sie bildete uns zu Huren aus.«

Vor sechs Monaten wäre Victoria entsetzt gewesen. In den letzten sechs Monaten hatte sie wesentlich jüngere Jungen und Mädchen gesehen, die auf der Straße ihr Fleisch feilboten.

»Michael.« Den nächsten Satz formulierte Victoria vorsichtig, um das kostbare Gleichgewicht nicht zu zerstören, das sich wieder zwischen ihnen eingestellt hatte. »Wurde er auch dazu ausgebildet, … Männern zu Gefallen zu sein?«

Gabriels Miene blieb unbewegt. »*Non.*«

Victoria versuchte, sich eine Freundschaft vorzustellen, die zwischen zwei so unterschiedlich ausgebildeten Jungen wachsen konnte.

»Bemitleiden Sie mich nicht, Mademoiselle«, sagte Gabriel scharf.

»Das tue ich nicht.« Victoria schnürte es die Kehle zu. »Ich finde, Sie haben Glück, einen Freund wie Michael zu haben.«

Ein Freund, der den Jungen verstand, der Gabriel früher war, und den Mann, zu dem er herangewachsen war.

Ein Muskel zuckte in Gabriels linker Wange. »Sie sind hier, weil Sie Michaels Augen haben.«

Victoria zwinkerte verständnislos mit den Augen. »Ihr Freund hat blaue Augen?«

»Michael hat hungrige Augen, Mademoiselle. Die Farbe spielt keine Rolle.«

Hungrige Augen …

Hitze wallte in Victoria auf. »Ich … *flirte* nicht.«

Sie hatte die letzten sechs Monate *nicht* herausgefordert.

»Sie wollen geliebt werden, Mademoiselle.«

Die fünf Jahre, die Victoria in der Obhut ihres Vaters gelebt hatte, nachdem ihre Mutter sie verlassen hatte, brachen über sie herein. Er hatte Gefühlsäußerungen, Körperkontakte, Zärtlichkeiten verboten. Das Verlangen einer Frau nach Liebe war ihre Sünde, hatte er immer wieder erklärt.

»Ist das so falsch?«, fragte Victoria; in ihrer Stimme hallte der Schrei eines jungen Mädchens wider. »Ist es eine Sünde, Liebe zu brauchen?«

»Huren können es sich nicht leisten zu lieben.«

»Warum nicht? Warum sollte jemandem schlichte Zuneigung verwehrt bleiben?«

Bedauern mit Zimtaroma flackerte in Gabriels Augen auf, Silber schlug in Grau um, Grau in Silber. »Ich bin nicht fähig, eine Frau zu lieben, Mademoiselle.«

Victoria richtete sich zu voller Größe auf. »Ich habe Sie nicht um Ihre Liebe gebeten, Sir.«

»Ich habe Ihnen mehr anvertraut, als ich je einem anderen Menschen anvertraut habe …«

»Danke …«

»… aber Vertrauen hat einen Preis.«

Immer wieder lief es auf den einen Mann hinaus.

Victoria konnte ihre Wut nicht verhehlen. »Ich weiß nicht, wer der Mann ist, den Sie suchen.«

»Das weiß ich.«

Warum fragte er sie dann immer wieder danach?

»Ich weiß nicht, wer die Briefe geschrieben hat.«

Zimt ergoss sich über ihre Wange und ihre Lippen. »Dann sagen Sie mir etwas, was Sie wissen, Mademoiselle.«

Victoria wusste nicht, wie man einen Mann liebte. Sie wusste nicht, wie man einen Mann verführte.

»Ich kann mir nicht vorstellen, etwas zu wissen, was für Sie von Interesse wäre, Sir«, sagte sie. »Ich bin Gouvernante, keine … keine …?« Victoria verstummte.

»Hure?«, schlug Gabriel zynisch vor.

»Das habe ich nicht gesagt«, entgegnete sie.

»Sie haben mich gegenüber Madame René verteidigt«, sagte er unerwartet. Ein Anflug von Misstrauen lag in seinem Ton, überschattete seine Augen. »Warum?«

Warum hatte Victoria einen Mann verteidigt, der sie abwechselnd verführt und bedroht hatte?

»Weil Sie begehren«, sagte Victoria.

Trotz seiner Vergangenheit. Oder deswegen.

Gabriel leugnete seine Bedürfnisse nicht.

Bedauern glimmte in seinen Augen. »Wenn Sie könnten, würden Sie mir helfen, Mademoiselle?«

Einem unberührbaren Engel helfen …

»Ja.«

Victoria würde ihm helfen.

»Sie haben Informationen, die ich brauche.«

Er tat es schon wieder.

Victoria öffnete den Mund.

»Ich will den Grundriss des Thornton-Hauses wissen«, sagte Gabriel.

Ihr Mund klappte zu. »Was?«

»Ich will wissen, in welchem Zimmer Mrs. Peter Thornton schläft«, sagte er, als wäre es das Normalste der Welt, dass ein Mann eine Frau, die er ihres Mutes und ihrer Loyalität wegen gelobt hatte, nach dem Schlafzimmer einer anderen Frau fragte. »Ganz gleich, ob Sie es mir sagen oder nicht, ich werde sie aufsuchen. Mit diesen Angaben ist allerdings die Wahrscheinlichkeit geringer, dass ich jemanden zufällig überrasche.«

Und töte.

»Haben Sie ... Mr. Thornton verletzt?«, fragte Victoria wie unter Zwang.

»Er lebt, Mademoiselle.«

Vorerst.

Verführung.

Die Illusion von Vertrauen.

Victorias Mund straffte sich. »Sie verführen mich dazu, Ihnen vertrauliche Informationen zu geben.«

»Nein, Mademoiselle, ich bitte Sie, mir zu vertrauen. Wie ich Ihnen vertraue.«

Jeder Atemzug, den Victoria machte, war von Gabriels Atem gewärmt.

»Warum möchten Sie Mrs. Thornton in ihrem Schlafzimmer aufsuchen? Warum trinken Sie nicht mit ihr Tee?«, wandte Victoria ein. »Ich bin sicher, sie fände Sie ganz reizend.«

Victoria war entsetzt über die Eifersucht in ihrem Ton. Mrs. Thornton war eine schöne Frau. Ihr hellblondes Haar glänzte gesund, ihre Lippen und Hände waren nicht rissig vor Kälte.

»Sie hat Sie eingestellt«, erklärte Gabriel geheimnisvoll.

»Ja«, sagte Victoria kurz angebunden. »Es ist nicht unüblich, dass die Dame des Hauses sich um die Einstellung von ...« Victoria hatte sich schon vor langer Zeit daran gewöhnt, sich als Dienstboten zu bezeichnen, warum schreckte sie nun davor zurück? »... Dienstboten kümmert.«

»Wie lange bleibt eine Gouvernante im Durchschnitt?«

Victoria runzelte die Stirn. »Das hängt von den Erfordernissen des Haushalts und der Kompetenz einer Gouvernante ab.«

»Mrs. Thornton stellt zwei bis drei Gouvernanten im Jahr ein und entlässt sie wieder.« Gabriel hielt inne und beobachtete ihre Reaktion. »*Jedes Jahr.*«

Zwei bis drei Gouvernanten ... *Jedes Jahr.* Gabriel konnte unmöglich andeuten wollen, was Victoria herauszuhören meinte.

»Das ist ... Ihre Kinder sind verwöhnt.« Penelope, die Älteste, petzte gern; das hatte sicher viele Dienstboten um ihre Stellung gebracht. »Gouvernanten suchen häufig andere Stellen.«

Gabriels Blick war erbarmungslos; sein Atem verlockend warm. »Sie haben sich keine andere Stelle gesucht, Mademoiselle.«

Woher wusste er das?

»Ich habe Erkundigungen eingeholt.«

Die Wahrheit.

»Wusste Mrs. Thornton, dass Sie Erkundigungen eingeholt haben?«

»Ich ...« Victoria erinnerte sich, wie Mrs. Thornton eines Abends kurz vor ihrer Kündigung unangekündigt in ihr Schlafzimmer gekommen war. Victoria hatte gerade eine Zeitung gelesen. »Vielleicht.«

»Viele Gouvernanten haben kein Zuhause und keine Familie.«

Gabriels Andeutungen waren unmissverständlich.

»Und weil viele von uns heimatlos sind, glauben Sie, dass Mrs. Thornton Gouvernanten aus niederen Beweggründen einstellt und entlässt?«

»Ja«, sagte er rundheraus und beobachtete sie ...

»Sie glauben, dass diese Gouvernanten der gleichen Behandlung ausgesetzt waren wie ich?«

»Schon möglich«, sagte Gabriel.

Aber wenn das der Fall war ...

»Sie glauben, dass der Mann, der mir die Briefe geschrieben hat, auch den anderen Gouvernanten Briefe geschrieben hat.«

Gabriel antwortete nicht. Er brauchte nicht zu antworten. Die

Antwort lag in seinen silbernen Augen. Victorias Haut fühlte sich an, als schrumpfe sie in sich zusammen.

»Sie glauben, dass diese anderen Gouvernanten tot sind«, sagte sie mit aufkeimendem Entsetzen. Während Victoria noch lebte. Gerettet von einem starrsinnigen Unabhängigkeitsstreben. Unerschütterlich beobachtete Gabriel ihre Reaktionen; seine Körperwärme wärmte sie nicht.

»Sicher wüsste doch Mr. Thornton Bescheid, wenn seine Frau Komplizin von …« Victoria kämpfte gegen ihre Panik an. »… von Mördern wäre.«

»Es schmeichelt ihm zu glauben, seine Frau sei eifersüchtig.«

Victoria hatte nie erlebt, dass Mrs. Thornton Anzeichen von Eifersucht hätte erkennen lassen.

»Warum sollte sie … Welches Vergnügen sollte eine Frau daraus ziehen … Ich habe Mrs. Thorntons Handschrift gesehen.« Victorias sich verhaspelnde Stimme fand zurück zur Vernunft. »Sie war es nicht, die diese Briefe geschrieben hat.«

Warmer Zimtatem leckte ihr Gesicht. »Dann müssen wir herausfinden, wer sie geschrieben hat.«

Victoria konnte Gabriel vertrauen. Oder sie konnte ihm misstrauen. Ihre Entscheidung …

»Woher weiß ich, dass die Handschrift auf der Manschette nicht die Ihre ist?«

»Das lässt sich leicht beweisen.«

Ebenso wie Mrs. Thorntons Komplizenschaft mit dem Mann, der darauf wartete, dass Victoria zu ihm käme, um Essen zu bekommen. Ein Dach über dem Kopf. Lust.

»Sie werden Mrs. Thornton doch nichts tun«, sagte Victoria. Aber wen wollte sie überzeugen?

»Ich werde sie nicht töten«, erklärte Gabriel.

»Wie haben Sie Mr. Thornton … überredet, sich mit Ihnen zu treffen?«

»Ich habe ihn im Park vor dem Haus getroffen.«

Ja, der nebelverhangene Park war diskret.

»Mrs. Thornton geht vormittags einkaufen«, schlug Victoria hastig vor. »Vielleicht könnten Sie sie dann abfangen …«

»Ich habe die Gouvernante gesehen, die sie an Ihrer Stelle eingestellt haben, Mademoiselle«, sagte Gabriel mit ruhigem Nachdruck. »Vielleicht verlieren sie bald die Geduld mit Ihnen und konzentrieren sich auf sie.«

Und eine weitere Frau würde den Ränken zum Opfer fallen. Entlassung ohne Zeugnis. Jeden Tag ein bisschen mehr sterben vor Armut und Verzweiflung. Briefe bekommen, die Lust und Geborgenheit versprachen.

»Gut«, sagte Victoria entschieden. »Ich helfe Ihnen.«

»*Merci*, Mademoiselle.«

Ohne Vorwarnung trat Gabriel zurück.

»Vertrauen, Mademoiselle.« Der warme Zimtatem wich dem beißenden Gestank verbrannter Wolle. »Wir müssen beide vertrauen.«

Victoria würde nicht zulassen, dass er sie belog. »Dennoch vertrauen Sie mir nicht, Sir.«

Ein Tropfen Londoner Nebels glitzerte auf seiner Schulter. »Vielleicht vertraue ich mir selbst nicht.«

»Tun Sie das nicht.« Der Einwand rutschte Victoria heraus, bevor sie es verhindern konnte. Ein Holzscheit knackte im Kamin.

»Was soll ich nicht tun?«, fragte Gabriel leise.

»Verführen Sie mich nicht mit der Illusion von Vertrauen.«

Victoria wollte glauben, dass der schöne Mann vor ihr sie attraktiv fand. Sie wollte glauben, dass sie einem unberührbaren Engel vertrauen konnte. Sie wollte glauben, dass er sie nicht bloß mit Worten verführen wollte, um ihr Vertrauen zu gewinnen. Victoria wusste genau, dass sie nicht nur glauben durfte, weil sie es wollte.

»Sie glauben, der Mann, der die Briefe geschrieben hat, kann Sie zu dem Mann führen, den Sie suchen.« Sie schaute ihm entschlossen in die Augen. »Vielleicht kann er es. Ich habe Ihnen gesagt, dass ich Ihnen helfen werde, also lügen Sie mich bitte nicht an.«

»Ich lüge nicht.«

Es gefiel ihm nicht, dass seine Schubladen durchsucht wurden; es gefiel ihm nicht, als Lügner bezeichnet zu werden …

»Es gibt viele Arten von Lügen, Sir.« Victoria hob herausfordernd das Kinn. »Etwas auszulassen ist ebenso eine Lüge, wie etwas Falsches zu sagen.«

»Ich begleiche immer meine Schulden, Mademoiselle.«

Das war nicht die Antwort, die sie erwartet hatte.

»Glauben Sie, dass Sie mir etwas schulden?« Victoria schluckte. »Und dass Sie diese Schuld abtragen können, indem Sie mir sagen, was ich Ihrer Ansicht nach hören will?«

»Ja«, sagte er. »Ich glaube, dass ich Ihnen etwas schulde, Victoria Childers.«

»Warum?«

»Ich habe einen Mann geliebt, Mademoiselle. Hätte ich ihn nicht geliebt, wären Sie nicht hier.«

Michael. Der auserwählte Engel.

»Sie haben ihn geliebt … wie einen Freund?«

»Ich habe ihn geliebt wie einen Bruder.«

Victoria hatte David geliebt wie einen Bruder. Ihr Vater hatte ihre unschuldige Liebe verdreht und besudelt.

»Liebe ist keine Sünde«, protestierte sie unwillkürlich.

»Nein, Mademoiselle, Liebe ist keine Sünde«, sagte Gabriel unerschütterlich. »Zu lieben ist die Sünde.«

Ein Mann wie er sollte nicht solchen Schmerz empfinden.

Eine Frau wie sie sollte sich nicht darum kümmern.

»Ich wünschte, ich hätte diese Briefe nie gelesen«, sagte Victoria ruhig. »Ich wünschte, ich hätte diese Seite meines Wesens nie kennen gelernt.«

Gabriel rührte sich nicht; plötzlich hatte er das Gefühl, meilenweit weg zu sein. »Sie wünschten, Sie würden einen Engel nicht begehren?«

Vor der Wahrheit gab es kein Versteck.

»Nein.« Victoria begehrte Gabriel, zum Guten oder zum Schlechten. »Nein, das wünsche ich nicht.«

Sie hatte nicht den Mut, Gabriel zu fragen, ob er bereute, sie ersteigert zu haben.

»Madame René hat einige Kleider für Sie geliefert«, sagte Gabriel unvermittelt mit wachsamem Blick.

Victoria atmete tief durch. Es war erst wenige Stunden her, seit Victoria nackt vor Gabriel gestanden hatte, während Madame René ihre Maße nahm. Es kam ihr vor, als seien inzwischen Jahre vergangen.

Gabriel war darauf vorbereitet, dass sie seine Kleider ablehnte. Seine Person. Seine Vergangenheit. Entscheidungen …

»Haben Sie die Kleider mitgebracht?«, fragte Victoria brüsk.

»Nein.«

Sie starrte ihn an. »Woher wissen Sie dann, dass sie hier sind?«

»Als ich zurückkam, sagte Gaston mir, dass sie inzwischen gekommen sind. Ich habe ihm aufgetragen, sie heraufzubringen. Vor ein paar Minuten habe ich gehört, wie die Tür geöffnet und wieder geschlossen wurde.«

Und hatte ihr nichts gesagt. Gabriels Unterlassung erstickte das Fünkchen Vorfreude nicht. Victoria hob mit beiden Händen die Seidendecke an und ging ihm voraus aus dem Schlafzimmer.

Auf dem Ledersofa türmten sich weiße Schachteln unterschiedlicher Größe, drei lange Kleiderschachteln, kürzere rechteckige Kartons und drei Hutschachteln. Vier Schuhkartons. Alle waren mit Rosenblüten bedruckt.

Victoria hatte seit über einem Jahr kein neues Kleid mehr bekommen. Noch nie hatte sie ein maßgeschneidertes Kleid besessen. Es schien ihr unangebracht, frivole Freude an teuren Kleidern zu empfinden, während viele auf der Straße so wenig besaßen.

»Das sind zu viele Schachteln«, sagte sie verhalten.

»Madame René hat mir versichert, dass Frauen nie zu viele Kleider haben.«

Lag etwa ein Lächeln in Gabriels Ton? Rasch blickte Victoria auf. Sie hatte schon gesehen, wie sein Mund sich zynisch verzog, aber sie hatte ihn noch nie lächeln sehen. Auch jetzt lächelte er nicht. Aber in seinen Augen lag ein Lächeln.

Wunderschöne silberne Augen …

»Ich werde Ihnen das Geld zurückgeben«, erklärte sie hastig.

Seine Stimme war eine zarte Liebkosung. »Vielleicht ist es mir genug, Ihre Freude zu sehen, Mademoiselle.«

Ihr Magen schlug Purzelbäume. »Flirten Sie mit mir, Sir?«

»Nein, Mademoiselle.« Das Lächeln in seinen Augen verschwand. »Ich flirte nicht.«

»Aber Sie verstehen sich aufs Flirten?«, fragte sie atemlos.

»Ja.«

Aufs Flirten. Aufs Küssen. Auf das Bereiten von Lust.

Aber er verstand es nicht, selbst Lust zu empfinden.

»Was soll ich zuerst aufmachen?«, fragte sie. Und wusste, dass sie klang wie ein Kind an Weihnachten.

Vage Erinnerungen wurden wach. An eine liebevolle Stimme, an warmes Lachen ... Klänge, die einem elfjährigen Mädchen vertraut waren, einer vierunddreißigjährigen Frau nicht. Die Erinnerungen verschwanden so schnell, wie sie gekommen waren.

Gabriel deutete auf das Sofa. »Welche Sie wollen, Mademoiselle.«

Zögernd setzte Victoria sich; Leder knarrte, Seide raschelte. Behutsam nahm sie eine mit Rosenblüten bedruckte Schachtel. Sie war erstaunlich schwer. Neugierig hob sie den Deckel ab. Die Schachtel war voller Handschuhe – Wollhandschuhe, Lederhandschuhe, weiße Seidenhandschuhe, lange seidene Abendhandschuhe. Alle waren rot befleckt. Jemand hatte Tinte darüber vergossen.

Victoria runzelte die Stirn.

In zwei schwarze Lederhandschuhe waren die Hände einer Schaufensterpuppe gestopft, als habe man sie aus einem Schaukasten genommen. Langsam ging Victoria auf, dass die Hände in den schwarzen Lederhandschuhen nicht aus Holz waren: Sie waren aus Fleisch und Blut. Es waren die Hände eines Menschen. Und die roten Tintenflecken auf den Handschuhen waren Menschenblut.

Kapitel 13

»Mein Gott«, hallte es in Victorias Ohren.

Es war eine Frauenstimme, aber sie klang nicht wie Victorias Stimme. Sie kam von weit, weit her. Zu weit, um von Victoria zu stammen.

Eben noch lag die Schachtel auf ihrem Schoß, im nächsten Augenblick war sie fort. Benommen hielt Victoria den Deckel in Händen und schaute auf. Gabriels Gesicht war Schwindel erregend nah. Er hat feine Poren, dachte sie. Seine Haut war glatt wie bei einem Säugling.

Silberne Augen fingen ihren Blick ein.

Eine seidige Männerstimme schoss durch ihre Erinnerung ... *Wenn sie noch nicht tot ist, wird sie es bald sein.*

»Es ist die Prostituierte ...« Victoria konnte sich nicht dazu durchringen, die abgetrennten Körperteile zu benennen. »Sie ist es.«

»Wahrscheinlich.«

Gabriel richtete sich auf, sein Gesicht wich zurück. Er hielt die Schachtel in seinen langen, weißen Fingern.

Victoria ließ den Deckel fallen. »Es ist nicht Madame ...«

»Nein, es ist nicht Madame René.« In Gabriels Augen lag keinerlei Regung – weder Freude noch Entsetzen. »Ihre Hände sind schmaler.«

Noch nie war Victoria in Ohnmacht gefallen. Sie hatte auch noch nie in Ohnmacht fallen wollen. Jetzt wollte sie es.

Schlagartig fiel Victoria ein, dass es noch einen anderen Menschen gegeben hatte, der über ihre Leibwäsche Bescheid wusste.

»Dolly wusste, dass ich Seidenunterhosen trage«, flüsterte sie.

Und nun war Dolly tot. Wie Gabriel vorausgesagt hatte. Victoria schluckte schwer. Der Raum schwankte.

»Legen Sie den Kopf zwischen Ihre Beine«, sagte eine scharfe Stimme.

Victoria musterte die anderen Schachteln – die drei Kleiderkartons waren lang genug für einen Torso. Die drei runden Hutschachtel waren hoch genug für einen Kopf ...

Eier, Schinken und Croissant stiegen ihr in die Kehle. Sie sprang auf, verhaspelte sich mit den Füßen. Der Seidenknoten zwischen ihren Brüsten löste sich, die Decke rutschte an ihrem Körper herunter. Victoria lief ins Bad.

Gabriel hatte vom Tod gesprochen, aber er war ihr nicht wirklich erschienen; jetzt war er allzu real.

Victoria fragte sich, ob Madame René über ihren schwachen Magen enttäuscht wäre. Dann fragte sie sich gar nichts mehr. Sie sank vor der Porzellantoilette auf die Knie. Und erinnerte sich an weitere Gesprächsfetzen zwischen ihr und Gabriel.

Haben Sie vor mich zu töten, um mir diesen … Tod zu ersparen? Letzten Endes wären Sie mir dankbar.

Vielleicht.

Gabriel öffnete eine Hutschachtel. Ein blutrot befleckter Hut saß auf einem Frauenkopf. Der Tod hatte Dollys Schmerz und Entsetzen ausgelöscht. Gabriel öffnete die zweite Hutschachtel. Ein eleganter Windsor-Hut mit kurzem schwarzem Schleier lag darin. Kein Tod. Gabriel öffnete die dritte Hutschachtel. Das Hütchen mit der frivolen Feder saß auf einem Männerkopf, dessen graues Haar rot verschmiert war. Gerald Fitzjohns Gesicht war schlaff.

Gabriel sah Victorias Freude. Er sah Victorias Entsetzen.

Für einen kurzen Augenblick hatte er ihre Freude geteilt. Ihr Entsetzen teilte er nicht: Gabriel hatte zu lange auf der Straße gelebt, um vor dem Anblick des Todes zurückzuschrecken. Dollys und Fitzjohns Tod war beschlossene Sache gewesen. Nun waren sie gestorben.

Der Preis der Sünde: Erpressung. Tod.

Haben Sie gesündigt, Mademoiselle?

Noch nicht.

Gabriel schloss die Deckel der drei Schachteln. Dann ging er um den Schreibtisch herum und drückte auf eine Klingel unter der schwarzen Marmorplatte. Mit einigen langen Schritten war er an der Satinholztür und riss sie auf.

Ein Mann mit mahagonifarbenem Haar ging in Hab-Acht-Stellung. »Monsieur Gabriel, Sir!«

»Räum die Schachteln auf dem Sofa fort, Evan«, befahl Gabriel ruhig, obwohl in ihm Zorn aufstieg.

Er hätte Victoria die Realität des Todes ersparen wollen. Der zweite Mann wollte offensichtlich nicht, dass sie verschont blieb.

Grüne Augen hielten seinem silbernen Blick stoisch stand.

»Ja, Sir«, sagte Evan.

Gabriel fragte sich, ob Evan Mitleid mit Victorias Lage hatte. Er fragte sich, ob er versuchen würde, sie freizulassen. Gabriel trat beiseite, damit Evan hereinkommen konnte. Evan bückte sich, um eine Schachtel aufzuheben.

»Evan.« Evan hielt inne. »In einigen Schachteln sind menschliche Überreste.«

Vielleicht waren in allen Schachteln menschliche Überreste, obwohl Gabriel es bezweifelte. Das Gewicht der Schachteln hätte Misstrauen erregt, als man sie nach oben brachte.

Evan erstarrte erschrocken, ein Beweis, dass nicht alle Männer, die auf der Straße gelebt hatten, den Schrecken vor dem Tod verloren hatten.

»Werft die Leichenteile in die Themse«, befahl Gabriel ausdruckslos. »Verbrennt die Kleider und die Kartons.«

Viele Menschen verschwanden in der Themse. Gabriel wollte in seinem Ofen keine Knochenreste haben. Evan stellte keine Fragen. Er hob eine schwere Hutschachtel an.

»Evan.«

»Ja, Sir?« Evans Stimme war gedämpft.

Er hatte tatsächlich Mitleid gehabt.

»Gaston hat euch ermahnt, Mademoiselle Childers gut zu bewachen, nicht wahr?«

Evan drehte sich nicht um. »Ja, Sir.«

»Sag Julien und Allen, was in der Hutschachtel ist, die du in der Hand hast«, befahl Gabriel kühl. »Sag Julien und Allen, dass es ebenso gut Mademoiselle Childers' Kopf hätte sein können, wenn wir sie nicht beschützt hätten.«

Gaston kam, als Evan gerade die ersten Schachteln aus dem Zimmer trug.

»Was ist, Monsieur?«, fragte er verblüfft. »Gefielen Mademoiselle die Kleider nicht?«

Gabriel reichte ihm die Handschuhschachtel. Gastons olivbraunes Gesicht wurde aschfahl.

»Wann sind die Kleider gekommen, Gaston?«, fragte Gabriel ruhig.

»Sie kamen unmittelbar vor Ihnen, Monsieur.«

»Wer hat sie geliefert?«

»*Je ne sais pas*. Ein Mann. Nur …« Entsetzen runzelte flüchtig sein Gesicht. »Die Schachteln waren von Madame René. Ich wusste es nicht, Monsieur.«

Gabriel glaubte ihm. Er konnte Gaston ermahnen, weitere Schachteln zu kontrollieren, die ins Haus geliefert wurden. Aber das war nicht notwendig. Der zweite Mann würde nicht zwei Mal die gleiche List anwenden. Er hätte Gaston gern gesagt, worauf er in Zukunft achten sollte. Aber Gabriel wusste nicht, was der zweite Mann als Nächstes tun würde. Er wusste nicht, wen er als Nächstes töten würde: einen Mann oder eine Frau. Einen Freund oder einen Feind.

»Gib das Evan«, sagte er stattdessen. »Und lass Julien an Evans Stelle die Tür bewachen.«

»*Très bien*, Monsieur.« Gaston wandte sich ab.

»Und Gaston.« Gaston blieb stehen. Gabriel schaute auf die Seidendecke, die noch auf dem Teppich lag, wo sie von Victorias Körper gerutscht war. »Nehmen Sie die Seidendecke mit.«

Schweigend ging Gabriel durch sein Arbeitszimmer, ins Schlafzimmer und blieb vor dem massiven Kleiderschrank stehen. Er öffnete die Tür und kramte in Gehröcken, Hosen … Schließlich holte er einen königsblauen seidenen Morgenmantel heraus. Er fühlte sich an wie Frauenhaar.

Victoria saß mit kerzengeradem Rücken und bleichem Gesicht auf den kalten Fliesen vor der Toilette. Ihr Haar fiel über ihre rechte Schulter. Sie hatte dunkel brünettes Haar, auf dem rote und kupferne Glanzlichter schimmerten. Schönes Haar.

»Sie hieß Dolly«, sagte Victoria matt.

Gabriels Hand ballte sich um den Seidenmantel zur Faust. Er

konnte nichts tun, um sie zu trösten. Aber er hätte es gern getan. In seinem Inneren staute sich die Wut weiter an. Der zweite Mann hatte alles geplant. Und er konnte nichts tun, um dem Spiel ein Ende zu setzen. Aber er wollte es.

»Vor drei Monaten versuchte ein Mann mich zu vergewaltigen«, erzählte Victoria in schreckstarrem Ton. »Es regnete. Dolly half mir. Alle anderen gingen einfach vorbei mit gesenkten Regenschirmen, um nicht zu sehen, was passierte.«

Gabriels Anspannung wuchs; plötzlich pochte es in seiner linken Schläfe. Er wusste, wer Victoria nahe getreten war – er wusste alles über ihn bis auf seinen Namen und wie weit er gehen würde, um den letzten Willen eines Toten zu erfüllen.

»Wie sah der Mann aus?«, fragte er mit täuschend ruhiger Stimme.

Victoria ließ sich nicht täuschen. Erkenntnis zeichnete sich in ihren abgespannten Zügen ab.

»Der Mann, den Sie suchen«, sie schluckte sichtlich, »hat Dolly dafür bezahlt, mich an jenem Abend zu retten.«

Und dann hatte er Dolly getötet. Ebenso wie er Victoria töten würde. Sie las die Wahrheit aus Gabriels Augen.

»Am nächsten Morgen fand ich den ersten Brief unter meiner Tür«, sagte Victoria erschüttert.

Gabriel wartete, bis sie sich das Puzzle zusammengereimt hatte. Begreifen leuchtete in ihren schreckmatten Augen auf; der Funke verlöschte und ließ das Begreifen zurück.

»Es tut mir Leid«, sagte sie mit einer Ruhe, die nur aus dem Miterleben eines gewaltsamen Todes erwächst. In ihren Augen war kein Hunger, kein Verlangen nach der Berührung eines Engels. »Er schnappte mich von hinten. Sein Gesicht habe ich nie gesehen. Aber das spielt keine Rolle, nicht wahr? Er wird mich töten. Deshalb gab er Dolly die Tabletten für mich, nicht wahr? Er wird jeden töten, der mit ihm in Berührung kommt. Nicht wahr?«

Gabriel wollte nicht lügen. »Ja.«

»Sie haben heute mit Mr. Thornton gesprochen.«

»Ja.«

Gabriels Muskeln spannten sich noch stärker an; er wusste, in welche Richtung ihre Gedanken liefen, wusste, dass sie nur eine Schlussfolgerung ziehen konnte.

»Mr. Thornton lebte noch.«

Victoria sprach Gabriels Befürchtungen aus.

»Aber wenn er und seine Frau mit diesem Mann, den Sie suchen, im Bunde stünden, wären sie tot, nicht wahr?«

Aber wenn sie nicht mit dem zweiten Mann im Bunde standen, wurde Victoria von zwei Männern verfolgt, sagten ihre Augen. Der zweite Mann wollte sie töten. Was wollte der andere Mann?

»Angst«, raunte Victoria.

Gabriel lauschte angespannt, um sie zu verstehen, um sie zu trösten. »Was?«

»Sie sagten, er habe mich meiner Augen wegen zu Ihnen geschickt.« Hungrige Augen.

Ein Stich fuhr Gabriel in die Gedärme. »Ja.«

»Nein.« Victoria starrte auf die Porzellanschüssel; Gabriel starrte auf ihren gesenkten Kopf. »Er hat mich nicht wegen meiner Augen ausgesucht.«

Gabriel rang um Distanz.

Sie kennen mich nicht, hatte Victoria ihm vorgeworfen.

»Und was glauben Sie, weshalb er Sie ausgesucht hat?«, fragte Gabriel gepresst.

Victoria hob den Kopf und schaute ihm in die Augen. »Er hat mich ausgesucht, weil ich Angst hatte. Und weil Sie Angst hatten.«

Sie hatten immer noch Angst. Unter der Angst und dem Entsetzen in Victorias Augen schimmerte Erkenntnis. »Sie haben gesagt, Angst ist ein starkes Aphrodisiakum.«

Die Feder in Gabriels Innerem spannte sich noch stärker.

Sinnenlust. Mord.

Angst war tatsächlich ein Aphrodisiakum. Männer und Frauen besaßen durch körperliche Liebe die Macht, neues Leben zu schaffen. Ein endgültiger Sieg über den Tod.

»Mir ist kalt«, sagte Victoria unvermittelt. Ihre Brüste bebten. Sie zitterte.

Thornton hatte vor Angst gezittert; Gabriel hatte nur Verachtung für ihn empfunden. Victoria zitterte vor Angst; Gabriel hätte am liebsten geweint über den Schmerz, den er ihr brachte. Er weinte nicht. Engel weinten nicht.

Ihre Unterlippe bebte. »Ich glaube nicht, dass mir je wieder warm wird.«

Gabriel besaß die Macht, sie zu wärmen. Mit zitternden Knien kam er ins Badezimmer. Kupfer glänzte; der Spiegel schimmerte. Die Wände schlossen ihn ein. Victoria sah zu ihm auf. Erwartete keine Wärme. Keinen Trost. Gabriel trat hinter sie, unfähig, ihr in die Augen zu sehen.

Victoria machte ihm keinen Vorwurf, dass er eine Hure war. Dass er sie in Gefahr gebracht hatte. Dass er ihr keinen körperlichen Trost bot.

Gabriel wünschte, sie würde ihm Vorwürfe machen. Mit weit gespreizten Knien hockte er sich hinter sie; ihr Haar schimmerte wie ein dunkler Wasserfall. Langsam, behutsam legte er ihr den seidenen Morgenmantel um die Schultern. Spürte ihre Wärme und Zerbrechlichkeit; atmete ihre Weiblichkeit und Verletzlichkeit ein. Fast berührte er sie, wagte es aber nicht.

»Ich lass nicht zu, dass er dir wehtut«, murmelte er.

Beide wussten, dass er log. Gabriel konnte den zweiten Mann nicht aufhalten. Er konnte lediglich versuchen, den zweiten Mann zu finden, bevor dieser einen Weg zu Victoria fand.

Kapitel 14

Gelber Nebel umschlang London wie die Arme eines Besitz ergreifenden Liebhabers. Vorsichtig bahnte eine Mietdroschke sich einen Weg durch den vom Rauch der Kohlenfeuer geschwängerten Dunst, der ein Preis menschlichen Lebens war.

Sie wären tot, nicht wahr?, klapperten die Pferdehufe. *Sie wären tot, nicht wahr?*

Sie wären sicher tot, wenn sie mit dem zweiten Mann im Bunde stünden. Aber die Thorntons waren nicht tot. Und Gabriel wusste nicht, warum.

Mattes Licht schien durch die schwefelige Nacht wie warnendes Leuchtfeuer. Gabriel hatte Victorias Beschreibung zum Inneren des Thornton-Hauses nicht gebraucht; Peter Thornton hatte es ihm ausführlich beschrieben. Gabriel hatte allerdings wissen müssen, ob er Victoria vertrauen konnte.

Ihr konnte er trauen, sich selbst nicht.

Er lehnte sich gegen das Metalltor des Parks und beobachtete die Fenster des Stadthauses, die heller schimmerten als der Nebel. Und er dachte an Victoria.

Sie hatte als Dienstbote bei den Thorntons gelebt. Sie hatte sich als Gouvernante um deren Kinder gekümmert.

Im Erdgeschoss verlosch das Licht hinter einem Fenster, das vom gelben Nebel geschluckt wurde. Ein weiteres fehlendes Stück.

Angst.

Er hat mich nicht wegen meiner Augen ausgesucht … Er hat mich ausgesucht, weil ich Angst hatte. Und weil Sie Angst hatten. Angst ist ein starkes Aphrodisiakum.

Plötzlich leuchtete im Obergeschoss ein Fenster im Nebel auf, eine Erleuchtung.

Victoria wollte die Berührung eines Mannes nicht begehren. Aber sie tat es.

Gabriel wollte die Berührung einer Frau nicht begehren. Aber er tat es.

Seine Begierde rechtfertigte Victorias Tod, nicht ihre.

Das goldene Auge des Lichts über der Haustür verlosch, erstarb. Reglos beobachtete Gabriel das Fenster im Obergeschoss. Die Zeit kroch über seinen Bauch. Ob Victoria schlief, fragte sich Gabriel. War ihr warm?

Begehrte sie immer noch die Berührung eines Engels?

Warum lebten die Thorntons noch?

Hinter dem Fenster im Obergeschoss wurde es dunkel, es verschwand in Nacht und Nebel. Im Thornton-Haus war auch der

Letzte schlafen gegangen. Gabriel wartete, bis Big Ben zwölf Mal schlug. Leise überquerte er die Straße zum Thornton-Haus. Lautlos öffnete sich die Haustür. Thornton hatte seinen Teil ihrer Abmachung eingehalten.

Letzten Endes hatte nicht Gewalt Peter Thornton bewogen, Gabriel zu helfen, sondern die Angst vor einem Skandal. Er hatte gedroht, die Erkenntnisse über die Gouvernanten an die *London Times* weiterzugeben.

Gabriel wartete, bis seine Augen sich an die Dunkelheit im Stadthaus gewöhnt hatten. Möbel lauerten wie schweigende Wachen: ein Tisch, ein Stuhl … rechts eine Tür, links eine … da war die Treppe … Eine Stufe knarrte. Dunkelheit gähnte vor ihm. Gabriel erstarrte mit angehaltenem Atem, die linke Hand fest am Knauf seines Gehstocks.

Er wollte nicht töten, aber er würde es tun.

Er wollte Victoria nicht nehmen, aber er wusste, dass er auch das tun würde.

Nichts regte sich. Vorsichtiger stahl Gabriel sich die restlichen Stufen hinauf. Er wandte sich nach links in weitere Dunkelheit. Ein wollener Läufer dämpfte seine Schritte.

Er spürte Thornton in seinem Schlafzimmer am Ende des Flures; gespannt fragte der Mann sich, wann Gabriel ins Zimmer kommen würde. Ihm war nicht klar, dass Gabriel nur dreißig Fuß entfernt war. Von Mary Thornton spürte Gabriel nichts – keine Angst, keine Herausforderung. Kein Bewusstsein.

Leise öffnete er eine von der Nacht geschwärzte Holztür. Das Zimmer roch nach dem Rauch von Kohlenfeuer und dem teuren Parfüm einer Frau. Rote Glut glimmte in einem weißen Marmorkamin; weißblaue Flammen tanzten über ascheweißen Kohlen. Thorntons Frau schlief ungestört in einem Himmelbett. Eine Messinglampe schimmerte auf dem Nachttisch; daneben funkelte Flüssigkeit in einer Kristallkaraffe. Eine kleine Flasche, mehr Schatten als Substanz, stand neben einem leeren Wasserglas.

Gabriel fluchte verhalten. Der Schlaf der Frau rührte von Laudanum her. Hatte Thornton sie gewarnt? Gabriel erinnerte sich an den eifrigen Verrat des Mannes und den Ammoniakgeruch seines Urins. Peter Thornton lag mehr an seinem Ruf als an seiner Familie. Er hatte seine Frau sicher nicht gewarnt.

Behutsam schloss er die Tür hinter sich; ein leises Klicken übertönte das hungrige Fauchen brennender Kohlen. Mary Thornton schlief in einem Negligé aus Seide und Spitze. Vom Schatten dunkles, blondes Haar breitete sich auf einem gestärkten weißen Kissen aus. Die Dunkelheit verbarg nicht, dass Mary Thornton eine attraktive Frau war. Gabriel war unempfänglich für ihre Reize.

Langsam zog er die Bettdecke über ihre Schultern und steckte sie heimlich unter die Matratze. Er tastete sich seitlich am Bettgestell entlang, am Fußende vorbei. Lautlos schlich er um das Bett, zog die Decke bis zum Kissen hinauf und steckte sie von Kopf bis Fuß unter die Matratze.

Er zog sich die Wollmütze vom Kopf und schob sie in seine Manteltasche. Dann drehte er den Silberknauf seines Gehstocks und zog den Degen heraus. Messerscharfer Stahl funkelte im Licht des Kaminfeuers. Gabriel kniete sich in Kopfhöhe von Thorntons Frau neben das Bett und legte die Degenscheide auf den Boden, um die rechte Hand frei zu haben.

»Mary«, flüsterte er verführerisch. »Mary, wach auf.«

Erdbeerrote Glanzlichter schimmerten in ihrem blonden Haar. Sie reagierte nicht. Es brauchte mehr als nur ein Flüstern, um sie zu wecken.

Gabriel hob die rechte Hand an seinen Mund; seine Zähne gruben sich in den Lederhandschuh. Er zog seine Hand heraus und steckte den Handschuh in die Tasche. Er stand auf, nahm die Kristallkaraffe vom Nachttisch und goss Wasser in das leere Glas. Dann setzte er sich aufs Bett, sicherte mit den Schenkeln die Bettdecke, die ihre Schultern unten hielt, tauchte die Finger in das Glas und träufelte ihr langsam Wasser aufs Gesicht.

»Mary«, schmeichelte er. »Wachen Sie auf, Mary.«

Sie wandte das Gesicht ab, um dem tropfenden Wasser zu entkommen. »Hmmm ….«

Noch einmal tauchte Gabriel die Finger in das Glas.

»Mary, wachen Sie auf.« Ein silberner Wassertropfen fiel auf ihre Wange; instinktiv wandte sie sich ihm wieder zu. Behutsam hielt er die Klinge an ihre Kehle und ließ weiter Wasser auf ihr Gesicht tropfen. »Wachen Sie auf, Mary …«

Zierliche Lider flatterten. Mary starrte ihn verständnislos an. Gabriel wusste, was sie sah: Einen Engel mit einem Heiligenschein aus silbernem Haar. Sie sah einen Mörder.

Er drückte den Rand der Klinge herunter, damit sie den kalten Stahl fühlen konnte. Ihre Augen waren weit geöffnet. Erkenntnis funkelte darin. Ihr Körper war unter der Bettdecke gefangen; sie konnte sich nicht rühren. Sie öffnete den Mund zu einem Schrei. Gabriel schnappte das Kissen neben ihr. Er konnte ihre Schreie ersticken. Oder er konnte sie ersticken. Und sie konnte nichts dagegen tun.

Mary wusste es. Gabriel wusste es.

»Ich weiß, was Sie getan haben, Mary«, flüsterte er leise. »Halten Sie es für klug zu schreien?«

Lange starrte sie ihn mit offenem Mund an. Ihre Kinnlade klappte hörbar zu. »Wer sind Sie?«, fuhr sie ihn an.

In ihren Augen lag kein Erkennen. Kein Wissen um den unberührbaren Engel.

»Ich bin ein Mann, der Ihnen die Kehle aufschlitzen und Sie sterben lassen kann.« Er ließ die Wahrheit seiner Worte in ihr Bewusstsein dringen. »Oder ich kann Sie leben lassen.«

Wut. Angst. Gabriel wartete, welches Gefühl sich bei Mary Thornton als stärker erweisen würde.

»Wie sind Sie hereingekommen?«, flüsterte sie wütend.

»Ihr Mann hat mich hereingelassen.« Es bestand keine Notwendigkeit zu lügen. »So war es einfacher.«

Mary Thornton schien nicht überrascht über den Verrat ihres Mannes. »Was wollen Sie?«

»Ich will Ihr Blut«, raunte Gabriel provozierend. Er ritzte ihren weißen Hals; flüssige schwarze Schatten perlten im Licht des Kaminfeuers. »Aber ich begnüge mich mit Informationen. Für wen kuppeln Sie, Mary?«

Mary rührte sich nicht. Allein schon ihre Reglosigkeit schrie ihre Schuld hinaus.

»Wenn Sie mir wehtun, geht mein Mann zur Polizei.«

»Dann bringe ich ihn auch um«, sagte Gabriel spielerisch. In ihm wuchsen Angst und Wut.

Mary Thornton lebte. Aber sie dürfte nicht mehr leben.

»Ich kuppele für niemanden«, behauptete Mary.

Im Gegensatz zu Peter Thornton würde sie nicht betteln. Im Gegensatz zu Victoria Childers nötigte ihr vorgespielter Mut Gabriel keine Bewunderung ab. Mary Thornton war eine Edelhure, die die Schwächen weniger glücklicher Frauen ausspionierte. Sie hatte Victoria Childers ausspioniert.

»Sagen Sie mir, wer die Briefe geschrieben hat, Mary.«

»Ich weiß es nicht.« Mary Thornton krümmte sich krampfhaft, um sich aus der einengenden Bettdecke zu befreien; es gelang ihr nicht. »Lassen Sie mich sofort heraus!«

»Ich weiß, dass Sie lügen, Mary.« Gabriels Augen waren kalt, tödlich: Seine Stimme war täuschend verführerisch. »Sagen Sie mir, wer die Briefe geschrieben hat, dann lasse ich Sie heraus. War es ein Liebhaber?«

Mary erstarrte. »Ich habe keinen Liebhaber.«

»Mein Beileid«, sagte Gabriel mitfühlend.

Mary ließ sich weder von seinem verführerischen Ton noch von seinem Mitleid täuschen. »Warum sind Sie hier?«

»Sie waren unvorsichtig, Madame. Sie hätten nicht so viele Gouvernanten über die Stellenvermittlung West einstellen sollen.«

Der nachhaltige Schreck, mit einem Messer an der Kehle aufzuwachen, schlug in echte Angst um.

»Ich weiß nicht, wovon Sie reden«, log Mary.

Frauen wie Mary Thornton spielten mit dem Tod, aber es gab für Frauen wie Mary Thornton Schlimmeres als den Tod.

»Stellen Sie sich vor, es gäbe eine Ermittlung«, sagte Gabriel leichthin. »So viele Gouvernanten für so wenige Kinder. Was würde die Ermittlung zutage fördern, frage ich mich. Kuppelei, Prostitution. Mord …«

»Wir haben nicht gemordet …«

Mary merkte ihren Fehler, sobald die Worte über ihre Lippen kamen.

Gabriel grinste. Freudlos.

Hatte Victoria gemerkt, wie viel Freude ihm ihre unverhohlene Begeisterung über die neuen Kleider gemacht hatte?

»Wer ist wir, Mary?«, fragte Gabriel zärtlich. »Ein Liebhaber?«

»Wir haben niemandem etwas getan«, erklärte Mary Thornton wütend.

»Ich bin sicher, andere würden das anders sehen. Zum Beispiel Victoria Childers. Sie hat das Gefühl, dass man ihr etwas getan hat …«

»Wir haben ihr nichts getan«, wiederholte die Frau hartnäckig.

Aber sie hätte ihr etwas getan.

»Für wen kuppeln Sie, Mary?« *Für den Mann, der die Briefe geschrieben hat? Für den zweiten Mann?* »Ich denke, Ihren Namen in der *Times* zu lesen, würde Ihnen mehr ausmachen, als wenn ich Ihnen die Kehle durchschneide. Soll ich zur Zeitung gehen?«

Marys Ruin blitzte vor ihren Augen auf. Die Gesellschaft würde sie meiden. Freunde würden ihr die kalte Schulter zeigen. Banken konnten Kredite kündigen. Geschäftspartner konnten Schuldscheine einfordern.

»Wird Ihr Liebhaber Ihnen helfen, Mary?«, schmeichelte Gabriel.

Letzten Endes bliebe ihrem Mann nichts anderes übrig, als sich von ihr scheiden zu lassen.

»Wird Ihr Mann Sie behalten?«

Nein und nein, sagten ihre Augen. Sie würde ihren Liebhaber verlieren. Sie würde ihren guten Ruf verlieren. Mary Thornton würde alles verlieren, was das Leben für eine Frau wie sie lebenswert machte.

»Was ist mehr wert, Mary?« Er rieb das Seidenkissen an ihrer Wange. »Das oder dein Liebhaber?«

Die Antwort in ihren Augen überraschte ihn nicht. Gabriel hatte mit Frauen wie Mary geschlafen. Sie waren nur sich selbst treu.

Mit einer Frau wie Victoria hatte er noch nie geschlafen. Sie hatte eine Prostituierte beschützt, die sie hatte umbringen wollen, einen Vater der sie seelisch misshandelt hatte, und einen Bruder, der sie im Stich gelassen hatte.

Die Niederlage tanzte in Mary Thorntons Augen wie Flammen über brennender Kohle.

»Sein Name ist Mitchell«, sagte sie bitter. »Mitchell Delaney.«

Gabriel hatte noch nie von dem Mann gehört. Aber er kannte diese Sorte. Manche Männer waren auf Angst aus. Manche Männer waren auf Unschuld aus. Manche Männer jagten um zu töten. Manche Männer jagten um zu vögeln. Männer wie der zweite Mann waren auf Angst und auf Unschuld aus; sie jagten um zu töten und zu vögeln. War das auch bei Mitchell Delaney der Fall?

Ein Bild von Victoria schoss ihm durch den Kopf. Sie war allein. Sie hatte Angst. Victoria war keine untätige Frau. Sie würde Zerstreuung suchen.

Mary Thorntons teures Parfüm hüllte ihn ein. Plötzlich wusste Gabriel, wo Victoria Zerstreuung suchen würde. Und er wusste, dass sie sie finden würde. Sie würde die transparenten Spiegel finden.

Fleischeslust. Mord. Der zweite Akt begann.

Angst ließ Gabriels Herz schneller schlagen. Es war nicht Angst, die seinen Körper verhärtete. Er starrte auf Mary Thornton und den Stahl herab, der ihre Kehle streichelte. Sie sah die Wut. Sie sah die Begierde.

Ihre Augen weiteten sich zu zwei schreckweißen Seen.

Victoria starrte an die Decke. Blutrote Flecken schoben sich vor die weiße Farbe. Sie schloss die Augen. Blutrote Flecken erschienen in der Dunkelheit hinter ihren Lidern. Begleitet von Gesprächsfetzen.

Sie werden den Mann nicht sehen, der eine Waffe auf Sie richtet … Vielleicht werden Sie den Lichtblitz sehen, wenn er abdrückt, vielleicht nicht. Eines steht fest – den Schuss hören Sie nicht: Dann sind Sie schon tot.

Victoria riss die Augen auf. Sie wollte nicht sterben. Gabriels Duft umwehte sie. Er kam aus seinen Laken, seinem Morgenmantel.

Ich will kein Opfer sein.

Das sind Sie schon.

Ein Bild von der Seidenserviette mit schwungvoller schwarzer Schrift blitzte vor ihren Augen auf.

… Ich bringe Ihnen eine Frau.

Eine Hauptdarstellerin für einen Mann, der Männer, Frauen, Liebe, Lust gemieden hatte.

Ich habe in Englisch lesen gelernt. Ich hoffe, eines Tages genauso fließend Französisch zu lesen.

Michael hatte Gabriel lesen gelehrt.

Les deux anges. Die beiden Engel.

Ich habe einen Mann geliebt, Mademoiselle. Hätte ich ihn nicht geliebt, wären Sie jetzt nicht hier.

War Michael ein Akteur in diesem ungeschriebenen Stück?

Zu lieben ist die Sünde, hatte Gabriel gesagt.

Er war durch die Liebe gekränkt worden, die er seinem Freund entgegengebracht hatte. Aber Lieben war keine Sünde.

Als ich zum Mann wurde, wollte ich die Leidenschaft einer Frau erleben. Ich wollte die Lust erleben, die ich bereitete. Nur ein einziges Mal.

Sie hatte Gabriels Körperwärme eingeatmet. Hatte seinen Atem geschmeckt.

Victoria wusste nicht, wie seine Haut sich anfühlte.

Sie wollte nicht sterben, ohne zu wissen, ob Gabriels Berührung es wert war, dafür zu sterben.

Angst war ein starkes Aphrodisiakum: Die Leere, die sie schuf, wollte gefüllt werden.

Durch Wissen.

Durch Handeln.

Durch Gabriel.

Laissez le jeu commencer.

Victoria schlug die Bettdecke zurück und glitt aus dem Bett. Eine Metalldose glänzte auf dem Nachttisch. Sie war mit Kondomen gefüllt. Flache Gummihäute, die über das steife Geschlecht eines Mannes gestreift wurden.

Die Verführung eines Engels …

Gabriels seidener Morgenmantel klebte an ihren Brüsten und ihren Pobacken. Er war bodenlang. Bei Gabriel reichte er sicher nur bis zu den Waden. Waren sie wie seine Brust mit dunklem Haar bedeckt, fragte sie sich, oder mit silberblondem Haar wie sein Kopf?

Kopf … Hüte.

Schnell ging Victoria in das … Arbeitszimmer, wie er es genannt hatte. Bibliothek würde jeder andere sagen.

Lächerliche Enttäuschung durchzuckte sie. Sie hatte doch von der pulsierenden Leere in ihrem Inneren gewusst, dass er nicht in seiner Suite war.

Victoria überflog die goldgeprägten Buchrücken – und sah keinen einzigen Titel oder Autor. Sie sah Blut. Sie sah Mary Thornton. Sie sah Gabriel.

Victoria fragte sich, was er wohl gerade machte – wartete er in der Nacht, brach er in das Stadthaus der Thorntons ein oder war er auf dem Heimweg. Victoria fragte sich, ob er erfahren würde, dass die Thorntons mit dem Mann, den er suchte, im Bunde standen, oder ob er erfahren würde, dass sie auf eigene Faust Frauenleben zerstörten.

Gabriel hatte gesagt, er fürchte keine Kugel. Er hatte auch gesagt, er wisse nicht, womit er rechnen müsse.

Victoria fragte sich, ob Gabriel noch lebte.

Victoria fragte sich, wie lange sie noch leben mochte.

Gabriel hatte sein früheres Haus Gabriel niedergebrannt. Warum? So viele Warums …

Energisch durchstreifte sie Gabriels Arbeitszimmer, entfernte sich von dem Ledersofa. Der einsame Bootsmann, der über glitzernd blaues Wasser in den strahlenden Sonnenuntergang ruderte, beobachtete sie aus der Sicherheit seines Gemäldes. Ein Wandschrank erwies sich als Tür ähnlich jener, die ins Schlafzimmer führte. Victoria öffnete sie.

Der kastanienbraune Plüschteppich in Gabriels Arbeitszimmer wich einem flachen, dunklen Wollteppich. Gedämpftes elektrisches Licht erhellte einen Flur. Freiheit.

Victoria betrat den schmalen Korridor. Schleifend schlug die

Tür hinter ihr zu. Stöhnend wirbelte sie herum, Bilder der Handschuhschachtel vor Augen. Die Tür hinter ihr war nicht verschlossen.

Victorias Herzschlag beruhigte sich nicht. Im Korridor lauerte Gefahr. In Gabriels Suite lauerte Gefahr.

Victoria stellte sich dem Korridor und der Gefahr.

Der Gang war kurz, nur etwa vierzig Fuß lang. Am Ende spiegelte sich Licht. Es war heller als das gedämpfte Licht im Korridor. Sie erkannte, dass ein weiterer Flur den kurzen, schmalen Gang kreuzte. Ein Flur mit erhellten Fenstern. Ihr Herz überholte ihre Füße, als sie vorsichtig auf den erhellten Flur zuging.

Sie erreichte das Ende des Ganges. Ein langer Flur verlief diagonal zu dem kurzen Gang. In regelmäßigen Abständen fiel Licht auf die Außenwand. Das Licht kam nicht von Fenstern. Fenster lagen in Außenwänden; die erhellten Öffnungen lagen in einer Innenwand.

Es gab keinen Grund für die Woge der Angst, die über Victoria zusammenbrach, oder für die unterschwellige Sehnsucht, die sie vorantrieb.

Ihren Herzschlag pochend im Ohr trat sie an das erste Fenster. Grelles Licht erhellte ein plüschrotes Schlafzimmer. Es war nicht leer.

Sie trat an das zweite Fenster; das Schlafzimmer auf der anderen Seite war satt grün statt rot. Es war ebenfalls nicht leer.

Das dritte Schlafzimmer war in Gold gehalten; das vierte in Blau …

Victoria sah Männer; Victoria sah Frauen.

Victoria sah die Welt, die Michael und Gabriel beherrscht hatten. Eine Welt, in der keine Berührung verboten und Lust der Lohn der Begierde war.

Victoria sah nacktes Verlangen in all seinen Erscheinungsformen …

Kapitel 15

Victoria spürte sofort, als Gabriel in den Korridor kam.

Sie waren zwei Spiegelbilder im Glas, eine dunkelhaarige Frau, der man beigebracht hatte, dass Berührungen moralisch verwerflich sind, und ein silberblonder Mann, der in den Wonnen des Fleisches geschwelgt hatte, ohne je ihre Schönheit zu erfahren.

Der Mann und die Frau auf der anderen Seite des Glases erlebten sowohl die Wonne als auch die Schönheit. Sie berührten sich, weibliche Hände glitten über hartes männliches Fleisch; männliche Hände glitten über weiches weibliches Fleisch. Sie küssten sich, Lippen streiften sich, hingen aneinander, verschlangen sich. Sie umarmten sich, Brust an Brust, Bauch an Bauch, Schenkel an Schenkel.

Er war jung und gut aussehend; sie war weder jung noch schön.

Sie waren blind für ihren Altersunterschied und die Diskrepanz ihrer äußeren Reize. Leidenschaft machte sie zu Partnern; Verlangen machte sie zu Gleichgestellten.

»Können sie uns sehen?«, fragte Victoria leise.

»Nein.« Gabriels Stimme war merkwürdig angespannt. »Sie sehen einen Spiegel.«

Während Victoria und Gabriel ein Fenster sahen. Und hinter diesem Fenster den Mann und die Frau, die weder Gabriel noch Victoria zu sein wagten.

»Wie kommt es, dass wir sie sehen, sie aber einen Spiegel sehen?«

»Der Spiegel ist nur halb versilbert.« Gabriels Blick wich nicht von dem Mann und der Frau. »Starkes Licht wird vom Silber reflektiert wie in einem richtigen Spiegel, sodass eine Person ihr Spiegelbild sieht statt Glas, aber wenn sowohl hinter als auch vor dem Glas starkes Licht wäre, würde es transparent.«

Von solchen Spiegeln hatte Victoria noch nie gehört.

»Können sie uns hören?«, fragte sie leise.

»Nicht wenn wir leise sprechen.«

Der Mann und die Frau trennten sich. Sie sprach; er antwortete.

Victoria sah, wie ihre Lippen sich bewegten; aber sie konnte nicht hören, was sie sagten. Sie konnte sie nur beobachten. Und sich die Worte vorstellen, die sie raunten.

Worte, die die Leidenschaft einer Frau priesen.

Worte, die das Verlangen eines Mannes würdigten.

Worte, die Victoria nie gehört oder gesagt hatte, aber gern hören und sagen würde, bevor sie starb.

Der Mann ging zu einem Mahagoninachttisch – seine Männlichkeit ragte in die Luft, zwei ledrige Beutel baumelten darunter – und nahm einen weißen Tiegel.

Victoria hatte auf der Straße gesehen, wie Männer ihr Gemächt zur Schau stellten; aber noch nie hatte sie einen völlig nackten Mann gesehen. Pobacken wie gemeißelt, Muskeln genau abgezeichnet, Körper behaart.

Der Anblick war atemberaubend.

»Wissen Sie, dass der Spiegel kein … Spiegel ist?«, fragte Victoria.

Sie klang atemlos.

Sie war atemlos.

Die Briefe hatten von vielen Dingen gesprochen, die sie in dieser Nacht mit eigenen Augen gesehen hatte, doch sehen war viel fesselnder als lesen.

»Der Mann weiß es«, sagte Gabriel. Dass der Mann ein Prostituierter war, brauchte er nicht erst zu sagen.

»Aber die Frau nicht?«

»Vielleicht hat er es ihr gesagt.« Der Mann und die Frau auf der anderen Seite des Spiegels waren überlagert von Gabriels silbernen Augen. »Sie kam einmal im Monat in das alte Haus.«

Das Haus, das abgebrannt war.

Victoria wollte nicht an Feuer denken. Zerstörung. Tod.

»Mit demselben Mann?«, fragte Victoria mit trockenem Mund und geröteter Haut.

»Ja.«

»Sie haben sie schon früher zusammen gesehen.«

»Gelegentlich.«

Sie musterte sein Spiegelbild. »Sie beobachten Leute, wenn sie sich geschlechtlich vereinigen.«

»Im Haus Gabriel geht es um ein Gewerbe, Mademoiselle. In diesem Gewerbe sterben manchmal Männer und Frauen. Es ist meine Aufgabe sicherzustellen, dass in meinem Haus niemand stirbt.«

Gabriel war kein eitler Mensch. Dennoch hatte er seinem Haus seinen Namen gegeben …

»Warum haben Sie es Haus Gabriel genannt?«

»Damit der zweite Mann weiß, wo er mich findet.«

Victoria schluckte. »Gibt es einen ersten Mann?«

»Er ist tot.«

Durch Gabriels Hand. Victoria versuchte, dieses neue Puzzleteil in den Rahmen ihres Lebens einzupassen.

»Sie haben gesagt, dass Sie Leute erpressen.«

Nun wusste Victoria, wie er die Informationen bekam, mit denen er sie erpressen konnte.

»Ich gebe lediglich gewissen Leuten Empfehlungen, Mademoiselle«, erwiderte Gabriel neutral.

Und er stellt Leute wie uns ein, hatte Madame René gesagt.

Erpresste Gabriel seine Kunden, damit sie für alternde Prostituierte eine Arbeit fanden?

Eine Bewegung fesselte Victorias Aufmerksamkeit.

Die Frau setzte sich mit dem Rücken zum Spiegel auf das Bett; braunes Haar mit grauen Strähnen streifte das Seidenlaken. Es war spürbar, dass sie auf die Berührung des jüngeren Mannes brannte.

Victoria konnte sich in ihr Verlangen einfühlen. Flüchtig spürte sie, wie die Matratze nachgab, hörte das Quietschen der Federn. Spürte die kühle Liebkosung der Seide.

Unmöglich.

»Erregt es Sie, wenn Sie sie beobachten?«, fragte Victoria hastig.

Der seidene Morgenmantel liebkoste ihre Brustwarzen mit jedem Atemzug; er fühlte sich an wie Sandpapier. Ihre Haut fühlte sich an wie eine überreife Frucht kurz vor dem Bersten.

»Es ist Geschäft«, sagte Gabriel ausdruckslos.

Das Geschäft mit der Lust. Victoria war in dieses Gewerbe eingetreten, als sie ihre Jungfräulichkeit versteigert hatte.

Hätte sie den Mut gehabt, es zu tun, wenn sie damals gewusst hätte, was sie heute wusste, fragte sie sich. Hätte sie sich verkauft, wenn sie gewusst hätte, dass die geschlechtliche Vereinigung nicht nur den Körper, sondern auch die Seele berührte?

Der Mann schraubte den weißen Tiegel auf, stellte Deckel und Tiegel auf den Mahagoninachttisch.

Victoria bemühte sich, ruhig zu atmen. »Was ist in dem Tiegel?«

»Gleitcreme.«

Das Wort versetzte ihr einen Stich in der Scheide.

Victoria merkte, dass sie feucht war.

Und Gabriel wusste es.

War er steif?

»Stehen in allen Schlafzimmern Tiegel mit … Gleitcreme?«

»Ja.«

»Der Mann hat … sie berührt«, sagte Victoria aufgewühlt. »Die Frau braucht doch sicher keine Gleitcreme, um ihn … aufzunehmen.«

Die silbernen Augen im Spiegel fesselten Victorias Aufmerksamkeit. »Das hängt davon ab, wo er in sie eindringt. Und womit, Mademoiselle.«

Wo.

Womit.

Nach dem Wo brauchte sie nicht zu fragen. Aber …

»Was meinen Sie mit, *womit* er in sie eindringt?«, fragte sie vorsichtig. Beobachtete den Mann. Beobachtete die Frau.

»Jedes Zimmer ist mit einem Sortiment von …«, er zögerte, »… *godemichés* ausgestattet.«

Victoria war fasziniert von Gabriels Zögern und dem unbekannten französischen Wort.

»Was ist ein … *godemiché?*«

Die männlichen Augen im Spiegel funkelten. »Das ist ein künstlicher Phallus aus Leder.«

Unwillkürlich zog Victorias Scheide sich zusammen. Sie hatte vorhin gesehen, wie ein Mann einen Gegenstand, der wie ein Glied geformt war, in den Körper einer Frau einführte. Beiden hatte es offenbar Vergnügen bereitet.

»Das Sortiment, das Sie bereitstellen, … gibt es in verschiedenen Größen?«, fragte Victoria.

»Ja.«

Weniger als neun Zoll? Mehr als neun Zoll?

»Mit welchen anderen Dingen kann ein Mann in eine Frau eindringen?«

»Warten Sie ab und schauen Sie zu, Mademoiselle.«

Die ältere Frau legte sich zurück auf die Seidenlaken. Der jüngere Mann kniete sich zwischen ihre Beine. Victoria sah gebannt zu.

Er … küsste sie. Da. Zwischen den Schenkeln. Am empfindlichsten Fleisch einer Frau.

Victorias Schamlippen pochten.

»Er braucht doch sicher keine Gleitcreme, um sie zu küssen«, sagte sie mit einem scharfen Atemzug.

Im Laufe der Nacht hatte sie das immer wieder beobachtet; aber zuzusehen, wie ein Mann die intimsten Teile einer Frau küsste, war etwas völlig anderes, wenn Gabriel hinter ihr stand.

»Er bereitet sie vor«, sagte Gabriel gleichgültig.

Er war nicht unempfindlich für das, was er sah. Sein eindringlicher Blick brachte ihre Haut zum Glühen.

»Worauf bereitet er sie vor?«, fragte Victoria nach.

Die Frau zog die Beine an; ihre Fersen gruben sich in den Rand der Matratze. Sie griff nach dem Kopf des Mannes, um ihn dort zu halten.

Victoria ballte die Hände zu Fäusten.

Der jüngere Mann entzog sich der älteren Frau. Er tauchte die Finger der rechten Hand in den weißen Tiegel auf dem Nachttisch.

Gabriel war Linkshänder. Der Gedanke kam aus dem Nichts.

Der Mann schob die Hand mit der Gleitcreme zwischen die gespreizten Beine der Frau.

Victoria presste ihre Schenkel zusammen.

Die Frau warf ihren Kopf zurück, das Gesicht in Ekstase verzerrt. Vielleicht auch vor Qual verzerrt.

»Was macht er?«, hauchte Victoria.

»Er weitet sie.«

Victoria spürte bis zum Hals, wie er in die Frau eindrang.

Ihr Atem blieb ihr im Hals stecken. »Mit der ganzen Hand?«

»Er fängt mit ein oder zwei Fingern an.«

Victoria erinnerte sich an Gabriels Finger. Sie waren lang. Weiß.

Der junge Mann beugte sich vor und küsste die Frau zwischen den Schenkeln. Seine Hand nahm er nicht fort.

Victoria brauchte nicht zu sehen, was er tat, um es zu spüren.

Sie zitterte ... vor Verlangen. Vorher hatte sie vor Angst gezittert.

»Wie fühlt eine Frau sich an, wenn ein Mann seine Finger in ihr hat?« Selbst Victorias Stimme bebte.

»Wie heiße, nasse Seide.«

Die Wut in Gabriels Stimme überraschte sie. Seine Augen im Spiegel schauten Victorias Spiegelbild nicht an; sie starrten durch das Fenster. Schauten in seine Vergangenheit und sahen die Frauen, mit denen er zusammen gewesen war. Die Frauen, die ihn um Lust und dann um Erlösung angebettelt hatten.

Aber er hatte sie nicht angebettelt.

Gabriel hatte nur ein einziges Mal in seinem Leben um Erlösung gebettelt. Eine Vergewaltigung der Sinne.

Victoria sah die Lust, die Gabriel Frauen geschenkt hatte, in seinem verzerrten Mund. In den silbernen Augen sah sie Gabriels Schmerz.

Die Frau auf der anderen Seite des Spiegels warf ihren Kopf hin und her, Seide rutschte, Haar verwirrte sich. Ihre Brüste bebten wie bei einem Wettlauf. Einem Wettlauf zur Vollendung.

Gabriel lief mit ihr.

Der Mund der Frau öffnete sich – ob zu einem Atemzug oder zu einem Schrei, wusste Victoria nicht.

Gabriel war verloren – ob in Erinnerungen an Lust oder in Erinnerungen an Schmerz, wusste sie nicht.

»Was spüren Sie?«, fragte sie Gabriel. Voller Lust. Voller Schmerz. »Wie viele Finger haben sie in ihr? Einen oder zwei?«

»Fünf«, stieß Gabriel hervor.

Victoria konnte nicht atmen. *Fünf Finger* stießen tief in sie hinein.

»Ich möchte ihre Lust spüren«, sagte er heiser. »Ich möchte Teil ihrer Lust sein – nur ein einziges Mal nicht davon losgelöst sein. Ich möchte Teil einer Frau sein, der ich Lust schenke.«

Und nicht losgelöst von ihr.

Es sollte eigentlich nicht möglich sein, vor Schmerz zu zerbrechen und gleichzeitig vor Verlangen zu schwellen, aber es war so.

»Diese Frau. Hat sie …«, Victoria brachte mühsam ihre Stimme unter Gewalt, »hat sie Vergnügen daran, Ihre fünf Finger in sich zu haben?«

Ein Tropfen perlte auf Gabriels Stirn; er funkelte wie ein Diamant im dämmrigen Licht. »Der Schoß einer Frau ist dazu gemacht, sich zu weiten.«

Aber doch sicher nicht, um eine ganze Hand aufzunehmen?

Aber warum lechzte Victoria sonst danach, sie aufzunehmen?

»Wie sind Sie … mit fünf Fingern in sie eingedrungen?«

»Mit einem Finger nach dem anderen.« Der Schweißtropfen verschwand in Gabriels Augenbraue. »Ich habe ihren Körper drei Stunden lang vorbereitet.«

Victoria stellte sich vor, einen Finger in sich aufzunehmen, zwei, drei, vier, fünf. Einen Finger nach dem anderen. Stunde um Stunde. Keuchender Atem hechelt die Minuten dahin … der Körper öffnet sich … eine geschmeidige Hand gleitet … dringt durch den Ring ihrer Pforte.

Lust baut sich auf.

Ekstase. Qual.

»Sagen Sie mir«, sagte Victoria und atmete im Takt mit dem Heben und Senken der Brüste der anderen Frau. »Sagen Sie mir, was Sie fühlen.«

Silberlichter funkelten in Gabriels gespiegeltem Blick.

»Ich spüre den Kitzler einer Frau an meiner Zunge.«

Victorias Kitzler schwoll an, bis es wehtat.

»Er ist so hart, dass er sich anfühlt, als wolle er vor Verlangen nach dem Höhepunkt bersten.« Gabriels Stimme schabte über Victorias Haut. »Meine Finger sind zusammengelegt, der Daumen dazwischen. Der Schoß der Frau ist so heiß, dass er glüht. Ich spüre, wie ihr Fleisch sich weitet, meine Fingerspitzen aufnimmt … meine Finger … bis zum ersten Gelenk … bis zum zweiten Gelenk … bis zur Handfläche. Die Wände ihrer Höhle zwingen meine Finger, sich zur Faust zu ballen. Ich sehe, rieche, höre und fühle nur sie. Den Geruch des Verlangens einer Frau. Das Saugen weiblichen Fleisches. Den Anblick eines weiblichen Bauches, der sich spannt.

Victoria spürte, wie Gabriels Fingerspitzen in sie glitten … bis zum ersten Gelenk … bis zum zweiten Gelenk … bis zur Handfläche. Ihr Bauch spannte sich, erfüllt von einem Engel …

Der Körper der Frau auf der anderen Seite des Spiegels bäumte sich auf, bis ihr Gewicht nur noch auf ihrem Kopf und ihren Fersen ruhte. Ihr Mund war weit offen wie zu einem Schrei.

»Ich spüre, wie ihr Höhepunkt über mir hereinbricht«, sagte Gabriel, im engen Flur rau atmend. »Er ballt sich um meine Faust und presst sie zusammen, bis nur noch ihre Lust existiert.«

Langsam sank der Körper der älteren Frau aufs Bett, erschlafft.

Der jüngere Mann hob den Kopf: Seine Züge waren vor Verlangen angespannt.

Victoria hatte in dieser Nacht Verlangen in mancherlei Gestalt gesehen. Verlangen nach Intimität, Verlangen nach körperlicher Befriedigung und gelegentlich in den Augen sowohl der Kunden als auch der Prostituierten das schlichte Verlangen nach menschlicher Nähe.

Das Verlangen des jüngeren Mannes spiegelte sich in Gabriels Miene. »Aber es war ihre Lust, die meine Hand melkte …«

Plötzlich richteten sich die Augen, die sich im Glas spiegelten, auf Victoria.

Sie erwiderte seinen Blick ohne zu zucken.

»… nicht meine.«

Vage bemerkte sie, dass der Mann hinter dem Spiegel sich die Hand neben der Frau am Laken abwischte und nach einer kleinen Blechdose neben dem Cremetiegel griff. Sie glich der Dose mit Kondomen, die auf ihrem Tablett mit dem Abendessen gestanden hatte.

Der jüngere Mann stand mit einem Ruck auf, und stellte sich zwischen die Beine der älteren Frau. Sie hob die Arme und den Körper, um ihn zu nehmen, während der Mann hinter Victoria losgelöst von ihrer Leidenschaft dastand. Losgelöst von Victorias Leidenschaft. Losgelöst von seiner eigenen Leidenschaft.

»Genau das will er«, wurde Victoria schlagartig klar.

Gabriels Nasenflügel bebten. »Was?«

»Er will, dass Sie leiden.«

Aber Victoria wollte nicht, dass Gabriel litt.

Sie nahm ihrer beider Leben in die Hand. Sie drehte sich um und stellte sich ihrer beider Verlangen.

»Sie wollen mich berühren«, sagte sie. Und betete, dass es der Wahrheit entsprach.

Die Wahrheit leuchtete aus seinen Augen. »Ja.«

Victorias Brust zog sich zusammen beim Verlangen in seinen Augen. »Aber Sie haben Angst.«

»Ja.«

Zu berühren. Berührt zu werden.

Victoria ließ sich auf ein Glücksspiel ein. »Ich will, dass Sie mich berühren.«

»Das weiß ich«, sagte Gabriel.

Er berührte sie nicht.

»Ich will, dass Sie meine Lust spüren«, sagte Victoria mutig. »Ich will mich nackt auf Ihr Bett legen. Wie die Frau hinter dem Spiegel. Wie die Frau in Ihrer Erinnerung. Ich will, dass Sie meinen Körper vorbereiten. Ich will, dass Sie mir die Lust schenken, die Sie ihr geschenkt haben. Und ich will sie mit Ihnen teilen.«

Gabriel sog die Luft ein. »Sie sind Jungfrau.«

Würde Victoria den Blick von dem nackten Verlangen in seinen Augen abwenden, würde sie weglaufen.

Victoria wandte den Blick nicht ab. »Sie haben meine Jungfräulichkeit gekauft.«

Die Luft um sie herum pulsierte.

»Ich weiß nicht, was ich tun würde, wenn du mich berühren solltest, Victoria.« Gabriels Stimme war angespannt.

Schmerz. Lust.

Beides krallte sich in ihre Brust.

»Dann werde ich dich nicht berühren«, versicherte Victoria ihm.

»Aber du würdest dich … von mir berühren lassen. Wie ich will.«

Empétarder … Würden Sie mir dort Zugang gewähren, Mademoiselle?

Victoria rang um Atem. »Ja.«

»Du würdest mich alles machen lassen …«

Würden Sie sich von mir umarmen lassen, wenn unser beider Körper vor Schweiß trieften und der Geruch unseres Geschlechts unsere Lungen füllte?«

»Ja.«

»Und du würdest mich nicht berühren.« Gabriels Blick war starr vor Verlangen. »Egal, welchen Schmerz oder welche Lust ich dir bereite.«

Victoria erstickte an Gabriels Morgenmantel, an Gabriels Geruch.

An Gabriels Worten …

»Ich werde dich nicht berühren«, versprach sie.

Er streckte die Hand aus … und berührte sie, eine schmetterlingszarte Berührung, ein Streifen schwieliger Fingerspitzen über rissige Lippen.

Erregung durchzuckte Victoria.

»Es tut mir Leid.« Sie zuckte zusammen. »Meine Lippen sind nicht … weich.«

Während seine Lippen weicher wirkten als eine Rosenblüte.

Gabriel ließ nicht zu, dass sie sich von ihm abwandte: Sein Blick hielt sie fest, seine Finger elektrisierten sie.

Er strich leicht über ihre Unterlippe. »Mach den Mund auf.«

Victorias Unterlippe bebte.

Feuer brannte in seinen Augen; eine dunkle Röte stieg in seine Wangen. Er legte den Finger auf den Spalt ihrer Lippen.

Gabriel zitterte.
Vor Angst. Vor Verlangen.
Vor ihr. Nach ihr.
Victoria öffnete den Mund.
»Sauge an meinem Finger«, sagte er heiser.
Blaue Augen schauten unverwandt in silberne, als Victoria Gabriels Zeigefinger in den Mund nahm, ein Vorgeschmack auf sein Eindringen.
Ein unsichtbarer Finger stieß in ihr Geschlecht.
Sie kostete ihn mit raschem Zungenschlag.
Gabriel warf den Kopf zurück wie vor Schmerz. »*Dieu*«.
Victoria starrte auf die Muskelstränge an seinem Hals. Ein Puls pochte unmittelbar über der Öffnung seines weißen Hemdes und den Wirbeln drahtigen Haares.
Seine Fingerspitze war schwielig; sie schmeckte salzig.
Sie saugte an ihm wie an einer Süßigkeit. Und spürte das Lecken ihrer Zunge zwischen ihren Schenkeln ...
Langsam senkte Gabriel den Kopf.
Es gab keinen Zweifel, was ihm das gequälte *Dieu* entlockt hatte: Es war Lust. Eine Lust so intensiv, dass sie schmerzte.
Victoria spürte seine Lust, ihre Lust; seinen Schmerz, ihren Schmerz ...
Eben noch saugte sie an seiner Fingerspitze, im nächsten Augenblick war ihr Mund leer und sein speichelnasser Finger glättete die Innenränder ihrer rissigen Lippen.
Er küsste sie. Silberne Augen schauen in ihre; Finger drückten ihre Mundwinkel auf.
Warmer Atem füllte ihre Lungen, glühende Hitze folgte der Spur seines Fingers.
Gabriel fuhr sanft mit der Zunge über Victorias rissige Lippen.
Heiß. Nass. Seine Zunge. Seine Lippen. Ein Geschmack; ein Necken. Ein Vermengen von Atem und Speichel.
Von Gabriel und Victoria.
Es war Victorias erster Kuss. Sie wollte mehr: mehr Atem, mehr Zunge.
Mehr Gabriel.

Victoria krümmte die Finger, um seinen Kopf hineinzuschmiegen und mehr zu nehmen.

Gabriel beobachtete, wie das Verlangen in ihren Augen wuchs … und sie wusste, dass er darauf wartete: Er wartete, dass sie ihn berührte.

Aber sie durfte ihn nicht berühren.

Victoria schloss die Augen und ballte die Fäuste.

Sofort füllte seine Zunge sie aus: tiefer als sein Finger. Heißer. Nasser.

Die zweite Penetration.

Vage spürte sie seinen speichelnassen Finger, der über ihre Wange strich, gefolgt von weiteren Fingern. Er nahm ihr Gesicht leicht in die Hand, während seine Zunge streichelte und streichelte … die Oberseite ihrer Zunge … die Unterseite ihrer Zunge … ihren Gaumen.

O … lieber … Gott.

Victoria atmete kühle Luft ein.

Sie schlug die Lider auf.

Gabriels Zunge, seine Finger, sein Atem waren nicht mehr Teil von ihr. Er trat zurück, musterte sie, wartete, dass sie die Hand nach ihm ausstreckte.

Victoria streckte nicht die Hand nach ihm aus.

Aber sie wollte es. Bitte lass ihn sich nicht von mir abwenden …

Sie brauchte ihn. Sie brauchte es, geliebt zu werden. Zum ersten Mal in ihrem Leben wollte sie dieses Verlangen nicht leugnen.

Gabriels Blick wanderte über ihre Schulter – erinnerte Victoria flüchtig an den Mann und die Frau hinter dem Spiegel – und kehrte zu ihrem Gesicht zurück. »Ich habe in meinem Leben nur einem Menschen vertraut.«

Michael.

Und Gabriel war verletzt worden.

»Ich werde dich nicht anrühren, Gabriel«, sagte Victoria unsicher.

»Gott steh dir bei, wenn du es tust, Victoria.« Etwas Endgültiges lastete in seinem Ton. »*Puisque je ne puis pas.*«

Denn ich kann es nicht.

Kapitel 16

Gabriel trat beiseite und ließ Victoria vorausgehen. Sie schaute auf dem Korridor weder rechts noch links, alle Sinne auf den Mann hinter ihr konzentriert.

Der elektrische Kronleuchter im Arbeitszimmer blendete sie; sie stolperte.

Gabriel fing sie nicht auf.

Sie mussten einander vertrauen, hatte er gesagt.

Sie musste darauf vertrauen, dass er ihr Lust schenken würde.

Er musste darauf vertrauen, dass sie ihn nicht anrühren würde.

Das Licht in Gabriels Schlafzimmer war kaum dunkler als das in seinem Arbeitszimmer.

Victoria blieb am Bett stehen, die Finger am blauen Seidengürtel um ihre Taille. »Ich … bin dünner als früher.«

Die Frauen hinter den transparenten Spiegeln hatten unterschiedliche Figuren; aber bei keiner zeichneten sich die Rippen ab.

Gabriels Miene verhärtete sich. »Ich mache das Licht nicht aus, Victoria.«

Ihr Herz stockte. »Ich möchte nicht, dass mein Aussehen Sie … abschreckt.«

Schatten verdunkelten sein Gesicht. »Ich habe Sie gesehen, Mademoiselle, und ich versichere Ihnen, Ihr Aussehen hat mich nicht abgeschreckt.«

Wie lächerlich sie sich benahm. Victoria hatte sich vor ihm ausgezogen, als sie sich zum ersten Mal begegnet waren. Sie hatte nackt vor ihm gestanden, während Madame René ihre Maße genommen und Victoria sie gefragt hatte, wie man einen Mann verführt.

Wie man einen Mann liebt.

Sie straffte die Schultern. Gabriels Blick wanderte zu ihren Brüsten. Victoria musste nicht nach unten schauen, um zu wissen, dass ihre Brustwarzen sich durch die dünne Seide drückten.

Sie hob das Kinn. »Ich würde Sie gern sehen.«

»Ich bin kein Engel, Victoria.«

Überraschend brach ein Lächeln aus ihr heraus. »Ich versichere Ihnen, Sir, ich erwarte nicht, unter Ihrer Kleidung Flügel zu finden.«

Gabriel erwiderte ihr Lächeln nicht. »Aber Sie erwarten ein Wunder.«

Gabriel war Gottes Bote, hatte Victoria gesagt.

Michael war sein Auserwählter, hatte Gabriel geantwortet.

Eine französische Madame hatte das Leben zweier Jungen für immer verändert, sei es zum Besseren oder zum Schlechteren. Der Preis des Überlebens.

Victoria hatte früher einmal an Märchen geglaubt, aber …

»Ich habe nie an Wunder geglaubt, Gabriel.«

»Ich will versuchen, dir nicht wehzutun.«

Vertrauen.

Aber Gabriel vertraute ihr nicht.

Er vertraute ihr nicht genug, um sich von ihr berühren zu lassen.

Er vertraute ihr nicht genug, sich ihr nackt zu zeigen.

Aber sie vertraute ihm.

»Das weiß ich«, sagte Victoria bebend. Sie ließ den Morgenmantel fallen.

Gabriel wog ihre Brüste mit den Augen. Und dann wog Gabriel sie mit den Händen.

Victoria versteifte ihre Knie, um zu verhindern, dass sie unter dem Gefühl nachgaben, das sie durchzuckte wie ein Blitz.

»Du hast schöne Brüste, Victoria«, sagte er heiser; seine Schwielen waren rau, seine Haut glühend heiß.

Sie zwang sich, Luft zu holen, um zu sprechen. »Danke.«

Er strich über ihre Rippen – eine schabende Spur der Lust – und über ihre Taille. »Frauen tragen Korsetts, um eine Taille wie du zu haben …«

»Danke …«

Sein Blick hielt ihren fest. »Ich weiß, wie es ist, zu hungern. Du brauchst dich nicht für dein Aussehen zu entschuldigen. Nicht bei mir.«

Die Hitze seiner Hand und seines Blickes ließ ihre Haut glühen.

»Ich habe keine Creme«, sagte sie atemlos.

»Du brauchst keine.«

Sie amtete tief durch. »Aber du hast gesagt …«

»Setz dich, Victoria.«

Victoria setzte sich auf die Bettkante.

Ihr Blick blieb unweigerlich an seiner grauen Wollhose haften. Sie war gespannt.

»Du bist steif.« Victorias Stimme war verhalten.

»Ich bin steif, seit du in mein Arbeitszimmer gekommen bist.«

Aus Gabriels Stimme klang die nackte Wahrheit.

Es schien ein ganzes Leben her, seit sie in sein Arbeitszimmer gekommen war. Aber es war erst ein Tag und eine Nacht vergangen …

Victoria grub die Nägel in ihre Handflächen, um zu verhindern, dass sie nach Gabriels Hose griffen und die Knöpfe öffneten.

Sie schaute auf. »Ich möchte, dass du auch Lust empfindest, Gabriel.«

»Dann leg dich hin, Victoria, und lass mich dich berühren.«

Vollständig angezogen. Während sie alles entblößte.

Victoria legte sich zurück.

Sofort gruben sich kräftige Hände unter ihre Pobacken. Zogen sie über das Bett.

Victoria klammerte sich an die Bettdecke.

Ihre Pobacken lagen auf der Bettkante. Ihre Beine fielen auseinander.

Kräftige Hände schoben sie sanft weiter auseinander.

Anstelle der kalten Luft spürte sie die Glut silberner Augen.

Gabriel amtete hörbar ein.

Er berührte sie.

Victoria atmete hörbar ein.

»Du bist nass, Victoria.«

Ja.

Sein Finger pochte da, wo niemand sie je berührt hatte.

Bis vor sechs Monaten hatte sie sich selbst noch nie dort berührt.

Victoria starrte hinauf an die weiße Zimmerdecke und klammerte sich an zwei Fäuste Samt.

Wenn er ihren Kitzler berührte …

Harte, schwielige Hitze glitt die schlüpfrigen Lippen ihres Geschlechts hinauf und drückte ihren Kitzler.

Victoria keuchte. Und kam zum Höhepunkt. Während elektrisches Licht ihr ins Gesicht schlug und der Druck seines Fingers ihre Seele traf.

»Du hattest einen Höhepunkt.«

Gabriels Stimme klang rau in ihren Ohren.

Sie schnappte nach Luft. Von seinem Finger entluden sich weitere Spannungsblitze in ihren Kitzler. »Ja.«

»Was hast du gesehen?«

Victoria wand sich, um seinem Finger zu entkommen. Er ließ sie nicht entkommen. Er drückte sie weiter, leicht, pulsierend, pochend.

»Licht«, sagte sie.

Als sie gerade dachte, sie würde wieder explodieren, glitt die aufreibende Fingerspitze wieder an den schlüpfrigen Lippen ihres Geschlechts hinunter.

Er tastete sich sanft vor.

Ihre Muskeln zogen sich zusammen.

Victoria biss sich auf die Lippe. »Was siehst du, wenn du einen Höhepunkt hast?«

»Dunkelheit«, knirschte Gabriel.

Dunkelheit. Tod.

»Was siehst du jetzt?«, fragte sie schnell.

»Ich sehe dich, Victoria, deine Lippen sind rot, prall, schimmernd. Ich sehe meinen Finger, der in deiner Begierde rührt. Dein *portail* ist von einem dunkleren Rot. Ich sehe, wie mein Finger in dein *portail* sinkt …«

Oh.

Es brannte.

Victoria fuhr hoch, schlug die Beine zusammen.

Seine Hand war zwischen ihren Schenkeln vergraben.

Victoria riss ihren Blick von der weißen Manschette und dem Hemdsärmel los, der über ihrem dunklen Schamhaar steckte.

Silberne Augen erwarteten ihren Blick.

Und du berührst mich nicht … ganz gleich, welchen Schmerz und welche Lust ich dir bereite, hallte es in ihren Ohren nach.

Ich berühre dich nicht, hatte sie versprochen.

Victoria kämpfte, Halt suchend, mit dem Bett und stützte sich steif auf ihre Arme.

Sein Hand war zwischen ihren Schenkeln vergraben. Es fühlte sich an, als dringe ein glühender Schürhaken in sie ein.

Langsam, ganz langsam entspannte Victoria ihre Muskeln und nahm seinen Finger in sich auf.

Erleichterung flackerte in Gabriels Augen auf. Vielleicht war es aber auch das Deckenlicht, das flackerte. Victoria kannte sich weder mit Gabriel noch mit elektrischem Licht gut genug aus, um es zu beurteilen.

»Öffne deine Beine für mich«, murmelte Gabriel, »dann sage ich dir, was ich sehe.«

Er hatte gesagt, er sei mit der ganzen Hand in eine Frau eingedrungen. Victoria wusste nicht, ob sie auch nur einen weiteren Finger aufnehmen konnte.

Sie leckte sich die Lippen. »Was ist … *portail*?«

Gabriels Finger brannte und pochte weiter. »Pforte. Das ist das französische Wort für die Scheide einer Frau.«

Victorias Körper besaß einen eigenen Willen. Er schob sich nach unten und nahm seinen Finger ein Stück weiter in sich auf.

Gabriels Miene verhärtete sich.

Vor Verlangen? Vor Ekel?

»Sprichst du immer in Französisch von der Anatomie einer Frau?«

»Nein.«

»Welches Wort benutzt du?«

»Möse.«

Ein Straßenausdruck.

»Aber jetzt benutzt du dieses Wort nicht.«

»*Non.*« Die französische Verneinung hatte nichts Sanftes.

Ihr Schoß zog sich rhythmisch um seine Finger zusammen, als melke sie ihn.

Sie bemühte sich, ihn zu verstehen. »Warum?«

Einen Augenblick dachte Victoria, Gabriel würde ihr keine Antwort geben. »Ich habe Französisch gesprochen, bevor ich Englisch gelernt habe.«

Bevor er eine Hure wurde.

Bevor der Mann ihm die Beherrschung genommen hatte, die ihm so viel bedeutet hatte.

Bevor Gabriels Verlangen sich gegen ihn gewendet hatte.

Victoria öffnete ihre Beine.

Dunkle Wimpern verhüllten seine Augen.

Victoria folgte seinem Blick. Sie sah lediglich ihr dunkles Schamhaar und die weiße Manschette über der Hand, die zwischen ihren Schenkeln war.

»Ich sehe … meinen Finger auftauchen … Er ist nass und geschmeidig …«

Victoria spürte Gabriels Finger aus ihr herausgleiten … langsam … Vor ihrem inneren Auge stellte sie ihn sich vor … lang, blass, geschmeidig nass …

Ihr Körper zog sich zusammen, um ihn in sich zu behalten.

»*Calme-toi*«, raunte er heiser.

Entspann dich.

»Ich erinnere mich an das erste Mal, als ich eine Frau so gesehen habe.«

Gabriel schaute Victoria eindringlich an.

»Wie alt warst du damals?«

»Ich war dreizehn.«

So alt war er, als die Madame seine Dienste verkauft hatte.

Gabriels Finger nahm den umgekehrten Weg, langsam … ganz langsam … versank er in ihr, bis er sie ausfüllte.

»Was hast du gedacht, als du sie gesehen hast … so?«, brachte Victoria heraus.

»Ich dachte, wenn ein Mann eine Seele hat, liegt sie in einer Frau.«

Victorias Brust zog sich zusammen; dann zog sich ihr Schoß zusammen.

Aus einem Finger wurden zwei.

Dehnten sie. Öffneten sie.

Sie amtete scharf ein. »Gabriel …«

Seine dunklen Wimpern hoben sich langsam. »Ich mag die Art, wie du meinen Namen sagst.«

Langsam glitten seine beiden Finger aus ihr heraus, während er ihr Gesicht auf Anzeichen von Schmerz beobachtete … von Lust.

»Wie sage ich ihn?«, fragte sie mit kippender Stimme.

»Als ob du glaubtest, dass ich eine Seele habe.«

Er krümmte die Finger zu Haken und harkte sanft über die Innenwände ihres Geschlechts. »Komm für mich, Victoria. Du sagtest, du wolltest deine Lust mit mir teilen. Teile sie mit mir.«

Er hielt ihren Blick fest, ließ seine Hakenfinger gleiten, sich winden, suchen … Spannung schoss durch ihren Körper.

Es fühlte sich an, als hätte sie in ihrem Schoß einen zweiten Kitzler oder als sei ihr Kitzler von innen zugänglich.

Gabriel streichelte. Hakenfinger. Hielt ihren Blick.

Glut jagte durch Victorias Adern, ihren Rücken hinunter.

In seinen Augen lag keine Glut, nur berechnende Zielstrebigkeit.

Sie wollte mehr als seine Expertise.

»Ich kann nicht«, sagte sie erstickt.

Ein Lächeln huschte über sein Gesicht. »Du kannst. Du willst … Du tust es schon.«

Victorias Körper schob sich nach unten. Sie explodierte. Schrie auf.

Als ihre Augen wieder klar sahen, wartete Gabriel schon auf sie. »Was hast du gesehen?«

»Licht«, keuchte sie.

Bebend. Innen. Außen.

Aus zwei Fingern wurden drei.

Ihr Körper war weit geöffnet; sie konnte ihn nicht herauspressen. Victorias Höhepunkt umflatterte ihn – drei Finger.

»Ich spüre es«, keuchte sie. »Ich spüre mich … wie ich deine Finger umflattere …«

»Ja.« Ein seltsamer Ausdruck huschte über sein Gesicht. »Ich spüre es.«

Victoria bekam nicht genug Luft. »Ich habe gesagt, ich würde dich nicht anrühren.«

Sein Blick wurde schärfer. »Ja.«

»Aber ich habe nicht gesagt, dass ich dir nicht sagen würde, was ich möchte.«

»Was möchtest du, Victoria?«, fragte Gabriel, mit plötzlich distanziertem Blick.

Wie viele hatten ihm gesagt, was sie wollten … und hatten nie gefragt, was er wollte?

»Ich möchte, dass du mich schmeckst. Ich möchte, dass du dich an meinen Geschmack erinnerst.«

Keine Vergewaltigung der Sinne …

»Und dann möchte ich, dass du tust, was du möchtest. Alles, ganz gleich, was.«

Seine dunklen Wimpern verhüllten seine Augen.

Sie spürte Feuchtigkeit aus ihrem Schoß rinnen. Sah er es?

Vielleicht mochte er den Geschmack des Geschlechts nicht …

Gabriel sank zwischen ihre Schenkel. Drei Finger glitten … heraus … herein … heraus … herein. Tief. Fest. Reizten einen Höhepunkt aus. Schufen das Verlangen nach dem nächsten.

Silberblondes Haar vermengte sich mit dunklem Schamhaar.

Als Gabriels Atem über ihre Scham wisperte, dachte Victoria, sie würde sterben. Als Gabriels Lippen sich um sie schlossen, wusste sie, dass sie sterben würde.

Als Gabriels Zunge die harte Spitze ihres Kitzlers berührte, starb Victoria tatsächlich.

Lust geht immer mit Schmerz einher, hatte Gabriel gesagt.

Dunkelheit schimmerte im Licht, aber immer noch sah sie nur Licht.

Victoria öffnete die Augen. Starrte auf weiße Farbe.

Sie konnte sich nicht erinnern, die Augen geschlossen zu haben; sie konnte sich nicht erinnern, sich hingelegt zu haben.

Sie spürte nur die Leere in ihrem Körper und die winzigen Nachbeben, die weiter in ihrem Kitzler tanzten.

Der dumpfe Klang von Metall auf Holz drang in ihr Bewusstsein.

»Was hast du gesehen, Victoria?«

Victoria hatte gesehen … »Licht.«

Träge wandte sie den Kopf Gabriel und dem dumpfen Geräusch zu.

Gabriel griff in eine offene Dose. Sein Mund war feucht und glänzte.

Von ihr.

»Was ich will, Victoria«, sagte er rau, angespannt.

Victoria brauchte ein Weilchen, sich zu erinnern, was in der Dose war … Es dauerte noch eine Weile länger, bis ihr klar wurde, was Gabriel tat.

Ein silbriger Tropfen Feuchtigkeit schimmerte oben auf der großen, pflaumenförmigen Kuppe … *bitte* hatte Madame René es genannt. Wolle mit Nadelstreifen rahmte einen Büschel dunkelblonden Schamhaares. Er verrieb den silbrigen Tropfen Feuchtigkeit auf dem purpurroten Kopf und rollte geschickt eine Gummihaut darüber, einen Zoll, drei Zoll, fünf Zoll, sieben Zoll, neun Zoll …

Ihr Bauch spannte sich krampfhaft.

Victorias Blick fuhr zu Gabriels Gesicht hoch.

Sie erkannte es nicht wieder. Seine Lippen waren angespannt, seine Haut blutunterlaufen, die Augen silberne Lichtsplitter.

»Du hast gesagt, alles, was ich will, ganz gleich, was es ist.«

Ja.

»Ich will das«, sagte er heiser. »Ich will mich in dir vergraben, und dann will ich, dass du kommst, bis du mich kommen machst.«

Gabriel sah aus, als rechne er mit Einwänden von ihr.

Victoria rang nach Luft. Einen lähmenden Moment lang wollte sie tatsächlich Einwände erheben.

»Das klingt …«, erschreckend, erregend, »… himmlisch.«

Seine umhüllte Männlichkeit ragte aus der Nadelstreifenhose. »Es gibt keinen Himmel, Victoria, aber ich kann dir die Hölle zeigen.«

Victoria zweifelte nicht daran.

Gabriel kniete sich auf den Boden. Gummi bedrängte unnachgiebiges Fleisch.

Victoria rutschte auf dem Bett zurück.

Das Gummi war viel, viel dicker als die Finger.

Ein Finger drückte leicht auf ihren Kitzler.

Victorias Atem blieb im Hals stecken. Silberne Augen richteten sich auf sie.

»Nimm mich, Victoria«, sagte er rau. »Ich habe dein Jungfernhäutchen mit meinen Fingern genommen. Jetzt nimm du mich …«

»Du bist größer als deine Finger …«

Aber kleiner als seine Hand …

Gabriel ließ den Finger auf ihrem Kitzler kreisen, leicht, betörend. *Ihre Entscheidung …*

Victorias Muskeln entspannten sich.

Eine Faust …

Es fühlte sich an, als bedränge eine unwahrscheinlich große Faust sie … und dann war sie in ihr.

Er kreiste auf ihrem Kitzler, leicht, fest, langsam, sicher … Schmerz. *Lust …*

Victorias Körper öffnete sich – unmöglich – für mehr. Mehr Schmerz. Mehr Lust …

Der Schmerz ließ nach; die Lust nicht.

Ein Herzschlag pulsierte in ihr.

Keuchen erfüllte den Raum. »Komm für mich, Victoria, dann gebe ich dir noch einen Zoll.«

Die Faust in ihrer Pforte blieb standhaft; der Finger, der auf ihrem Kitzler kreiste, nicht. Er glitt hinunter … prüfte die Enge des Fleischrings, der ihn umschloss, glitt wieder hinauf, geschmeidig nass … kreiste herum und herum und herum, ohne Tiefe; sie wollte ihn tiefer …

Victoria schrie auf. Und zog sich zusammen. »Gott!«

Der große, faustförmige Kopf, der sie über das Maß des Erträglichen hinaus dehnte, sank hinein … zwei Zoll tief.

»Was hast du gesehen?«, stieß er aus.

Licht. Dunkelheit. Silber. Grau.

»Licht …«

Kreisen. Kreisen.

»Gabriel …«

Victorias Körper klaffte unwillkürlich weiter auf. Ein Reißen durchfuhr sie.

Er drang einen weiteren Zoll in sie … drei Zoll tief.

Victoria rang keuchend nach Luft.

Ein Zoll pro Höhepunkt … noch sechs weitere …

»Was hast du gesehen, Victoria?«

Sie pulsierte. Er pulsierte.

Die Bettdecke in ihren Fäusten pulsierte.

»Was hast du gesehen, Victoria?«, wiederholte er gespannt.

»Licht«, sagte sie hartnäckig. Es gab keine Dunkelheit in der Lust … *lieben ist keine Sünde* … »O Gott« – brach es aus ihr heraus – »Gabriel … ich kann nicht … Gabriel …«

»Was, Victoria?« Schweiß perlte wie Tränen über Gabriels Gesicht. »Was kannst du nicht tun?«

Oder nicht lassen …

Er wollte, dass sie ihn aufhielt. Victoria hielt ihn nicht auf.

»Ich brauche …« keuchte sie. Das Licht des kommenden Höhepunkts kreiste vor ihren Augen, seine Finger kreisten auf ihrem Kitzler.

»Was brauchst du?«, schmeichelte Gabriel. Hielt seine Lust zurück.

Wut durchfuhr Victoria.

Er musste es spüren. Wie konnte er nicht spüren, dass ihr Fleisch ihn liebkoste, melkte? Verschlang?

»Ich brauche noch einen Höhepunkt.«

Gabriel gab ihr noch einen Höhepunkt. Und einen weiteren Zoll.

Sie konnte an der Faust in ihrer Scheide nicht vorbeiatmen. »Was siehst du Victoria?«

»Licht.«

Ein weiterer Höhepunkt. Ein weiterer Zoll.

Fünf Zoll …

»Was siehst du?«, wiederholte er. Wollte, dass sie die Dunkelheit sah, die er sah.

»Licht«, keuchte sie. Silberne Haarsträhnen umgaben seinen Kopf wie eine Aureole. »Ich sehe Licht.«

Victoria konnte nicht mehr zwischen Schmerz und Lust unterscheiden. Sie schob sich einem weiteren Höhepunkt, einem weiteren Zoll Gabriel entgegen.

Sechs Zoll ... sieben Zoll ... acht Zoll ...

»Was siehst du, Victoria?« Qual lag in Gabriels Stimme.

Sein weißes Leinenhemd klebte an seiner Brust. Im schweißnassen Leinen zeichnete sich jeder Atemzug ab. Er atmete im Takt mit dem Puls, der in ihrer Scheide und an ihrem Kitzler trommelte.

Mit Mühe konzentrierte Victoria sich auf ihn statt auf den abklingenden Höhepunkt, der in das Verlangen nach einem weiteren hinüberflatterte. In ihrem Körper war kein Platz zu atmen, zu denken.

Die Faust in ihr raubte ihr alle Sinne.

Gabriels Körper. Gabriels Verlangen.

Sie würde sterben, wenn er nicht aufhörte; sie würde sterben, wenn er es täte.

Die Lust eines Engels ...

Gabriels kreisender Finger ließ Victoria keine Ruhe.

Was sah sie ...?

»Ich sehe dich, Gabriel«, keuchte Victoria. »Wenn ich komme, sehe ich dich.«

Schmerz.

Der auf seinem Gesicht glitzernde Schmerz schloss die Luft in ihren Lungen ein. Die Wucht seines Körpers presste sie heraus.

Gabriel stieß in sie, gegen sie, Fleisch, Haar, Wollhose, Vergangenheit, Gegenwart. Gleichzeitig prallte ein weiterer Höhepunkt durch ihren Körper.

Eine Stimme schrie. Victoria wusste nicht, wem sie gehörte, ihr oder Gabriel. Sein Herzschlag war ihrer, ihr Fleisch war seins, der Höhepunkt, der durch sie wogte, war ihr gemeinsamer.

Victoria wusste, dass Gabriel ihre Lust gespürt hatte. Sie wusste es, weil er sie verließ. Körper. Seele.

Ihre Fäuste krallten sich in die zerwühlte Bettdecke.

Sie hatte seinen Körper nicht berührt; aber sie hatte einen Engel berührt.

Victoria wusste nicht, ob Gabriel ihr verzeihen würde.

Sie kniff die Augen zu und starrte in die Dunkelheit, lauschte auf das leise Klicken seiner Stiefel auf dem Boden, als er das Schlafzimmer durchquerte, ins Bad ging …

Ihr Körper zählte die verrinnenden Minuten. Sie fühlte sich hohl, als habe er einen Tunnel in sie gegraben.

Das leise Rauschen der Wasserleitung vibrierte in der Luft: Gabriel hatte die Toilettenspülung betätigt. Ein leises Klicken drang durch die Stille, das Öffnen einer Tür.

Sie spürte seinen Blick; er war greifbar wie das Pulsieren tief in ihrem Schoß.

»Mary Thornton war kooperativ«, sagte er ausdruckslos. Spannung pochte in seiner Stimme. »Der Mann, der die Briefe geschrieben hat, heißt Mitchell Delaney.«

Sie würde nicht weinen.

Die Dunkelheit hinter ihren Lidern wand sich. »Ich kenne keinen Mitchell Delaney.«

»Er kennt Sie, Mademoiselle.«

»Mein Name ist Victoria«, sagte sie. Ihr gefiel die Art, wie Gabriel es aussprach, das V wie eine sanfte Liebkosung.

Ja, der Mann, der die Briefe geschrieben hatte, wusste, dass sie seidene Unterhosen trug statt wollener. Er wusste, dass Frauen die gleichen fleischlichen Begierden hatten wie Männer. Aber er kannte die Frau nicht, die Victoria Childers war. Gabriel kannte sie. Er hatte das Innerste ihrer Seele berührt.

Gabriel drehte sich um und ging.

Kapitel 17

Gabriel schlängelte sich durch die Straßen, bog um Ecken, schlüpfte durch eine Gasse, wartete auf der anderen Seite; sein Atem wölkte sich im Nebel, sein Herzschlag maß die Stille, der silberne Degen war gezückt.

Niemand folgte ihm. Er wünschte, jemand würde ihm folgen. Gabriel wollte töten.

Gabriel wollte dem Duft und dem Gefühl Victorias entkommen.

Gabriel wollte die Lust verleugnen, die sie ihm geschenkt hatte.

Ich sehe dich, Gabriel. Wenn ich komme, sehe ich dich.

Einen Augenblick lang – als sein Geschlecht in ihrem Schoß pochte – hatte er fast geglaubt, er habe eine Seele.

Zwanghaft konzentrierte Gabriel sich auf die Nacht.

Niemand war ihm zum Thornton-Haus gefolgt, weder bei Tag noch bei Nacht. Aber jemand hatte beobachtet, wie Madame René sein Haus betreten hatte.

Jemand hatte die Kleiderschachteln abgefangen, die sie Victoria geschickt hatte.

Ein dumpfes Klippklapp störte Gabriels Überlegungen, der Hufschlag eines einzelnen Pferdes. Mit rascherem Herzschlag schlüpfte er zurück in die Einmündung der Gasse.

Näher kommende Lichter nahmen Gestalt als Kutschlampen an. Eine Mietdroschke ratterte vorbei. Der Kutscher war vielleicht auf dem Weg in den Stall. Oder er verfolgte Gabriel. Er verschwand im Nebel. Gabriel schlich durch drei weitere Straßen. Mehrere Mietdroschken kreuzten durch den Morgennebel. Die Dritte hielt er an, indem er vor das Zugpferd trat und den Lederzaum packte. Das Pferd scheute; der Kutscher fluchte.

»Hände weg von meinem Pferd, du …«

»Ich gebe Ihnen zwei Goldsovereigns, wenn Sie mich mitnehmen«, sagte Gabriel leise.

Eine Fahrt mit der Mietdroschke kostete im Schnitt Sixpence pro Meile; ein Sovereign entsprach zweihundertvierzig Pence.

Gabriel brauchte das Gesicht des Kutschers gar nicht deutlich zu sehen, um zu wissen, wie er rechnete: Er müsste achtzig Meilen fahren, um zwei Sovereigns zu verdienen. Gabriel verstand die Straße: Er verstand die Männer und Frauen, die dort arbeiteten. Aber Victoria verstand er nicht.

»Wo wollen Sie denn hin?«, fragte der Kutscher vorsichtig. »Ich muss zurück in den Stall.«

»Nicht weit«, sagte Gabriel freundlich. Es schmerzte ihn vor Sinnenlust, er sehnte sich nach mehr Sinnenlust. »Ich will in den Hundred Guineas Club. Ich möchte, dass Sie langsam um den Block fahren, bis ich ans Dach klopfe. Wenn ich ans Dach klopfe, möchte ich, dass Sie anhalten. Dort wird jemand zusteigen und Ihnen sagen, wohin Sie uns bringen sollen.«

Der Kutscher brauchte nicht nach dem Weg zum Hundred Guineas Club zu fragen. Wie das Haus Gabriel war auch dieses weithin bekannt.

Das Pferd tänzelte nervös und hätte Gabriel fast auf den Fuß getreten.

Rasch beruhigte Gabriel das verschwitzte Pferd, indem er ihm fest mit der behandschuhten Hand über den Nacken strich. Erinnerte sich an Victorias Schmerz, als sie seine Finger und dann seine Männlichkeit nahm; erinnerte sich an ihre Lust, als sie die Höhepunkte nahm, die er ihr aufzwang, und nach mehr verlangte.

Er wusste, was der Kutscher dachte: Er dachte, Gabriel suche eine männliche Hure. Ungewohnter heißer Zorn durchschoss ihn; er rang ihn nieder. Gedanken töteten nicht; der zweite Mann schon.

»Ich gebe Ihnen jetzt einen Sovereign und den zweiten, wenn die Fahrt vorbei ist«, sagte Gabriel leichthin.

Gier überwog die moralischen Bedenken des Kutschers.

»Steigen Sie ein, Gouverneur.«

Die Mietdroschke stank nach abgestandenem Zigarrenrauch, billigem Gin, altem Parfüm und Schweiß. Gabriel starrte aus dem Fenster. Das Licht der Straßenlaternen kämpfte gegen den Nebel an, gewann auf einer Straße, verlor auf einer anderen. Männer, Frauen und Kinder woben sich durch den Dunst.

Er dachte an Victoria, wie sie allein durch die Straßen ging. Auf der Straße lebte. Allein. Rasch unterdrückte er das Bild. Sie würde nicht auf der Straße leben. Dafür würde Gabriel sorgen.

Vor dem Hundred Guineas Club verstopfte eine Schlange von Mietdroschken die Straße. Gabriel zog eine schwere, silberne Taschenuhr heraus: Es war noch nicht Zeit. Langsam kreiste der Kutscher vier Mal um den Block. Bei der fünften Runde trat eine große, blonde Frau mit blutrotem Samtumhang an den Droschkenstand. Gabriel hob seinen Gehstock mit dem Knauf nach oben und klopfte kräftig drei Mal an das Dach. Die Droschke bog an den Straßenrand. Gabriel rutschte hastig über den Ledersitz, trat die Tür auf und hielt sich so weit vom Fenster zum Gehsteig fern, wie er konnte.

Die Frau zögerte.

Gabriel steckte seinen Gehstock durch die offene Tür, dass der silberne Knauf im gelblichen Nebel leuchtete. Die Frau kam näher, blieb stehen, um dem Kutscher ihre Adresse zu geben. Die Droschke senkte sich, Holz knarrte protestierend, und kurz darauf sank die Frau auf den Sitz, dass das abgenutzte Leder quietschte und Samt raschelte. Eine Hüfte drückte sich gegen Gabriels Hüfte: Er biss die Zähne zusammen. Aufdringliches Parfüm überlagerte den übrigen Gestank.

Die Frau beugte sich vor und zog die Tür zu. Die Dunkelheit, die Gabriel umschloss, hatte nichts mit der zuschlagenden Tür zu tun, aber alles mit der Schulter, die sich plötzlich an seiner rieb.

Es war kein Platz, sich zu rühren, kein Platz, wo ihn nicht die Droschkenwand oder der andere Körper einengte. Die Droschke fuhr mit einem Ruck an. Gabriel wandte den Kopf und starrte den blonden Kopf neben sich an, während jeder Muskel seines Körpers darauf brannte, die Tür aufzutreten, um zu entkommen.

Zurück zu Victoria. Zurück zu der Hoffnung, die sie verhieß.

»Hast du etwas entdeckt?«, fragte er ausdruckslos.

»Ja.«

Es war keine Frauenstimme; es war eine Männerstimme. Selbstekel erfüllte die Droschke. In Gabriels Brust ballte sich eine

Hand zur Faust. Das hatte er dem Mann neben ihm angetan – er und der zweite Mann.

»Ich habe dir gesagt, dass du es nicht tun musst, John«, sagte Gabriel leise. Er kämpfte gegen das Schwanken der Kutsche und die Angst an, mit der er seit fast fünfzehn Jahren lebte.

»Ich habe heute Nacht nichts getan, was ich nicht früher schon Tausende Male getan hätte«, sagte John tonlos.

Vor zehn Jahren hatte John gehurt, um zu überleben; heute Nacht hatte er es für Gabriel getan. John würde weder Gabriel noch sich selbst je verzeihen. Gabriel konnte es ihm nicht verübeln.

»Sie hätten mich vor zehn Jahren nicht aufzunehmen brauchen.« Johns Haar leuchtete im Licht einer vorbeihuschenden Straßenlaterne golden auf; verlosch sofort im dunklen Nebel. »Ohne Sie wäre ich immer noch da.«

Sie wussten es beide besser. John wäre nicht mehr als Hure im Hundred Guineas Club, er wäre tot.

»Stephen habe ich nicht gesehen«, sagte er stattdessen.

»Sie sollten ihn auch nicht sehen.« John starrte weiter auf die Droschkentür. »Stephen beobachtet den Club, wie Sie angewiesen haben.«

Während Gabriel John angewiesen hatte, die Hure zu spielen.

Langsam wandte John den Kopf; seine Augen leuchteten im Dunklen. »Sie benutzen Frauennamen. Ich konnte mich nicht direkt nach Gerald Fitzjohn erkundigen.«

John sagte Gabriel nichts, was er nicht schon wusste. Aber Gabriel hatte Neuigkeiten für John.

»Fitzjohn ist tot«, sagte Gabriel distanziert. Als ihm Evans und Gastons Entsetzen einfiel, fügte er hinzu: »Er wurde enthauptet.«

John zeigte weder Verwunderung noch Entsetzen. In dieser Nacht hatte er weitaus Schlimmeres als den Tod erlebt. »Ein Mann sagte, Geraldine hätte ihn versetzt.«

Geraldine war die weibliche Form von Gerald.

Gabriel war angespannt. Gerald Fitzjohn konnte unter dem Namen Geraldine aufgetreten sein. Er konnte aber auch einen anderen Namen benutzt haben.

Die Mietdroschke bog um eine Ecke. Gabriel fasste nach dem Haltegriff über ihm. »Wie hieß der Mann?«

»Er nannte sich Francine.«

Francine ... Frances.

Viscount Riley hieß Frances. Er war ein Freund des Duke of Clarence, des englischen Thronfolgers.

Der königliche Duke war unter dem Namen seiner Mutter ins Clubregister eingetragen: Victoria.

»Er sagte, am Abend zuvor habe Lenora sowohl Geraldine als auch ihn versetzt«, berichtete John emotionslos weiter. »Seitdem habe er Lenora nicht mehr gesehen.«

Lenora ... Leonard. Gabriel fiel auf Anhieb kein Mitglied der vornehmen Gesellschaft oder des Parlaments ein, das Leonard hieß. Kannte der zweite Mann einen?

Hatte der zweite Mann den Mann getötet, der sich Lenora nannte, wie er auch Gerald Fitzjohn getötet hatte?

Die Fragen drängten sich mit dem pochenden Druck von Johns Hüfte und Schulter auf.

Warum war niemand Gabriel gefolgt?

Warum lebten die Thorntons noch?

»Kennst du einen Mann namens Mitchell Delaney?«, fragte Gabriel. Das erdrückende Parfüm, Johns Nähe und die Lust, die weiter in seinen Lenden pochte, zerfraßen allmählich seine Selbstbeherrschung. Victorias Lust.

Was hatte der zweite Mann vor? Mit Michael? Mit Gabriel?

Mit Victoria?

»Nein.« John rückte im Dunkeln ein Stück ab. Er schuf so viel Abstand zwischen ihnen, wie er konnte; ob er es tat, weil er die Berührung eines anderen Mannes nach dieser Nacht nicht ertrug, oder um Gabriel eine Atempause zu gönnen, wusste Gabriel nicht. »Gehört er zum Club?«

»Ich weiß es nicht«, sage Gabriel. Die Räder der Kutsche hallten in seine Anspannung.

Gabriel war kein Narr. Es gab Männer, die sich besser auf die Jagd verstanden als er. Die Männer, die Michael und Anne bewachten, konnten bestochen oder getötet werden. Ein Mann konnte Gabriel gefolgt sein, ohne dass er es bemerkt hatte. Jeden Augenblick würde die Kutsche anhalten. Männer konnten vor Johns Tür warten. Männer konnten John töten und Gabriel ergreifen. Die Droschke hielt.

John zog sich seine Perücke auf; Schenkel, Hüfte, Ellbogen und Schulter bedrängten unweigerlich Gabriels Schenkel, Hüfte, Arm und Schulter.

»Die Frau, der die Wohnung gehört, weiß nicht, was ich bin«, erklärte er steif zur Entschuldigung. »Mir ist es lieber, sie denkt, dass eine Frau mich besucht.«

»Du kennst die Vermieterin?«, fragte Gabriel und hoffte für John, dass ihre Bekanntschaft sinnlicher Natur war.

»Sie ist Witwe. Ab und an finden wir Trost beieinander.«

»Suche heute Nacht Trost bei ihr, John.«

John antwortete nicht. Er beugte sich vor, öffnete die Droschkentür und stand auf. Mit gebeugtem Rücken sagte er abrupt: »Man sagt, Sie hätten seit fast fünfzehn Jahren keine Frau mehr gehabt.«

»Das sagt man wohl«, bestätigte Gabriel.

Ein flüchtiges Grinsen verzog seine Lippen. Was dachten seine Bediensteten wohl nun, da Victoria eine Dose Kondome verlangt hatte?

»Bei wem werden Sie heute Nacht Trost suchen, Gabriel?«, fragte John.

Gabriel konnte nicht verhindern, dass Victorias Bild vor seinem inneren Auge aufblitzte. Victoria, wie sie die männliche Hure und die Frau durch den transparenten Spiegel beobachtet hatte. Victoria, die Gabriel anbot, sie zu berühren.

Victorias Brüste, vor Lust geschwollen, während ihr Bauch sich in Erwartung des Höhepunktes straffte und ihre gespreizten Beine nach mehr drängten: mehr Finger, mehr Gabriel.

»Für manche Männer gibt es keinen Trost«, sagte er kurz angebunden.

Dennoch hatte Gabriel Trost gefunden.

Der Gedanke an den zweiten Mann jagte ihm kalte Schauer über den Rücken. Wenn er ihn jetzt berühren würde …

»Was ich heute Nacht getan habe, habe ich freiwillig getan, Gabriel.« Johns Kopf zeichnete sich als Silhouette gegen flackerndes Gaslicht ab. »Machen Sie sich keine Vorwürfe.«

Gabriel fragte sich, wie weit John hatte gehen müssen, um ihm zu helfen. Er bot ihm den einzigen Trost an, der ihm zur Verfügung stand. »Ich werde deinen Lohn erhöhen.«

»Das ist nicht nötig.« Gabriel konnte Johns Miene nicht erkennen; das brauchte er auch nicht. »Wenn Sie den Mann haben, den Sie suchen, kaufe ich mir einen Bauernhof. Ich habe heute Nacht festgestellt, dass Sie mir in den letzten zehn Jahren meine Menschlichkeit wiedergegeben haben. Dafür danke ich Ihnen.«

Aber dass er von ihm verlangt hatte, sich in dem Club, in dem er früher gearbeitet hatte, als Hure auszugeben, würde John Gabriel nie verzeihen. Gabriel hatte John seine Menschlichkeit wiedergegeben, nur um sie ihm erneut wegzunehmen.

Die Droschke neigte sich; die Tür schloss sich.

Gabriel war allein, wie er es vorzog. Es gab keinen Grund für die Finsternis, die sich ihm schwer auf die Brust legte.

Es gab keinen Grund, den Verlust eines Bediensteten zu betrauern. Gabriel verschaffte Männern und Frauen, die keine andere Wahl hatten als zu stehlen oder zu huren, eine Arbeit, die ihren Bedürfnissen besser entsprach. Er würde einen anderen Mann aus seinen Reihen befördern und einen Ersatz einstellen.

Er sollte froh sein, dass John fortging; Gabriel war es aber nicht.

Der zweite Mann zerstörte systematisch Gabriels neues Leben, wie er sein altes zerstört hatte.

Aber er hatte ihm eine Frau gegeben. Und Gabriel wusste nicht *warum*.

Kapitel 18

Victoria beobachtete blind, wie Gabriel den Schrank öffnete, und sah vor ihrem inneren Auge, was sie hörte. Stille platzte in ihre Ohren. Eine Schublade öffnete sich, schloss sich. Eine zweite Schublade öffnete sich, schloss sich. Eine dritte Schublade öffnete sich. Sie sah den Inhalt jeder Schublade vor sich.

Sie hatte seine Unterwäsche gesehen, seine wollenen Unterhosen berührt – feine Wolle, weich wie Seide; sie hatte gesehen, wie ein Revolver und ein Messer im Stapel seiner gestärkten weißen Leinenhemden versanken. Die dritte Schublade schloss sich.

Victoria sah Gabriel im Wispern einer sich schließenden Tür hinausgehen. Sie fragte sich, wie spät es sein mochte. Sie fragte sich, wann Gabriel ihr verzeihen würde. Und wusste sofort, dass er ihr nicht verzeihen würde, bevor er sich selbst verziehen hatte.

Victoria hatte sich gefragt, wie sie sich fühlen würde, nachdem sie ihre Jungfräulichkeit verloren hätte; nun wusste sie es. Sie fühlte sich leer.

Sie schlug die Augen auf und starrte in das schwarze Loch, das die Zimmerdecke war: Vor ihrem inneren Auge sah sie wieder das Strahlen weißer Farbe und den Schweiß, der Gabriel über das Gesicht gelaufen war wie Tränen.

Victoria hatte Gabriels Berührung erlebt. Ohne sie würde sie sich nie wieder vollständig fühlen.

Sie schwang die Beine aus dem Bett und setzte sich auf. Sie zuckte zusammen. Es fühlte sich an, als habe ein Ofenrohr sie durchbohrt. Es fühlte sich an, als habe es ihr das Herz aus der Brust gerissen.

Das hatte sie nicht herausgefordert … die Briefe. Den Schmerz. Die Lust.

Victoria ging ins Badezimmer. Und erinnerte sich …

Mir ist kalt. Ich glaube, mir wird nie wieder warm.

Gabriel hatte sie gewärmt, zuerst mit einem Morgenmantel, dann mit seinen Fingern, seinen Lippen, seiner Zunge, seinem *bitte.*

Victoria stieg in die Kupferwanne. Und erinnerte sich …

Die Leberbrause … Sie ist nicht in der richtigen Höhe, um die Leber zu massieren.

Nein.

Ist ihr Strahl für Männer anregend?

Nicht im gleichen Maße wie für Frauen.

Victoria duschte in glühend heißem Wasser. Und erinnerte sich …

Ich erinnere mich an das erste Mal, als ich eine Frau so gesehen habe.

Was hast du gedacht, als du sie gesehen hast?

Ich dachte, wenn ein Mann eine Seele hat, liegt sie in einer Frau.

Victoria seifte sich ein. Und erinnerte sich … an jede Stelle, die Gabriel berührt hatte. Ihre Lippen. Ihre Zunge. Ihre Wange. Ihre Brüste. Ihren Kitzler …

Victorias Kitzler pochte bei der Erinnerung. Pochte Gabriel auch vor Erinnerung?

Ihre Scham war geschwollen; strahlte Hitze aus. Er hatte ihre Scheide als *portail* bezeichnet.

Ich mag die Art, wie du meinen Namen sagst.

Wie sage ich ihn?

Als ob ich eine Seele hätte.

Rasch wusch Victoria sich die Seife ab und trocknete sich ab. In Gabriels Bürste steckten weder dunkle noch blonde Haare. Alle Beweise für ihre Vereinigung waren vernichtet.

Seine Zahnbürste war feucht. Sie wich dem Blick der dunkelhaarigen Frau im Spiegel aus und putzte sich die Zähne.

Victoria hatte immer noch keine Kleider.

Der seidene Morgenmantel lag im Schlafzimmer auf dem Boden, wo sie ihn hatte fallen lassen. Unerwartet schüchtern schlang Victoria sich das feuchte Badetuch um.

Sie hätte nicht überrascht sein sollen, jemanden in Gabriels Schlafzimmer anzutreffen, aber sie war es.

Victoria umklammerte das zwischen ihren Brüsten geknotete Handtuch. Gleichzeitig schaute ein braunhaariger Mann auf. Er sah aus wie Mitte dreißig und schien keineswegs bekümmert, eine Frau zu sehen, die nichts anderes als ein Handtuch trug.

Sofort erkannte sie in ihm den Mann, der sie an dem Abend, an dem sie ihre Jungfräulichkeit versteigert hatte, zu Gabriel geführt hatte. *Gaston*, hatte Gabriel ihn genannt.

Wirre Gedanken schossen ihr durch den Kopf. Er wusste sicher von den Kondomen, um die sie gebeten hatte. Würde er den Dienstboten jetzt erzählen, wie dürr sie war?

Victoria wappnete sich mit einem tiefen Atemzug. Sie hatte nackt vor Madame René gestanden, ohne sich zu verstecken; sie konnte mit einem Handtuch bedeckt auch vor Gaston stehen, ohne einen hysterischen Anfall zu bekommen.

»Kann ich Ihnen helfen, Sir?«, fragte sie in jenem eiskalten Ton, der gelegentlich widerspenstige Kinder zur Räson gebracht hatte.

Gaston lächelte mit warmen braunen Augen. »*Mais non*, Mademoiselle. Ich habe lediglich diese Schachteln gebracht.«

Die weißen Schachteln, die er in der Hand hielt, waren mit roten Rosenblüten bedruckt. Victoria schreckte zurück.

»*Non, non*, Mademoiselle«, sagte Gaston schnell. »Ich habe sie persönlich bei Madame René abgeholt. Sehen Sie?«

Gaston stellte die Schachteln auf das zerwühlte Bett.

Hitze wallte durch Victoria; es war keine sinnliche Hitze.

Ein großer Fleck prangte am Rand des Lakens, wo sie gelegen hatte, als ihr Körper vor Lust triefte. Ein Metalldeckel lag auf dem Nachttisch; die aufgerollten Gummihäutchen in der kleinen Dose daneben waren unübersehbar.

Gaston schien sie nicht zu bemerken. Da er im Haus Gabriel angestellt war, achtete er vielleicht nicht mehr auf die äußeren Anzeichen körperlicher Vereinigung. Er hob den Deckel einer rechteckigen Schachtel an.

Victoria stählte sich, erinnerte sich an Blut, an Dollys Ha…

Die Schachtel enthielt ein schwarzes Satinkorsett.

Anspannung schlug in weibliche Neugier um.

»*Voilà*.« Gaston drehte sich strahlend zu Victoria um. Er hatte vollkommene weiße Zähne. »Es ist bloß ein hübsches Korsett, Mademoiselle.«

Gastons Versicherung trug nicht dazu bei, Victorias brennende Verlegenheit zu mindern, ein Überbleibsel all der Jahre, in denen sie sich als Ausbund an Tugend dargestellt hatte. Es spielte keine Rolle, dass ihre Lust das Laken befleckte oder auf dem Nachttisch eine offene Dose Kondome stand. Männer sprachen einfach nicht über Damenunterwäsche – geschweige denn, dass sie sie zur Schau stellten.

Gaston war unempfindlich gegen solche Anstandsregeln. Er öffnete weiter jede Schachtel, beschrieb die Weichheit von Seidenhemden, hielt eine mit blauen Bändern verzierte Unterhose hoch, damit sie die hauchdünne Seide bewundern konnte, zeigte ihr stolz Strumpfhalter, Seidenstrümpfe, feine Seidenhandschuhe, eine Tournüre, die mehr Ähnlichkeit mit einer Schürze hatte als mit dem Drahtgestell, das Victoria jahrelang getragen hatte.

Beifall glitzerte aus Gastons braunen Augen. »Das ist *très chique*. Monsieur Gabriel hat es ausgesucht.«

Während Victoria noch darüber nachdachte, dass Gabriel Leibwäsche für sie ausgesucht hatte, hielt Gaston wie ein Zauberer, der ein Kaninchen aus dem Hut zieht, ein goldbraunes Seidenkleid hoch, das mit seinen Verzierungen aus weinrotem Samt und dem cremeweißen Lampasunterrock mit grünen, gelben und matt roten Figuren eigentlich geschmacklos hätte wirken müssen, aber wunderschön war.

Unwillkürlich streckte sie die Hand danach aus. Gerippte Seide schmiegte sich in ihre Finger. Sie war viel weicher als die billigen Seidenunterhosen, die sie früher zu kaufen pflegte – die allerdings für den Lohn einer Gouvernante keineswegs billig waren.

»Mademoiselle wird bei dem Kleid Hilfe brauchen«, sagte Gaston in offenkundiger Vorfreude.

Victoria zog die Hand zurück und wurde sich schlagartig des Handtuchs bewusst, das sie umgeschlungen hatte, und des nackten Fleisches, das es kaum bedeckte. Sie würde auf keinen Fall zulassen, dass ein anderer Mann sie nackt sah. »Ich versichere Ihnen, Sir, ich bin durchaus imstande mich selbst anzuziehen.«

Gaston hatte wahrhaftig ein entwaffnendes Lächeln. Sie erinnerte sich des Lächelns in Gabriels Augen, als sie ihm gestern

Vorwürfe wegen der vielen Kleiderschachteln auf dem Sofa gemacht hatte.

Und nun hatte er Unterwäsche für sie ausgesucht.

»*Non, non*, Mademoiselle, Sie haben mich missverstanden«, sagte Gaston hastig. »Ich wollte Ihnen nicht meine Dienste anbieten; Monsieur Gabriel beschäftigt Zofen. Ich werde Ihnen eine schicken.«

Victoria hatte sich allein angezogen, seit sie das Haus ihres Vaters verlassen hatte.

»Vielen Dank, aber das ist nicht nötig.«

»*Mais oui*, es ist nötig, Mademoiselle«, versicherte Gaston ihr. »Monsieur Gabriel hat Anweisung gegeben, dass wir uns um all ihre Bedürfnisse kümmern.«

Victoria konnte nicht gegen die glühende Hitze an, die ihr in die Wangen stieg. »Ich versichere Ihnen, Sir, meine Bedürfnisse sind vollauf befriedigt.«

»*C'est très bon* – es ist gut, dass Sie gekommen sind.« Das wissende Funkeln in Gastons braunen Augen war unverkennbar. »Monsieur Gabriel, er war lange allein.«

Gabriel hatte einen Höhepunkt als *Kommen* bezeichnet. Gaston meinte doch sicher nicht …

»Er erlaubt mir nicht, ihn anzurühren«, platzte Victoria heraus.

Sie biss sich auf die Lippen – zu spät. Die Worte hallten nach.

Gastons braune Augen verurteilten sie nicht. »Aber er hat Sie angerührt, *n'est-ce pas*?«

Ihre Lippen waren geschwollen, ihre Augen umschattet.

»Ja.« Victoria straffte die Schultern. »Er hat mich angerührt.«

Langsam faltete Gaston das Kleid zusammen. »Monsieur Gabriel hat keine Frau – und keinen Mann – angerührt, seit ich bei ihm bin, Mademoiselle.«

Victoria schnürte es die Kehle zu. »Wie lange sind Sie schon bei ihm?«

Der brünette Franzose legte das hübsche goldbraune Kleid ordentlich zurück in die Schachtel. »Ich bin seit vierzehn Jahren bei Monsieur Gabriel.«

»Sind Sie sein Freund?«

Der mit Rosen bedruckte Deckel glitt über das Seidenkleid.

»Wir im Haus Gabriel sind nicht seine Freunde, Mademoiselle.«

Victorias Augen weiteten sich erstaunt.

Nachdem das Kleid wieder sicher verstaut war, hob Gaston langsam die dunklen Wimpern. Victoria schaute in Gabriels Augen, nur waren sie braun statt silbergrau.

»Wir sind seine Familie«, erklärte Gaston ausdruckslos. »In diesem Haus sind wir alle füreinander eine Familie.«

Auch Gaston hatte die Straße überlebt.

»Sind Sie … ein Prostituierter?«, fragte sie impulsiv.

Gaston zuckte nicht mit der Wimper. »*Oui*, Mademoiselle, ich war ein Prostituierter, wenn Kunden mich wollten. Wenn nicht, war ich – wie sagen Sie Engländer, ein Taschendieb und Mörder.«

Victoria atmete tief durch. »Ich nehme an, Sie sind nicht mehr in ihren früheren Berufen tätig.«

Plötzlich schwand die kalte Teilnahmslosigkeit der Straße aus Gastons Augen. Sie funkelten gewinnend. »*Non*, Mademoiselle, ich bin nicht mehr als Taschendieb und Mörder tätig. Monsieur Gabriel hätte es nicht gern, wenn wir seine Kunden bestehlen oder umbringen würden. Ich kümmere mich um Monsieur Gabriel und sein Haus.«

Und um die Bediensteten, die im Haus Gabriel arbeiteten. Eine Familie von Prostituierten, Dieben und Mördern.

Victoria straffte die Schultern. »Ich bin erleichtert, das zu hören, Sir.«

»Mademoiselle.« Aus Gastons Augen sprach Bewunderung und Humor. »Ihr Frühstück steht im Arbeitszimmer bereit. Sie können gleich essen oder warten, bis eine Zofe Ihnen beim Ankleiden geholfen hat.«

Als Gouvernante hatte Victoria mit den Dienstboten gegessen. Sie war es nicht gewohnt, sich bedienen zu lassen. Die Verlegenheit schwand angesichts der neuen Erfahrung, verwöhnt zu werden.

»Wirklich, Monsieur, ich brauche die Dienste einer Zofe nicht.

Aber vielen Dank. Ich werde das Frühstück genießen – und die Kleider. Sie sind sehr schön.«

Gaston wirkte erfreut über ihr Lob. »Wenn Sie irgendetwas brauchen, scheuen Sie sich nicht, danach zu fragen.«

Sie musste einen Engel heilen. Dazu gab es nur einen Weg. Victoria schaute in Gastons freundliche braune Augen und fragte nach dem, was sie brauchte. Was Gabriel brauchte.

Kapitel 19

Ein Schatten fiel auf Victoria. Gabriels Bild lag schwer auf ihren Lidern, ihren Brüsten, ihrem Bauch und ihren Schenkeln.

Sofort wachte sie mit klopfendem Herzen und stockendem Atem auf.

Die Badezimmertür schwang leise zu. Ein schmaler Lichtstreifen drang durch den Spalt zwischen Tür und Fußboden.

Gabriel war zurückgekommen. Sie schlug die Bettdecke zurück und glitt zwischen den Leinenlaken heraus. Ihre Brustwarzen verhärteten sich. Vor Kälte, sagte sie sich. Und wusste, dass es vor Angst war.

Victoria freute sich nicht auf die Rolle, die sie in dieser Nacht spielen musste, aber sie würde sie spielen. Sie würde einen Engel befreien.

Orange-blaue Flammen züngelten an geschwärztem Holz.

Das Feuer verlöschte aus Mangel an Fürsorge.

Victoria war verloschen, seit ihre Mutter sie bei einem kalten, lieblosen Vater zurückgelassen hatte. Gabriel war jedes Mal ein bisschen verloschen, wenn er Lust geschenkt, aber selbst keine Lust empfangen hatte.

Der weiße Tiegel auf dem Nachttisch zeichnete sich verschwommen im schwachen Licht ab. Mehr Licht brauchte Victoria nicht. Sie streckte die Hand aus, tastete … Metall. Die Silberdose mit den Kondomen.

Sie ließ die Dose los und tastete nach dem Glastiegel, den Gaston ihr vorher gebracht hatte. Mit zitternden Fingern schraubte Victoria den Deckel ab und legte ihn vorsichtig auf den Nachttisch. Das Klirren von Metall auf Metall fuhr Victoria über den Rücken.

Sie hatte den Deckel auf die kleine Dose gelegt. Sie konnte nur hoffen, dass ihre Entscheidung weniger ungeschickt war als ihre Bewegungen.

Der glatte Holzboden war kalt, hart. Ihre Brüste – passable Brüste, hatte Madame René gesagt; Symbole für die Sünde einer Frau, hatte ihr Vater behauptet – ragten in die Luft.

Gabriel hatte Victorias Brüste gesehen; sie hatte ihn nicht gesehen.

Gabriel hatte Victoria berührt; Victoria hatte Gabriel nicht berührt.

Noch nicht.

Gott stehe ihr bei, wenn sie es täte, hatte Gabriel gesagt. Weil er es nicht konnte. Oder wollte.

Victoria öffnete die Badezimmertür. Sie spürte Gabriels Wachsamkeit, sobald sie eintrat.

Eine lange, elegante Hand griff aus den Tiefen der Dusche und drehte an einem Wasserhahn. Wasser spritzte in die Stille; Dampf quoll aus der Holzverkleidung.

Den Glastiegel mit Gleitcreme, um die sie Gaston gebeten hatte, fest in der Hand, trat Victoria vor.

Gabriel hielt das Gesicht in den Brausestrahl, sein Haar war glatt und dunkel. Wasser lief über seinen muskulösen Rücken, seine straffen Pobacken und seine langen, langen Beine.

Er war schön. Viel, viel schöner als jeder andere Mann, den sie je gesehen hatte.

Gabriel wusste, dass Victoria ins Badezimmer gekommen war. Er wusste, dass Victoria ihn beobachtete.

Er wusste, was Victoria vorhatte.

Langsam senkte er den Kopf. Seine vom Wasser dunklen Haare schmiegten sich an seinen Hinterkopf, formten seinen Nacken nach.

»Wenn du mich anrührst, bringe ich dich um, Victoria.«

Gabriels Stimme klang distanziert; Spannung drang durch das Wasser und den dichter werdenden Dampf.

»Ich wäre nicht hier, wenn du nicht wolltest, dass ich dich berühre, Gabriel«, erwiderte Victoria ruhig. Und wusste, dass es der Wahrheit entsprach.

Der Mann, der dafür verantwortlich war, dass sie im Haus Gabriel war, kannte Gabriels Bedürfnisse. Er hatte ihm Victoria geschickt, um sie zu befriedigen.

»Mein Name ist nicht Gabriel.«

Victoria stählte sich für die Wahrheiten, die sie heute Nacht erfahren würde. »Wie ist er dann?«

»*Garçon. Con. Fumier.*«

Victoria wusste, dass *garçon* französisch war und Junge hieß. *Con* und *fumier* waren Vokabeln, die sie nicht kannte.

»Wir sind nicht dafür verantwortlich, wie andere uns nennen«, erwiderte sie ruhig.

»Wissen Sie, was *con* ist, Mademoiselle?«

Gabriels Stimme hallte hohl in der Kupfergrotte über den stetigen Wasserstrahl hinweg.

»Nein«, antwortete Victoria wahrheitsgemäß.

»Es heißt Bastard. Wissen Sie, was *fumier* heißt?«

»Nein.« Aber sie zweifelte nicht daran, dass Gabriel es ihr sagen würde. »Ich weiß es nicht.«

»*Fumier* heißt Miststück. Die Gosse ist voller Jauche; ich wurde in der Gosse geboren. Ich habe in der Gosse gelebt. Ein namenloser Bastard. Nicht die Hurerei hat mich zu dem gemacht, was ich bin«, sagte Gabriel in den dichter werdenden Dampf, während das Wasser auf ihn herabprasselte, »sondern die Tatsache, zu leben.«

Der Preis des Überlebens.

»Leben ist keine Sünde, Gabriel.«

Leben ist keine Sünde. Lieben ist keine Sünde.

Victoria wusste, dass es weit mehr als Worte erfordern würde, Gabriel von der Wahrheit ihrer Äußerung zu überzeugen.

»Ich habe einmal ein Buntglasfenster in einer Kathedrale gesehen. Darauf waren zwei Engel; ich wusste nicht, dass es Engel waren. Einer hatte dunkles Haar, der andere blondes. Eine alte Frau saß auf den Stufen zur Kirche, in England würde man sie als Kriecherin bezeichnen, eine Frau, die Bettler anbettelt. Ich fragte sie, wer *les deux hommes* – die beiden Männer – seien. Sie sagte, sie seien Engel. Der blonde Engel sei Gabriel, der Bote Gottes. Der dunkle Engel sei Michael, der Auserwählte Gottes. Sie sagte, im Himmel gebe es keinen Hunger und Engel bettelten nicht. Michael und Gabriel seien Gottes Lieblingsengel, sagte sie.«

Dampf quoll aus der Kupfergrotte, ballte sich in Victorias Nase und Brust.

»Als ich Michael in Calais traf, war er ein halb verhungerter Junge mit hungrigen Augen, der nicht betteln wollte und nicht stehlen konnte. Er erinnerte mich an den dunkelhaarigen Engel auf dem Fenster. Ich wollte sein wie er; ich wollte Augen haben, die nach mehr als einer Brotkruste und einem warmen, trockenen Schlafplatz hungerten. Ich wollte ein Engel sein, daher nahm ich den Namen eines Engels an. Als die französische Madame mir die Chance gab, der Armut zu entkommen, ergriff ich sie. Ich würde es wieder tun, wenn ich die Wahl hätte. Mach keinen Fehler, ich bin ein Bastard. Wenn du mich anrührst, tue ich dir weh. Und ich versichere dir, Victoria, ich kann dir auf Arten wehtun, die du dir nie hast träumen lassen.«

Victorias Gefühle lasteten auf ihrer Brust, bis sie vor Beklemmung und Dampf nicht mehr atmen konnte. Angst war deutlich zu erkennen, aber etwas anderes überwog die Angst.

Gabriel litt.

Sie besaß die Macht, seinem Leiden ein Ende zu setzen. Falls sie den Mut aufbrachte.

»Wir tun, was wir tun müssen, um zu überleben«, sagte Victoria ruhig. Hörte das Echo ihrer früheren Worte, ihrer, seiner …

»Tun wir das, Victoria?«, fragte Gabriel ohne Neugier. Wasser strömte über ihn.

»Ja«, sagte Victoria bestimmt. »Das tun wir.«

Sonst hätte sie ihre Jungfräulichkeit nicht im Haus Gabriel versteigert. Und sie wäre nie einem blonden Engel begegnet, der nach Liebe lechzte.

Gabriel wirbelte so schnell herum, dass die Bewegung Victoria den Atem raubte. Wasser prasselte auf seine Lider, lief sein Kinn hinunter, spritzte auf das nasse braunblonde Haar, das seine Brust bedeckte und als Pfeil zu seinen Lenden führte.

Victoria starrte ihn an.

Er war steif. Wasser rann vom prallen Kopf seines steifen Geschlechts.

Die Muskeln in ihrem Schoß ballten sich vor Verlangen zusammen.

Sie hatte Gabriel in der vergangenen Nacht flüchtig gesehen, als er das Kondom übergestreift hatte und mit seiner in Gummi gehüllten Männlichkeit, die aus dem Schlitz seiner grauen Wollhose ragte, auf sie zugekommen war.

Nun sah sie einen schamlos entblößten Mann mit blauen, pulsierenden Venen und allen Farbabstufungen – blasses Fleisch, dunkles, purpurrotes. Zwei straffe, ledrige Beutel schwangen unter einem Büschel vom Wasser dunklen Haares.

Victoria hegte keinerlei Zweifel, dass Gabriel ihr auf unvorstellbare Weise wehtun könnte. Wie man ihm wehgetan hatte.

Wie er weiter leiden würde.

Ihre Entscheidung …

Langsam hob Victoria die Augen.

Durch die sich kräuselnden Dampfschwaden wirkte Gabriels Blick ausdruckslos und kompromisslos. Die Augen eines Jungen, der ein Engel sein wollte, und eines Mannes, der die Verheißung auf das Paradies verloren hatte.

Zum ersten Mal war Victoria froh über die sechs Monate, die sie ohne Essen, Kleidung und letztlich auch Obdach hatte auskommen müssen. Sogar froh, dass ihre Knochen zu scharf hervortraten und ihr Fleisch sich zu straff darüber spannte.

Victoria wusste, wie es war, zu frieren und zu hungern. Sie wusste, wie es war, die Hoffnung auf Liebe gegen Essen und Obdach zu verkaufen.

Madame René hatte gesagt, Verführung bestehe darin, mit

Worten nackte Bilder zu malen. *Die Vorfreude zu schaffen auf … einen Kuss … eine Liebkosung … eine Umarmung.*

»Mein Vater hat Küssen verboten«, sagte Victoria nachdrücklich. »Ich möchte dich küssen.«

Das einzige Geräusch im Bad war das Prasseln von Wasser und Victorias Herzklopfen. Langsam stellte sie mit baumelnden Brüsten den Glastiegel auf die Holzverkleidung der Wanne und hob den Kopf, um Gabriels Blick festzuhalten.

»Mein Vater hat Umarmungen verboten.« Sie richtete sich auf. »Ich möchte deinen Körper mit meinem umarmen.«

Behutsam stieg sie in die Kupferwanne.

»Mein Vater hat Berührungen verboten.« Heißes Wasser netzte ihr Gesicht, leckte ihren rechten Fuß, ihren linken Fuß. »Ich möchte dich berühren, Gabriel.«

Lange konnte Gabriel nicht atmen, gefangen in hungrigen blauen Augen, während heißes Wasser ihm auf Kopf und Schultern prasselte. Es lief seinen Rücken hinunter, seine Brust, seine Lenden, seinen Hintern.

Jeder Zoll seines Körpers schrie eine Warnung. Wenn Victoria ihn berühren sollte …

Kalte Finger legten sich um Gabriels steifes Geschlecht.

Zuckendes Verlangen.

Blindwütiger Zorn.

Er wollte das nicht.

Aber Victoria ließ ihm keine Wahl. Genau wie der zweite Mann ihm keine Wahl gelassen hatte.

Gabriel packte Victorias Handgelenk, riss sie unter den Duschstrahl, schwang sie herum und drückte ihren Körper mit der Vorderseite gegen die Kupferwand der Dusche.

Victorias Hand schlug gegen die Wand.

»Du hast es versprochen«, knirschte er. Wasser lief ihm in den Mund, brannte ihm in den Augen, auf Brust, Schenkeln und jedem Fleckchen Haut, das Victoria berührte. »Du hast versprochen, mich nicht anzurühren.«

Aber sie hatte ihn berührt.

Sie hatte ihm ihren Körper geöffnet, seine Finger und sein Geschlecht in sich aufgenommen, bis die Dunkelheit des bevorstehenden Höhepunkts im grellen Aufblitzen der Lust unterging.

»Ich habe versprochen, dich gestern Nacht nicht anzurühren«, keuchte Victoria in das prasselnde Wasser und stützte sich gegen die Kupferwand, »und das habe ich auch nicht getan. Ich habe mein Versprechen gehalten, Gabriel.«

Sie hatte ihr Versprechen nicht gehalten. Sie hatte ihn mit ihrer Leidenschaft und ihrer Lust berührt.

Ich sehe dich, Gabriel …

Aber sie hatte ihn nicht gesehen.

Sie hatte nicht den Jungen gesehen, der Bettler anbettelte, oder die Hure, die einen Mann anbettelte.

Gabriel spürte Victorias Angst, er roch sie durch ihr Verlangen – sie hatte Angst gehabt, als sie ins Badezimmer kam. Ihre Angst hatte ihm verraten, was sie vorhatte.

Sie hatte vor, einen Engel zu befreien. Aber er war kein Engel.

Er war ein namenloses Miststück, das mehr gewollt, mehr gewagt und den Preis bezahlt hatte.

Gabriel presste sich gegen Victoria. Seine Finger kreisten über ihre weichen Oberarme; seine Schenkel legten sich an ihre Pobacken, seine Männlichkeit schob sich der Länge nach in den Spalt, Haar klebte an ihnen beiden, ihres, seines. Er ließ sie seine Härte spüren, seine Stärke.

Ihre Verletzlichkeit.

»Ist es das, was du willst, Victoria?«, schmeichelte er. Die Dusche versengte seine Haut.

Victoria wandte ihm ihr Profil zu, die rechte Wange glitt über schlüpfriges Kupfer. Wasser strömte von ihrem Gesicht, lief ihr die Wange hinunter, klebte ihr Haar an ihre Kopfhaut, ihre Ohrmuschel, ihren zerbrechlichen Nacken.

»Ja«, sagte sie. Gab ihrer Angst immer noch nicht nach. »Ich will, dass du mich berührst.«

Er hatte sie in der vergangenen Nacht berührt, aber es war nicht genug.

Für sie. Für ihn.

»Wie soll ich dich berühren, Victoria?«, raunte er verführerisch. Er verstand, Lust zu bereiten, verstand, Schmerz zu bereiten. Er verstand nicht zu lieben. Huren liebten nicht. »Soll ich dich berühren, wie ich eine Frau berühre, oder soll ich dich berühren, wie ich einen Mann berühre?«

Wasser prasselte auf Victorias Wimpern, regnete auf ihre Wange. »Gibt es einen Unterschied?«

Dampf wand sich um sie.

Beschwörend. Aufreizend.

»Frauen sind weicher.« Gabriel streifte Victorias Ohr mit seinen Lippen – sie hatte ein kleines Ohr, unendlich verletzlich. Es war glühend heiß an seinen Lippen; der Spalt zwischen ihren Pobacken nahm sein Geschlecht in die Zange. »Sie sind leichter zu verletzen.«

Bei seinem zarten Kuss verkrampfte Victoria sich, misstrauisch über seine Sanftheit. Ein Engel mit Geschenken …

»Männer sind härter, muskulöser.« Gabriel kostete zart den Rand ihres Ohres, das Innere ihres Ohres, eine heiß zustoßende Zunge. Wasser strömte über sein Gesicht, sein Kinn, tropfte auf seine Schulter. »Sie mögen es gröber. Soll ich grob zu dir sein, Victoria?«

»War der Mann, der dich hat betteln machen, grob zu dir, Gabriel?«, forderte Victoria ihn heraus; wasserschwarzes Haar klebte an seinen Lippen.

Gabriel biss bei der Erinnerung die Zähne zusammen.

Der zweite Mann war nicht grob gewesen, aber sein Komplize. Gabriel hatte den Schmerz begrüßt.

Victoria würde den Schmerz nicht begrüßen.

Aber das war alles, was Gabriel ihr geben konnte.

»Erregt dich der Gedanke an fickende Männer?«, fragte er leise, bewusst vulgär.

Die Frauen, mit denen Gabriel früher zusammen gewesen war, hatte es erregt. Sie hatten einen blonden Engel mit einem dunkelhaarigen Engel vergleichen wollen.

Aber Michael war der Engel; nur er konnte einer Frau Engel zeigen. Gabriel hatte ihnen die finstere Seite der Begierde gezeigt.

»Er hat dich vergewaltigt«, beharrte Victoria in den Dampf und das strömende Wasser.

»Zwei Männer haben mich vergewaltigt«, antwortete er seidig, knabberte an ihrer Wange; sein Herzschlag pochte in seinen Fingern, die ihren Arm festhielten, in seiner Brust, die sich an ihren schmalen Rücken presste, in seinem Geschlecht, das den Spalt zwischen ihren Pobacken ritt.

»Aber ein Mann hat dir Lust bereitet«, hakte Victoria hartnäckig nach.

Zum Teufel mit ihr.

»Ja«, bestätigte Gabriel leise.

Ein Mann hatte ihm Schmerz bereitet; der zweite Mann hatte ihm Lust gebracht.

Den Schmerz hätte er ertragen können. Die Lust hatte er nicht ertragen. Sie würde Gabriel für immer beflecken.

Und sie wusste es, diese Frau, die ihm jener Mann geschickt hatte, der die Schichten eines Engels eine nach der anderen abgepellt hatte, bis nichts mehr übrig geblieben war.

Engel bettelten nicht, aber er hatte Gabriel betteln gemacht.

Victoria drängte sich gegen Gabriel – um ihn zu sehen, zu berühren, ein Teil von ihm zu sein, der so lange darum gekämpft hatte, allen fernzubleiben. »Ich will es wissen!«

Gabriel fuhr mit der Zunge die Kontur von Victorias Ohr nach; seine Männlichkeit lag zwischen ihren Pobacken. Die Tränen, die er nicht weinen konnte, tropften aus seinem Geschlecht. »Was willst du wissen, Victoria?«

»Ich will wissen, was er dir angetan hat.«

Erinnerung peitschte durch die Hitze des Wassers, das auf seinen Körper und Victorias weiche Haut prasselte.

Schmerz. Lust.

»Du hast durch die transparenten Spiegel gesehen, wie Männer ficken, Victoria.« Gabriel füllte ihr Ohr mit seinem Atem. »Willst du, dass ich dir sage, wie es ist, in den Arsch gefickt zu werden? Oder willst du, dass ich dir sage, wie es ist, vergewaltigt zu werden?«

Tropfnasses Kupfer rahmte Victorias Kinn. »Ich weiß, wie es ist, Teil eines anderen sein zu wollen, Gabriel.«

In der vergangenen Nacht war sie ein Teil von ihm gewesen und er ein Teil von ihr.

Die Dunkelheit der Wahrheit leckte an Gabriel, bis er das Gefühl hatte, zu bersten.

»Einem Mann war ich nicht fern«, sagte er verführerisch.

Einem Mann war er nie fern gewesen.

Michael. Michael.

Eine Weile hatte Gabriel gedacht, auch er könne ein Engel sein.

Der zweite Mann hatte ihm gezeigt, was er war.

Con. Fumier.

»Er hat dir wehgetan, Gabriel.« Dampf ließ Victorias Gesicht verschwimmen. »Ich will die Kränkung wegnehmen.«

»Und du glaubst, du kannst meine Kränkung wegnehmen, indem du … was tust, Victoria?«, fragte Gabriel leichthin, seinen Atem, seine Hitze, das Wasser teilend, das über seinen Körper strömte. »Indem du dich von mir vergewaltigen lässt?«

»Ich möchte, dass du mir zeigst, was er dir angetan hat.«

Wasser tropfte von Gabriels Nase auf Victorias Wange; es kroch zwischen ihre Körper, tanzte auf seiner Eichel und wusch seine Tränen fort. »Über welchen Mann möchtest du etwas wissen, Victoria?«

»Ich will wissen, was der Mann, der dir wehgetan hat, dir angetan hat.« Victorias Stimme hallte in der Kupferhaube wider, lockte ihn, elektrisierte ihn. »Und dann möchte ich, dass du mir zeigst, was der Mann dir angetan hat, der dich hat um Lust betteln lassen. Ich möchte, dass du mich um Lust betteln machst, Gabriel.«

Gabriel hatte nicht um Lust gebettelt – er hatte um Erlösung gebettelt. Und dann hatte er um den Tod gebettelt.

Er wollte nicht, dass Victoria bettelte – nicht Victoria mit ihren hungrigen blauen Augen.

»Weißt du, wo Männer vergewaltigt werden, Victoria?«, murmelte Gabriel provozierend. Steifes Fleisch schmiegte sich zwischen ihre Pobacken. Seine Brust schmiegte sich an ihre schmalen Schultern und ihren Rücken. Seine Eichel pochte mit jedem Atemzug, jedem Herzschlag. Wasser prasselte auf sie beide ein.

Es wäre so einfach, sie zu töten …

»Ja, ich weiß, wo Männer vergewaltigt werden«, sagte Victoria in das Rauschen der Dusche.

Aber sie wusste es nicht. Männer wurden nicht durch ihren Körper vergewaltigt, Männer wurden durch ihre Seele vergewaltigt.

Gabriel verdrehte den Oberkörper, griff hinter sich und tauchte die Finger in den Cremetiegel, den Victoria auf die Wannenverkleidung gestellt hatte.

Wasser perlte auf seinen Fingern, auf der Creme.

Ein Teil von ihm und dennoch fern von ihm.

Aber einer Frau wollte er nicht fern sein.

»Willst du wissen, was ich empfunden habe, Victoria?«, stachelte er sie an. Tötete sie. Tötete sich. »Willst du wissen, wie es ist, in den Arsch gefickt zu werden?«

»Ja.« Victoria warf den Kopf zurück, schluckte Wasser, schluckte Angst. Ihre Hände blieben flach auf der Kupferwand liegen, ein bereitwilliges Opfer. »Ich will wissen, was du empfunden hast.«

Aber Gabriel wollte es nicht.

Er wollte nicht, dass eine Frau wusste, was er empfunden hatte.

Gabriel lehnte sich leicht zurück und schob die Hand zwischen ihre Körper. Er schmierte sich mit der kalten, glitschigen Creme ein – Eichel, Schaft; Victorias Pobacken reizten seinen Handrücken, seine Knöchel.

Er nahm sich fest in die Hand und umkreiste sie mit seiner eingecremten Eichel … rutschend, gleitend, lockend, betörend. »Ist es das, was du willst, Victoria?«, schmeichelte er. Von Natur und Ausbildung eine Hure.

Victoria verkrampfte sich; sie war weder auf Lust noch auf Schmerz vorbereitet.

In der vergangenen Nacht hatte er ihre Jungfräulichkeit genommen, ein dünnes Häutchen, das er ganz allmählich geweitet hatte, bis ein Finger hindurch passte, zwei Finger, drei.

Er hatte es nicht zerrissen, weder mit den Fingern noch mit seiner Männlichkeit.

Eine gerissene Hure würde ihr Jungfernhäutchen reparieren und noch einmal verkaufen.

Aber Victoria war keine Hure.

Ihre Jungfräulichkeit ließ sich wiederherstellen. Wenn er Victoria jetzt nähme, wäre sie nie wieder imstande, Unschuld für sich zu beanspruchen. Sie konnte Gabriel nicht heilen; aber er konnte sie zerstören.

Er wollte ihr nicht wehtun.

Was Gabriel wollte, hatte ihn in der Vergangenheit nicht aufgehalten … Zu huren. Zu töten.

Er wusste, dass es ihn auch jetzt nicht aufhalten würde.

Gabriel kreiste, kreiste, schob sich hinein. Und brach fast zusammen bei der Lust, die ihm in die Hoden schoss.

Aber er wollte die Lust nicht.

Instinktiv wölbte Victoria ihren Körper. Selbst hierin akzeptierte sie ihn. Sie, die nie den Schmerz kennen gelernt hatte, den Männer Frauen bereiten konnten. Den Schmerz, den Männer Männern bereiten konnten.

»Ist es das?«, raunte Gabriel Victoria lockend ins Haar und auf die nasse Wange. Kreisen, pressen, kreisen, fester pressen, kreisen, noch fester pressen, ihren Körper umwerbend, den seinen aufzunehmen, wie er es vor siebenundzwanzig Jahren gelernt hatte. »Ist es das, was Sie wollen, Mademoiselle Childers?«

»Ja.« Victoria kniff die Augen zu, wandte ihren Kopf gegen seine Lippen und suchte Trost bei dem Mann, den sie aufgefordert hatte, sie zu vergewaltigen.

Damit er nicht mehr leiden musste.

Aber er würde nie frei sein von der Kränkung.

»Sag mir, Victoria, ist es das, was du willst?«, schmeichelte er. Seine Brust schmiegte sich an ihren Rücken, während ihre Hände flach an der Kupferwand lagen und versuchten, ihre Lust und ihren Schmerz zurückzuhalten. Aber sie konnte sie nicht zurückhalten. Selbst eine erfahrene Hure, wie Gabriel es früher war, hatte sie nicht zurückhalten können. »Du brauchst mir nur zu sagen, dass ich aufhören soll, und ich höre auf. Sag es, Victoria. Sag mir, dass ich aufhören soll.«

Sonst würde er sterben. Und sie mit sich nehmen.

Victoria nahm die aufwärts gerichtete Kuppe seiner Männlichkeit in sich auf. Und keuchte ihr Todesurteil. »Hör nicht auf!«

Ein Widerhall der Vergangenheit schrie in seinem Schädel.

Aufhören … Aufhören … Aufhören …

Gefolgt von: *N'arrête pas … N'arrête pas … N'arrête pas …*

Nicht aufhören … Nicht aufhören … Nicht aufhören …

Gabriels Muskeln ballten sich in seinen Schenkeln und Pobacken. Die linke Hand glitt Victorias Arm hinunter – einen Frauenarm, weich, schlank, so leicht zu zerquetschen oder zu zerbrechen. Sie strich über ihre Taille und legte sich auf ihre Hüfte.

Er hörte nicht auf.

Victoria krallte die ausgestreckten Finger zu Fäusten. Sie melkte sein Fleisch, verzweifelt bemüht, sich der ungewohnten Invasion anzupassen.

Ihr Schmerz vibrierte durch den heißen Dunst.

Gabriel barg sein Gesicht in ihrem nassen Haar.

Er wollte das nicht.

Unbarmherzig prasselte die Dusche auf sie herab, einen Mann und eine Frau, die ihre Angst und ihre Begierde zusammengeführt hatten.

»Sag mir, ich soll aufhören, Victoria«, raunte Gabriel, ertrinkend im Sprühstrahl des Wassers, im engen Hafen ihres Körpers, in der Vergangenheit, die er überlebt hatte, und in der Zukunft, die ihm versagt geblieben war.

»Nicht aufhören!«, keuchte sie.

»Sag mir, dass ich aufhören soll, Victoria«, wiederholte er. Und zog sich zurück, bis nur noch die Kuppe seines Geschlechts in ihr war.

Victorias Muskeln zogen sich zusammen, versuchten ihn aufzuhalten, versuchten ihn wieder in sie hineinzuziehen.

Lust. Schmerz.

Gabriel wollte nicht, dass Victoria Finsternis sah, wenn sie ihren Höhepunkt erreichte. *Voir les anges. La petite mort.* Gabriel wollte, dass Victoria Engel sah, nicht Tod.

»Nicht aufhören!«, schrie sie.

Er drang weiter in sie ein. »Sag mir, ich soll aufhören, Victoria.«

»Ich spüre deine Eichel«. Victoria sog heißen Dunst ein, Wasser strömte in ihren Mund. »O, lieber Gott!«

Gabriel spürte Victoria genauso intensiv, wie sie ihn. Innen und außen schlüpfriges Fleisch. Wachsender Druck, steigend, einen Ausweg suchend.

Sie musste ihn aufhalten.

Er trieb hinein.

Victorias Bauch prallte gegen die Kupferwand. »O Gott!«, brach es aus ihrer Kehle.

Hitze.

Gabriel erinnerte sich nicht, dass eine Frau so heiß war. Er spürte die schlüpfrige Nässe ihrer Haut und die schlüpfrige Hitze ihres Körpers, die sich in seinen Hoden ballte.

»Sag mir, ich soll aufhören, Victoria«, wiederholte er rau; glitt, fiel zurück in die Vergangenheit.

»Hast du ihm gesagt, er soll aufhören?«, keuchte sie und nahm den französischen Jungen in sich auf, der ein Engel hatte sein wollen, und die Hure, die um Erlösung gebettelt hatte.

»Ja!«, zischte Gabriel zwischen zusammengebissenen Zähnen. Er konnte nicht aufhören. Er glitt aus Victoria heraus. Zu seiner Lust, nicht zu ihrer. »Ich habe ihm gesagt, er soll aufhören.«

Victoria biss sich auf die Unterlippe – sie hatte schöne Lippen, die Unterlippe war kaum voller als die Oberlippe. Wasser rann an ihrer Schläfe herunter. »Aber er hat nicht aufgehört.«

Er hatte nicht aufgehört. Er hatte nicht aufgehört, bis der zweite Mann ihm gesagt hatte, er solle aufhören.

Dann hatte der Alptraum begonnen.

»Sag mir, ich soll aufhören«, sagte Gabriel.

Bettelnd. Aber Engel bettelten nicht.

Victorias Pobacken ballten sich zusammen. »Nein.«

Für einen Moment raubte es Gabriel vor Schmerz und Lust den Atem.

»Dann bettele mich an, nicht aufzuhören«, sagte er grob.

»Mach mich betteln, Gabriel«, forderte sie etwas in ihm heraus.

Aber er wollte nicht, dass sie ein Teil von ihm war.

»Dich betteln machen ... wie, Victoria?«, fragte Gabriel mit gefährlich leiser Stimme. Sein Körper bebte vor Verlangen. »Willst du, dass ich dich betteln mache, aufzuhören?«

Schmerz.

»Ja.«

»Oder willst du, dass ich dich betteln mache, nicht aufzuhören?«

Lust.

»Ja«, wiederholte sie keuchend, zitternd.

Bereit, seinen Schmerz und seine Lust auf sich zu nehmen.

Aber Gabriel wollte Victoria seinen Schmerz nicht geben.

Er wollte glauben, und sei es auch nur für einen Moment, dass er eine Seele gefunden hatte und dass diese Seele Victoria Childers hieß. Eine Frau, die sein Gesicht sah, wenn sie vor Lust schier barst, das Gesicht eines Mannes, der seinen Namensvetter im Stich gelassen hatte.

Gabriel packte Victorias Hüfte. Seine Finger umklammerten ihre Hüftknochen. Seine Muskeln ballten sich.

Er wollte Victoria vögeln, bis sie schrie, er solle aufhören. Und dann wollte er sie vögeln, bis sie bettelte, er solle nicht aufhören.

Er wollte, dass Victoria die Wahrheit auslöschte und den namenlosen Jungen zurückbrachte, der geglaubt hatte, er könne ein Engel sein.

»Sie ketteten mich an«, sagte er in den wallenden Dampf und das prasselnde Wasser. »Ich konnte mich nicht rühren. Ich konnte mich nicht wehren.«

Er hatte es lediglich über sich ergehen lassen können, bis er es nicht mehr aushielt.

Langsam zog Gabriel sein Geschlecht zurück, bis nur noch sein Herzschlag in Victoria pochte.

Die Wahrheit ließ sich nicht leugnen.

»Er benutzte kein Gleitmittel«, sagte er rau.

Die beiden Männer hatten ihn nur genommen, um ihm wehzutun. Weil er einen schwarzhaarigen Jungen mit violettblauen Augen geliebt hatte.

Einen Jungen, der ihn lesen und schreiben gelehrt hatte.

Einen Jungen, dem Gabriel lieber in die Prostitution gefolgt war, als sich von ihm zu trennen.

Gabriel schob die Hüften vor: Victoria nahm ihn auf. Wie er genommen worden war.

Erbarmungslos prasselte die Dusche auf seinen Kopf. Auf Victorias Kopf.

»Es gibt ein Wort.« Wasser rann über Gabriels Gesicht. »Algolagnie. Eine Lust, die nicht von Schmerz zu unterscheiden ist. Willst du wissen, wie Schmerz zur Lust werden kann, Victoria?«, raunte er.

Innerlich sterbend. Äußerlich sterbend.

Mit pochendem Geschlecht. Die Vergangenheit überwältigte die Gegenwart.

»Ja.« Victoria verschlang Luft. Wasser. Seine Männlichkeit. »Ja, ich will.«

Gabriel hatte nicht gebettelt, bis der Schmerz in Lust umgeschlagen war. Aber das würde Victoria nicht verstehen, bis sie es selbst erlebte.

Plötzlich wollte er, dass sie es verstand. Er wollte, dass sie ein Teil von ihm wurde.

Er wollte, dass sie verzieh, was er nie verzeihen konnte.

Gabriel packte ihre rechte Hüfte, glitt mit der linken Hand vor, tastete mit von Creme und Wasser schlüpfrig nassen Fingern, suchte … fand.

Ihr Kitzler pulsierte zwischen seinem Daumen und Zeigefinger, die empfindlichste Stelle einer Frau, weicher als Seide.

Sie war hart – so hart, wie Gabriel es jetzt war. So hart, wie er damals gewesen war.

Victoria zuckte, bebte, erstarrte, erkannte, wie ein Mann eine Vergewaltigung schmerzhaft gestalten konnte, während ein anderer sie lustvoll gestaltete.

»Gabriel«, flüsterte sie. In der vergangenen Nacht war sie zehn Mal für ihn gekommen. Jedes Mal, wenn sie vor Lust aufgeschrien hatte, hatten die Kontraktionen ihres *portail* ihm das Herz zusammengeschnürt.

»Würdest du um einen Engel weinen, Victoria?«, raunte er.

»Ja«, sagte sie unsicher mit pochendem Herzen. Vielleicht schlug aber auch sein Herzschlag in ihrem Körper.

Das Wasser, das in Bächen über Victorias Wange triefte, war salzig. Tränen für einen Engel.

Behutsam stieß Gabriel sich in Victoria; gleichzeitig melkte er ihren geschwollenen Kitzler wie ein kleines Glied.

Er pochte. Wie er selbst gepocht hatte.

Gabriel schlang den rechten Arm um ihre Taille, drückte Victoria an sich und massierte und melkte sie, bis ihr Fleisch und sein Fleisch unerträglich anschwollen. Bis das Verlangen nach dem Höhepunkt größer war als das Verlangen zu atmen.

Plötzlich ließ er sie los. Auf der Schwelle zur Erlösung. Sein Fleisch glitt in ihren Körper, gegen ihren Körper.

Sie konnte nichts tun, um den Höhepunkt zu erreichen.

»Würdest du einen Engel anbetteln, Victoria?«, raunte Gabriel. Sein Finger schwebte über ihrem prallen Kitzler, der nach seiner Berührung schrie, während er sie so tief ausfüllte, dass er das Innerste der Frau Victoria Childers berührte.

Mit Schmerz. Mit Lust.

Einer Frau, deren einzige Sünde darin bestand, einen Engel zu begehren.

»Bettele mich an, Victoria«, sagte er sanft.

Wie Gabriel am Ende gebettelt hatte.

Plötzlich entstellte Angst ihr wasserüberspültes Gesicht.

Victoria erkannte, dass ihr Körper ein Apparat war: Ein Objekt, das dazu gebracht werden konnte, Lust zu empfinden, ob sie es wollte oder nicht. Nie wieder würde ihr Körper ausschließlich ihr gehören.

»Nein!«, keuchte sie.

Zu spät.

Ihr Schmerz und ihre Lust umschlangen Gabriels Hoden. Sie drängte sich nach der Erlösung, die er ihr nicht erlaubt hatte, obwohl sie gleichzeitig darum rang, ihren Körper wieder in ihre Gewalt zu bringen. Doch auch das erlaubte er ihr nicht. Gleich würde sie betteln, wie Gabriel gebettelt hatte. Und sie würde nie wieder Licht sehen. Gabriel wollte nicht, dass Victoria bettelte. Er wollte nicht, dass sie mit dem Wissen lebte, wie leicht ihr Körper zur Waffe werden konnte.

Er wollte nicht, dass sie Finsternis sah, wenn er sie berührte. Der zweite Mann hatte ihm eine Frau gegeben: Wenn Victoria wegen ihres Verlangens, einen Engel zu berühren, sterben musste, konnte er ihr wenigstens Lust schenken, für die es sich zu sterben lohnte. Vorsichtig drehte Gabriel mit kleinen Schritten, mit in ihr gleitendem, reibendem Glied – äußerlich gleitendem, reibendem Fleisch – Victoria zur Seitenwand der Dusche um. Gepresst befahl er ihr: »Dreh die Leberbrause um.«

Warum brauchte er ihr nicht zu sagen.

Victoria beugte sich vor.

Der Schmerz und die Lust ihrer Bewegung presste ihr die Luft aus den Lungen. Er konnte es nicht aufhalten: den Schmerz, die Lust. Gabriel spürte jede Drehung von Victorias Handgelenk, als drehe sie nicht den Wasserhahn, sondern seine Männlichkeit; sein schlüpfriges Geschlecht, das einen Viertel Zoll in die faustenge Hitze ihres Körpers glitt, einen halben Zoll heraus, einen atemberaubenden Zoll hinein.

Ein Schwall heißen Wassers spritzte auf seinen Fuß.

»Dreh den Strahl nach oben«, sagte Gabriel heiser; er klammerte sich an ihre Hüfte und seinen gesunden Verstand.

Er erkannte seine Stimme nicht wieder. Erkannte Victoria sie?

Linkisch richtete sie den Strahl aus.

Behutsam schob Gabriel sie weiter vor – sein Geschlecht glitt, rieb, liebkost, gezwickt von ihren Muskeln; zwei Körper, die eins waren –, bis ihr Becken sich gegen den Duschstrahl presste und das Wasser ihren prallen Kitzler stichelte.

»O mein … Gabriel!«

Verwunderung, Lust, der kommende Höhepunkt würzten Victorias Aufschrei.

In Gabriels Erlösung hatte keine Freude gelegen.

Er kniff die Augen zu, warf den Kopf in den Sprühnebel, umklammerte mit beiden Händen Victorias Hüften und stieß so tief in sie, dass ihre Pobacken seine Lenden abfingen und es keinen bevorstehenden Tod, keine lauernden Erinnerungen, keinen zweiten Mann mehr gab. Nur noch zwei Körper, die eins wurden. Der Schock seines Eindringens geriet durch Victorias überwältigenden Höhepunkt in den Hintergrund. Ihre Muskeln ballten sich um ihn zusammen, bis Gabriel die Zähne zusammenbiss, umspült von heißem Wasser, schlüpfrigem Fleisch.

Der Weichheit einer Frau.

Dem Verlangen eines Mannes.

Gabriel pumpte sein Fleisch in Victoria und hielt sie so, dass sie höchste Lust aus seinem Eindringen und dem Wasserstrahl zog. Ihren zweiten Höhepunkt spürte er, noch bevor sie ihn spürte.

»Gabriel, bitte … Nicht!«, schrie Victoria.

Gabriel hatte geschrien, ein sechsundzwanzigjähriger Mann, der nie zuvor geschrien hatte. *Bitte. Aufhören.*

Es hatte den zweiten Mann nicht aufgehalten.

Er grub sein Gesicht in Victorias Nacken, suchte Trost in der nassen Schlüpfrigkeit ihres Haares und Fleisches; Victorias Hinterkopf presste sich an seine Schulter.

»O … mein … Gott!« Keuchte sie in gequälter Lust. »Gabriel. Gabriel. Bitte … nicht … aufhören!«

Die Wahrheit ließ sich nicht leugnen.

»Ich konnte es nicht verhindern«, sagte Gabriel, die Lippen an ihrem Haar, ihrem Nacken, sein Geschlecht in ihrem Körper.

Blutrote Flecken drängten sich in die Dunkelheit hinter Gabriels Lidern. Er hatte dem Komplizen die Kehle durchgeschnitten. Sein Blut war heiß und glitschig.

Wie das Duschwasser.

Wie Victorias Körper.

Wie die körperliche Liebe.

»Ich konnte es nicht verhindern«, wiederholte er.

Und pumpte mit den Hüften vor Lust und Schmerz. Unfähig, den Strom der Erinnerungen aufzuhalten.

Schwarzes Haar. Violettblaue Augen.

Liebe. Hass.

Gabriels linke Hand suchte blindlings Trost, glitt Victorias wassernasse Taille hinauf, über kantige Rippen, um weiches, rundes Fleisch, seine Finger umschlossen krampfhaft ihre linke

Brust. Ihr Herz hämmerte gegen seine Finger; ihre Brustwarze drückte sich in seine Handfläche, Leidenschaft war Balsam und Geißel zugleich.

Sie war so leicht zu zerstören. Durch den zweiten Mann.

Durch Gabriel.

Er drückte die Lippen hinter Victorias Ohr. Es brachte die Worte nicht zum Schweigen, die aus seiner Brust brachen und aus seinem Mund explodierten. »Ich … konnte es … nicht verhindern.«

Nicht den Schmerz. Nicht die Lust.

Nicht den Verlust.

Liebe war nicht unschuldig. Egal, wie sehr Gabriel es auch gewollt hatte.

Das hatte der zweite Mann ihn gelehrt.

Ein tiefer Schrei brach aus Victorias Kehle. Er vibrierte an Gabriels Lippen. Plötzlich wölbte sie sich nach hinten, ihr Körper öffnete sich, packte sein Fleisch, melkte es, bis Gabriels Knie unter der Wahrheit nachgaben und er glitt, fiel …

Hartes Kupfer prallte gegen seine Knie.

Victoria fiel mit Gabriel, als ihr Körper die Erlösung eines Engels verschlang.

Er hatte es nicht verhindern können.

Kapitel 20

Ein Schwall Wasser prasselte Victoria ins Gesicht, dann war es vorbei. Der Höhepunkt, der sie in die Knie gezwungen hatte, das Wasser, das sie zum Höhepunkt gebracht hatte, der Herzschlag des Mannes in ihr, der sie in seine Welt mitgenommen und ihr den Schmerz und die Lust geschlechtlicher Liebe gezeigt hatte.

Ich … konnte es … nicht verhindern, hallte es in der Kupfergrotte wider.

Der Schrei eines Engels.

Das Kupfer war hart; Victoria würde blaue Flecken auf den Knien bekommen. Nachbeben durchzuckten ihr Hinterteil, ihr Becken und ihre Brüste. Fünf Finger brannten auf ihrem Bauch; ihr Herzschlag trommelte gegen seine Handfläche.

Gabriels Hand.

Die Erinnerung an ihre Lust, seinen Schmerz schnürte ihr die Kehle zu. *Sie ketteten mich an. Ich konnte mich nicht rühren. Ich konnte mich nicht wehren.*

In ihrem Eifer, einen Engel zu befreien, hatte Victoria Gabriel derselben Entscheidung beraubt, die auch der zweite Mann ihm genommen hatte: Sie hatte ihn zur Fleischeslust gezwungen.

Eine Entschuldigung lag ihr auf der Zunge. »Das Wasser hat aufgehört«, kam stattdessen heraus.

Es war zu spät für Entschuldigungen.

»Ja«, sagte Gabriel tonlos. Seine Stimme war eine flüchtige Liebkosung an ihrem Nacken und ihrer Schulter.

Victoria starrte auf die Frau mit der kupferfarbenen Haut, die in der Dusche gefangen war. Fünf kupferfarbene Finger prägten sich in ihren Bauch; ihre linke Brust war beschützend von einer kupfernen Hand umfangen. Kupferblondes Haar vermengte sich mit wasserschwarzem Haar.

Tränen brannten Victoria in den Augen. Sie musste es wissen.

»Was ist passiert, nachdem sie mit dir fertig waren?«

»Sie ließen mich liegen.« Aber nicht, um zu sterben.

Gabriels Worte wurden von Victorias Haar und Haut erstickt; ihre Bedeutung jedoch nicht.

Sie hatten nicht gewollt, dass Gabriel starb. Aber er hatte sterben wollen.

»Wer hat dich befreit?«, fragte sie mit unsicherer Stimme und kannte die Antwort.

»Michael.« Der Auserwählte.

Ein Junge mit hungrigen Augen, der nicht gebettelt hatte.

»Er ist kein Franzose.« Wasser kroch ihren Nacken herunter. »Wie kam es, dass er in Calais war?«

»Er war als blinder Passagier auf einem Schiff aus Dover herübergekommen, als wir dreizehn waren.« Gabriels Stimme war distanziert; seine Lippen bewegten sich an ihrem Haar und darunter an ihrem Nacken. Das Haar auf seiner Brust und seinem Bauch kitzelte sie im Rücken; das drahtige Haar seiner Lenden kitzelte ihre Pobacken. »Ich beobachtete ihn, als er einen Laib Brot aus der Auslage eines Bäckers stahl; es war offensichtlich, dass er noch nie gestohlen hatte. Ich klopfte an das Fenster, um den Bäcker abzulenken, damit er nicht erwischt wurde; dann folgte ich ihm. Michael teilte das Brot mit mir auf dem Weg nach Paris.«

In Paris waren sie beide zu Prostituierten ausgebildet worden.

Victoria hörte nicht nur, was Gabriel sagte, sondern auch, was er nicht sagte. Wenn Michael nicht zu stehlen verstand, war er auch nicht auf der Straße geboren. Gabriel hatte sich nach einem Engel benannt, um Michaels Freundschaft würdig zu sein.

Eine lange Weile verging; Dampf löste sich in dünne graue Dunstschwaden auf. Wasserperlen liefen an dem kupfernen Mann und der Frau in der Duschgrotte herab.

Ihr Hinterteil tat weh von Gabriel, dem Mann; ihr Herz tat weh um des Jungen willen, der ein Engel hatte sein wollen.

Heißer Atem streifte Victorias Ohr. »Ich habe Michael angebettelt, mich sterben zu lassen.«

Aber Michael hatte ihn nicht sterben lassen.

Gabriels Worte brannten die Wahrheit in Victorias Haut ein: Michael liebte Gabriel ebenso wie Gabriel Michael liebte.

Er hatte nicht verdient zu leiden.

»Du hast den ersten Mann getötet.« Plötzlich hallte Wut durch die Kupfergrotte. »Warum hast du den zweiten Mann nicht getötet?«

Vor sechs Monaten wäre Victoria über ihre Blutrünstigkeit entsetzt gewesen. Damals hatte sie noch nicht gewusst, dass Lust zur Waffe werden konnte.

»Ich konnte ihn nicht finden.«

Victorias Herz pochte gegen seine fünf Finger. Ein Mann hatte Gabriel vernichtet und …

Sie versuchte, den Kopf zu wenden, um Gabriel anzusehen; ihr Haar, das sich zwischen ihnen verfangen hatte, hinderte sie daran. »Kanntest du seinen Namen?«

»Nein.«

»Und jetzt?«

»Ich weiß seinen Namen immer noch nicht.«

Aber Gabriel wusste etwas über diesen Mann, der ihm systematisch Leid zugefügt hatte. Etwas, was er Victoria nicht sagte.

Etwas, was sich zwischen die Liebe gestellt hatte, die zwei Engel miteinander verband.

Victorias Knie schmerzten; Gabriels Körperwärme hielt sie.

Sie wollte ihn berühren; sie hatte Angst davor. Sie hatte Angst, ihm noch mehr Schmerz zuzufügen.

»Wie lange bist du schon Besitzer dieses Hauses?«, fragte sie, um ihn abzulenken, um ihn zu halten.

Um ihm den Trost zu geben, den er immer noch nicht annehmen konnte.

Gabriel setzte sich auf die Fersen, zog Victoria auf seine festen, behaarten Schenkel, damit sie nicht mehr auf hartem, unnachgiebigen Kupfer kniete.

Ebenso hartes Fleisch drückte sich in ihr Hinterteil.

Victorias Herz schlug schneller.

Gabriel atmete heftiger. »Vierzehn Jahre.«

Ich habe seit vierzehn Jahren, acht Monaten, zwei Wochen und sechs Tagen keine Frau mehr angerührt, hatte er ihr an dem Abend gesagt, als sie ihre Jungfräulichkeit versteigert hatte.

»Du hast dein erstes Haus gebaut …«, Victoria tastete nach der Wahrheit, »… um diesen Mann anzulocken?«

»Ja.«

Aber er hatte sich nicht anlocken lassen. Und Gabriel hatte sein Haus niedergebrannt. Nur um es wieder aufzubauen.

»Wieso ist er nach all diesen Jahren zurückgekommen?«

Gabriel ließ Victorias Brust los. »Rache.«

»Aber er hat doch dir Leid zugefügt.«

Gabriels ließ Victorias Taille los. »Geld.«

Erpressung ist der Preis der Sünde …

»Hat er versucht, dich zu erpressen?«

Gabriel hob Victoria auf ihre Knie. »Sport.«

Die kupferfarbene Frau in der Grotte war frei, und wieder

spürte Victoria die kalte Metallwanne, ihr nasses Fleisch, das brennende Unbehagen, wo Gabriel in sie eingedrungen war, die schlüpfrige Creme zwischen ihren Pobacken.

Die ungeheure Einsamkeit des Mannes hinter ihr.

Sie spürte, wie Gabriel aufstand, ein Luftzug, ein leises Knacken von Knochen. Ein kupferfarbener Mann überragte Victoria in der Duschgrotte.

Gabriel stieg über den Wannenrand. Victoria starrte auf einen straffen Schenkel, einen behaarten Hoden, einen hellen Marmorpo.

Schweigend ging er über den Marmor und blieb vor dem Waschbecken stehen. Der Spiegel war beschlagen; sie sah von Gabriel lediglich seine kräftigen, vom Wasser glatten Schultern, den geschmeidigen Rücken, die schmalen Hüften, den straffen Po, lange Beine und das verschwommene Spiegelbild seines gesenkten Kopfes.

Wasser plätscherte; Dampf quoll. Die Pobacken spannten sich, Gabriel schob die Hüften vor.

Victoria brauchte nicht zu sehen, was er tat, um zu wissen, dass er sein Geschlecht wusch.

Ihr Hintern brannte und pochte.

Ihr Schmerz. Sein Schmerz.

Gabriel nahm den Waschlappen von der hölzernen Handtuchstange und tauchte ihn ins Waschbecken.

Victoria stützte sich auf die Holzverkleidung der Wanne und zog sich linkisch hoch.

Gabriel drehte sich um, den Waschlappen in der Hand. Sein Gesicht war blass, distanziert. Fern von ihr statt ein Teil von ihr.

»Nichts hat sich geändert, Victoria.«

Victoria würde nicht weinen, nicht ihretwegen, nicht wegen eines gefallenen Engels.

»Der Mann wird versuchen, dich zu töten«, sagte Gabriel tonlos.

Sofort schlug die Hitze der Demütigung in Kälte um.

Gabriels Stimme war näher.

Victorias Kopf fuhr hoch.

Er stand über ihr, mit steifem männlichem Fleisch.

Ein einzelner Tropfen glitzerte auf der prallen Kuppe seiner Männlichkeit.

Er war ein Teil von ihr gewesen – vorne, hinten.

Sie wollte, dass er immer noch ein Teil von ihr war.

Victoria richtete sich auf. Ihr Kitzler, den er sanft massiert hatte, schwoll.

Bewusster als ihren nächsten Atemzug spürte sie die Geschmeidigkeit zwischen ihren Pobacken und die Nässe zwischen ihren Schenkeln. Sie erwiderte: »Er wird auch versuchen, dich zu töten.«

Gabriel wich der Wahrheit nicht aus. »Er wird versuchen mir wehzutun, indem er dir wehtut.«

Victorias Herz stockte, einen Schlag, zwei Schläge. *Wer war dieser Mann, der Gabriel jagte, während Gabriel ihn jagte?* »Würde es dir wehtun … wenn er mir wehtäte?«

»Ja.«

Ihr wurde es eng um die Brust. »Warum?«

»Weil ich dich will, Victoria.«

Ihre Augen brannten.

»Ich will, dass du mich berührst.«

Ihr Atem stockte.

»Ich will, dass du mich liebst.«

Ihr Herz blieb stehen.

»Ja, es würde mir wehtun, wenn er dir wehtäte.« Silbernes Licht tanzte in den grauen Schatten seiner Augen. »Es würde mich umbringen, dich sterben zu sehen, weil du mich berührt hast, nicht nur mein Geschlecht. Du hast mich mit deiner Leidenschaft und deiner Aufrichtigkeit berührt.

Du hast gesagt, du wolltest keine Begierde spüren; ich auch nicht. Aber ich spüre Begierde; ich brauche dich, damit du diese Begierde mit mir teilst. Das hat er mir gezeigt, indem er dich hergebracht hat. Er will dich in meinen Augen sehen, dich auf meiner Haut riechen. Und er wird vor nichts zurückscheuen, um dich zu töten. Nur weil du mich berührt hast.«

Wie er Dolly, die Prostituierte, getötet hatte, nur weil sie Victoria zum Haus Gabriel geführt hatte.

Victorias vorgespielter Mut verfolgte sie. *Wenn Sie mich zwingen zu bleiben, werde ich Sie verführen, Sir,* hatte sie gedroht.

Dann werden Sie die Konsequenzen tragen müssen, Mademoiselle, genau wie ich.

Gabriel hatte die Gefahr ihrer Begierde gekannt. Er lebte seit fast fünfzehn Jahren mit dem Wissen, wie der zweite Mann war.

»Hast du je einen anderen Menschen als Michael geliebt, Gabriel?«

»Nein.«

Victoria war so beklommen, dass ihr das Atmen schwer fiel. »Ich bereue nicht, dich berührt zu haben.«

Gabriel kam näher, helle Alabasterhaut, wasserschwarzes blondes Haar. Hartes Fleisch drängte sich in ihren Bauch. »Du wirst es bereuen, Victoria.«

Sie atmete scharf ein. »Was willst du von einer Frau, Gabriel?«

Warmer Atem leckte ihre Wange. »Du hast Mitleid mit einem dreizehnjährigen Jungen, der ein Engel sein wollte.«

Es war keine Frage.

Victoria würde nicht lügen. »Ja.«

»Und wenn du mich ansiehst …«, ein schwieliger Finger strich über ihre Unterlippe, »… siehst du das Gesicht eines Engels.«

Victorias Unterlippe zitterte. »Was siehst du, wenn du mich ansiehst, Gabriel?«

Dunkle Wimpern verschleierten Gabriels Augen. Langsam zog er eine Feuerspur über ihr Gesicht; hartes Fleisch umschloss Victorias rechte Wange. »Ich habe dir gesagt, ich heiße nicht Gabriel.«

Victoria befeuchtete ihre Lippen, schmeckte seinen Atem, den Seifenrest an seinem Finger, die Lust, die er ihr geschenkt hatte. »Du sagtest, du hättest dich nach Gabriel benannt, deshalb heißt du auch Gabriel.«

Langsam hoben sich seine Wimpern. »Und du willst mich immer noch berühren.«

Victoria konnte nicht lügen. »Ja.«

»Ich habe geweint, Victoria.«

Tränen stiegen ihr in die Augen; eine einzelne Träne tropfte aus dem harten Fleisch, das sich in ihren Unterleib drängte. »Weinen ist keine Sünde, Gabriel.«

Leben ist keine Sünde.

Lieben ist keine Sünde.

»Nein.« Kaltes, nasses Tuch rieb über Victorias linke Wange; sofort wurde sie gewärmt von heißer, harter Haut. Gabriel schmiegte die Hand an ihre Wange, als sei sie aus kostbarem Glas. »Weinen ist natürlich. Ohne Tränen wird es gefährlich, *Victoire.*«

Victoire. Die französische Form von Victoria.

Victoria hielt ganz still unter Gabriels Berührung, atmete seinen Atem, sog seinen Duft ein.

»Ich habe einen Mann in den Hundred Guineas Club geschickt«, murmelte er, als ob der Name des Clubs ihr etwas sagen müsste.

Er tat es nicht.

»Was ist der Hundred Guineas Club?«

Heißer Atem streifte sengend ihre Lippen. »Ein Herrenclub.«

»Ein Club, in dem Herren sich treffen.«

London war voller Herrenclubs.

»Es ist ein Club, in dem Männer Frauengestalt annehmen«, erklärte Gabriel und wartete auf ihr Entsetzen. »Manche Männer verkleiden sich als Frauen.«

Victoria hatte die abgetrennten Hände einer Frau in Lederhandschuhen gesehen. Sie weigerte sich, über die Kleiderwahl eines Mannes zu erschrecken. »Warum hast du einen Mann in den Hundred Guineas Club geschickt?«

Gabriel nahm sanft ihr Gesicht in seine Hände. »Ich habe einen Mann hingeschickt, um für mich zu huren.«

Zu huren … für *Gabriel?*

»Wenn er es nicht gewollt hätte, hätte er es doch nicht tun müssen«, antwortete Victoria unsicher. Ihr Herz pochte in ihrem Körper, außerhalb ihres Körpers.

»Es war ihm verhasst.« Gabriels Atem füllte ihre Nasenlöcher und ihren Mund. »Jetzt hasst er mich.«

Dennoch hatte Gabriel ihn in den Club geschickt, wohl wissend, dass es ihm verhasst war.

Victoria bemühte sich krampfhaft, die Hände an ihren Seiten zu halten und seinen quälend nahen Körper nicht zu berühren.

Es war gefährlich, einen Engel zu berühren.

Gabriel würde gegen die Liebe ankämpfen, nach der er sich sehnte.

»Warum hat er ... sich prostituiert ... wenn es ihm verhasst war?«

Gabriels Männlichkeit glitt über ihren Bauch. »Er hat es aus Loyalität getan.«

»Du hast ihn gebeten, sich zu prostituieren, obwohl du wusstest, dass er dich dafür hassen würde«, hauchte sie in seinen Mund.

Der Waschlappen war etwas kühler als Gabriels Hand. Rauer. Reibender. »Ja.«

»Warum?«

Warum hatte Gabriel bewusst jemanden in eine Lage gebracht, die ihn erniedrigte? Obwohl er aus eigener Erfahrung wusste, welchen seelischen Schaden es anrichten würde? Gabriels Atem füllte Victorias Lungen; die Kuppe seiner Männlichkeit füllte ihren Bauchnabel. »Der zweite Mann war nicht allein, als er für dich geboten hat.«

Victorias Magen schlug Purzelbäume.

Der zweite Mann tötete jeden, mit dem er in Berührung kam. Wenn er an jenem Abend mit jemandem zusammen war, stammten die Hände in den Handschuhen vielleicht doch nicht von Dolly ...

»War der Mann, der bei ihm war, als Frau verkleidet?«

Heißer Atem streifte sengend ihre Lippen; ebenso heißes Fleisch brachte ihren Bauch zum Glühen. Glatte Flüssigkeit tropfte innen an ihrem Schenkel herunter; ein weiteres Rinnsal schlängelte sich über ihren Unterleib. »Nein.«

»Aber er war Mitglied im Hundred Guineas Club.«

Victorias Fingernägel gruben sich in ihre Handflächen. »Und jetzt ist er tot.«

»Ja«, bestätigte Gabriel ungerührt. Als ob der Tod alltäglich wäre.

»Dieser Mann, der ...« – uns – »dich töten will ... Nimmt er Frauengestalt an?«, fragte Victoria, von seiner Körperwärme und seinem Atem eingehüllt.

»Manchmal.«

Bilder von Frauen, die Victoria während der Versteigerung gesehen hatte, blitzten vor ihrem inneren Auge auf. Sie hatte keine Frau gesehen, die aussah wie ein Mann in Frauenkleidern.

Londons Straßen waren einfacher als Londoner Clubs. Auf der Straße kämpften Menschen gegen Menschen, um ihnen das gleiche Leid zuzufügen, das sie selbst erlitten hatten.

Das Bild des Mannes, den Gabriel beschrieb, ergab keinen Sinn.

Die Kälte und die Hitze, die abwechselnd durch ihre Adern pulsierte, ergab keinen Sinn.

Angst. Begierde.

Sie sollten nicht Hand in Hand gehen.

»Du sagtest, er würde mir wehtun ... geschlechtlich«, sagte Victoria, darum ringend zu verstehen, was Gabriel verstand. »Dann zieht er also nicht Männer Frauen vor.«

Gabriel küsste sanft ihr linkes Augenlid mit hauchzarten Lippen. »Er genießt die Macht des Geschlechts, nicht den Geschlechtsakt.«

Victorias Wimpernschlag flatterte gegen seidenweiche Haut, einen feuchten Zungenschlag. »Du sagst, dass er dem Akt geschlechtlicher Erlösung fern steht.«

»Ja.«

Wie Gabriel dem Akt geschlechtlicher Erlösung fern stand.

Sie scheute vor dem Vergleich zurück.

»Und wenn er tötet?«, fragte sie. »Genießt er es, Schmerz zuzufügen, oder genießt er die Macht, Schmerz zufügen zu können?«

Gabriel küsste ihr rechtes Augenlid, schmeckte ihre Wimpern, ein feuchtes, heißes Lecken. »Die Macht.«

»Du hast also gehofft, wenn du jemanden in den Hundred Guineas Club schickst, würdest du einen Hinweis finden, der dich zu diesem Mann führt, der ... uns töten will«, überlegte Victoria ruhig mit pochendem Herzen und rasendem Puls.

Das *Uns* hallte zwischen ihnen nach.

»So hatte ich es geplant«, bestätigte Gabriel.

»Du hast einen der Männer geschickt, die mich in dein Haus gelassen haben.« Aufkeimendes Begreifen erfüllte Victoria. Ihre Wimpern flatterten an seiner Lippe. Es hielt ihren Vorwurf nicht auf. »Du hast ihn dort hingeschickt, um ihn zu bestrafen.«

»Ich habe ihn hingeschickt, weil er ein ehemaliges Clubmitglied ist.« Gabriels Lippen glitten von ihren Wimpern; er schaute in Victorias Augen, nahm ihr Gesicht fest in beide Hände und zwang sie, der Wahrheit ins Auge zu sehen. »Du hast gefragt, was ich von einer Frau will. Ich sage dir, was ich will, Victoria Childers.«

Aber plötzlich wollte Victoria es nicht mehr hören.

»Ich will eine Frau, die mich berührt, obwohl sie weiß, was ich bin«, sagte er mit peitschend heißem Atem und schonungslosem silbernem Blick. »Ich bin ein Bettler, ein Dieb, eine Hure und ein Mörder. Es gibt nichts, was ich nicht tun würde, um den zweiten Mann zu erwischen. Ich will, dass du mich willst, obwohl du weißt, was ich bin. Ich will, dass du mir in die Augen schaust, wenn du mich in deinen Körper nimmst, und dass du weißt, was du in dich aufnimmst, einen Bettler, einen Dieb, eine Hure, einen Mörder. Ich habe dir gesagt, ich will, dass du mich liebst, aber ich kann nicht versprechen, dass ich deine Liebe erwidern kann. Ich kann nicht versprechen, dass ich dich retten kann. Ich kann nicht versprechen, dass du nicht stirbst. Aber ich kann dir versprechen, dass ich mein Leben geben würde, um dich zu retten. Ich kann dir versprechen, dass ich all deine Begierden zu befriedigen vermag. Es gibt nichts Geschlechtliches, was ich nicht schon praktiziert habe, nichts Geschlechtliches, was ich nicht tun würde, um dir Lust zu bereiten. Was du durch die transparenten Spiegel gesehen hast, hat dich erregt. Ich will dich mit keinem anderen Mann teilen, aber ich kann dir zeigen, wie es wäre, mit zwei Männern zusammen zu sein. Alles, was ich dafür verlange, ist, dass ich dich berühren darf, dass ich für dich sorgen darf. Und dass du deine Lust mit mir teilst. Mach, dass ich Licht sehe, wenn du zum Höhepunkt kommst, Victoria. Es ist das einzige Licht, das ich je sehen werde.«

Kann nicht versprechen, dass ich dich lieben kann … Kann nicht versprechen, dass ich dich retten kann … Kann nicht versprechen, dass du nicht stirbst.

Will dich nicht teilen …

Victoria konnte nicht atmen vor Gabriels Atem; konnte nicht fühlen vor Gabriels Hitze; konnte sich nicht rühren vor seiner Männlichkeit.

Er hatte als Prostituierter Erfolg gehabt, weil er als Kind gelernt hatte, sich außerhalb seines Hungers, seiner Kälte, seiner Gefühle zu stellen.

Aber ein Mann hatte ihn berührt.

Es bedarf einer mutigen Frau, einen Mann wie Monsieur Gabriel zu lieben, hatte Madame René gesagt.

Aber Victoria war nicht mutig.

Sie war Gouvernante geworden, statt ihren Vater als Frauenfeind zu entlarven, der seinen Weiberhass hinter moralischer Rechtschaffenheit versteckte. Sie hatte sich um die Kinder anderer Frauen gekümmert, statt zu heiraten und festzustellen, dass sie eine Hure war, die mehr nach der Liebe eines Mannes als nach der Frucht seines Samens lechzte.

Victoria war in das Haus Gabriel gekommen, um zu überleben, nicht, um zu sterben.

Sie war nicht in das Haus Gabriel gekommen, um sich selbst akzeptieren zu lernen, indem sie einen gefallenen Engel akzeptieren lernte. Aber das hatte sie getan.

Sie war nicht mutig.

»Ich brauche dich nicht, um für mich zu sorgen«, brachte sie mühsam heraus.

Victoria wollte nicht von einem Mann abhängig sein.

Gabriels Hand spannte sich an; hartes Fleisch packte zu, kaltes Tuch rieb. »Du würdest die Straße nicht überleben, Victoria.«

»Du hast sie überlebt«, antwortete sie prompt.

Sein Blick ließ sie der Wahrheit nicht ausweichen. »Ich bin auf der Straße geboren; du bist als Lady geboren.«

Victorias Vergangenheit stellte sich zwischen sie, die Kuppe seiner Männlichkeit pulsierte an ihrem Bauch als eindringliche

Mahnung an die Schwäche einer Frau. »Meine Mutter ist mit einem anderen Mann davongelaufen.«

»Deine Mutter hat deinen Vater verlassen genau wie du«, sagte Gabriel rundheraus. »Genau wie er deinen Bruder gezwungen hat, fortzugehen.«

»Ich verstehe nicht, was du von mir willst.«

»Ich habe dir gesagt, was ich von dir will.«

Er wollte, dass sie ihn akzeptierte, voll und ganz. Bettler. Dieb. Hure. Mörder. Dafür verlangte er lediglich, dass sie ihre Lust mit ihm teilte.

Victoria leckte sich die Lippen, ein glatter Zungenschlag über rissige Lippen. »Du verlangst von mir, dass ich … in deinem Haus lebe.«

»Ja«, sagte er unverhohlen. Die silbernen Augen wachsam.

»Vorausgesetzt, wir überleben.«

»Ja.«

Aber wie lange würde Gabriel noch leben? Wie lange würde sie noch leben?

Die Wirklichkeit war ein unwillkommener Eindringling.

»Das ist nicht nötig«, sagte sie steif und war sich plötzlich schmerzlich ihrer allzu scharf vortretenden Knochen, ihrer straff gespannten Haut und ihrer vorspringenden Brüste bewusst. »Ich habe meine Jungfräulichkeit freiwillig hergegeben.«

»Ich habe dich nicht genommen, weil du Jungfrau warst.«

Wie schwer es doch war, die Wahrheit einzugestehen.

»Du warst erregt, weil ich mich vor dir zur Schau gestellt habe. Wenn ich nicht … nackt vor dir herumstolziert wäre, wärst du nicht in Versuchung geraten. Oder wenn ich dir vor dem transparenten Spiegel nicht einen unsittlichen Antrag gemacht hätte …«

»Ich bin jede Nacht von Frauen umgeben, die mehr tun, als ihre Nacktheit zur Schau zu stellen, Victoria.«

Unsicherheit zerriss Victoria. »Aber das ist etwas anderes …«

»Ja.« Gabriel ließ ihr Gesicht, ihren Blick nicht los.

Victoria wandte den Blick nicht von Gabriels starrem Blick. »Tut es dir Leid, dass du mich ersteigert hast?«

»Nein.«

Victoria las die Wahrheit aus Gabriels schönen Augen.

»Ich habe kein Licht gesehen, als ich in der Dusche zum Höhepunkt kam, Gabriel.«

Schmerz.

Victoria hatte einen Engel verletzt.

Dampf schwebte als Aureole um seinen wasserschwarzen Kopf. »Was hast du gesehen?«

Victoria schaute in Gabriels Augen und sah sein Gesicht kupfern statt alabaster in der Dusche gespiegelt. »Ich habe dich gesehen.«

Sie hatte seinen Schmerz gesehen. Sie hatte seine Lust gesehen.

Erinnerung blitzte in Gabriels Augen auf: das Kreisen seines Fleisches, das Aufblühen ihres Fleisches. Der Schrei ihrer Lust.

Die endlosen Höhepunkte, die er ihr in der vergangenen Nacht bereitet hatte.

Die endlosen Höhepunkte, die er ihr in dieser Nacht bereiten würde.

Aber in der vergangenen Nacht hatte sie noch nicht gewusst, was sie heute Nacht wusste.

Kein Mann hatte je für sie sorgen wollen.

Worte drängten sich auf Victorias Zunge. »Mein Haar ist nass.«

Die Hände an ihrem Gesicht strafften sich. »Ich werde es trocknen.«

Heiße Tränen brannten in ihren Augen. »Es ist durcheinander.«

»Ich werde es kämmen.«

Verlangen tröpfelte an Victorias Schenkeln herunter; die geschmeidige Nässe zwischen ihren Pobacken erinnerte sie daran, wie gut dieser Mann ihre Begierden kannte.

»Gestern Abend war ich noch Jungfrau.«

Victoria schluckte. Wo war das hergekommen?

Sinnliches Wissen funkelte aus seinem Blick. »Ich weiß, dass du Jungfrau warst.«

»Aber ich habe nicht geblutet.«

Dunkelheit verbannte das silberne Licht aus seinen Augen. »Ich wollte nicht, dass du blutest.«

Victoria erinnerte sich, wie die pralle Kuppe seiner Männlichkeit in sie geglitten war, Stück für Stück, Höhepunkt für Höhepunkt … Die Hitze, die in ihr aufstieg, ließ sich nicht zurückhalten. »Hast du Licht gesehen, als ich meinen ersten Höhepunkt erreicht habe?«

»Ja.«

»Aber du hast nur drei Finger in mich gesteckt.«

Und nicht fünf wie bei der Frau, mit der er hatte eins werden wollen.

Die Glut in Gabriels Augen raubte Victoria den Atem. »Für diese Art von Penetration bist du noch nicht bereit.«

»Aber eines Tages … werde ich es sein?«, fragte sie unsicher.

Falls er überlebte.

Falls sie überlebte.

Falls er sie noch wollte, wenn die Gefahr nicht mehr als Aphrodisiakum wirkte.

»Eines Tages gebe ich dir fünf Finger, Victoria.« Sein Gesicht war marmorhart. »Eines Tages berühre ich dich so tief und fülle dich so vollständig aus, dass du es nie bereuen wirst, mich zu berühren.«

Victoria rang nach Luft, die nicht von seinem Atem erhitzt war. »Das hast du schon, Gabriel.«

Sie würde in seinem Blick ertrinken. »Bitte, lass mich los.«

»Warum?«

»Weil ich glaube, dass ich gleich zum Höhepunkt komme«, sagte Victoria ehrlich; ihre Stimme hallte durch die dunstige Luft.

Licht und Dunkelheit flackerten in Gabriels Blick.

Das Wissen um ihre Begierde. Das Wissen, ihr Verlangen zu stillen.

Gabriel senkte den Kopf und umschloss leicht ihre Lippen; seine Zunge stieß in ihren Unterleib. Einen Herzschlag danach war er fort. Während Victorias Körper am Rand des Höhepunkts pochte.

Wie er in der Dusche gepocht hatte, als sein Bauch und seine Brust an ihrem Rücken und ihrem Po klebten, sein *bitte* so tief in ihr vergraben, dass ihre Körper eins waren.

Ein Handtuch legte sich um Victorias Haar, das Gabriel behutsam trocknete; jedes sinnliche Reiben wurde zur greifbaren Liebkosung. Sie stand ganz still, während er ihre Pobacken trocknete – flüchtig über den Spalt glitt, der noch die Überreste seines Eindringens trug –, ihre Beine trockentupfte …

Ein dumpfes Klatschen hallte in ihren Ohren. Abrupt rieb Kälte über die empfindliche Stelle zwischen Victorias Pobacken.

Ihre Augenlider flogen auf – wann hatte sie sie geschlossen? »Was …«

»Ich habe dir wehgetan, Victoria.« Ein muskulöser Arm legte sich um ihre Taille, hielt sie fest. Behutsamer, kräftiger Druck wusch die Überreste der Creme ab, kreiste herum und herum. »Lass mich für dich sorgen.«

Victoria zwang sich, ihre Muskeln zu entspannen. »Mir wäre es lieber, wenn die Fürsorge gegenseitig wäre.«

Gabriel wusch sie, bis sie sich wand, weil er aufhören sollte, und dann, bis sie sich wand, damit er mehr täte, als sie nur zu waschen. Victoria griff hinter sich …

Ins Leere.

Sie kämpfte gegen eine Woge der Enttäuschung an. »Gabriel, ich will dich berühren.«

Gabriels Stimme kam vom Waschbecken. »Das hast du schon, Victoria.«

Victoria wirbelte herum. Gabriel drehte sich mit dem Kamm in der Hand um.

»Ich will mehr berühren als nur deinen Schwanz.«

Schweigend kam Gabriel zu ihr, einen Elfenbeinkamm in der rechten Hand. Lange, helle Finger streckten sich nach ihr aus. »Dann nimm meine Hand, Victoria.«

Sie starrte auf die langen, nackten Finger, die in der vergangenen Nacht ein Teil von ihr waren. Sie starrte auf das lange, nackte Geschlecht, das eben noch ein Teil von ihr war und es bald wieder sein sollte. Ein winziger Herzschlag pochte in der prallen, purpurroten Kuppe.

Gabriels Begierde.

Mit plötzlich weichen Knien nahm sie seine Hand. Victoria

öffnete die Badezimmertür und ging Gabriel voraus in die Dunkelheit. Grelles Licht blendete sie. Victoria blinzelte.

Die beruhigende Wärme von Gabriels Fingern verschwand. »Setz dich aufs Bett.«

Schweigend setzte Victoria sich auf die Bettkante; die Matratze senkte sich, Federn knarrten, ihre Füße standen fest nebeneinander auf dem Boden.

Ihr Po war wund.

Gabriel bückte sich, dass seine Schultermuskeln sich spannten, seine Hoden baumelten, nahm drei Holzscheite aus dem Messingbehälter und warf sie auf das Feuer, das wie durch ein Wunder immer noch brannte. Schwarze Asche und grauer Rauch stoben den Kamin hinauf.

Es kam ihr vor, als sei ein Leben vergangen, seit sie in dieses Feuer gestarrt hatte.

»Ich will versuchen, mich von dir berühren zu lassen, Victoria.« Gabriels Stimme war erstickt, seine Worte richteten sich an die Flamme, die langsam die frischen Scheite umzüngelte.

Er würde versuchen, sich von ihr berühren zu lassen.

Er würde versuchen, sie nicht sterben zu lassen.

Aber er konnte ihr beides nicht versprechen.

»Ich würde dir gern angenehme Erinnerungen geben, um die schmerzlichen zu ersetzen, Gabriel.«

Gabriel drehte sich zu ihr um. »Jedes Mal, wenn du einen Höhepunkt hast, gibst du mir andere Erinnerungen.«

Sie würde nicht weinen.

Victoria schaute zu, wie Gabriel wortlos zu ihr kam, seine langen Beine die Entfernung überwanden, sein praller *bitte* in die Luft ragte. »Ich hatte noch nie einen Mann gesehen, bevor ich meine Stelle verlor. Vor fünf Monaten sah ich einen an einer Straßenecke. Ich merkte gar nicht, dass seine Hose offen war. Ich dachte, er hätte ein Würstchen aus der Tasche hängen.«

Gabriel blieb vor ihr stehen. Das Fleisch, das vor ihr in die Luft ragte, war unverwechselbar. »Es gibt einen französischen Ausdruck: *andouille à col roulé*.«

Victoria legte den Kopf in den Nacken. »Was heißt das?«

»Wurst mit heruntergerolltem Kragen«, erklärte Gabriel ernst. Die beiden Lederbeutel unter seiner Männlichkeit waren straff.

»Wie nennt man die …« Victoria schluckte und erinnerte sich an die Sprache auf englischen Straßen. »… die Eier eines Mannes in Französisch?«

»*Noisettes.*« Haselnüsse. »*Noix.*« Nüsse. »*Olives.*« Oliven. »*Petites oignons.*«

Victorias Augen runzelten sich zu einem plötzlichen Lachen. »Kleine Zwiebeln?« Als Antwort funkelte ein Lachen in den tiefen von Gabriels Augen. »*Croquignoles.*«

»Kekse«, übersetzte sie.

Das Lachen verschwand abrupt aus seinem Blick. »*Bonbons.*«

Unwillkürlich schweifte Victorias Blick zum Gegenstand ihres Gesprächs. »Ich mag den Geschmack von Bonbons.«

Zögernd streckte sie einen neugierigen Finger aus. Gabriels Hoden waren furchig und so rau wie das behaarte Leder, dem sie ähnlich sahen.

Reine, rohe Kraft durchströmte Victoria. Sie stammte nicht von ihr.

Langsam hob Victoria die linke Hand. Sie schaute Gabriel in die Augen und leckte mit einem bewussten Zungenschlag an ihrer Fingerspitze. »Sie schmecken nicht wie *petites oignons*, Sir.«

Noch nie hatte Victoria nackte Begierde in den Augen eines Mannes gesehen; nun sah sie sie in Gabriels Augen.

»Wie schmecke ich denn, Mademoiselle Childers?«, fragte er heiser.

Victoria kostete noch einmal an ihrem Finger. »Ich würde sagen, Sie schmecken nach … *les noix* de Gabriel.« Den Nüssen Gabriels.

Das Lachen sprang unvermittelt in seine Augen, Licht vertrieb die Dunkelheit.

Sofort ließ sie die Hand sinken, die Füße sittsam auf dem Boden, die Brüste heiß und schwer. »Vielen Dank.«

»Wofür?«, fragte Gabriel angespannt; jeder Muskel seines Körpers spannte sich, wie um Schmerz abzuwehren.

»Dass du mir erlaubst, eine Frau zu sein.«

Statt sie als Hure zu bezeichnen, wie jeder Gentleman es getan hätte.

Eben noch saß Victoria vor Gabriel, im nächsten Augenblick schwebte sie in der Luft. Das Quietschen der Bettfedern umgab sie. Mit Schwung landete sie zwischen Gabriels Beinen und spürte muskulöse Schenkel um ihre Hüften.

»Danke mir niemals, Victoria.«

Gabriels Stimme war barsch.

Victoria öffnete den Mund zu einer Erwiderung. Elfenbeinzähne zerrten durch verknotete Haarsträhnen. Sie klammerte sich an feste, haarige Schenkel, grub die Fingernägel in muskulöses Fleisch, die ihren Schmerz teilten. Die Elfenbeinzähne des Kammes arbeiteten sich durch die verknoteten Strähnen.

Victoria rührte sich nicht, überwältigt von Erinnerungen. Ihre Mutter hatte ihr die Haare gebürstet.

Das V der Beine Gabriels strahlte Hitze aus.

»Wie nennt man auf Französisch die Brüste einer Frau?«, fragte sie unvermittelt.

»*Melons.*«

»Melonen«, übersetzte Victoria. »Das ist sehr … komisch. Jedenfalls viel besser als Apfelklöße.« Ein auf den Londoner Straßen gebräuchlicher Ausdruck.

Plötzlich brannten Tränen in ihren Augen. Der kleine Schmerz, als ein weiterer Haarknoten sich löste, ging augenblicklich im Gleiten des Elfenbeins unter.

»*Miches*«, murmelte Gabriel.

Victoria grinste. »Brotlaibe.«

Die Grundlage jeder Ernährung.

»*Ananas.*«

Victorias Fingernägel gruben sich tiefer in Gabriels Schenkel – er zuckte nicht. »Ich habe noch nie Ananas gegessen. Sind sie süß?«

»Süß.« Der Knoten in ihrem Haar gab den Elfenbeinzähnen nach. »Herb. Außen stachelig. Innen saftig.«

Die Gouvernante in Victoria brach sich Bahn. »Die Brüste einer Frau sind nicht stachelig.«

»Deine Brustwarzen sind sehr hart, Victoria. Sie stechen in meine Haut.«

Das taten auch ihre Fingernägel, konnte sie sich vorstellen. Sie zog sie heraus.

Mühelos glitt der Kamm durch ihr Haar. Victorias Kopf fiel nach hinten.

»Früher brannte und pochte es immer zwischen meinen Beinen.« Sie starrte an die weiße Zimmerdecke. »Ich wusste nicht, dass der Knopf zwischen meinen Schenkeln Kitzler heißt, ich wusste nur, dass es falsch war, mich dort zu berühren. Aber als ich nicht mehr wusste, wohin, berührte ich mich. Ich sah kein Licht, wenn ich mich selbst berührte, Gabriel.« Victoria wartete auf das Urteil über ihr Geständnis, das keine Dame ablegen sollte.

»Was hast du denn gesehen, Victoria?« Gabriels Stimme war heiß und feucht an ihrem Haar, ihrem Ohr …

»Ich sah Dunkelheit, Gabriel.«

Das Gleiten des Elfenbeins brach ab; feste Finger fanden Victorias Schenkelansatz. Ein einzelner Finger schob sich zwischen ihre Beine, ihre Lippen …

»Ich sah Kälte, Hunger und Einsamkeit …« Blitze schossen durch Victorias Kitzler, das Hin und Her von Gabriels Finger; sie unterdrückte ein Stöhnen. »Aber ich sah keine Sünde.«

Stachelige Haut schob ihr Haar beiseite – Gabriels Wange. Gluthitze leckte an ihrem Ohr – Gabriels Zunge. »Erinnere dich, Victoria.«

Das Schlafzimmer kippte.

Victoria lag auf dem Rücken, einen Berg Samt unter dem Po, glatte Leinenlaken im Rücken. Messing schimmerte in ihren Augenwinkeln, das Bettgestell.

Die Matratze schwankte. Gabriel griff nach der Dose auf dem Nachttisch, seine Hüfte streifte ihre Hüfte. Metall schabte auf Metall, traf auf Holz.

Gespannt wartete Victoria, kaum fähig, am Duft seiner Hitze und der Nähe seines Körpers vorbei zu atmen.

Die Matratze senkte sich, als Gabriel sich aufrichtete, eine aufgerollte Gummihaut zwischen Daumen und Zeigefinger.

Erwartung engte Victorias Lungen ein.

Dunkle Wimpern verhüllten Gabriels Augen.

Victoria starrte auf die zerklüfteten Schatten auf seinen Wangen, auf den dicken Stab blau geäderten Fleisches in seiner rechten Hand, wieder auf die Schatten in seinem Gesicht, auf die pralle dunkelrote Kuppe, die von einer Gummikappe geschluckt wurde. Er hielt das obere Ende des Kondoms fest zwischen zwei Fingern. Und dann waren keine blauen Venen, keine Farbabstufungen mehr zu sehen, nur noch eine lange, dicke Gummihaut, die in einem lockigen Büschel bräunlich blonden Haares endete. Ein winziger Nippel – das Ende des Kondoms – ragte über die pralle Kuppe seines verhüllten Gliedes hinaus.

Victoria hob die Lider.

Gabriel war bereit für sie. »Ich bin knapp über neuneinhalb Zoll lang, wenn ich völlig steif bin.«

Gabriel las Victorias Gedanken aus ihren Augen. Er wartete, dass sie die Frage stellte.

Einen Engel mit dem anderen verglich.

Victoria fragte nicht. Sie brauchte nicht zu wissen, wie Gabriel im Vergleich mit anderen Männern abschnitt. Stattdessen fragte sie: »Warum lässt du am Ende des Kondoms Platz?«

»Für meinen Samen.«

Victoria hatte gespürt, wie sein Samen in ihre andere Öffnung gespritzt war; ein heißer Strahl Flüssigkeit. Sie fragte sich, wie es sein mochte, zu spüren, wenn er in ihre Scheide spritzte und ihren Schoß umspülte.

Gabriel beugte sich über sie und nahm ihre Hände. »Erinnere dich …«

Victorias Arme streckten sich über ihren Kopf, ihre Finger ertasteten kaltes Metall. Gabriel legte ihrer beide Hände um das Bettgestell.

»Erinnere dich, Victoria …«, raunte Gabriel; ein Wispern seines Atems liebkoste ihre Wange, Männlichkeit stupste ihre Weiblichkeit.

»Ich erinnere mich, Gabriel.«

Langsam sank er auf sie, eine stachelige Decke aus menschlichem Fleisch, Brust an Brust, Bauch an Bauch, Hüften zwischen Schenkeln.

Victoria erinnerte sich ... wie kalt und trostlos ihr Leben gewesen war. Weil ein Mann Frauen hasste.

Victoria erinnerte sich ... an den Schmerz, den Gabriel erfahren hatte. Weil ein Mann ... was?

Sie wusste nicht, warum der zweite Mann Gabriel wehgetan hatte.

Sie wusste nicht, warum er Gabriel nicht getötet hatte, als er hilflos angekettet war. Und um den Tod bettelte.

Sie wusste nicht, wie Liebe in Hass umschlagen konnte. Sie wusste nur, dass es vorkam.

Die Liebe eines Mannes zu seiner Frau.

Die Liebe eines Bruders zu seiner Schwester.

Die Liebe zwischen zwei Engeln.

Kalte Luft umwehte ihre rechte Hand ... ihre Knöchel, ihre Handfläche. Mit seiner Linken tastete Gabriel sich zum Kern ihres Geschlechts vor. Gummi dehnte sie brennend, drang in sie ein, füllte sie.

Stöhnend umklammerte Victoria die Messingstäbe mit beiden Händen.

»Vergiss nie, was ich bin ...« Sengende Hitze füllte ihre Lungen, eine glühend heiße Zunge strich über ihre Lippen. »... oder was ich tun kann ...«

Victoria sah jede Pore in Gabriels vollkommener Marmorhaut, konnte jede dunkle, dichte Wimper an seinen Augen zählen, konnte jeden Nerv in ihrem Körper spüren, der sich weitete, um das gummiverhüllte Geschlecht aufzunehmen, das in ihr pulsierte.

Ein heller Kreis leuchtete in seinen Augen – ihr Gesicht. Sah Gabriel sich in ihren Augen? »Ich erinnere mich an alles, was du je gesagt hast, Gabriel.«

»Und obwohl du weißt, wo ich herkomme ...« Heißer Atem füllte ihren Mund; ihr Schoß verschlang seine Männlichkeit. »... obwohl du weißt, was ich bin, willst du mich, Victoria?«

Victoria musste keinen Augenblick zögern, um über die Antwort nachzudenken. »Ja«, sagte sie und schrie auf über das bohrende Fleisch, das in ihrer Kehle saß und ihr den Atem aus den Lungen trieb.

Gabriel schluckte Victorias Schrei. Die Matratze senkte sich, und dann schluckte seine linke Hand ihre rechte, er saugte ihre Seele in seinen Mund, sein Schoß presste sich an ihren Schoß, seine Männlichkeit stieß vor bis in ihr Innerstes, die Matratze sang ihre quietschende Sinfonie. Er leckte ihre Zunge; er knabberte an ihrer Zunge. Er saugte an ihrer Zunge, als sei das alles, was ihn am Leben hielte. Gabriel leckte, knabberte, saugte, bis sein Atem zu ihrem wurde, sein Fleisch ihr Fleisch, und es ihr gleichgültig war, ob sie starb; es gab eine Lust jenseits des Todes.

Ein Licht jenseits der Dunkelheit.

Das Licht war Gabriel – seine Zunge, seine Hände, seine Männlichkeit, die wie ein geschmeidiger Kolben zwischen den Lippen und Wänden ihres Geschlechts pumpte.

Victoria wölbte den Rücken, ihre Beine umschlangen behaarte Schenkel, ihr Geschlecht öffnete sich weiter, nahm ihn tiefer in sich …

»Schau mich an, Victoria.«

Mit Mühe öffnete Victoria die Augen.

Silberne Augen warteten auf ihre.

Langsam schrumpfte das Silber, bis Victoria nur noch Gabriel und eine blasse Frau in seinen Augen gespiegelt sah. Die Bilder barsten in einer Explosion inneren Lichts.

Eine Frau schrie auf; nicht gefolgt vom Schrei eines Mannes.

Langsam zeichnete Gabriels Gesicht sich wieder scharf ab. Schweiß perlte auf seinem Gesicht; Qual belegte seine Stimme. »*J'en veux encore.*«

Ich will mehr.

Worte füllten ihren Mund, ihre Seele. »Gib mir mehr, Victoria.«

Mehr Lust. Mehr Höhepunkt.

»Zeig mir das Licht.«

Victoria öffnete ihren Körper und gab Gabriel, was er brauchte.

Mehr Lust. Mehr Höhepunkte.

Erinnerungen, die Licht ins Dunkel brachten.

Kapitel 21

Gabriel riss die Augen auf; sein Herz raste. Dunkelheit blendete ihn; es roch nach Schweiß und Geschlecht. Flüssige Glut sammelte sich auf seinem linken Schenkel. Sofort fiel es ihm wieder ein ... prasselnd heißes Wasser. Erstickender Dampf. Victoria.

Sie hatte ihn berührt, und sie berührte ihn immer noch.

Eingerollt lag sie an seiner linken Seite, den Kopf auf seiner Schulter, das Bein auf seinem Schenkel. Die flüssige Glut ihrer Befriedigung sättigte sein Bein. Seine Kopfhaut zog sich zusammen.

Er spürte den zweiten Mann; roch ihn durch Victorias Geruch hindurch.

Gabriel hatte weder im Nachttisch noch im Kleiderschrank Waffen; Stock, Derringer, Bowiemesser und Adams-Revolver lagen in seinem Arbeitszimmer.

Er war Victorias einziger Schutz. Und er war unfähig, sie zu beschützen.

Rage jagte Angst.

Victoria hatte ihm immer wieder Licht gezeigt; er würde sie nicht sterben lassen. Behutsam schob Gabriel sich unter Victorias Kopf und Bein vor. Kalte Luft ließ die nasse Hitze auf seinem linken Schenkel verdunsten; seine Füße trafen eiskaltes Holz. Die Dunkelheit war sein Verbündeter. Wenn Gabriel den zweiten Mann nicht sehen konnte, konnte der zweite Mann ihn auch nicht sehen.

Verstohlen schlich er zur Arbeitszimmertür.

Das Gefühl, beobachtet zu werden, verflüchtigte sich, als hätte eine Tür sich geschlossen.

Gabriel blieb stehen, alle Sinne geschärft. Er filterte den Geruch der Sinnenlust heraus, Victorias leisen, regelmäßigen Atem, seinen Herzschlag …

Es war niemand im Zimmer außer ihm und Victoria.

Jetzt.

Er bezweifelte jedoch nicht, dass sie eben nicht allein gewesen waren.

Gabriel hatte das Zimmer so geplant, dass die Schlafzimmertür sich ins Arbeitszimmer öffnete, damit niemand sich im Schlafzimmer dahinter verstecken konnte. Auf der anderen Seite konnte sich durchaus jemand verstecken, jemand, der darauf wartete, dass Gabriel ins Arbeitszimmer kam.

Jemand, der mit einem Messer oder einer Schusswaffe bewaffnet war.

Gabriel hatte keine Angst zu sterben. Doch plötzlich hatte er atemberaubende Angst um Victoria.

In der Dusche hatte er ihr gezeigt, wie leicht es war, eine Frau – oder einen Mann – um Erlösung betteln zu machen; er wollte nicht, dass sie erlebte, wie leicht es war, eine Frau – oder einen Mann – um den Tod betteln zu machen.

Er stieß die Schlafzimmertür auf und fing sie gerade noch rechtzeitig ab, dass sie nicht an die Wand schlug und Victoria weckte. Hinter der Tür war niemand. Im Arbeitszimmer war niemand.

Aber es war jemand da gewesen. Die Gegenwart des zweiten Mannes lag in der Luft wie billiges Parfüm.

Der silberne Stock lehnte am Sofa; der Adams-Revolver und das Holster hingen über der Sofalehne. Sie waren unberührt wie Victorias Schlaf. Es gab nur einen Weg, seine Suite zu betreten – oder zu verlassen. Gabriel zog den Adams-Revolver aus dem Holster und riss die Tür auf. Allen lehnte an der Wand; auf seinem schwarzen Haar schimmerten mondsilberne Glanzlichter, seine dunklen Augen waren wachsam. Sofort richtete er sich auf.

Er war weder überrascht noch verlegen oder beunruhigt, seinen Herrn nackt mit einem Revolver in der Hand vor sich zu sehen: Huren, Zuhälter, Bettler, Mörder und Diebe ließen sich nicht leicht aus der Ruhe bringen. Während Gabriel sich des Holsters unter Allens schwarzem Gehrock nur zu bewusst war.

War nicht der zweite Mann, sondern Allen in seine Suite gekommen?

»Guten Tag, Sir«, sagte Allen höflich.

»Wie spät ist es?«, fragte Gabriel scharf.

»Nach vier, Sir.«

Gabriel hatte Gaston angewiesen, alles über Mitchell Delaney in Erfahrung zu bringen und ihm sofort Bericht zu erstatten.

Grauen krampfte seinen Magen zusammen. Das Töten würde weitergehen, solange der zweite Mann lebte. »Wo ist Gaston?«

»Er hat vor einiger Zeit versucht, Sie zu wecken, Sir«, sagte Allen gelassen.

Gabriels Augen verengten sich. Niemand hatte ihn zu wecken versucht …

Sofort fiel ihm ein, wo er geschlafen hatte.

Gaston hatte sicher an der Arbeitszimmertür geklopft, vielleicht aber auch nicht. Als er das Arbeitszimmer leer fand, war er wohl nicht in Victorias Schlafzimmer gekommen. Hatte Gabriel Gaston in der Suite gespürt?

»Wann hat Gaston versucht, mich zu wecken?«

»Er war mehrmals da, Sir.« Allens schwarze Augen wichen nicht aus. »Zuletzt war er vor einer Stunde hier.«

Es war also nicht Gaston, der Gabriel geweckt hatte.

Äußerlich zeigte Allen keinerlei Interesse an Gabriels Nacktheit oder der Tatsache, dass er von einer Frau kam. Aber der Geruch der Sinnenlust war unverkennbar.

Allen wusste, dass er bei Victoria gelegen hatte. Auch Gaston wusste, wo Gabriel geschlafen hatte, sonst hätte er ihn geweckt.

Das Gerücht, dass Gabriel eine Frau gekauft hatte, war in ganz London herum. Dass er mit ihr geschlafen hatte, würde sich noch schneller herumsprechen. Vielleicht sprach es sich schon jetzt herum. Gaston war der Einzige, der außer ihm einen Schlüssel zu seiner Suite besaß. Er könnte ihn Allen gegeben haben. Gaston vertraute den Männern und Frauen, die Gabriel einstellte.

»Warst du heute in meiner Suite, Allen?«

Allen zuckte nicht mit der Wimper. »Nein, Sir, ich habe keinen Schlüssel, Sir.«

Je weniger Schlüssel es zu seiner Suite gab, desto weniger Menschen würden getötet – oder bestochen – werden, um sie zu bekommen. Aber es war jemand da gewesen …

»Wie lange stehst du schon hier Wache?«, fragte Gabriel.

»Seit Mittag, Sir.«

»Wo warst du vor zehn Minuten?«

»Hier, Sir.«

Gabriel konnte es sich nicht leisten, seinen Bediensteten zu vertrauen, wie Gaston ihnen traute.

»Das ist unmöglich, Allen«, sagte Gabriel seidenweich, bedrohlich.

»Nein, Sir, das ist nicht unmöglich.« Allens Blick wich Gabriels nicht aus. »Ich war hier und habe Sie und die Frau bewacht, wie befohlen.«

»Wie erklärst du dir dann, dass eben ein Mann in meiner Suite war?«

»Das kann ich nicht, Sir.« Wut funkelte in Allens schwarzen Augen – Wut und Kränkung. »Verzeihung, Sir, aber ein Eindringling hätte Ihre Suite durch diese Tür betreten müssen. Aber dazu hätte er mich umbringen müssen. Wir sind Ihnen treu ergeben, Sir.«

Allens Wut konnte der Tatsache entspringen, dass Gabriel ihm misstraute. Oder sie konnte der Tatsache entspringen, dass Gabriel John und Stephen dem Anschein nach entlassen hatte – niemand wusste, dass sie immer noch in Gabriels Diensten standen, nicht einmal Gaston.

In den letzten Jahren hatte er ausschließlich zu dem Zweck gelebt, den zweiten Mann zu töten. Sein Geruch und sein Anblick hatten Gabriels Gedanken in jedem wachen Moment und in jedem Traum besudelt.

Das Gefühl beim Aufwachen, beobachtet zu werden, könnte von einem Traum herrühren. Sein Geruch im dunklen Schlafzimmer konnte ein Trugbild aus seiner Erinnerung sein. Gabriels Sorge um Victoria konnte durchaus Verfolgungswahn bei ihm ausgelöst haben.

Er konnte es sich nicht leisten zu vertrauen. Zu fühlen. Zu begehren.

Zu brauchen.

Aber er fühlte. Er begehrte.

Er brauchte.

Die Geschichte wiederholte sich.

Vor sechs Monaten hatte Michael zugelassen, dass seine Gefühle für eine Frau sein Urteilsvermögen beeinträchtigten. Michael wäre getötet worden, hätte Gabriel nicht eingegriffen.

Michael wäre wegen einer Frau gestorben.

Michael könnte immer noch wegen einer Frau sterben.

Dieses Mal wegen Victoria. Eine Frau, die lieber als Dienstbotin gearbeitet hatte, als von einem Mann abhängig zu sein, der Frauen verachtete; eine Frau, die lieber ihre Jungfräulichkeit verkauft hatte, als sich einem Mann zu unterwerfen, der sie wegen ihrer Jungfräulichkeit verfolgte.

Und nun war sie von Gabriel abhängig; verfolgt eines Mannes wegen, dem sie nie begegnet war.

Wir tun, was wir tun müssen, um zu überleben.

»Schick mir Gaston herauf.« Er verbarg die Angst, die durch sein Blut pumpte, hinter der Maske, die Gabriel ausmachte. »Ich passe so lange auf die Frau auf, bis du ihn geholt hast.«

»Ja, Sir«, sagte Allen.

Gabriel erinnerte sich an das Gefühl, wie Victorias Körper sich an seinen geschmiegt hatte. Sie war so dünn, dass er ihre Knochen wie Äste hätte zerbrechen können.

»Pierre soll ein Frühstück *à deux* fertig machen«, sagte er abrupt. *Ich habe noch nie Ananas gegessen. Sind sie süß?* »Sag ihm, er soll frische Ananas dazu geben. Ich läute, wenn ich das Tablett haben möchte.«

Gabriel wartete Allens Antwort nicht ab. Er schloss die Tür.

Victoria zog ihn ins Schlafzimmer.

Licht vom Arbeitszimmerfenster spaltete den Holzboden. Der Geruch von Sinnenlust, Schweiß und Befriedigung lag in der Luft.

Ihrer. Seiner.

Sofort verhärtete sich Gabriels Fleisch.

Victoria lag noch so da, wie Gabriel sie verlassen hatte; feuchtes Haar breitete sich über das Kissen statt über seine Schulter; ein Bein lag quer über dem Laken statt über seinem Schenkel.

Er erinnerte sich an ihre seidige Haut, glatt vom Wasser in der Dusche, schlüpfrig vor Schweiß in seinem Bett.

Er erinnerte sich an die nasse Seide ihres Haares und die Hitze ihrer Pobacken zwischen seinen Schenkeln, als er die Knoten ihrer Vergangenheit entwirrt hatte.

Er erinnerte sich an Victorias Finger auf seinen Hoden. Der Anblick, wie Victoria an ihrem Finger kostete, blitzte durch die Dunkelheit seines Lebens, vom Wasser schwarzes Haar, vor Erregung gerötete Wangen, im elektrischen Licht strahlende Augen.

Ich würde sagen, du schmeckst nach … les noix de Gabriel.

Keine Frau hatte je mit ihm gespielt. Sie waren für ihn zum Höhepunkt gekommen, aber sie hatten nicht mit ihm gespielt. Sie hatten ihn nicht angerührt und sie hatten ihn nicht geliebt.

Victoria schlug die Augen auf.

Blaue Augen musterten silberne Augen, ihre Farbe von der Dunkelheit geschwärzt, von Verlangen überschattet.

Victoria hatte seinen nackten Höhepunkt erlebt. Und nicht ein einziges Mal hatte sie die Frage gestellt, die er nicht beantworten konnte.

Gabriel hatte sich für unempfindlich gehalten: gegen Schmerz, gegen Lust.

Gegen eine Frau.

Wieder einmal hatte der zweite Mann ihm bewiesen, dass er sich geirrt hatte.

Gespannt wartete Gabriel, dass Victoria es bereute, einen heimatlosen *fumier* berührt zu haben.

»Ich habe dein Kissen nass gemacht«, sagte Victoria mit kleinem Stimmchen. Sie klang wesentlich jünger als die vierunddreißigjährige Frau, als die Gabriel sie kannte.

»Mein Kissen interessiert mich nicht.«

»Ich habe dich nass gemacht.«

Plötzlich verzog Gabriels Gesicht sich zu einem Lächeln in

dem sicheren Wissen, dass Victoria weder das Lächeln noch die Verletzlichkeit dahinter sehen konnte.

»Ja«, bestätigte er ernst.

»Ich bin auch nass«, sagte Victoria treuherzig.

Gabriel war erst vor wenigen Stunden zwei Mal zum Höhepunkt gekommen. Er sollte nicht steif sein. Er sollte Victoria nicht so begehren, dass seine Hoden schmerzten.

Sie war alles, was er sich je von einer Frau gewünscht hatte.

Sie war der verkappte Tod.

»Zeig es mir«, sagte Gabriel seidenweich, wohl wissend um die Gefahr sinnlicher Spielchen, aber unfähig, der Verlockung zu widerstehen, die Victoria Childers verkörperte.

»Es ist dunkel«, wandte Victoria ein. Gabriel stellte sich vor, wie sie einem Kind mit silberblonden Haaren im selben Tonfall Unterricht erteilte. »Du kannst es nicht sehen.«

»Ich kann sehen.«

Gabriel sah die Falle, die Victoria darstellte.

Gabriel sah, dass er den zweiten Mann weit unterschätzt hatte.

Victoria schlug die Bettdecke zurück, das Bett quietschte, Stoff raschelte.

Ihre Haut schimmerte wie heller, polierter Marmor. Sie hatte lange, schlanke Beine.

Gabriel hatte sie um seine Taille geschlungen gespürt; er fragte sich, wie es wäre, sie über seinen Schultern zu spüren.

Er konnte nicht dagegen an. Er setzte sich aufs Bett und berührte Victoria, den vollkommenen Köder.

Ihre nasse Hitze ballte sich in seinen Lenden zur Faust.

Ihr Kitzler war prall vor Verlangen.

Sanft glitt sein Finger zwischen ihre Lippen; er betrachtete den Schatten ihres Geschlechts. Ihre Schamlippen kräuselten sich um seinen Mittelfinger, wie sie sich vor einigen Stunden um sein Geschlecht gekräuselt hatten.

Sie war so nass, dass er in ihr hätte ertrinken können. Sie war so empfänglich, dass er in ihr hätte sterben mögen.

Aber es standen noch andere Leben auf dem Spiel als nur sein eigenes.

Eine Hand tastete zögernd nach seiner Männlichkeit.

Gabriel versteifte sich, wappnete sich. Die erwarteten Erinnerungen stellten sich nicht ein.

Gabriel würde für die Atempause zahlen müssen, er wusste nur noch nicht, wie.

Er wusste nicht, wann der zweite Mann kommen und ihm das Geschenk Victoria Childers wegnehmen würde.

Ein Daumen kreiste sanft über die Kuppe seines Geschlechts; die Berührung bebte in Gabriels Brust nach.

»Du bist auch nass«, raunte Victoria, unfähig ihre Erregung zu verbergen.

Sinnliche Spiele waren ihr zu neu, um die Erregung hinauszuziehen. Gabriel hatte sinnliche Spiele gelernt, seit er dreizehn war.

Er konzentrierte sich auf die Veränderungen, die er in Victorias Körper bewirkt hatte, statt auf die Verletzlichkeit, die sie ansprach.

Ihr volles Fleisch war heiß und prall von seinen Zärtlichkeiten und ihrer Begierde. Ihr Geschlecht war ein offener Ring statt eines winzigen Spalts. Mühelos nahm es seinen Finger auf.

Sofort umschloss geschmolzene Seide Gabriel.

Victoria atmete tief ein; gleichzeitig schlossen sich ihre Finger fest um seine Männlichkeit.

Er tat ihr weh. Der Schmerz seines Eindringens pochte dumpf in Gabriels Brust.

Sie spreizte die Beine, um ihm den Zugang zu erleichtern. Um *ihm* den Schmerz zu nehmen.

Gabriel wollte spüren, wie Victorias Schoß sich zuckend um seine Hand schloss; stattdessen zog er seinen Finger heraus. Er war von feuchter Hitze überzogen.

Die Essenz der Victoria Childers. Einer Frau, die Angst vor der Leidenschaft hatte, sie aber dennoch bereitwillig annahm.

Ebenso wie sie einen Engel bereitwillig annahm.

Gabriel strich ihre Essenz auf ihre Lippen.

Victoria fuhr zurück. »Was …«

Gabriel nahm ihre Lippen, ihre Worte, ihren Atem, ihre Essenz.

Er hatte Victoria gesagt, es habe nichts geändert, dass sie seinen Schmerz und seine Lust in der Dusche mit ihm geteilt habe. Er hatte gelogen.

Es hatte alles verändert.

Der zweite Mann hatte ihm Victoria gegeben, wohl wissend, dass Gabriel mehr wollen würde als nur eine Stunde, einen Tag, eine Woche mit ihr. Er hatte gewusst, das Gabriel dafür sterben würde, mehr von ihr zu bekommen.

Victoria kostete salzig-süße Befriedigung.

Mit seiner Zunge und seinen Zähnen nahm Gabriel mehr von ihr – einen winzigen Bissen Schmerz, lindernde Zungenschläge der Lust. Sein gesamtes Können wandte er auf, um mit seinen Küssen Victorias Seele zu nehmen, denn das hatte er gelernt.

Nicht genug.

Gabriel hob den Kopf mit spielerisch neckenden statt verschlingenden Lippen und flüsterte: »Koste dich, Victoria.«

Gabriel ließ ihr keine Zeit, zuzustimmen oder abzulehnen; er leckte ihre Mundhöhle und strich ihre Essenz auf ihre Zunge.

Victoria sog seinen Atem ein.

Er wollte mehr.

Er besaß die Fähigkeit, sie dazu zu bringen, ihm mehr zu geben.

Er nahm ihre Brustwarze zwischen seine Finger, zog und kniff sanft und wusste, dass jedes Ziehen, jedes Kneifen ihren Schoß zusammenzog.

Ihre Finger drückten und zogen im Takt mit seinen Fingern, die ihre Brustwarze drückten und zogen, an seinem Geschlecht. Sanft leckte Victorias Zunge seine Zunge von unten. Nehmend und gebend.

Gabriel kniff die Augen zu und konzentrierte sich auf das Gefühl und den Geschmack Victorias, statt auf das gleichmäßige Drücken und Ziehen, das seine Hoden drückte und zog.

Ein leises, kurzes Klopfen unterbrach sein Herzklopfen.

Gaston war gekommen.

Gabriel hörte nicht auf, Victorias Brustwarze zu drücken und zu ziehen. Er hörte nicht auf, sie zu lecken.

Er hörte nicht auf, zu begehren, was er nicht haben konnte.

Ein Heim.

Eine Frau.

Ein leises Stöhnen ließ seine Zunge beben. Ein scharfes Prickeln schoss seine Harnröhre hinauf.

Die Außentür zu seinem Arbeitszimmer öffnete sich. Es konnte Gaston sein. Oder es konnte der zweite Mann sein.

Gabriel stellte sich vor, wie Victorias Schoß sich zuckend um seine Hand schloss, während er im Geiste dem Mann in seine Suite folgte.

Ein dumpfes Geräusch von Leder auf Marmor.

Victoria warf den Kopf hin und her. Gabriel packte mit der rechten Hand ihren Nacken und folgte ihr erbarmungslos, den Mund fest auf ihrem. Seine Zunge leckte, seine Finger zwickten und zogen.

Fast war sie da.

Victoria drückte Gabriel fester, nahm ihn mit.

Ein leises Seufzen drang durch die offene Schlafzimmertür; der Mann im Arbeitszimmer hatte sich auf den Ledersessel an Gabriels Schreibtisch gesetzt. Gleichzeitig bäumte Victorias Körper sich auf; Finger knoteten sich in Gabriels Haar.

Schmerz. Lust.

Hungriges Blau und Violett explodierten in der Dunkelheit hinter Gabriels Augenlidern. Victorias zuckender Schoß flatterte kurz um seine Finger, dann kam er in Victorias Hand und das Gefühl ihres Höhepunkts wich der Präsenz des Mannes in seinem Arbeitszimmer und dem Bewusstsein für die Informationen, die er besaß.

Gabriel ließ den ziehenden, drückenden Rhythmus langsam ausklingen, der für einen flüchtigen Augenblick seinen Höhepunkt gebildet hatte. Der Apparat seines Geschlechts spritzte drei Mal, vier Mal, fünf Mal …

Victoria sackte in sich zusammen, schluchzte nach Luft, die er ihr endlich gönnte. Seine Erregung ließ nach, sein Verlangen nicht.

Ihre Finger, die sich in sein Haar krallten, zeugten von einer intimen Nähe, die er seit fast fünfzehn Jahren nicht mehr zugelassen hatte.

Gabriel wollte mehr Victoria, mehr Nähe.

Behutsam ließ er Victorias Brust los, streichelte ihre Wange und griff zu hoch. Ihre Wimpern flatterten gegen seine Fingerspitzen wie das quälende Flattern eines Höhepunkts.

Gabriel küsste Victorias Wimpern. Sie flatterten an seiner Lippe.

Der Knoten in seiner Lende breitete sich aus bis in seine Brust.

»Du …« Victoria rang nach Luft. »Meine Brust … sie war …«

»Psst …« Gabriel presste seine Lippen auf ihre: Er wollte nicht, dass Gaston hörte, wie verletzlich Victoria in ihrer Leidenschaft war. »Schlaf weiter, Victoria, ich muss gehen. Ich komme später wieder.«

Er setzte sich auf.

Die in sein Haar gekrallten Finger strafften sich; gleichzeitig ließ Victoria sein erschlafftes Fleisch los.

Gabriel sah die ausgestreckte Hand nicht, bis sie sein Kinn berührte. Sie war kalt und klebrig.

Bevor er reagieren konnte, schmierten warme Finger kalte, klebrige Flüssigkeit auf seinen Mund – seinen Samen.

Victoria strich seinen Samen auf seine Lippen. Und dann leckte sie ihm den Samen von den Lippen.

Gabriel wollte sich nicht schmecken. Er wollte nichts mit seinem Körper zu tun haben, der ihn verraten hatte.

Er öffnete den Mund für Victoria. Ohne zu wissen, warum er es tat.

Gabriel ließ zu, dass Victoria den Geschmack seines Samens mit ihm teilte. Und wusste nicht, warum der mechanische Erguss einer männlichen Hure nach Hoffnung schmeckte.

Die Schmetterlingsflügel ihrer Befriedigung bebten in seiner Brust nach.

Und Gabriel wusste …

Gabriel glitt aus Victorias Kuss und den Fingern, die sein Haar festhielten, stand auf und zog die Decke über ihren nackten Körper, der sich dunkel gegen die hellen Laken abzeichnete. Blindlings nahm er Gehrock, Hose und ein paar Stiefel aus dem Schrank; er holte Socken, ein Hemd und ein Taschentuch aus der Kommode. Vom Boden neben dem Bett hob er das benutzte Kondom auf.

… Gabriel wusste, dass der zweite Mann gewonnen hatte. Er wusste nur nicht, was.

Kapitel 22

Victoria lauschte auf die vertrauten Geräusche, das Öffnen einer Schublade, das Schließen einer Schublade … Gabriel, der im Schrank stöberte.

Silber funkelte auf; Gabriel kam zum Bett.

Ihr ruhiger Herzschlag wurde schneller.

Gabriel bückte sich, richtete sich schnell auf, eine längliche Gummihaut in der Linken, sein Kleiderbündel unter dem rechten Arm. Leise schloss sich die Badezimmertür hinter ihm.

Victorias Finger waren klebrig. Ihre Lippen und ihre Zunge brannten.

Sie hatte sich selbst geschmeckt; überraschend, aber nicht abstoßend. Dann hatte sie Gabriels Höhepunkt in ihrer Hand schwellen spüren, während ihr eigener Höhepunkt zwischen seinen Fingern schwoll.

Schwache Geräusche drangen durch die Badezimmertür. Ihr wurde beklommen um die Brust. Es war ergreifend intim, Gabriel bei seiner Morgentoilette zu belauschen.

Victoria schob die Hand unter die Bettdecke und tastete nach ihrer linken Brustwarze.

Sie war hart und geschwollen. Wie Gabriels Männlichkeit.

Sie hatte nicht gewusst, dass eine Frau durch Drücken ihrer Brustwarze einen Höhepunkt erleben konnte. Sie hatte nicht gewusst, wie klebrig der Samen eines Mannes war, wie schnell sich die zähe Flüssigkeit abkühlte und wie salzig sie schmeckte.

Sie hatte nicht gewusst, dass der Körper einer Frau schmerzen und dennoch gesättigt vor Befriedigung sein konnte.

Ein leises Geräusch unterbrach ihre Gedanken. Gabriel kam aus dem Bad und ging leise aus dem Schlafzimmer.

Sie biss sich auf die Lippen, um ihn nicht zurückzurufen.

Er würde zurückkommen, hatte er gesagt.

Victoria glaubte ihm.

Der Mann, der die Briefe geschrieben hatte, war die armselige Karikatur eines Mannes, dachte sie verächtlich.

Gedämpfte Stimmen drangen durch die Schlafzimmertür. Gabriel hatte Besuch.

Er hatte ihr gesagt, sie solle weiter schlafen. Aber Victoria wollte nicht schlafen. Sie wollte mehr von Gabriel. Victoria schlug die Bettdecke zurück.

Die Laken rochen nach Gabriel, nach ihr, nach ihrem gemeinsamen Schweiß. Der harte Holzboden war ein eiskaltes Erwachen.

Gabriel könnte sterben.

Sie könnte sterben.

Victoria ging ins Bad. Und erinnerte sich an Gabriels pralle Männlichkeit, die den Dampf durchstach. Victoria stieg in die Kupferwanne. Und erinnerte sich, wie Gabriel die Leberbrause benutzt hatte. Ein Grinsen huschte über ihr Gesicht. Jeder Haushalt sollte ein kombiniertes Duschbad besitzen.

Sofort kehrten ihre Gedanken zurück zu Gabriel.

Frühstückte er?

Entschlossen drehte sie den Duschkopf fort. Er hatte keinerlei Ähnlichkeit mit Gabriel. Im Gegensatz zu dem Messingapparat empfand Gabriel Schmerz und Lust.

Er konnte ihre Berührung zurückweisen, aber er hatte ihre Berührung nicht zurückgewiesen, als sie in sein Haar gefasst und ihn näher gezogen hatte. Er hatte ihre Berührung nicht zurückgewiesen, als sie ihm seinen Samen auf die Lippen – blütenweiche Lippen – gestrichen und ihn gekostet hatte.

Er hatte zugelassen, dass sie den Geschmack seiner Lust mit ihm teilte.

Gabriel hatte das feuchte Handtuch aufgehängt. Victoria trocknete sich damit ab.

Sie hatte Gabriel nicht gesagt, dass sie keinen anderen Mann wollte.

Sie hatte Gabriel nicht gesagt … so viele Dinge.

Der Kamm – er lag noch im Schlafzimmer. Schnell putzte Victoria sich die Zähne.

Eine Drehung des Holzschalters verwandelte Dunkelheit in ein erleuchtetes Schlafzimmer.

Da waren die Messingstäbe, um die Gabriel ihre Finger gelegt hatte. Er hatte seine Finger um ihre geschlungen und sie festgehalten, während das Bett unter ihnen schwankte und quietschte.

Die Holzscheite, die Gabriel in der vergangenen Nacht aufgelegt hatte, waren ein Häufchen schwarzgrauer Asche.

Die Zeit verrann.

Victoria kramte in den Schachteln, die ordentlich neben Gabriels Kommode gestapelt waren, und holte eine Seidenunterhose heraus. Ein Paar Schnallenschuhe aus Ziegenleder. Das Korsett – vorn und hinten waren Strumpfbänder angenäht –, Seidenstrümpfe, Unterröcke, Unterhemd – nein, das Korsett hatte kein Fischbein, das ein schützendes Hemd nötig machte. Sie legte das Hemd wieder zurück und nahm das goldbraune Kleid aus seinem rosenbedruckten Sarg.

Unterdessen lauschte sie angespannt, ob sie Gabriel hörte: Nichts. Victoria brauchte nicht erst die Schlafzimmertür zu öffnen, um zu wissen, dass er nicht in seinem Arbeitszimmer war.

Das Seidenkordkleid wurde vorne mit winzigen Häkchen geschlossen. Victorias Wollkleider hatten schlichte Hemdblusen, die vorne geknöpft wurden. Ihre Finger kämpften unbeholfen langsam mit dem ungewohnten Verschluss. Erbarmungslos kämmte sie ihr Haar.

Strümpfe … Strümpfe … Was hatte sie mit den Strümpfen gemacht?

Braune Seide schimmerte auf dem stummen Diener aus Satinholz.

Die Strümpfe hinten am Korsett zu befestigen erforderte erheblich mehr Zeit, als sie zu finden. Die elastischen Klammern waren nicht so elastisch, wie sie sein sollten. Vielleicht waren aber auch die Strümpfe nicht lang genug.

Victoria dachte daran, wie Gabriel das Korsett, die Strümpfe, die Dimity-Tournüre ausgesucht hatte … Die Klammern des Strumpfhalters schnappten über den oberen Rand der Strümpfe.

Die Ziegenlederschuhe, farblich zum weinroten Besatz ihres Kleides passend, saßen wie angegossen. Entschlossen schob sie den Gedanken an die Kosten eines solchen Luxus beiseite.

Runde Flecken von Gabriels Erguss verdunkelten den Rand des Lakens.

Sie berührte leicht den größten Fleck. Er war noch feucht.

Gabriels Geschmack hielt sich unter dem des beißenden Zahnpulvers.

Victoria öffnete schwungvoll die Schlafzimmertür, Seide raschelte, Luft zischte.

Das Arbeitszimmer war leer.

Ein silbernes Tablett stand auf der schwarzen Marmorplatte des Schreibtischs. Victoria schnupperte – sie hob den Deckel ab – Würstchen und Omelett. Die dicken, fleischigen Fruchtscheiben in dem durchschimmernden Porzellanschälchen kannte sie nicht. Das war auch nicht nötig.

Tränen verstopften ihre Nase.

Victoria hatte gesagt, sie habe noch nie Ananas gegessen. Nun gab Gabriel ihr Gelegenheit dazu.

Sie nahm eine gelbe Scheibe der exotischen Frucht zwischen Daumen und Zeigefinger, Saft tropfte.

Sie war herb, aber süß. Genau wie Gabriel Ananas beschrieben hatte.

Sie leckte sich die Finger.

In Seide und Satin ertrinkend – wie schnell hatte sie sich daran gewöhnt, nackt zu sein –, setzte sie sich auf Gabriels Sessel.

Victoria erinnerte sich an den Geschmack seines Kusses; sie leckte einen Tropfen Ananassaft von ihren Lippen und schmeckte Gabriel. Sie hielt das Würstchen hoch – es war viel kleiner als Gabriel – und biss das Ende ab.

Schlagartig verging ihr der Appetit.

Victoria könnte sterben; Gabriel könnte sterben.

Sie schob sich vom Schreibtisch fort – und musste sich an den Rand der Marmorplatte klammern, um nicht gegen die Wand zu schleudern. Gabriels Sessel hatte Rollen. Zitternd stand sie auf.

War Gabriel im Haus, kümmerte sich um Geschäfte?

Ein anderer Mann bewachte die Tür. Er hatte dichtes kastanienbraunes Haar, das auf seinen Rücken fiel.

Victoria war verblüfft über seine exotische Schönheit.

War er ein Prostituierter?

Stoisch erwiderte er ihren Blick. »Kann ich Ihnen helfen, Ma'am?«

Über seine Herkunft konnte kein Zweifel bestehen: Er war durch und durch englisch.

Noch nie hatte Victoria einen Mann wie ihn in England gesehen.

Sie fragte sich, ob Mr. – *Monsieur* Gaston ihm etwas von dem Cremetiegel gesagt hatte, um den sie gebeten hatte.

Victoria zweifelte keine Sekunde daran, dass der Mann mit den smaragdgrünen Augen vor ihr sich bestens mit den verschiedenen Verwendungsweisen der Creme auskannte.

Sie straffte ihre Schultern. »Ich möchte gern zu Mr. …« Sie würde nicht heucheln, da sicher jeder im Haus Gabriel von ihrer Beziehung zu dem Eigentümer wusste. »Ich möchte gern Gabriel sehen, bitte.«

In den grünen Augen lag weder Billigung noch Verachtung. »Mr. Gabriel ist nicht da.«

Victorias Magen krampfte sich zusammen.

Er würde zurückkommen.

Das Haus war Gabriels Zuhause, ob er es akzeptierte oder nicht. Und der Mann vor ihr gehörte zu Gabriels Familie.

Plötzlich wollte Victoria sein Heim sehen und seine Familie kennen lernen. »Das Haus Gabriel ist sehr schön.«

»Ja, Ma'am.«

»Ich würde gern mehr davon sehen.«

Die Miene der Wache änderte sich nicht. »Das ist nicht möglich, Ma'am.«

Victoria ließ sich nicht einschüchtern. »Warum nicht?«

Wohlhabende Männer und Frauen besuchten es jeden Abend.

»Ich habe Anweisung, diese Tür zu bewachen.«

»Sie haben Anweisung, mich zu beschützen«, erklärte Victoria bestimmt.

»Ja, Ma'am.«

Das Wissen, was einer schutzlosen Frau zugestoßen war, drängte sich beiden auf.

Victoria schob entschlossen das Bild der blutroten Handschuhe beiseite.

Sie hob herausfordernd das Kinn. »Wie lauten Ihre Anweisungen, Sir, diese Tür zu bewachen oder mich?«

»Beides«, sagte der Wächter mit dem kastanienbraunen Haar ausdruckslos.

In seinen smaragdgrünen Augen lauerte die Straße.

Familie, hatte Gaston gesagt.

Huren. Diebe. Mörder.

Die beiden letzten Tätigkeiten hatte Victoria zwar nicht ausgeübt, wohl aber das erste Gewerbe.

»Wie heißen Sie?«, erkundigte sie sich höflich.

Der Wächter zuckte nicht mit der Wimper über Victorias Frage. »Julien, Ma'am.«

»Sind Gäste unten?«

»Nein, Ma'am. Das Haus Gabriel öffnet nicht vor neun Uhr.«

Victoria rechnete sich aus, dass Gabriels Haus erst drei Stunden geöffnet hatte, als er ihre Jungfräulichkeit ersteigerte.

»Monsieur Gaston sagte, Sie gehören zur Familie«, sagte Victoria impulsiv.

Der Wächter zwinkerte. Sie hatte ihn überrascht.

»Ja, Ma'am«, sagte er in einem Ton, der nichts besagte.

»Meine Familie und ich haben uns … entfremdet. Sie haben großes Glück, von Menschen umgeben zu sein, denen an Ihnen liegt.«

Die smaragdgrünen Augen blieben distanziert. »Ich kann Sie nicht aus dem Zimmer lassen, Ma'am.«

»Vertrauen Sie Ihrer Familie nicht, Sir?«

Victoria hatte ihrer Familie vertraut – früher einmal.

»Doch, Ma'am«, sagte der Wächter zögernd. »Ich vertraue ihr.«

Victoria hakte nach. »Dann besteht ja keine Gefahr, wenn ich diese Suite verlasse, oder?«

»Das zu entscheiden liegt nicht bei mir, Ma'am.«

Victoria warf einen verstohlenen Blick auf seine Schulter. Offen trug er keine Waffe. Er musste sie wohl in einem Schulterholster unter seinem Rock tragen wie Gabriel.

Er würde sie nicht erschießen; aber sie war sicher, dass er sie aufhalten konnte. Sie erinnerte sich an die Stärke des Mannes, der sie auf der Straße überfallen hatte.

»Ich bin mir bewusst, dass ich in Gefahr bin, Sir.«

Der Wächter verzog weiterhin keine Miene. »Ja, Ma'am.«

»Ich möchte mich nicht noch weiter gefährden.«

»Nein, Ma'am.«

Victoria hatte mehr Erfolg gehabt, widerspenstige Kinder zum lernen zu bewegen, als sie bei diesem Mann hatte, den Gabriel als Wache abgestellt hatte.

»Sie wissen, dass Gabriel meine Jungfräulichkeit gekauft hat.«

Da er im Haus Gabriel arbeitete, war es undenkbar, dass er es nicht wusste.

Die Verlegenheit, die auf Victorias Wangen brannte, spiegelte sich nicht in der Miene des Wächters wider. »Ich habe Anweisung, Sie zu bewachen, Ma'am, und das werde ich tun.«

Das elektrische Licht prallte von oben auf Victorias Kopf. »Ich möchte Gabriel kennen lernen.«

»Sie werden Mr. Gabriel nicht durch dieses Haus kennen lernen.«

Wie lange schien es schon her, seit Victoria Monsieur Gaston über die schmale Treppe hinter dem Wächter gefolgt war.

»Sie irren sich, Sir. Alles im Haus Gabriel ist Teil des Mannes, der es erbaut hat.«

Victoria hatte die volle Aufmerksamkeit des Wächters erlangt.

»Ich möchte Gabriel erfreuen«, sagte Victoria ruhig. »Ich würde gern die … die Gästeschlafzimmer besuchen, um zu sehen, mit welchen Mitteln andere Frauen Männern Freude bereiten.«

Gegenstände, die sie durch die transparenten Spiegel vielleicht noch nicht bemerkt hatte.

Das Grinsen, das sie auf dem Gesicht des Wächters erwartet hatte, blieb aus.

Ein Gefühl flackerte in den smaragdgrünen Augen auf; verlosch. »Vielleicht sind es keine künstlichen Hilfsmittel, die Mr. Gabriel braucht, Ma'am.«

»Ich werde alle Mittel verwenden, die zur Verfügung stehen«, sagte sie wahrheitsgemäß.

Der Wächter schaute über ihre Schulter.

Victoria bezwang ihren Ärger. Sie durfte einen Bediensteten seiner Loyalität wegen nicht verurteilen.

»Wie lange stehen Sie schon in Gabriels Diensten?«, fragte sie höflich.

Er schaute sie nicht an. »Sechs Jahre.«

Während Gaston seit vierzehn Jahren bei ihm war.

»Jemand will ihn töten.«

Der Blick des Wächters huschte zurück zu Victoria. »Im Haus Gabriel wird niemand ihm etwas tun.« Tödliche Entschlossenheit lag in seinem Ton. »Wir werden ihn schützen.«

Familie.

»Aber er ist jetzt nicht im Haus Gabriel.«

»Nein.« Der Ärger, den Victoria eben empfunden hatte, spiegelte sich nun in den smaragdgrünen Augen des Wächters wider.

Gabriel kämpfte gegen die Liebe, die seine Familie für ihn empfand, ebenso an wie gegen sein Verlangen nach einer Frau.

»Gabriel könnte sterben. Wenn nicht heute, dann morgen.«

Ebenso wie sie sterben könnte. Wenn nicht heute, dann morgen.

Sie könnte durch die Hand des Mannes sterben, der Gabriel töten wollte. Oder sie könnte durch die Hand des Mannes sterben, der die Briefe geschrieben hatte.

Der Wächter antwortete nicht.

»Man nennt ihn den unberührbaren Engel«, sagte Victoria verzweifelt.

Smaragdgrüne Augen ließen Victoria erstarren. »Wir Bediensteten im Haus Gabriel wissen, was Mr. Gabriel ist.«

Und würden nicht mit Außenstehenden darüber reden.

Victoria empfand die Zurückweisung bis in ihre Schuhsohlen.

»Ich finde, er hat es verdient, geliebt zu werden«, sagte Victoria leise und verbarg ihren Schmerz. Sie beide hatten es verdient geliebt zu werden, bevor es zu spät war. »Ich möchte ihn gern lieben. Ich möchte gern, dass Sie mir helfen.«

»Ich kann Ihnen nicht helfen, Ma'am.« Die smaragdgrünen Augen flackerten. »Ich würde meine Stellung verlieren.«

Aber er wollte ihr helfen.

Er wollte, dass Gabriel Liebe fand.

Sie alle wollten, dass Gabriel Liebe fand.

»Niemand braucht je davon zu erfahren außer Ihnen und mir«, versicherte Victoria ihm.

»In diesem Haus gibt es keine Geheimnisse, Ma'am.«

»In jedem Haus gibt es Geheimnisse«, verbesserte sie ihn.

Im Haus ihres Vaters, eine Mannes von untadeligem Ruf, hatte es Geheimnisse gegeben.

»Ich habe keinen Schlüssel zu Mr. Gabriels Suite; wenn wir gehen, können Sie nicht wieder hinein.«

Hoffnung wallte in Victoria hoch. »Sicher hat noch jemand außer Gabriel einen Schlüssel.«

»Mr. Gaston hat einen.«

Victoria raffte den Rock ihres Seidenkleides. »Ich werde Mr. Gaston erklären, warum wir uns seinen Schlüssel ausleihen müssen.«

Der Wächter wirkte nun nicht mehr stoisch, sondern als säße er in einer Falle. Hin und her gerissen zwischen der Loyalität, seinen Anweisungen zu folgen und die Tür zu bewachen, und seinem Wunsch, seinem Herrn ein bisschen Glück zu verschaffen.

Ebenso plötzlich wie sich sein Gesicht umwölkt hatte, hellte es sich wieder auf. »Folgen Sie mir.«

Victoria strahlte.

Flüchtig spiegelte sich ihr Lächeln in den smaragdgrünen Augen des Wächters, dann drehte er sich um und stapfte die hell erleuchtete, schmale Treppe hinunter. Am Fuß der Treppe blieb er stehen, die Hand am Messingtürknauf.

Die Tür führte in den Saal. Ein Dienstmädchen beugte sich über einen Tisch mit weißer Seidentischdecke und steckte eine Bienenwachskerze in den silbernen Kerzenständer. Ihr grau meliertes Haar steckte in einem Haarnetz. Als sie Victoria sah, hielt sie inne.

Victoria bezweifelte nicht, dass das Dienstmädchen wusste, wer sie war.

Das Dienstmädchen lächelte, wobei ihr Gesicht sich in herzliche Falten legte. »N'Abend, Ma'am. Jules.«

Sie sprach mit breitem Cockney-Akzent.

Der Wächter nickte. »N'Abend, Mira.« Hastig schob er Victoria zu der Treppe mit rotem Plüschläufer an der gegenüberliegenden Wand.

Die weiß lackierten Türen, die von dem Flur im ersten Stock abgingen, waren vom Saal aus deutlich zu sehen. Ein Dienstmädchen mit großer Morgenhaube schob einen Holzwagen voller Leinen und Putzgerätschaften über den Flur im ersten Stock; das Geländer warf Streifen auf sie.

Langsam ging Victoria die Treppe hinauf, warf einen Blick hinunter auf die Tischreihen mit weißen Seidentischdecken, verdrehte den Kopf, um die dunkel schimmernde Loge zu sehen, von der aus Gabriel sie beobachtet und ersteigert hatte.

Victoria hatte gelernt, dass Sünde hässlich sei; das Haus Gabriel war jedoch ebenso schön und elegant wie sein Besitzer.

Der elektrische Kronleuchter über der Treppe funkelte von Tausenden winziger Kristalle.

Sie hatte geglaubt, die Oper sei das einzige öffentliche Gebäude mit elektrischer Beleuchtung; sie hatte sich geirrt. Das Haus Gabriel war vollständig elektrisch beleuchtet – die Kronleuchter, die Wandlampen – alles, bis auf die von Kerzen erhellten Tische im Saal.

Ein dicker roter Läufer lag auf dem L-förmigen Flur im Obergeschoss. Am Ende des Ganges, der nach rechts abbog, führte eine Wendeltreppe in den zweiten Stock, ebenfalls von einem

Kronleuchter erhellt. Der Wächter öffnete die lackierte Tür, die der Treppe in den Saal am nächsten lag; eine vergoldete Sieben prangte darauf.

Das Schlafzimmer war mit einem dunkelgrünen Teppich ausgelegt, auf dem Bett lag eine gelbe Seidendecke. Fenster gab es nicht.

Einblicke von außen waren nicht vorgesehen. Dieses Schlafzimmer hatte sie in der vergangenen Nacht durch den transparenten Spiegel gesehen.

Unmittelbar vor ihr war der Spiegel. Er hatte einen vergoldeten Rahmen, der ebenso elegant war wie das übrige Zimmer. Scheinbar harmlos, wie das übrige Zimmer es nicht war.

Victoria erkannte die Frau im Spiegel nicht.

Ihre Nackenhaare sträubten sich.

Wurde sie beobachtet? …

Nur zwei Augenpaare musterten sie: ein Paar gehörte dem Wächter, der neben ihr stand, nicht hinter dem halb versilberten Glas; das andere gehörte Victoria selbst, die in den transparenten Spiegel schaute statt hindurch.

Es war keine Fremde, die Victoria musterte; sie sah sich selbst.

Der cremeweiße Lampasunterrock mit seinen grünen, gelben und matt roten Figuren verlieh Victorias Hüften eine gewisse Fülle, während der kurze, goldbraune Mandarinkragen aus Seidenkord, der in einem tiefen, schmalen V-Ausschnitt mündete, Hals und Busen subtil betonte.

Madame René war ein Genie.

Victoria war sich des transparenten Spiegels und des zuschauenden Wächters deutlich bewusst – wusste Julien, was hinter dem Spiegelglas lag? –, als sie in das Schlafzimmer trat.

Ein weißer Glastiegel stand auf dem Nachttisch neben einer Silberdose mit Kondomen. Auf den Deckel war *Haus Gabriel* aufgedruckt wie auf der Dose auf dem Nachttisch in Gabriels Schlafzimmer.

Schweigend beobachtete Julien jede Bewegung Victorias von der Tür aus. Während sie jede seiner Bewegungen im Spiegel sah.

Victoria wandte dem halb versilberten Glas den Rücken zu

und öffnete die oberste Schublade. Dort fand sie die phallusförmigen Gebilde, von denen Gabriel ihr erzählt hatte. *Godemichés*, hatte er sie genannt.

Sie waren … sehr lebensecht.

Einer war klein, einer mittelgroß und einer – ein Kichern perlte in ihrer Kehle hoch, als ihr das Märchen *Goldilocks und die drei Bären* einfiel – hatte gerade die richtige Größe.

Erinnerung durchzuckte Victoria, ein Bild ihrer Mutter, die Daniel auf dem Schoß hielt. Er war vier. Die achtjährige Victoria hatte zu ihren Füßen gesessen, als ihre Mutter ihnen ein Märchen vorlas.

Sie hatte eine melodische Stimme, fiel Victoria schlagartig ein. Aber sie konnte sich nicht mehr an das Märchen erinnern, das ihre Mutter vorgelesen hatte, nur an die Worte: *Ich weiß es, sagte der Engel, denn … ich kenne meine eigene Blume gut.*

Hatte ihre Mutter mit dem anderen Mann ihr Glück gefunden, fragte Victoria sich. Lebte sie noch? Oder hatte es auch sie umgebracht, einen Mann zu lieben?

Victoria strich über den harten Lederphallus und erinnerte sich an Länge und Umfang Gabriels.

Ich bin knapp über neuneinhalb Zoll lang.

Ihr Körper zuckte bei der Erinnerung vor Lust. Schnell zog sie die Hand zurück.

Der Wächter mit den kastanienbraunen Haaren blieb unerschütterlich. Ihn konnte sicher gar nichts aus der Ruhe bringen.

Schnell schloss Victoria die oberste Schublade und öffnete die zweite. Sie enthielt verschiedene Seidentücher.

Victoria hatte selbst gesehen, wie man diese Tücher verwenden konnte.

Sie stellte sich vor, wie Gabriel ihre Hände über ihrem Kopf fesselte und ihre Füße weit gespreizt an die Bettpfosten band.

Sie stellte sich vor, Gabriel zu fesseln.

Die Frau in dem roten Schlafzimmer hatte den Mann gefesselt, mit dem sie zusammen war. Dann hatte sie sich breitbeinig auf seine Hüften gesetzt und ihn geritten, wie ein Mann ein Pferd ritt.

In der Hingabe der Frau hatte eine große Freiheit gelegen und in der Fesselung des Mannes ein kindliches Vertrauen.

Victoria hatte in ihrem Leben weder Freiheit noch Vertrauen erfahren.

Und wie war es mit Gabriel?

Er hatte gesagt, es gebe nichts Geschlechtliches, was er nicht schon gemacht hätte. Hatte er je eine Frau zu ihrer Lust gefesselt?

Hatte er sich je fesseln lassen?

Sofort schoss ihr das Bild von Ketten durch den Kopf.

Leise schloss sie die zweite Schublade und öffnete die dritte und letzte.

Geknotete Seide formte eine Peitsche. Daneben lag eine geflochtene Reitgerte.

An Wänden und Decke waren Messinghaken.

Alles, ganz gleich was …

Victoria schloss die letzte Schublade.

Der Wächter mit dem kastanienbraunen Haar hatte Recht gehabt. Hier gab es nichts, was ihr helfen könnte, Gabriel eine Freude zu machen.

Victoria richtete sich auf und entdeckte eine kleine Dose, versteckt zwischen dem weißen Cremetiegel und der Silberdose mit den Kondomen.

Ein Lächeln breitete sich auf ihrem Gesicht aus. Es war eine Dose Pfefferminz. *Extra starke Pfefferminz* war auf das Metall aufgedruckt, gefolgt von dem Namen Altoids.

Victoria nahm die kleine Dose auf und hielt sie impulsiv dem Wächter hin, damit er sie sehen konnte. »Jemand hat seine Halspastillen vergessen.«

»Sie hat niemand vergessen.« Die Miene des Wächters blieb stoisch, die smaragdgrünen Augen unverwandt. »Sie sind für die Gäste.«

Victorias Lächeln erstarb.

Pfefferminz gegen Mundgeruch.

»Das ist sehr großzügig von Gabriel«, sagte sie finster und ließ die Hand sinken. Sie wollte die Dose wieder auf den Nachttisch stellen.

»Nehmen Sie sie mit.«

Victoria schaute verwundert auf. Die Miene des Wächters war undurchdringlich.

»Verzeihung?«

»Nehmen Sie die Halspastillen mit. Diese Pfefferminz sind stärker als andere Sorten. Essen Sie eine Pastille und nehmen Sie Mr. Gabriel in den Mund. Es wird ihm gefallen.«

Victoria war überrascht, dass die Hitze in ihrem Körper die Pfefferminz nicht schmelzen ließ.

Der Wächter trat zurück und bedeutete ihr damit unmissverständlich, dass es Zeit war zu gehen.

Victoria stimmte ihm aus ganzem Herzen zu. Sie nahm die Pfefferminzpastillen, drehte sich um und warf einen Blick in das halb versilberte Glas, das ein Gast lediglich als Spiegel sah.

Die dunkelhaarige Frau darin war nicht mehr zerlumpt, sondern elegant, nicht mehr dürr, sondern schlank. Ihr Gesicht war ebenso rot wie der weinrote Samt, der ihr Kleid zierte.

Der Wächter mit den kastanienbraunen Haaren war im Spiegel im Profil zu sehen; sein schwarzer Gehrock bildete einen starken Kontrast zu Victorias goldbraunem Kleid. Plötzlich waren sie verschwunden, der Wächter mit dem kastanienbraunen Haar und dem schwarzen Gehrock und die dunkelhaarige Frau in ihrem goldbraunen Kleid. An ihrer Stelle stand ein schwarzhaariger Mann allein.

Victorias Augen weiteten sich. Doch nun sah sie wieder das Profil eines Mannes mit kastanienbraunem Haar und einem schwarzen Gehrock hinter einer dunkelhaarigen Frau in einem goldbraunen Kleid.

Der Wächter und Victoria.

Victoria zwinkerte.

»Es ist Zeit zu gehen«, sagte Julien.

Victoria konnte es gar nicht abwarten, aus dem eleganten Schlafzimmer zu kommen.

In der Tür warf sie mit pochendem Herzen einen flüchtigen Blick über die Schulter zurück auf das halb versilberte Glas.

Es war ein Spiegel, kein transparentes Fenster.

»Ich sah Sie in die unterste Schublade schauen.«

Victoria fuhr auf.

Smaragdgrüne Augen schauten zu ihr herunter. »Sie sind Häuser wie dieses nicht gewöhnt.«

Es war nicht notwendig, abzustreiten, was ohnehin offensichtlich war. »Nein«, gab Victoria zu. »Ich bin Häuser wie dieses nicht gewöhnt.«

»In Bordellen benutzt man Lederpeitschen und neunschwänzige Katzen statt geknoteter Seide und geflochtener Reitgerten.«

Victoria brauchte Julien nicht zu fragen, woher er das wusste: Es war ihm in die Augen geschrieben.

»Das Haus Gabriel ist kein Bordell«, sagte Victoria.

»Nein, Ma'am.« Finstere Erinnerungen standen in Juliens Augen. »Das Haus Gabriel ist sicherer als ein Bordell. Für Kunden und für Prostituierte.«

Victoria war fasziniert. Gabriel mochte das Haus Gabriel für einen Ort der Sünde halten, aber …

»Sie billigen Mr. Gabriels Haus«, sagte sie vorsichtig.

»Ja«, antwortete der Wächter mit den kastanienbraunen Haaren rundheraus.

Wärme erfüllte Victorias Lächeln. »Ich ebenfalls, Mr. Jules. Sollen wir Monsieur Gaston suchen?«

Sie brauchten Gaston nicht zu suchen. Er wartete bereits am Fuß der Treppe auf sie. In seinen Augen lag der Blick des Mannes von der Straße, der er früher einmal war. *Ich werde meine Stellung verlieren*, hatte Julien gesagt.

Gaston öffnete den Mund …

»Es war allein meine Schuld, Monsieur Gaston. Ich wollte eines der Gästezimmer besuchen, um …« Victoria atmete tief durch, es gab keinen anderen Weg. »… um zu sehen, ob ich etwas finde, womit ich Monsieur Gabriel eine Freude machen kann.«

Gastons Mund klappte hörbar zu. Er erholte sich jedoch rasch von seinem Schreck.

»Ich hoffe, Mademoiselle war nicht … überrascht … über die Hilfsmittel dort.«

»*Au contraire*, Sir.« Victoria hielt die Dose Pfefferminz hoch. »Mr. Jules hat mir freundlicherweise empfohlen, diese zu versuchen.«

Die tiefe Röte auf Victorias Wangen spiegelte sich auf Gastons Wangen wider. »*Merci*, Mademoiselle. Wir werden diesen Vorfall Monsieur Gabriel gegenüber nicht erwähnen, damit wir ihm die Überraschung nicht verderben.«

Victorias Wächter entspannte sich ein bisschen.

Victoria strahlte. »Vielen Dank, Mr. Gaston.«

»Sie dürfen sich nicht ermüden, Mademoiselle. Bring Mademoiselle zurück in Monsieur Gabriels Suite, Jules.«

Die Suite.

Die Tür zur Galerie der transparenten Fenster war in Gabriels Arbeitszimmer.

Victoria öffnete den Mund, um Gaston und Jules von dem Mann zu erzählen, den sie durch den transparenten Spiegel gesehen hatte.

Sie schloss den Mund.

Was hatte sie denn eigentlich gesehen? Nur ein flüchtiges Bild ... mit schwarzem Haar.

Unter geeigneten Umständen wirkte ihr eigenes Haar schwarz.

Jules hatte gesagt, außer Gaston und Gabriel besäße niemand einen Schlüssel zur Suite. Bei dem Trugbild im Spiegel konnte es sich nur um eine Lichtreflexion gehandelt haben.

»Vielen Dank, Mr. Gaston. Sie haben völlig Recht.« Victoria brauchte all ihre Kraft für die Nacht. »Ich darf mich nicht zu sehr ermüden.«

Gaston ging Victoria voraus die Privattreppe hinauf, die zu Gabriels Suite führte. Julien folgte Victoria. Sie ging zwischen zwei fähigen Männern.

Warum fühlte sie sich trotzdem nicht sicher?

Oben auf der Treppe holte Gaston einen glänzenden Messingschlüssel heraus und schloss die Tür auf.

Victoria ging hinein; ihre Füße versanken in dem kastanienbraunen Plüschteppich.

Gabriels Arbeitszimmer war leer.

Wie albern von ihr, zu hoffen, dass Gabriel zurückgekommen war.

Gaston ging an den Schreibtisch mit der schwarzen Marmorplatte und nahm das Silbertablett mit den halb leeren Tellern. Dann blieb er an der Tür stehen, das Tablett gekonnt auf einer Hand balancierend. »Mademoiselle.«

Victoria wappnete sich. »Ja?«

Gaston schaute sie nicht an. »Die Pfefferminz wirken am besten, wenn man sie langsam im Mund zergehen lässt und gleichzeitig *la bitte* eines Mannes kostet. Das gelingt am besten, wenn Sie eine Pastille in die Wange schieben, statt sie auf die Zunge zu legen.«

Die Tür schloss sich leise.

Victoria legte die Hände an die Wangen. Die Dose und ihre Hände wurden rasch wärmer; sie kühlten ihr Gesicht nicht.

»Mademoiselle.«

Einen Moment dachte Victoria, Gaston habe durch die Tür gerufen.

Er war es nicht.

Mit rasendem Herzschlag wirbelte Victoria herum.

Ein schwarzhaariger Mann stand unmittelbar hinter ihr. Er hielt einen blauen Seidenschal in seinen langen, eleganten Händen.

»Hallo, Mademoiselle Childers.« Warmer Atem fächerte ihr Gesicht. »Schön, Sie wiederzusehen.«

Kapitel 23

»Mr. Delaney ist nicht im Haus«, erklärte ein Butler Gabriel mit starrer Miene.

»Aber Mrs. Thornton sagte mir, er sei hier.« Gabriel lächelte entwaffnend; hinter seinem Charme überlegte er, wie er den Butler am besten entwaffnen konnte. Er war einige Jahre älter als

Gabriel und etwas kleiner, aber kräftiger und grobknochiger. Hinter dem Butler sah Gabriel eine Treppe im Foyer; ein Holzgeländer und ein schmaler grüner Läufer kletterten aus dem Blickfeld. Auf der Treppe und in dem von Gas beleuchteten Flur, der das Stadthaus in der Mitte teilte, war niemand. »Ich bin sicher, er würde mich sehen wollen.«

»Bedaure, Sir.« Der Ton des Butlers zeigte keinerlei Bedauern. »Mr. Delaney ist nicht im Haus.«

Er konnte die Wahrheit sagen. Oder er konnte lügen.

Sein Gesicht war stark von Windpockennarben gezeichnet. Viele Häuser würden einen Mann mit einem solchen Gesicht nicht einstellen.

Ein Butler wie er würde seinem Herrn manche Eigenheiten nachsehen. Vielleicht profitierte er sogar von Delaneys Steckenpferd, verzweifelte Gouvernanten zu jagen.

Es gab Frauen, sogar Huren, die niemals mit einem entstellten Mann das Bett teilen würden.

Vielleicht übergab Delaney dem Butler seine abgelegten Gouvernanten.

Nebel wehte durch die offene Tür.

»Die Angelegenheit ist dringend«, sagte Gabriel freundlich. Er lehnte sich auf seinen Stock, um ihn gerade zu halten, und schraubte den Silberknauf mit langsamen Drehungen seiner Handfläche ab. »Wenn Sie mir sagen, wo ich Mr. Delaney finden kann, ließen sich manche Ungelegenheiten vermeiden.«

Es war die einzige Warnung, die Gabriel ihm geben würde.

»Ich weiß nicht, wo Mr. Delaney ist.« Der Butler spürte die Gefahr nicht. »Wenn Sie mir Ihre Karte hier lassen, gebe ich Sie ihm.«

Gabriels Lächeln veränderte sich nicht. Er hob die rechte Hand, als wolle er einen Fussel von seinem Mantel entfernen, packte aber die Kehle des Butlers. Gleichzeitig zog er den Kurzdegen aus dem Stock.

Er schob den Butler zurück in das Foyer. Delaney konnte oben sein, er konnte unten sein. Er konnte aber auch ausgegangen sein, wie der Butler behauptete.

Gabriel würde es bald herausfinden.

Der Butler war kein Peter Thornton. Der Butler schlug zu. Den ersten Schlag konnte Gabriel nicht abwehren; er traf sein Kinn. Er stieß den Butler gegen eine Wand mit Familienfotos. Glas knackte, splitterte; ein silberner Bilderrahmen fiel auf den Boden. Glas knirschte unter dem Fuß des Butlers.

Gabriel hielt dem Butler die Spitze seines Degens unmittelbar über dem Adamsapfel an den Hals; unter dem Degen nahmen seine Finger in schwarzen Lederhandschuhen seine Kehle in den Würgegriff.

Vor drei Nächten hätte er den Mann nicht angerührt; jetzt würde er jeden anrühren, alles tun, um Victoria zu schützen. Mit vor Angst weiten Pupillen hielt der Butler still. Keuchen übertönte den Widerhall zerbrochener Leben.

»Wie gesagt«, schnurrte Gabriel. »Manche Ungelegenheiten lassen sich vermeiden.«

Gedämpfte Schritte kamen den Treppenläufer herunter.

»Was hat das zu bedeuten?«

Gabriel erstarrte. Die Stimme über ihm war weder servil noch männlich.

Gabriel wandte den Blick nicht vom Butler ab.

»Rufen Sie Hilfe, Mrs. Collins!« Schweiß rann dem Butler von der Stirn; Blut perlte auf Gabriels schwarzen Lederhandschuh. »Bitte!«

Der Butler würde eine Komplizin nicht bitten, die Polizei zu rufen; er würde um unmittelbareren Beistand bitten. Gabriel konnte entweder den Butler festhalten oder die Frau aufhalten. Beides gleichzeitig konnte er nicht. Er pokerte.

»Mrs. Collins, wenn Sie sich von der Stelle rühren, schneide ich diesem Mann die Kehle durch«, sagte Gabriel rasch. »Es wird lange dauern, bis er stirbt, aber er wird sterben, das versichere ich Ihnen. Sie können seinen Tod verhindern.«

Und ihren eigenen, brauchte er nicht hinzuzufügen. Gabriel spürte die Unentschlossenheit der Frau. Sie wollte dem Butler helfen; doch ebenso stark pulsierte in ihren Adern der Überlebenswille. Die Frau half weder dem Butler, noch lief sie fort, durch ihre Angst gelähmt. Es war offensichtlich, dass sie noch nie Gewalt oder Tod begegnet war.

Gabriel setzte auf ihre Unschuld. »Wenn Sie mir helfen, muss niemand sterben, Mrs. Collins.«

»Ich … was …« Ihre Stimme bebte. »Was wollen Sie? Mein Schmuck ist … ich bin ein Gast. Das ist das Haus meines Bruders. Ich habe nur meine Perlen und …«

»Wo ist Mitchell Delaney, Mrs. Collins?«, unterbrach Gabriel sie.

Die Muskeln des Butlers strafften sich. Gabriels Finger legte sich fester um seine Kehle, gleichzeitig drückte er die Degenspitze mit tödlicher Entschlossenheit weiter in seinen Hals.

»Machen Sie keinen Fehler, ich werde Sie töten«, flüsterte er roh. Dann sagte er lauter und freundlicher: »Ich will Ihren Schmuck nicht, Mrs. Collins. Ich will lediglich Ihren Bruder sprechen.«

Und dann wollte er ihn töten.

»Mitch … Mein Bruder ist nicht zu Hause.«

Mrs. Collins klang aufrichtig. Der Butler winselte um Luft.

»Wer sind Sie?«, fragte Mrs. Collins barsch; ihr herrisches Wesen gewann die Oberhand über ihre Angst. »Ich verlange, dass Sie Keanon loslassen.«

Gabriel wollte der Frau nichts antun müssen. Aber er würde es tun.

»Haben Sie eine Gouvernante, Mrs. Collins?«, fragte er und sah dabei den Butler scharf an.

Die Pockennarben traten auf seinem aschfahlen Gesicht deutlich hervor. Keanon hatte Angst. Er wusste über Mitchell Delaneys Gouvernantensammlung Bescheid.

»Ja, selbstverständlich, allerdings sehe ich nicht, was das zu tun hat mit …«

»Ihr Bruder mag Gouvernanten.« Gabriel drückte Keanon die Degenspitze noch tiefer in den Hals, Blut spritzte; gleichzeitig lockerte er die Finger, die auf der Luftröhre des Butlers lagen. »Sagen Sie ihr, wie sehr Delaney Gouvernanten mag, Keanon.«

Der Butler las seinen Tod in Gabriels Blick.

»Er …«, krächzte Keanon; Blut tropfte an seiner Kehle herunter. »Ich habe nichts damit zu tun, Mrs. Collins.«

Das reichte nicht.

»Sagen Sie Mrs. Collins genau, womit Sie nichts zu tun haben«, befahl Gabriel leise.

Der Butler zögerte: Er hatte Angst, dass Delaney ihn entlassen würde; oder er hatte Angst, dass Delaney ihn töten würde.

Die unmittelbarere Bedrohung für sein Leben siegte.

»Mr. Delaney, er … er hat auf dem Speicher eine Kammer eingerichtet.« Blutrote Flecken sammelten sich auf dem gestärkten weißen Kragen des Butlers. »Da bringt er Frauen hin …«

»Mein Bruder ist Junggeselle.« Entrüstung brachte Schärfe in Mrs. Collins Ton. »Es geht uns nichts an, welche Frauen er in sein Haus bringt.«

Victoria war achtzehn Jahre Frauen wie Mrs. Collins auf Gedeih und Verderb ausgeliefert gewesen, Frauen, die sich hinter ihrer Tugendhaftigkeit versteckten, um mit ihrem Leben und ihren Männern auszukommen. Nie wieder.

»Ihr Bruder hat meine Frau terrorisiert, Madame«, sagte Gabriel leise. »Es geht mich durchaus etwas an.«

Die Augen des Butlers weiteten sich vor Schreck. Die Frauen, die er und sein Herr jagten, sollten für gewöhnlich keinen Mann haben, der sie beschützte. Für sie sorgte.

Sie liebte.

Das Hufgeklapper eines einzelnen Pferdes übertönte das Keuchen des Butlers. Delaneys Schwester brauchte lediglich zu schreien …

»Wenn mein Bruder sich ruchloser Taten schuldig gemacht hat, hätten diese Frauen die Polizei benachrichtigen sollen.«

Mrs. Collins verschanzte sich weiter hinter ihrem Wohlstand und ihrer Tugendhaftigkeit. Die Gouvernanten waren arm; Delaney war reich. Kein Schutzmann hätte ihn festgenommen.

»Lieben Sie Ihren Bruder, Mrs. Collins?«, fragte Gabriel unverbindlich.

Das einzelne Pferd war auf Höhe des Hauses; das schwache Malmen von Kutschrädern sang durch den Abendnebel.

»Selbstverständlich liebe ich meinen Bruder!«, rief Mrs. Collins aus. »Es ist die Pflicht einer tugendhaften Frau, ihre Familie zu lieben.«

Gabriel fragte sich, wie Victoria mit sechzehn Jahren den Mut aufgebracht hatte, ihren Vater zu verlassen.

Nebel und Entfernung schluckten das Malmen der Kutsche; das Hufgeklapper verblasste zu einem ersterbenden Echo.

»Dann wollen Sie sicher nicht, dass Ihr Bruder getötet wird«, sagte Gabriel ausdruckslos.

»Selbstverständlich nicht«, sagte Delaneys Schwester mit entrüstetem Schnauben. Ungeachtet der Kutsche, die ihre Rettung hätte sein können.

»Aber er wird getötet werden …«

Gabriel log. Vielleicht war es aber auch keine Lüge.

Er wusste nicht, ob Delaney mit dem zweiten Mann zusammenarbeitete. Gabriel würde es erst erfahren, wenn er Delaney fand. Gleichwie war er ein toter Mann.

»Mein Bruder hat mir nicht … er hat mir nicht gesagt, wo er hingeht.«

Mrs. Collins sagte die Wahrheit. Wissen leuchtete in den Augen des Butlers auf. Blassgrüne Ringe säumten seine geweiteten Pupillen.

»Sie wissen, wo er ist, Keanon«, sagte Gabriel seidenweich.

Die beiden blassgrünen Ringe verschwanden; die Augen des Butlers verwandelten sich in schwarze Löcher der Angst.

»Ich weiß es nicht«, keuchte er.

War Delaney ein Mörder, überlegte Gabriel. Vor wem hatte Keanon mehr Angst, vor Gabriel oder vor Delaney?

»Sie wissen es, Keanon«, schmeichelte Gabriel. »Wenn Sie es nicht wissen, gibt es wahrhaftig keinen Grund, weshalb ich Sie nicht töten sollte, oder?«

»Ich weiß es nicht!« Ein schriller Ton trat in die Stimme des Butlers. Nur eine dünne Knorpelschicht trennte Gabriels Degenspitze von der Luftröhre des Butlers.

»Holen Sie tief Luft, Keanon«, sagte Gabriel sanft. »Es wird Ihr letzter Atemzug sein.«

Der letzte Rest an Loyalität verflüchtigte sich in einer Woge des Entsetzens.

»Er sagte, er wollte die Gouvernante holen!«, brabbelte der Butler. »Mehr weiß ich nicht! Ich schwöre, mehr weiß ich nicht!«

Eiskalt schoss es durch Gabriels Adern. Victoria war in Gabriels Haus. Aber wusste Delaney das? Oder hatte er vor, sie aus dem billigen Zimmer zu holen, in dem sie gewohnt hatte?

»Woher weiß er, wo sie ist?«, knirschte Gabriel.

»Das weiß ich nicht! Ich weiß es nicht! Ich schwöre bei Gott, ich weiß es nicht!«

So viele Leute, die nichts wussten.

»Sind jetzt Frauen oben auf dem Speicher, Keanon?«

»Nein! Nein! Jetzt nicht.«

Aber der Speicher war für eine Frau vorbereitet. Er war für Victoria vorbereitet.

»Schauen Sie zu, wenn er die Frauen vergewaltigt?«, fragte Gabriel leise. Die Zeit tickte dahin, mehr als ein Puls raste.

»Mrs. Thornton – sie schaut zu.«

Es gab Frauen und Männer, die aus der Unterwerfung anderer Lust schöpften. Gabriel konnte sich ohne Weiteres vorstellen, dass Mrs. Thornton zu diesen Frauen gehörte.

»Gibt Delaney Ihnen die Frauen, wenn sie mit ihnen fertig sind?«, fragte er.

»Nein …« Keanon besann sich eines Besseren. »Ja. Aber ich tue ihnen nicht weh. Ich schwöre Ihnen, ich tue ihnen nicht weh.«

Schweiß triefte über das pockennarbige Gesicht des Butlers; Gabriel kroch es eiskalt den Rücken hinauf.

Wunden verheilten; Erinnerungen nicht. Aber vielleicht nahm man den Gouvernanten ja selbst die Erinnerungen …

»Töten Sie die Frauen für Delaney und Mary Thornton?«

»Nein, nein!« Der Butler verdrehte die vortretenden Augen. »Mr. Delaney gibt ihnen Geld, damit sie auf dem Land leben können. Ich setze sie in den Zug. Ich schwöre es. Ich kann Ihnen sagen, wohin sie Fahrkarten gekauft haben …«

Keanons Kopf prallte gegen die Wand; ein halbes Dutzend silberne Bilderrahmen mit Glas fielen klirrend zu Boden. Gabriel starrte auf die Fotografie eines Mannes, der unter einem Baum stand; er hatte einen Arm um eine Frau gelegt. Er stand im Schatten, sie im Licht. Sein Gesicht war unscharf; sein Haar wirkte im Schatten schwarz. Die Züge der Frau waren scharf; ihr Haar war unter einem Strohhut verborgen. War der Mann auf der Fotografie Mitchell Delaney? Hatte Delaney schwarzes Haar? War Delaney der zweite Mann?

Gabriel drehte sich um und schaute nach oben. Delaneys Schwester stand auf der achten Stufe. Sie war die Frau auf der Fotografie, der Inbegriff englischer Mutterschaft. Anfang dreißig, das hellbraune Haar zu einem lockeren Knoten aufgesteckt. Ihre weiße Bluse und der dunkelgrüne Wollrock waren geschickt geschnitten, betonten ihre Schultern, eine künstlich schmale Taille und brachten ihre vollen Hüften zur Geltung. Ihre entsetzte Miene hatte nichts Gekünsteltes. Mrs. Collins hatte gerade erfahren, dass jede Familie ein dunkles Geheimnis besaß. Die Leiche in ihrem Keller war ihr Bruder.

Gabriel kehrte ihr den Rücken und verließ Delaneys Haus.

Er dachte an Victoria, an ihre glatte Zunge, als sie den Geschmack seines Samens mit ihm geteilt hatte. Er dachte an die Briefe, die Delaney geschrieben hatte, verführerische Verheißungen auf Lust und Schutz.

Die Handschrift war nicht dieselbe wie auf der Serviette. Aber vielleicht hatte der zweite Mann die Nachricht auf der Serviette nicht selbst geschrieben.

Gerald Fitzjohn hatte neben ihm am Tisch gesessen.

Gerald Fitzjohn könnte die Nachricht auf die Seidenserviette geschrieben haben.

Es spielte keine Rolle.

Delaney. Der zweite Mann.

Ein Mann war im Begriff, die Gouvernante zu holen.

Ein Mann war im Begriff, Victoria zu holen. *Heute Abend.*

Zwei Lampen schienen durch den Nebel. Mit einem scharfen Ruf hielt Gabriel die vorüberfahrende Mietdroschke an. Die Fahrt durch die nebelverhangenen Straßen war endlos. *Er sagte, er wolle die Gouvernante holen*, sangen die Kutschräder. Gabriel sprang aus der Kutsche, kaum dass sie hielt.

»He!«, schrie der Kutscher. »Sie schulden mir zwei Schilling!«

Gabriel blieb nicht stehen, um den Kutscher zu bezahlen.

Acht entfernte Schläge drangen dumpf durch die Nebeldecke. Big Ben schlug die Stunde. In einer Stunde öffnete das Haus Gabriel seine Pforten.

Rasch schloss Gabriel die Haustür auf. Er folgte der Duftspur von Bienenwachspolitur, Lammbraten und Gefahr. Der Kristalllüster über der Gästetreppe malte scherenschnittartige Schatten in die dunkle Höhle des Saales. Weiße Seidentischtücher leuchteten wie schlafende Gespenster. Eine einzelne Kerze beleuchtete einen schwarzhaarigen Mann, der an einem der hinteren Tische saß. Ein schwarzer Wollmantel rahmte einen Stuhl; ein schwarzer Seidenfrack rahmte die weiße Weste des Mannes. Er hob einen Kognakschwenker, lange, narbige Finger umschlossen das angewärmte Kristall, menschliches Fleisch und Glas vom Feuer geprägt.

Gabriel spürte all die alten Gefühle wieder hochkommen, die Victoria vorübergehend eingedämmt hatte.

Liebe. Hass.

Der Wunsch, ein Engel zu sein. Das Bedürfnis, einen Engel zu beschützen.

Das Wissen, dass er nie ein Engel sein konnte, er, der Bettler.

Mit den Gefühlen kamen die Erinnerungen an Hunger, der den Magen aushöhlte, an Kälte, die die Haut fühllos machte. Armut, die gesellschaftliche Schranken untergrub. Lust, die niemals brannte.

Sinnlichkeit hatte Michaels Rettung bedeutet; ein Junge mit violettblauen Augen und schwarzem Haar hatte Gabriels Erlösung bedeutet.

Schweigend ging Gabriel über den dicken Wollteppich, dessen rote Farbe in der flackernden Dunkelheit schwarz wirkte.

Das Kichern einer Frau wehte die Küchentreppe herauf, ein Dienstmädchen, das mit einem Kellner flirtete.

Michael saß allein, wie er auf dem Dock in Calais allein gesessen hatte.

Bedauern über die siebenundzwanzig Jahre, die zwischen den beiden dreizehnjährigen Jungen und den beiden vierzigjährigen Männern klafften, überfiel Gabriel. Außerhalb des Lichtkegels der einzelnen Kerzenflamme blieb er stehen. »Ich dachte, ich hätte dir gesagt, du sollst nicht wieder herkommen, Michael.«

Seine Stimme hallte hohl durch den höhlenartigen Saal. Eine Mahnung an andere Häuser, andere Säle.

In einer Stunde würde das Haus Gabriel von Kunden und Prostituierten wimmeln. Tabakrauch und teure Parfüms würden den Geruch von Bienenwachspolitur und Lammbraten verdecken und die Düfte eines Zuhauses in den Geruch einer Schenke verwandeln.

Michaels Landgut und sein Stadthaus tauchten flüchtig vor Gabriels innerem Auge auf. Sie rochen nach Rosen, Lilien und Hyazinthen, Blumendüfte, die eine vom Tod durchsetzte Vergangenheit kaschierten.

Michael trank einen Schluck Brandy, bevor er den Kristallschwenker senkte. »Du hast heute keine Zeitung gelesen, Gabriel.«

»Verzeih mir, *mon vieux*«, sagte Gabriel ironisch. »Ich war beschäftigt.«

Unten beendeten seine Bediensteten ihr Abendessen; für manche war der Arbeitstag zu Ende, für andere fing er gerade an.

Ob Victoria noch schlief?

Ob er ihr in ihrem Bett noch willkommen war?

Wie wollte Delaney sie nehmen?

Violettblaue Augen musterten Gabriel ruhig. »Du hattest eine Schlägerei.«

»Die Straßen sind gefährlich«, wich Gabriel aus. Seine Wange brannte vom Fausthieb des Butlers. Er umfasste leicht den Silbergriff des Gehstocks, der kein Gehstock war. »Ständig versucht jemand, das zu bekommen, was ihm nicht gehört.«

Bernsteingelber Brandy schwappte an die Seiten des Kristallschwenkers; die Narben hatten Michaels Händen nicht ihre Geschmeidigkeit genommen und auch nicht ihr Geschick, Frauen Lust zu bereiten. »Wer ist er, Gabriel?«

Angst schnellte in Gabriel empor wie ein Tier im Käfig.

Michael würde keine Ruhe geben, bis er die Wahrheit kannte.

Der zweite Mann würde keine Ruhe geben, bis zwei Engel tot wären.

Aber es gab nur einen Engel unter ihnen: Michael.

Victoria war der einzige lebende Mensch, der diese Wahrheit kannte.

Michaels und Gabriels Leben lagen in ihrer Hand.

»Er ist der zweite Mann, der mich vergewaltigt hat, Michael«, antwortete Gabriel; er ließ sich auf das Spiel ein und starb mit jeder verrinnenden Sekunde ein Stück mehr.

Wenn er jetzt zu Victoria hinaufginge, würde Michael ihm folgen, und die Wahrheit würde ans Licht kommen.

Gabriel konnte Michael nicht töten, aber die Wahrheit würde Gabriel umbringen. Ein Männerlachen wehte von der Küche herauf.

Bernsteingelber Brandy wirbelte in dem Kristallschwenker herum. »Sie hat dich angerührt, Gabriel.«

Gabriel erinnerte sich an Victorias nasses Haar, das auf ihrem Körper klebte, Victorias blaue Augen, die vor Leidenschaft glühten, Victorias Lächeln über die beschönigenden französischen Worte für die Hoden eines Mannes.

Victorias Hand, die nach seinen Hoden griff.

»Sie hat mich angerührt, Michael«, sagte Gabriel ausdruckslos.

Er würde töten für die Lust, Victorias Berührung zu spüren.

Gelbes Feuer sprühte Funken.

Michaels Augen funkelten violett im lodernden Licht. »Ein Artikel auf der Titelseite der *Times* berichtet von einem Selbstmord und von einem Mord.«

Gabriel brauchte nicht zu fragen, wer die Opfer waren. Der zweite Mann hatte sich der Thorntons entledigt.

Schlösser ließen sich leicht überwinden.

Delaney oder der zweite Mann konnten in das Haus eingedrungen sein, während die Dienstboten anderweitig beschäftigt waren.

»Es gibt ständig Artikel über Morde und Selbstmorde in der

Zeitung«, wehrte Gabriel ab. »Wenn nicht, würden die Leute sie nicht kaufen.«

»Sir Neville Jamieson wurde durch einen Kopfschuss getötet.«

Überraschung jagte Gabriels Rücken hinunter. Neville Jamieson war ein fast siebzigjähriger Landadeliger. Er hatte das Haus Gabriel nie besucht.

Gabriel zuckte die Achseln und täuschte eine Gleichgültigkeit vor, die er nicht empfand. »Bedauerlich.«

Michael wirbelte weiter den Brandy in seinem Schwenker herum, violettblaue Augen schauten abschätzig, Kristall funkelte, bernsteinfarbene Flüssigkeit schwappte. »Er besitzt ein Landgut in Dover.«

Gabriel erstarrte.

Vor neunundzwanzig Jahren hatte der Alptraum in Dover begonnen. Zwei Jahre später war Michael weggelaufen und hatte sich als blinder Passagier auf ein Schiff geschlichen, das in Calais angelegt hatte.

Wenn Michael nicht weggelaufen wäre, hätte Gabriel ihn nie getroffen. Wenn er Michael nicht getroffen hätte, wäre er dem zweiten Mann nie begegnet. Und er wäre an Hunger oder Krankheit gestorben oder durch ein Messer oder einen Knüppel.

Gabriel hatte Michael alles zu verdanken.

»Ich kenne Neville Jamieson nicht«, sagte Gabriel wahrheitsgemäß.

Michaels violettblaue Augen waren wachsam, versuchten Gabriels Schale zu durchdringen. »Jamieson war ein Partner meines Onkels.«

Ein Partner …

»Woher weißt du das?«, fragte Gabriel scharf, die Zurückhaltung war durchbrochen.

»Anne hat die Zeitung gelesen.« Kerzenlicht flackerte, Bernstein wirbelte, Violett funkelte. »Anne hat es mir gesagt.«

Annes Landgut war ebenfalls in Dover, wie das von Michaels Onkel. Sie musste es wissen.

Gabriel bemühte sich, sich das Spiel zusammenzureimen, das der zweite Mann inszeniert hatte.

Er hatte einen Edelmann aus Dover getötet. Aber warum?

»Wer war der Mann, der Jamieson angeblich getötet hat?«, fragte Gabriel gespannt.

»Leonard Forester.«

Leonard Forester war der Name des Architekten, der das Haus Gabriel entworfen hatte.

Die Angst, die durch Gabriels Adern schoss, verknotete sich in seinem Magen.

Die Zeitung irrte sich. Forester hatte nicht Selbstmord begangen, er war ermordet worden.

Beide Männer standen in einem Zusammenhang mit dem zweiten Mann. *Aber wie*?

»Warum hat er Jamieson umgebracht?«

»Leonard Forester ist Architekt«, sagte Michael und beobachtete Gabriels Reaktion. Beide Männer waren mit seiner Vergangenheit verknüpft. »Jamieson gehört die Firma, bei der Forester angestellt war.«

Gabriel erinnerte sich … an die Augen, die ihn beobachtet und aus dem Schlaf geweckt hatten. An den Geruch, der in seiner Suite in der Luft gelegen hatte.

Johns Bericht über das, was er im Hundred Guineas Club erfahren hatte … *Lenora hat sowohl Geraldine als auch ihn versetzt, und seitdem hat er Lenora nicht mehr gesehen.*

Lenora … Leonard.

Leonard Forester hatte das Haus Gabriel gebaut. Er hatte einen Geheimgang für den zweiten Mann gebaut.

Und nun war er tot.

Der zweite Mann war heute in seiner Suite gewesen.

Delaney. Der zweite Mann.

Es war gleichgültig, wie er sich nannte. Er war im Haus Gabriel.

Er hatte Victoria.

Gabriel lief zwischen den Tischen durch, schob einen Stuhl beiseite, ein Tisch kippte, ein silberner Kerzenständer fiel um.

»Gabriel!«

Michaels Stimme hallte dumpf in Gabriels Ohren, keine Zeit, sich um die Wahrheit zu kümmern.

Er nahm drei Stufen der schmalen Treppe auf einmal.

Julien lag zusammengesackt vor der Tür, das kastanienbraune Haar wie einen Seidenschal um sich ausgebreitet. Blut tropfte über den Holzrand der obersten Stufe.

Seine Kehle war aufgeschlitzt.

Gabriel wusste, was Julien zuletzt gesehen hatte: Er konnte die Verwunderung spüren, die den Tod überlebte wie die Überreste ausgewischter Kreide auf einer Tafel.

Julien hatte nicht damit gerechnet, im Haus Gabriel zu sterben; er hatte nicht damit gerechnet, von einem Mann getötet zu werden, den er für einen Freund hielt.

Es blieb keine Zeit zu trauern.

Später würde Gabriel über den Tod eines weiteren heimatlosen Bruders trauern. Aber nicht jetzt.

Victoria brauchte ihn.

Gabriel kramte in seiner Hosentasche nach dem Türschlüssel – *merde* –, wo war der verdammte Schlüssel? Vage nahm er polternde Schritte hinter sich auf der Treppe wahr.

Es war zu spät, Michael zu schützen.

Zu spät, Julien zu retten … Julien, der ihm zu sehr vertraut und mit seinem Leben bezahlt hatte.

Nun war er tot.

Ein weiteres Opfer in einem siebenundzwanzigjährigen Alptraum.

Gabriel fand den Messingschlüssel und schob ihn ins Schloss. Juliens Leiche versperrte die Tür; Gabriel zerrte sie auf, schob Julien in einer Blutlache vor. Er zwängte sich durch den schmalen Spalt. Kreide knirschte unter seinen Schuhsohlen. Weitere weiße Körnchen waren auf dem kastanienbraunen Teppich verstreut.

Er achtete nicht darauf.

Das Rätsel Delaneys und des zweiten Mannes war kein Rätsel mehr.

Kapitel 24

»Gabriel.« Der zweite Mann lehnte am Schreibtisch; das schwarze Haar schimmerte blau im Licht des Kronleuchters, die violettblauen Augen leuchteten. Ein vertrautes Grinsen breitete sich auf seinem Gesicht aus. »*Mon ange.*«

Mein Engel prickelte es auf Gabriels Haut.

Die Stimme des zweiten Mannes hatte den gleichen wissenden Unterton wie die von Michael und Gabriel: die Stimme eines Mannes, der gelernt hatte zu betören, zu verführen, zu befriedigen.

Victoria stand zwischen seinen gespreizten Beinen; das goldbraune Seidenkleid mit den weinroten Samtrevers und den cremeweißen Einsätzen voller grüner, gelber und dunkelroter Farbtupfer bildete einen scharfen Kontrast zum tristen Schwarz des Frackes.

Eine Faust ballte sich in Gabriels Eingeweiden, als er Madame Renés Kreation erkannte. Der blaue Seidenschal, mit dem ihr Mund zugestopft war, und der grüne Seidenschal, der um ihre Hände gebunden war, schnürten ihm die Brust ab.

Der zweite Mann streichelte ihre Wange mit einem gezähnten Bowiemesser. Es war Gabriels Messer. Ein Messer, dessen einziger Zweck das Töten war. Ohne Zweifel hatte es Julien getötet.

Ein blau plattierter Revolverlauf spielte mit der weinroten Samtschleife auf Victorias linker Schulter; lange, schlanke Finger hielten den Colt mit Doppelfunktionsschloss. Der Hahn war für einen einzelnen Schuss gespannt.

Der violettblaue Blick glitt an Gabriel vorbei.

»Michael.« Das Grinsen des zweiten Mannes wurde breiter. »Wie nett, dass du dich zu uns gesellst.«

Michaels und Victorias Schrecken war deutlich spürbar.

Als Michael den zweiten Mann anschaute, sah er sich selbst, wie er ausgesehen hatte, bevor das Feuer ihn entstellt hatte; als Victoria Michael sah, wurde ihr klar, dass der Mann, der sie festhielt, nicht derjenige war, der für seine Fähigkeit berühmt war, Frauen Lust zu bereiten.

Gabriel war weder überrascht noch entsetzt über das Gesicht des Mannes. Eigentlich sollte er Genugtuung empfinden, ihm wieder gegenüberzustehen: Es war nicht so.

»Macht die Tür zu, *s'il vous plaît*«, bat der zweite Mann, erfreut über die Reaktion seines Publikums. »Wir wollen doch nicht, dass Mademoiselle sich den Tod holt.«

Seine violettblauen Augen funkelten amüsiert über seinen Witz.

Kein kalter Luftzug würde Victoria umbringen. Wenn Michael liefe, um Hilfe zu holen, würde er die Frau töten, die Gabriel berührt hatte, warnte der zweite Mann. Sofort. Mit einem Messer. Oder mit einer einzigen Kugel.

Und Gabriel würde es nicht verhindern können.

»Ich glaube, eine Vorstellung wäre angebracht.« Der zweite Mann sprach mit charmanter Höflichkeit; mit derselben betörenden Höflichkeit hatte er auch gesprochen, als Gabriel angekettet war und sich weder gegen sich selbst noch gegen den Mann hatte wehren können, der aussah wie Michael, aber nichts von Michaels Menschlichkeit besaß. »Gabriel, du erkennst sicher Delaney; er besitzt eine ausgesprochene Ähnlichkeit mit seiner Schwester, nicht wahr? Mademoiselle Childers, darf ich Ihnen *Michel des Anges* vorstellen, den Mann, der für seine Fähigkeit berühmt ist, Frauen Lust zu bereiten. Michael, erlaube, dass ich dich mit Mademoiselle Childers bekannt mache, der Frau, die ihre Jungfräulichkeit an Gabriel verkauft hat. Delaney, Sie haben sicher schon von Gabriel und Michel gehört, *les deux anges*; sie sind wirklich recht schön, nicht wahr? Obwohl Michael leider inzwischen Narben hat.«

Das Arbeitszimmer mit seinen Bücherregalen schrumpfte zu einer kleinen Dachkammer, das goldgeprägte Leder wurde zu mattgrauen Ketten.

Delaneys Blick schoss nervös von Mann zu Mann, Frau zu Mann, mit der rechten Hand umklammerte er eine Pistole mit Perlmuttgriff. Sein Haar war schwarz und glänzte vor Makassaröl; sein schmaler Schnäuzer kräuselte sich zu einem ständigen Grinsen. Im Gegensatz zu dem zweiten Mann hatte er nicht mit den beiden Engeln gerechnet.

Hinter ihm spürte Gabriel, wie es in Michaels Kopf arbeitete. Er merkte genau, wann Michael klar wurde, wer der zweite Mann war.

»Du hast erraten, wer mein Vater ist, *mon cousin*«, sagte der zweite Mann mit unverhohlener Freude.

»William Sturges Bourne«, sagte Michael ausdruckslos.

Der Earl of Granville.

Gabriel hatte ihn vor sechs Monaten getötet.

»Dein Onkel«, bestätigte der zweite Mann aalglatt.

Dieser Onkel hatte Michaels Leben zerstört und dann seinen Sohn geschickt, um Gabriels Leben zu zerstören. All das nur wegen der unschuldigen Liebe, die zwei dreizehnjährige Jungen füreinander hegten.

Violettblaue Augen prallten auf violettblaue Augen.

»Ich bezeichne William Sturges Bourne nicht als Verwandten«, sagte Michael verächtlich.

Ein Scheit sackte im Kamin in sich zusammen; Funken sprühten den Kamin hinauf.

Das Grinsen wich nicht aus dem Gesicht, das ein etwas jüngeres Ebenbild von Michael, nur ohne Narben, war. »Und dennoch hast du seinen Titel geerbt, den des Earl of Granville.«

Ein Titel, den Michael nicht in Anspruch genommen hatte.

Gabriels Finger umklammerten den Silberknauf seines Gehstocks.

Plötzlich richteten sich violettblaue Augen auf Gabriel. »Lass den Stock fallen, Gabriel, sonst ritze ich deine Initialen in Mademoiselle Childers' Wange. Ein g für *garçon*. Ein c für *con*. Ein f für *fumier.*«

Junge. Bastard. Miststück.

Victorias Blick suchte Gabriels.

Gedanken strömten zwischen ihnen: Das Prasseln von Wasser, das Klatschen drängenden Fleisches. Der Widerhall von Gabriels Geständnis. Das Wissen, dass der zweite Mann jedes ihrer Gespräche belauscht und jede ihrer Zärtlichkeiten beobachtet hatte. Ihre Schmerzensschreie, ihre Lustschreie.

Das Verlangen einer männlichen Hure.

Er hatte verlangt, dass sie das Licht ihrer Lust mit ihm teilte, und er hatte sie dazu gebracht.

Eine dunkle Blutspur quoll aus Victorias Wange, ein kleines warnendes Zucken des Bowiemessers.

Victoria hielt ganz still, unfähig den Konsequenzen zu entkommen, dass sie einen Engel berührt hatte.

Eine weitere Warnung würde der zweite Mann nicht geben.

Gabriel hatte versprochen, sein Leben zu geben, um ihr Leben zu retten. Und das würde er auch tun.

Er ließ den Stock fallen.

»Sehr gut, *mon ange.*« Der zweite Mann grinste, weiße Zähne blitzten auf. »Und jetzt tritt ihn zu mir herüber.«

Gabriel trat den Stock in Richtung des Schreibtisches; er prallte gegen eine kleine rotweiße Dose mit der Aufschrift *Altoids*.

Gabriel ging allmählich auf, dass die körnige Substanz unter seinen Schuhsohlen und die weißen Körner auf dem Teppich Pfefferminzpastillen waren. Vor Wut sträubten sich ihm die Nackenhaare.

»Sie haben gesagt, Sie würden ihr nichts tun, Yves«, platzte Delaney heraus; grelles Licht glänzte auf seinem fettigen Haar. »Sie haben gesagt, Sie wollten Gabriel umbringen und dann würden wir sie mitnehmen. Sie haben mir nicht gesagt, dass noch ein Mann da sein würde. So haben wir das nicht geplant.«

Yves.

Es konnte der Name des zweiten Mannes sein. Es konnte aber auch ein angenommener Name sein.

Es spielte keine Rolle.

Nach vierzehn Jahren, acht Monaten, drei Wochen und einem Tag konnte Gabriel mit diesem Gesicht endlich einen anderen Namen als Michael verbinden.

»Delaney, Sie müssen lernen, rücksichtsvoller zu sein, alter Junge«, sagte Yves, ohne Gabriel aus den Augen zu lassen. Das gezähnte Messer streichelte, statt zu schneiden, und schmierte eine blutrote Linie über Victorias papierweiße Wange. »Gabriel mag Mademoiselle Childers, nicht wahr, Gabriel?«

Ein Puls pochte an Victorias Halsansatz; das V ihres Mieders ließ den Anflug eines Schattens erkennen, das Tal zwischen ihren Brüsten.

Der Adams-Revolver hing schwer an Gabriels Schulter.

Er erinnerte sich an den Geschmack ihres Aufschreis, als er sie erst vor wenigen Stunden zum Höhepunkt gebracht hatte.

»Ja«, sagte er mit einer emotionslosen Stimme, die weder einem Jungen gehörte, der ein Engel hatte sein wollen, noch einem Mann, der Teil einer Frau hatte sein wollen. »Ich mag Victoria.«

Lachen runzelte die violettblauen Augen. »Es war recht amüsant, *mon ange*, euch beide zu beobachten: eine Gouvernante, die noch nie einen Mann angerührt hatte, im Ringen mit einer Hure, die Angst hatte, angerührt zu werden. Ihr ward beide so versessen darauf, verführt zu werden.«

Zum ersten Mal in fast fünfzehn Jahren hatte er sich genommen, was er wollte. Jetzt war es an der Zeit, den Preis zu zahlen.

»Sie haben gesagt, er könnte keine Frau ficken«, protestierte Delaney, die Pistole mit dem Perlmutgriff streitlustig auf Gabriel gerichtet. Die Waffe war ihm offensichtlich nicht fremd; er hielt sie geschickt zwischen kurzen, weibischen Fingern. »Sie haben gesagt, sie wäre immer noch Jungfrau.«

Eine Frau ficken jagte es Gabriel den Rücken hinauf; gefolgt von *immer noch Jungfrau*.

Wäre Victoria in Sicherheit, wenn sie noch Jungfrau wäre?

»Na, na, alter Knabe.« Yves würdigte Delaney keines Blickes. »Überlegen Sie doch nur, wie viel amüsanter es wird, die Frau eines Engels zu ficken. Obwohl, ich muss mich entschuldigen, Mademoiselle Childers: Ich bezweifle sehr, dass Delaney ein solcher *étalon* – Hengst – ist wie unsere beiden Engel hier.«

Delaney starrte Gabriel wütend an, sein Mund wirkte verdrießlich unter dem ständig grinsenden Schnurrbart.

Er war ein eifersüchtiger Mann, und er hatte Angst.

Beide Gefühle waren nützlich.

»Wie lange leben Sie schon in meinen vier Wänden?«, fragte Gabriel den zweiten Mann.

»Forester war recht schlau, nicht wahr?«, sagte Yves eingebildet. Seine violettblauen Augen waren kalt und berechnend. »Ich mag das englische Klima nicht, aber ich muss gestehen, es war ungemein unterhaltsam, dich in den letzten Monaten bei deinen Plänen zu beobachten, mich in die Falle zu locken. Komm schon, Gabriel, hast du kein einziges Mal meine Anwesenheit gespürt?«

Doch.

Gabriel hatte seine Anwesenheit jeden Augenblick in den letzten vierzehn Jahren, acht Monaten, drei Wochen und einem Tag gespürt.

Er hatte sie gespürt, als er heute Morgen aufgewacht war.

Gabriel wandte den Blick von den violettblauen Augen, weil er wissen musste …

»Wer hat die Briefe geschrieben, Delaney?«

Delaneys Brust schwoll vor Stolz. »Mary und ich. Es gehörte zu unserem Spiel.«

Ein Spiel, das Leben von Frauen systematisch zu zerstören.

»Wieso sind Sie hier?«

Delaneys Stolz wich Anspannung. Nervös trat er von einem Fuß auf den anderen.

Michael ging ebenfalls seitwärts und passte seine Schritte denen Delaneys an.

Ahnte er bereits die Wahrheit?

»Ich bin gekommen, um zu holen, was mir gehört«, sagte Delaney mit der Angriffslust, die aus Angst erwächst.

»Aber wer hat vorgeschlagen, dass Sie heute Abend herkommen, Delaney?«, hakte Gabriel nach, um Zwietracht zu säen. »Sie oder Yves?«

»Das spielt keine Rolle.«

Es spielte jedoch eine große Rolle, wenn ein Mann eine bloße Schachfigur war und es nicht merkte. Solche Männer überlebten Machtspiele nicht.

»Sie werden Madame Childers nie bekommen«, sagte Gabriel leise.

Victoria war für Gabriel auserwählt.

»Und wer sollte mich daran hindern?«, schnaubte Delaney. »Sie sind wohl kaum in der Lage, Männer aufzuhalten, die Ihnen überlegen sind, guter Mann.«

»Ich werde Sie daran hindern«, sagte der zweite Mann plötzlich. »Ihre Rolle ist vorbei, Delaney. Sie haben sie gut gespielt; jetzt ist es Zeit, sich zu verbeugen.«

»Ich sage …«

Zwischen einem Herzschlag und dem nächsten schwang der zweite Mann den Arm von Victorias Schulter, richtete den Colt aus und zog den Abzug.

Delaney prallte gegen die offene Tür hinter ihm; ein rundes Loch zeichnete sich in seiner Stirn ab. Gleichzeitig zerriss ein Schuss die Luft.

Delaneys Gesicht zeigte den Ausdruck völliger Überraschung; sein Mund unter dem grinsenden Schnurrbart war ein rundes O. Er sackte zu Boden.

Sofort stank es nach Ausscheidungen.

Victorias Pupillen waren schwarz vor Schreck.

»Michael, noch ein Schritt, dann muss ich mir überlegen, wen ich als Nächstes töte«, sagte der Mann freundlich. »Das gehört nicht mit zum Spiel.«

Michael blieb stehen.

»Was gehört denn zum Spiel?«, fragte Gabriel vorsichtig.

Jeder Puls in seinem Körper war eine Warnung.

Yves hatte nur Delaney mitgebracht, um Gabriel zu zeigen, dass jener die Briefe geschrieben hatte, nicht Yves. Yves hatte Victoria zu Gabriel geschickt; wann würde er sie nicht mehr brauchen?

»Bald, *mon ange*«, raunte Yves. »Aber zuerst gibst du mir den Adams-Revolver, den du unter deinem Rock trägst.«

Instinktiv griff Gabriel in seinen Mantel und den Wollrock darunter; das Seidenfutter streichelte seine Knöchel.

Der Rosenholzgriff der Waffe fühlte sich vertraut an. Das Gewicht war beruhigend.

Er zog sie aus dem Holster. Automatisch legte sein Mittelfinger sich um den Abzug.

»Ich könnte Sie umbringen«, sagte Gabriel provozierend.

Darauf hatte Gabriel fast fünfzehn Jahre gewartet.

Der zweite Mann versuchte weder sich zu verteidigen, noch

den ersten Schuss abzufeuern. »Aber du tust es nicht, Gabriel, nicht wahr? Bevor deine Kugel mich erreicht, ist Mademoiselle Childers tot.«

Die unsichtbare Hand um Gabriels Herz ballte sich zu Faust.

»Sie glauben, ihr Leben sei mir mehr wert als Ihr Tod?«, fragte Gabriel, äußerlich gleichgültig.

»Sollen wir es ausprobieren, Gabriel?« Hell rotes Blut tropfte über Victorias Wange, das Messer schnitt, statt nur zu streicheln. »Sollen wir Michael und Mademoiselle Childers zeigen, wie wenig dir die Berührung einer Frau bedeutet?«

Victorias Schmerz raubte Gabriel den Atem.

Wenn er zugäbe, wie tief Victoria ihn berührt hatte, wäre sie tot. Wenn er es abstritte, wäre sie ebenfalls tot.

Der zweite Mann grinste gerissen. »Das dachte ich mir. Dolly hat drei Monate gebraucht, eine Frau für dich zu finden, *mon ange*. Mir wäre es lieber gewesen, Mademoiselle Childers hätte hellblaue Augen und mausbraunes Haar gehabt – Michaels Frau hatte es dir angetan, nicht wahr?« Aus den Augenwinkeln sah Gabriel, wie Michael bei der Erwähnung von Anne erstarrte. »Aber Mademoiselle Childers' dunkelblaue Augen sind recht eindrucksvoll und ihr Haar ist prachtvoll, wenn es gewaschen ist. Sie ist intelligent – eine Frau, die nicht intelligent wäre, würde dich bald langweilen –, das war also eine unverzichtbare Voraussetzung. Und von der Farbe einmal ganz abgesehen, betteln ihre Augen förmlich danach, sie zu ficken, stimmt's? Das war wesentlich wichtiger als die Farbe. Es war notwendig, Gabriel, eine Frau zu finden, die nach der Berührung eines Mannes lechzte. Aber du brauchtest auch eine Frau, die sich gerade gut genug auf der Straße auskannte, um Mitleid mit deiner Vergangenheit zu haben, allerdings nicht so gut, dass es sie unempfänglich für die Geschichte eines Bettlerjungen gemacht hätte, der ein Engel sein wollte.«

Victoria versteifte sich abwehrend bei Yves Worten; Gabriel betete, dass sie still hielte.

Er würde sie nicht sterben lassen. Aber er konnte den zweiten Mann nicht hindern, sie zu töten.

Er würde Michael nicht sterben lassen. Aber er wusste auch nicht, ob er seinen Tod würde verhindern können.

»Woher wissen Sie, dass ich Michaels Frau mag?«, forderte Gabriel ihn heraus, um Zeit für Victoria, für Michael zu schinden. Wohl wissend, dass seine Zeit abgelaufen war.

Yves schnupperte an Victorias Haar; Victoria schaute weiter unverwandt Gabriel an. »Sie riecht nach dir, Gabriel. Nach deiner Seife. Deiner Begierde.«

Gabriels Finger legte sich fester um den Abzug. Es bedurfte nur einer einzigen Kugel …

Würde Victoria vor oder nach dem zweiten Mann sterben?

Yves hob den Kopf. »Ich weiß, dass du etwas für Anne übrig hast, Gabriel, weil ich dir gefolgt bin. Ich bin dir gefolgt, als du Michael bewacht hast; ich bin dir gefolgt, als du Anne in dieses billige Café geführt hast. Ich war im Haus meines Vaters, als du ihn getötet hast. Michael hat mich in jener Nacht gespürt, nicht wahr, Michael?«

Beute und Raubtier.

Gabriel brauchte Michaels Narben nicht zu sehen, um zu wissen, dass sie vor Anspannung weiß waren. »Ich wusste nicht, dass Sie es waren.«

»Nein, natürlich nicht, wie solltest du auch, *mon cousin*?«, erwiderte Yves. »Du wusstest ja gar nicht, dass es mich gibt. Gabriel konnte es dir ja nicht gut erzählen, nicht wahr? Du dachtest, Gabriel hasse dich, weil mein Vater einen Mann angeheuert hat, um ihn zu vergewaltigen; das war nicht so. Mein Vater hat mich in Wahrheit angeheuert, um Gabriel zu töten; das hätte dir wehgetan, Michael, und das war alles, wofür mein Vater gelebt hat, dir wehzutun. Verständlich. Schließlich war er deinetwegen zum Krüppel geworden. Allerdings konnte ich Gabriel nicht widerstehen, so vollkommen, so schön, so liebeshungrig. Ich habe ihn vergewaltigt, Michael. Gabriel hasste dich, weil er jedes Mal, wenn er dich anschaute, mich sah. Und er erinnerte sich, dass er mich angebettelt hatte … *n'arrête pas* … nicht aufhören.

Und jetzt nimm die Patronen aus dem Revolver, Gabriel, *mon ange*, und wirf die Waffe vorsichtig in meine Richtung, sonst ritze ich Mademoiselle Childers weiter den Buchstaben b auf die Wange – b, weil ich dich zum Betteln gebracht habe.«

Blaue Augen schauten fest in silberne, während Victoria die Vergangenheit des Mannes verarbeitete, den sie zu erlösen versucht hatte. Gabriel konnte nicht atmen. Er hatte gedacht, die Wahrheit würde ihn umbringen, und das hatte sie auch getan. Gabriel leerte die Patronentrommel; Kugeln regneten auf den Teppich.

»Wirf die Waffe vor meine Füße.«

Gabriels Finger umklammerten den Rosenholzgriff.

»Vorsichtig, Gabriel.«

Frisches Blut tropfte Victorias Wange hinunter. Aus ihren Augen sprach die Erkenntnis, dass sie zur Waffe geworden war.

Vielleicht war es auch die Erkenntnis, was für ein Mensch er war.

Gabriel warf die Waffe; sie landete auf dem Teppich, rutschte an dem Stock mit dem silbernen Knauf vorbei, an der rotweißen Pfefferminzdose und verschwand unter dem Schreibtisch.

»Was wollen Sie?«, fragte er gepresst.

Was konnte er von zwei Engeln wollen, dass er derart ausgeklügelte Pläne geschmiedet hatte?

»Ich will, dass du Michael erzählst, warum du ihn hasst«, sagte Yves.

Die Spannung zwischen Gabriels Schultern wuchs.

Er konnte es Michael nicht sagen. Nicht einmal, um ihn zu retten, konnte Gabriel es ihm sagen.

Er konnte dem Jungen, den er wie einen Bruder geliebt hatte, nicht sagen, dass Gabriels Körper ihn verraten hatte. Er konnte Michael nicht sagen, dass er in Yves violettblaue Augen – Michaels Augen – geschaut hatte und dazu gebracht worden war, Begierde zu empfinden.

Und Gabriel hatte *nichts* dagegen tun können.

»Ich will, dass du Michael sagst, dass du den Namen eines Engels gestohlen hast.«

Blind starrte Gabriel in violettblaue Augen mit schwarzen Wimpern.

»Ich will, dass du Michael sagst, wessen Namen du geschrien hast, als du kamst, Gabriel.«

Gabriel erinnerte sich … wie er um die Unschuld geweint hatte, die er kurz besessen hatte, als Michael den Laib Brot mit ihm geteilt hatte.

Eine raue Stimme sagte heiser: »Nicht.«

In diesem einen Wort verriet Michael das Wissen und den Schmerz, den Gabriel fast fünfzehn Jahre vor ihm zu verbergen gesucht hatte.

Violettblaue Augen musterten violettblaue Augen. »Du liebst Gabriel, Michael.«

Michael zuckte nicht vor dem anzüglichen Unterton zurück, Gabriel schon. »Ich habe ihn immer geliebt.«

»Gabriel hat für dich meinen Vater getötet, Michael.« Silbernes Licht glänzte auf dem gezähnten Bowiemesser; blaues Licht schimmerte auf dem Haar des zweiten Mannes. »Was würdest du für ihn tun?«

In Michaels Augen oder Stimme war keinerlei Falschheit. »Ich würde alles für Gabriel tun.«

»Würdest du ihn küssen, Michael?«

»Ja.«

»Würdest du seinen Schwanz lutschen?«

Michael zögerte nicht. »Um ihn zu retten, ja.«

»Küss ihn, Michael, wie ein Liebhaber, dann lasse ich die Frau leben. Lutsche seinen Schwanz, dann lasse ich euch alle leben.«

Die Zeit blieb stehen: Gabriels Atem. Das Knistern der Flammen im Kamin.

Endlich begriff Gabriel.

… *Jetzt bringe ich dir eine Frau. Eine Hauptdarstellerin, wenn du willst.*

Laissez le jeu commencer.

Lasst das Spiel beginnen.

»Es gibt noch eine andere Möglichkeit, Gabriel.«

Gabriel wusste, was der Mann, der sich Yves nannte, sagen würde.

»Sag mir, ich soll Mademoiselle Childers töten, dann lasse ich

Michael leben«, sagte der zweite Mann gelassen. Tod funkelte in seinen violettblauen Augen. »Oder sag mir, ich soll Michael töten, dann lasse ich Mademoiselle Childers leben.«

Gabriel hatte nicht gewusst, dass er eine Seele besaß; jetzt wusste er es. »Warum?«, brach es tief aus ihm heraus.

»Warum?«, fragte der zweite Mann spöttisch. »Mein Vater hat 1849 eine algerische Hure gefickt. Neunzehn Jahre später sprach mich ein Mann in einem Bordell an und fragte, ob ich nach England fahren und meinen Vater kennen lernen möchte.«

Michael und Gabriel waren 1868 nach England gekommen.

»Er sagte, mein Vater brauche mich.« Der blau plattierte Revolverlauf wurde schlagartig gefährlich ruhig. »Er sagte, mein Vater sei reich. Er sagte, mein Vater würde mich reich machen.

Ich kam nach England. Ich stellte fest, dass er immer von meiner Existenz gewusst hatte. Angeblich hatte er mich kommen lassen, weil ein Agent ihm berichtet hatte, ich sähe ihm ähnlich. Ich wusste nicht, dass du existierst, Michael; ich wusste nicht, dass mein Vater mich geholt hatte, weil ich aussah wie du. Ich lernte Englisch. Ich lernte, mich wie ein Gentleman zu benehmen. Ich lernte, wie du zu sein, Michael. Damit ich dich besser vernichten konnte. Ganz allmählich. Systematisch.

Doch als ich *les deux anges* sah, die beiden Engel, die in ganz England und Frankreich berühmt waren, war ich von dir, Gabriel, wesentlich mehr fasziniert. Du warst dasselbe wie ich: Ein heimatloser Bettler – obwohl ich wenigstens einen Namen von meiner Hurenmutter bekommen hatte – ein Dieb, ein Mörder, eine Hure. Aber du hattest keine Freude an Reichtum und Sinnenlust, trotzdem strebtest du danach.

Ich fragte mich, warum.

In Frankreich machte ich Frauen ausfindig, die du bedient hattest, Michael. Ich lernte zu küssen, wie du küsst. Ich lernte zu ficken, wie du fickst. Ich lernte das, weil ich sehen wollte, was nötig wäre, um einen blonden Engel zu zerstören. Mein Vater hielt das für einen glänzenden Plan; er dachte, er könnte dich in Zukunft noch brauchen, Gabriel. Er glaubte bis zu seinem Ende, dass es mir gelungen wäre, die – sagen wir, Brüderschaft – zu zerstören, die zwischen zwei Huren gewachsen war. Du hast ihm natürlich bewiesen, dass er sich geirrt hat, nicht wahr, Gabriel? Wie Madame René gesagt hat, manche Bande lassen sich nicht zerstören.

Mein Vater schickte mich mit einer hübschen Abfindung wieder zurück nach Algerien. Sechs Monate später ließ er mich wieder kommen. Du solltest Michael töten, Gabriel, und ich sollte dich töten. Oder vielleicht auch nicht. Vielleicht hätte mein Vater mich dir übergeben. Das hatte er dir jedenfalls versprochen, nicht wahr?« Yves zuckte die Achseln; die Messerklinge rutschte über Victorias blutige Wange. »*C'est la vie*. Mein Vater hinterlegte einen Brief bei seinem Anwalt. Er war sich darüber im Klaren, dass er sterben würde, und traf Vorkehrungen. Für den Fall, dass er – sagen wir, vorzeitig – sterben sollte, versprach er mir ein eindrucksvolles Vermögen, wenn ich euch beide töte.«

»Ich habe mehr Geld, als mein Onkel je besessen hat«, stellte Michael fest; die Bestechung war klar herauszuhören.

Er würde seinen Reichtum für drei Leben geben.

Dieses Angebot entsprang Michaels Harmlosigkeit.

Gabriel wusste es besser.

Leises Lachen zerzauste Victorias kupferfarbenes Haar. »Und da dir bald Annes Geld zur Verfügung steht, würdest du es nicht einmal vermissen, nicht wahr, *mon cousin*?«

Das Lachen blutete dem zweiten Mann aus Stimme und Augen. »Mein Vater hat mir viele wertvolle Lektionen erteilt, Michael. Unter seiner Anleitung habe ich gelernt, dass eine Kugel töten kann, aber dass dieser Tod nicht annähernd so befriedigend ist wie der Tod, der aus der Zerstörung der Seele erwächst. Reichtum hält diesem Vergleich nicht stand. Gabriel, du hast mir ungeheure Befriedigung verschafft, viel mehr als das Geld, das mein Vater mir bezahlt hat. Ich wusste, dass die Begierde, die ich in dir geschürt habe, an dir nagen würde, an dir, der nie wirklich Begierde verspürt hatte. Du warst immer so unberührbar, *mon ange*, trotzdem habe ich dich berührt. Und jetzt hat diese Frau dich berührt.

Wie wäre es, wenn Michael dich berühren würde, frage ich

mich? Würdest du steif werden, wie du es bei mir wurdest? Würdest du schreien, wie du es bei mir getan hast?

Du willst wissen, warum ich dir eine Chance gebe, Gabriel? Ich sage dir, warum. In dir gibt es einen Kern, den noch niemand berührt hat, ich nicht, Michael nicht, Mademoiselle Childers nicht. Ich will sehen, was notwendig ist, um diesen Kern aufzubrechen. Ich will es jetzt sehen.

Die Entscheidung liegt bei dir, Gabriel. Ich zähle bis drei, wenn du dich dann nicht entschieden hast, entscheide ich für dich. Eins …«

Gabriel spürte eine Bewegung; er konnte den Blick nicht von Victoria und dem Ende abwenden, das er ihr gebracht hatte.

»Zwei …«

Sie hatte nicht verdient zu sterben, weil sie einen Engel berührt hatte.

Er hatte nicht verdient vergewaltigt zu werden, weil er einen Jungen mit violettblauen Augen geliebt hatte.

Michael hatte nicht verdient, dass sein Onkel jeden tötete, den er je geliebt hatte.

»Drei …«

Gabriel spürte mehr als er sah, dass Michael zu ihm trat.

Er stand an Gabriels Seite, wie er immer an seiner Seite gestanden hatte.

Michael stand jetzt vor ihm. Er traf die Entscheidung, die Gabriel nicht treffen konnte.

»Gabriel, *mon ami*«, sagte Michael sanft; sein nach Brandy riechender Atem war eine Liebkosung.

Narbige Finger legten sich auf Gabriels Wange; verbrannte Daumen strichen brennende Tropfen unter Gabriels Augen fort.

Die Augen eines Toten. Aber Tote weinten nicht.

»*Il est bien*, Gabriel«, raunte Michael; der Brandy-Atem stopfte ihm die Lungen. »Schon gut, mein Freund.«

Gefühle flackerten in Michaels violettblauen Augen auf: Bedauern mit der Frau, die er in zwei Tagen heiraten wollte; Mitleid mit Gabriel und der Entscheidung, die er nicht zu treffen vermochte: zwischen der Liebe eines Freundes und der Liebe einer Frau.

Ein winziges Gesicht überlagerte das Bedauern, das Mitleid und die Liebe.

Gabriels Gesicht. Michaels Augen.

Blütenweiche Lippen berührten blütenweiche Lippen.

Der Kuss eines Engels.

Kapitel 25

Schmerz. Angst.

Wut.

Trauer.

Widerstreitende Gefühle wallten in Victoria hoch, bis nur noch Raum war für Rage.

Sie würde nicht zulassen, dass dieses Ungeheuer Gabriel zerstörte.

Sie würde Gabriel nicht sterben lassen.

Und er würde sterben.

Wenn Michael mit ihm täte, was der zweite Mann – Yves – ihm angetan hatte, würde er sterben.

Und es gäbe keine Möglichkeit, je wieder den Jungen zu erreichen, der ein Engel hatte sein wollen.

»Nein!« Das Seidentuch schluckte ihren Protest.

Victoria warf den Kopf zurück, dass er in das Gesicht des Mannes prallte, der sie festhielt. Das Krachen von Knochen auf Knochen hallte durch die Luft. Gleichzeitig schleuderte Gabriel quer durch das Arbeitszimmer und prallte gegen eine Wand.

Ein scharfer Schmerz durchschnitt Victorias Wange und barst in ihrem Kopf; »Michael!«, dröhnte es in ihren Ohren, Gabriels Schrei.

Er war voller Schmerz. Angst. Wut.

Verzweiflung.

Michael drehte sich um, die rechte Hand erhoben; ein Revolver ragte aus seinen mit wutroten Narben bedeckten Fingern.

Der zweite Mann war nicht auf Michael vorbereitet. Wie in einem Reflex hob er seinen Revolver.

Victoria stolperte, fiel nach vorn in ein Gewirr aus Seide, streckte unwillkürlich die gefesselten Hände vor, um sich abzufangen.

Wie ein Dominostein taumelte der zweite Mann rückwärts über den Schreibtisch, schwarze Frackschöße wehten; sein Fall wurde unterstrichen vom lauten Knall aus Michaels Waffe.

Michael machte einen Satz nach vorn, als habe ihn jemand in die Brust getreten. Ein zweiter Schuss zerriss Gabriels Welt.

Victoria sah die blutrote Rose auf der weißen Weste des Mannes aufblühen, der als Michel des Anges bekannt war.

Wie in einer Laterna magica gefangen, die ein Bild nach dem anderen zeigte, stand Victoria von dem braunen Teppich auf.

Auch Gabriel war in der Laterna magica gefangen. Er lief, setzte einen Fuß vor den anderen, schleppte einen Fuß nach dem anderen durch den Plüschsumpf, der Victorias Körper ansaugte. Und dann fing er Michael auf. Hielt Michael. Fiel unter Michaels Gewicht. Rief Michaels Namen, während hellrotes Blut Michaels weiße Seidenweste und Hemd färbte.

Michael antwortete nicht.

Wut überfiel Victoria.

So durfte es nicht enden. *Sie würde nicht zulassen, dass es so endete.*

Victoria kämpfte mit Seide, immer mehr Seide, um aufzustehen. Ihre gefesselten Hände wollten sich nicht drehen. Mit Daumen und Zeigefinger der rechten Hand, das Kinn gegen das linke Handgelenk gepresst, zerrte sie den Seidenschal aus ihrem Mund. Es war keine Zeit, den Speichelfluss zu genießen, der das Brennen in ihrem Mund linderte. Das Blut, das über ihre Wange tropfte, erinnerte sie lebhaft daran, was immer noch passieren konnte, falls der Mann – Yves – noch lebte.

Victoria sprang um den Schreibtisch. In der Schublade, die er vorher aufgebrochen hatte, lag Gabriels Derringer.

Sie würde ihn töten. Wenn er noch nicht tot war, würde sie ihn töten.

Sie würde ihn töten um der Liebe willen, die Michael einem silberblonden Engel entgegengebracht hatte.

Sie würde ihn töten um des Kummers willen, der Gabriel niedergestreckt und allen die Luft zu atmen geraubt hatte.

Mit zitternden Händen richtete Victoria den kurzen Lauf der Derringer auf den Mann am Boden.

Glasige violettblaue Augen starrten an die Decke. Eine dünne blutrote Linie sickerte aus der Nase, die sie gebrochen hatte.

Er war tot.

Und Gabriel … Gabriel wiegte Michael in den Armen, silberblondes Haar vermengte sich mit schwarzem. Er wiegte Michael in einer stummen Litanei der Trauer.

Victoria ließ die Derringer fallen. »Gabriel«, krächzte sie.

Er hörte sie nicht.

Yves hatte den innersten Kern aufbrechen wollen, der es Gabriel ermöglicht hatte, Armut, Prostitution und Vergewaltigung zu überleben: Es war ihm gelungen.

Victoria kniete sich neben Gabriel.

Michaels Gesicht war bleich unter dem olivbraunen Teint seiner Haut, die wulstigen Narben auf seiner rechten Wange waren schlaff. Victoria streckte die Hand aus, wollte Gabriel halten, Gabriel lieben, Gabriel trösten. »Gabriel …«

Eine blutrote Fontäne fiel ihr ins Auge. Blut pulsierte aus Michaels Brust.

Victoria, die Gouvernante, begriff.

Blut pulsierte nicht aus einer Leiche. Pulsierendes Blut bedurfte eines pulsierenden Herzens.

»Er lebt, Gabriel!« Victoria packte Gabriels Hand und drückte sie auf Michaels Brust, um die Blutung zu stillen. »Gabriel, hilf mir.«

Heißes Blut sprudelte durch ihre Finger.

Gabriel hob den Kopf, während sein Leben durch seine und Victorias Finger rann; seine Augen waren schwarz vor Entsetzen.

»Nicht«, sagte er tonlos mit distanzierter Stimme und toten Augen. »Lass mich ihn halten.«

Victoria würde nicht um einen Engel weinen. Nicht jetzt.

»Halte deine Hand auf seine Brust, Gabriel«, sagte sie wütend. »Er lebt. Wenn du die Hand fortnimmst, stirbt er. Jetzt halte deine verdammte Scheißhand dahin!«

Der Straßenjargon wirkte.

Gabriels silberne Augen richteten sich auf Victoria ... auf Michael. Auf das Blut, das durch ihre Finger sprudelte.

Auf Leben, statt auf Tod.

»Ich hole einen Arzt«, sagte sie.

Die Tür ließ sich nicht öffnen.

Victoria stemmte sich mit einer Kraft dagegen, die sie sich nie zugetraut hätte; die Tür ging auf.

Dunkle Flüssigkeit bildete Lachen auf dem Flur und tropfte die Holztreppe hinunter. Juliens Blut.

Galle stieg ihr in die Kehle; sie schluckte krampfhaft.

Für Julien konnte sie nichts mehr tun; aber noch konnte sie einem gefallenen Engel helfen.

Victoria trat in Blut, rutschte auf Blut, erreichte die unteren Treppenstufen. Die untere Tür war bereits auf.

Kerzenlicht erhellte das Labyrinth der Tische, silberne Kerzenständer schimmerten, gelbe Flammen tänzelten. Ein Kellner in kurzem schwarzem Rock blieb stehen, als er sie sah; die Schärpe um seine Taille hob sich blutrot gegen seine weiße Weste ab, das Streichholz verharrte über einer nicht angezündeten Kerze.

Victoria erkannte ihn: Er war der schwarzhaarige Wächter, der ihr vor zwei Tagen das Frühstück gebracht hatte.

»Jeremy!«, rief er. »David! Patrick! Charlie! *A moi*!«

Zu mir.

Plötzlich rannten Männer auf Victoria zu, griffen in ihre kurzen schwarzen Jacken; sie liefen an Victoria vorbei, blau plattierte Revolver gezogen.

Unzusammenhängend fragte sie sich, was sie wohl denken mochten, wenn sie den zweiten Mann sahen.

Was hatte Julien gedacht, als er in violettblaue Augen sah?

Er hatte überrascht ausgerufen, »Mr. Michael«, als Yves die Tür öffnete; dann hatte sie ein wässriges Gurgeln und einen dumpfen

Aufprall auf Holz gehört. Yves hatte mit triumphierendem Grinsen die Tür geschlossen.

»Was ist?«

Plötzlich stand Gaston vor Victoria, das Messer gezückt, die Klinge im Kerzenlicht funkelnd. Ein Mörder, kein Geschäftsführer. Victoria schreckte zurück. Gaston nahm ihre gefesselten Hände und schnitt die geknotete Seide durch.

Sie leckte sich die Lippen. »Sie sind tot.«

Gastons braune Augen weiteten sich. »Gabriel und Michael?«

»Nein. Julien.« Tränen füllten ihre Augen. »Julien und … zwei andere Männer. Aber nicht … Gabriel. Michael ist verletzt.« Um Gabriels willen durfte Michael nicht sterben. »Er braucht einen Arzt.«

»Andy!« Victoria bemerkte einen Jungen, der über einen Tisch lauerte. Er mochte fünf oder fünfzehn sein – manche Kinder, die auf der Straße geboren waren, wuchsen nie zu voller Größe heran. »Hol *docteur* François. Und sag Peter, er soll Mademoiselle Anne holen.«

Anne. Michaels Frau. Die Frau, die Gabriel gemocht hatte und für die der zweite Mann eine Doppelgängerin gesucht hatte.

Stattdessen hatte er Victoria gefunden.

Andy huschte davon, um Gastons Aufträge auszuführen.

Mit Mühe schob Victoria den Schmerz und den Schrecken der letzten Stunden beiseite. »Man sollte die Polizei rufen …«

»Keine Polizei, Mademoiselle.« Gastons Miene war verschlossen. »Mira, bring Mademoiselle Childers in die Küche. Pierre wird Ihre Wunde versorgen, Mademoiselle.«

Dann war Gaston verschwunden.

Mira starrte Victoria mit harten, schlauen Augen an; die freundliche Wärme, die noch vor wenigen Stunden aus ihren Augen gestrahlt hatte, war dem Wissen um Kälte, Hunger und Tod gewichen.

Victoria fragte sich, wo Mira herkommen mochte – aus der Küche? Sie war nicht im Saal gewesen, und dann war sie plötzlich da. Victoria bezweifelte nicht, dass sie früher einmal auf der Straße gelebt hatte. War sie eine Bettlerin, Prostituierte, Diebin und

Mörderin? Unvermittelt fragte sie sich, wie alt Mira sein mochte. Die Falten in ihrem Gesicht konnten vom Alter oder von Entbehrungen herrühren. Nur ihre Augen – in der Farbe makelloser blauer Saphire – waren lebhaft und klug.

»Ich habe ihm nicht …« Victoria schluckte; *ihm nicht wehgetan*, hatte sie sagen wollen; aber sie wusste, dass sie Gabriel schon allein damit wehgetan hatte, dass sie in sein Hause gekommen war; sie hatte Julien wehgetan, indem sie nicht erwähnt hatte, was sie in dem transparenten Spiegel gesehen hatte – »Ich muss zu Gabriel. Er braucht mich.«

Sie wusste, dass sie log.

Gabriel brauchte nicht Victoria, er brauchte ein Wunder.

»Mr. Gabriel ist doch nicht verletzt?«, fragte Mira scharf.

»Nein, er ist nicht verletzt.« Verletzt war nicht das richtige Wort, mit dem Victoria Gabriels Zustand beschreiben würde. »Mr. – Jules ist tot.« Tränen brannten in ihren Augen. »Ich konnte ihn nicht warnen.«

Der zweite Mann hatte Victoria gepackt, ihr den Schal in den Mund gestopft und die Dose Pfefferminz aus der Hand geschlagen.

Julien hatte Gabriel geliebt. Und nun war er tot.

Trauer ließ Miras leuchtend saphirblaue Augen matt werden. »Ja, wir wussten, dass es Ärger gibt. Sie kommen am besten mit mir. Sie sehen nicht gut aus.«

»Mir …« Victoria biss sich auf die Lippe. »Mir geht es gut, danke.«

Victoria fragte sich, ob jemals alles wieder gut würde.

Würde es Michael gut gehen?

Würde es Gabriel gut gehen?

»Ist er tot?«

Victoria drehte sich der Magen um bei der Blutrünstigkeit in den Augen der Frau, die plötzlich klar und hell waren. »Verzeihung?«

»Der Mann, den Mr. Gabriel töten musste – ist er tot?«

»Ja.« Genugtuung lag in Victorias Ton. »Mr. Michael hat ihn getötet.«

»Wer einen nimmt, muss beide nehmen.« Miras saphirblaue

Augen waren unnatürlich schlau. »Sie dürfen über Mr. Michels Narben nicht die Nase rümpfen.«

Victoria bezwang ein nervöses, hysterisches Kichern.

Sofort hatte sie Julien vor Augen, sein schönes kastanienbraunes Haar, das im grellen Licht oben auf dem Flur glänzte, während sein Blut auf der Treppe schwarz gerann.

Das Bedürfnis zu lachen erstarb. »Ich versichere Ihnen, Miss Mira, ich rümpfe nicht die Nase über Mr. Michael.«

Mira knurrte. »Dann setzen Sie sich am besten mal hin und warten, bis Mr. Gabriel sich um alles kümmert.«

»Es tut mir so Leid, dass Julien tot ist.« Victoria unterdrückte ein Würgen. »Ich habe ihn gemocht.«

Miras Miene wurde weicher. »Ja, wir haben Mr. Jules alle gemocht. Setzen Sie sich, bevor Sie noch umfallen, Miss Victoria. Sie sehen nicht gerade quicklebendig aus. Ich gebe Ihnen einen Schluck Gin.«

Victoria setzte sich und wartete benommen.

Drei Leben waren heute Nacht verloschen. Wie viele waren schon vorher wegen des Earl of Granville und seines Sohnes gestorben?

Sie versuchte, sich einzureden, dass die beiden geisteskrank waren.

In den violettblauen Augen des Mannes, der bewusst zwei Engel gegeneinander ausgespielt hatte, hatte nichts Geisteskrankes gelegen.

Brennender Schmerz durchschnitt Victorias Wange. Sie warf den Kopf zurück, ihr Herzschlag sprengte fast ihren Brustkorb.

Saphirblaue Augen schauten auf Victoria herab. Mira hielt einen Waschlappen mit roten Flecken in der Hand. »Halten Sie still. Mr. Gabriel wäre es gar nicht recht, wenn wir uns nicht um seine Frau kümmern würden.«

»Ich heiße Victoria«, sagte Victoria hastig. »Victoria Childers.«

Das Dienstmädchen mit dem faltigen Gesicht und den alterslosen Augen erkannte den Namen Childers nicht. Wieso sollte sie auch?

Childers war ein verbreiteter Name.

Erst wenn ihm ein »Mr.«, ein »Sir«, ein »Honorable« oder ein »Lord« voranging, nahm er eine gewisse Bedeutung an.

Ich heiße Gabriel, hallte es in ihren Ohren wider.

Gabriel hatte nie vorgetäuscht etwas anderes zu sein als das, was er war. Und Michael hatte seinen Anspruch auf die Welt, in die er hineingeboren war, aufgegeben.

»Im Haus Gabriel brauchen Sie keinen Nachnamen.« Mira tauchte den Waschlappen ins Wasser; Dampf stieg aus der grauen Metallschüssel. »Die meisten von uns haben gar keinen.«

Mira war ein ungewöhnlicher Name für eine Frau, die auf der Straße geboren war. Hatte sie sich selbst so genannt?

»Der Schnitt auf Ihrer Wange ist nicht tief, der braucht nicht genäht werden.« Wasser plätscherte in die Metallschüssel. Mira hielt ihr den Waschlappen hin. »So, Miss, waschen Sie sich die Hände; ich tupfe Ihnen was auf die Backe, damit es nicht eitert.«

Mira tauchte ihre Finger in das hohe Glas mit Gin und tupfte die klare Flüssigkeit auf ihre Wange.

Victoria unterdrückte ein Stöhnen und konzentrierte sich darauf, das Blut von ihren Händen zu waschen, statt auf den Schmerz, der ihr durch Mark und Bein ging.

Der Gin brannte wesentlich schlimmer als die eigentliche Wunde.

»Jetzt trinken Sie mal Ihren Gin.« Mira nahm Victoria den Waschlappen aus der Hand. Das Wasser in der grauen Metallschüssel färbte sich blutrot. »Ich muss Wasser für Mr. Michael und den Arzt heiß machen.«

Die Kerzen brannten flackernd, während Victoria allein wartete, das Glas Gin unberührt vor sich. Eine Ewigkeit verging, bis Andy wiederkam; ein kleiner, dünner Mann in schwarzem Wollmantel, schwarzem Bowler und mit einer schwarzen Ledertasche kam hinter ihm her.

Der docteur.

Er verschwand durch die Tür, die zu Gabriels Suite führte; Andy schlich sich in Victorias Nähe und schaute sie mit jungen alten Augen an. Er deutete auf das Glas Gin. »Trinken Sie das noch?«

»Nein.« Benommen schob Victoria ihm das Glas hinüber. Wenn Gin den Schmerz äußerer Wunden verschlimmerte, wollte sie gar nicht wissen, was er mit inneren Wunden machte.

Zwei Ewigkeiten vergingen, bis die Wachen kamen: Sie trugen Michael auf einer Tür. Wortlos stiegen sie die Treppe mit dem roten Plüschläufer hinauf, die an der gegenüberliegenden Wand in grelles elektrisches Licht hinauf führte. Der Arzt folgte ihnen.

Andy saß Victoria gegenüber und trank den Gin. »Wenn er tot wäre, würden sie ihn nicht raufbringen«, sagte er freundlich. Aber wen wollte er damit aufheitern?

Drei Ewigkeiten vergingen, bevor Gabriel kam.

Victoria stand auf, das Herz pochte ihr bis zum Hals.

Gabriel schaute sie nicht an. Er folgte Michael und dem Arzt nach oben.

Victoria setzte sich wieder, die Füße sittsam nebeneinander gestellt. Eine Dame von Geburt, wenn schon nicht ihrer Natur nach.

Ein kalter Luftzug ließ die Kerzenflammen tanzen.

Victoria sah auf. Sie brauchte keine förmliche Vorstellung, um zu wissen, wer die Frau war, die hinter einem Jungen, kaum älter als Andy, in den Saal kam.

Peter hatte Mademoiselle Anne geholt.

Andy schlüpfte aus seinem Sessel und lief zu ihnen. Sofort rannte er die Treppe hinauf, dicht gefolgt von der Frau und dem größeren Jungen.

Tränen brannten Victoria, der Außenseiterin ohne Familie, in den Augen. Ohne nachzudenken streckte sie die Hand aus und nahm das fingerverschmierte Glas, das Andy stehen gelassen hatte. Es war noch ein Schluck Gin darin.

Victoria trank die klare Flüssigkeit.

Tränen schossen ihr in die Augen; lange verschlug es ihr den Atem. Sofort erfüllte ein sanftes Glühen den Saal.

Weder das sanfte Glühen noch der brennende Ball Flüssigkeit änderten etwas an der Einsamkeit. Sie änderten auch nichts an den Gedanken, die sich in ihrem Kopf im Kreis drehten.

Sie fragte sich, was wohl die ältere Frau gerade machte, die das Können eines jüngeren Mannes gekauft hatte.

Sie fragte sich, ob Michael noch lebte.

Sie fragte sich, ob Yves das Band zwischen den beiden Engeln zerrissen hatte.

Stunden vergingen. Victoria wusste es, weil die tropfenden Kerzen sprühten und zuckten.

Sie ließ ihr Leben Revue passieren.

Aus den Erinnerungen an die kalten Verurteilungen ihres Vaters tauchte die Stimme ihrer Mutter auf.

Einer Mutter, die ihre beiden Kinder geliebt hatte. Einer Mutter, die ihnen Märchen vorgelesen hatte.

Einer Mutter, die ohne die Liebe, die sie brauchte, eingegangen und gestorben wäre.

Ich weiß es, sagte der Engel, denn … ich kenne meine eigene Blume gut.

Langsam stand Victoria auf und ging die Treppe mit dem roten Plüschläufer hinauf, Seide und Satin der Schleppe raschelten.

Das Zimmer, in das man Michael gebracht hatte, war nicht zu verfehlen: Schüsseln mit blutrot gefärbtem Wasser und ein Haufen blutiger Laken lagen vor der Tür. Die Nummer sieben glänzte golden auf der weiß lackierten Tür.

Victoria hatte dieses Zimmer erst vor wenigen Stunden besucht.

Hätte sie Juliens Tod verhindern können, wenn sie ihm und Gaston gesagt hätte, was sie flüchtig in dem transparenten Spiegel gesehen hatte?

Sie würde es nie erfahren.

Leise drehte Victoria den vergoldeten Türknauf.

Der scharfe Geruch von Karbol stach ihr in die Nase.

Ein dunkelhaariger Mann und eine Frau mit hellbraunem Haar spiegelten sich in dem transparenten Spiegel an der gegenüberliegenden Wand. Er lag ausgestreckt unter einer gelben Seidendecke, sie saß neben dem Bett in einem mit grünem Samt bezogenen Sessel, ohne Hut, das Haar zu einem eleganten Chignon aufgesteckt, ihr pfauenblaues Kleid ein offenkundiges Meisterwerk von Madame René.

Victoria schätzte die Frau auf Mitte dreißig, ein oder zwei Jahre älter als Victoria.

Hellblaue Augen trafen unvermittelt auf vom Entsetzen matte blaue Augen.

Mademoiselle Anne musterte die Frau in der Tür unverwandt, die ein goldbraunes Kleid aus Seidenkord mit weinroten Samtborten und Lampaseinsätzen mit grünen, gelben und roten Figuren trug, offensichtlich ebenfalls ein Werk von Madame René.

»Sie sagte, ich hätte passable Beine, aber meine Brüste seien zu klein und meine Taille zu dick.«

Victoria zwinkerte verwundert. Michaels Frau sprach wie eine Dame: leise, hauchige, kultivierte Stimme. Ebenso englisch wie Victoria.

»Madame René sagte, meine Brüste seien passabel, aber meine Hüften und mein *derrière* seien zu dürr«, antwortete Victoria ruhig. »Sie sagte, das Problem ließe sich mit Polstern beheben.«

Die hellblauen Augen im Spiegel betrachteten Victoria aufmerksam. »Aber Gabriel fand nichts an Ihnen auszusetzen.«

»Nein, Gabriel fand nichts an mir auszusetzen.« Schnell zwinkerte Victoria die sandige Erschöpfung fort, die ihre Sicht unscharf machte. »Wird er wieder gesund?«

Wieder zwinkerte Victoria über die blendende Schönheit des bescheidenen Gesichts der Frau. »Ja. Danke. Der Arzt hat ihm ein Schlafmittel gegeben. Morgen nehme ich ihn mit nach Hause. Danke, dass Sie ihm das Leben gerettet haben.«

»Woher wissen Sie? …« Unwillkürlich schaute Victoria auf Michaels schlafendes Gesicht. Die Narben auf seiner rechten Wange waren ebenso glatt wie vorhin, als er bewusstlos in Gabriels Arbeitszimmer gelegen hatte.

»Gabriel hat es mir gesagt«, antwortete Anne ruhig.

Gabriel hatte mit Anne gesprochen, aber er hatte nicht mit Victoria gesprochen.

Sie wollte nicht, dass es ihr wehtat.

»Ich konnte ihn doch nicht sterben lassen«, sagte Victoria wahrheitsgemäß.

Erleichterung flackerte in den hellblauen Augen der Frau auf. »Michael und Gabriel sind etwas ganz Besonderes.«

»Ja.«

Es war für Victoria gar keine Frage, dass die beiden tatsächlich zwei ganz besondere Männer waren.

»Ich heiße Anne«, bot die Frau ihr an.

Michael schlief ruhig.

»Ich heiße Victoria.«

Schlief Gabriel auch?

Oder grämte er sich über eine Vergangenheit, die er nicht ändern konnte?

Die hellblauen Augen musterten Victoria. »Gabriel hat deine Jungfräulichkeit gekauft.«

Hitze brannte auf Victorias Wangen über die unerwartete Konfrontation. Sie straffte die Schultern, bereit sich der Verachtung zu stellen. »Ja.«

»Ich habe Michael gekauft, damit er mir die Jungfräulichkeit nimmt.«

Victoria starrte sie an. Sie musste Anne falsch verstanden haben.

Victoria atmete tief durch und fragte: »Hat er es getan?«

»Alle drei.« Anne wich ihrem Blick nicht aus. »Siehst du, keine von uns kann die andere verurteilen. Wir sind alle hier, weil wir körperliche Nähe brauchen.«

Das Echo von *alle drei* wich *wir sind alle hier, weil wir körperliche Nähe brauchen.*

»Ja.« Der zweite Mann – Yves – hatte sie wegen ihres Verlangens nach körperlicher Nähe ausgewählt. »Wo hast du … Michael getroffen?«

»Hier.« Leises, hauchiges Lachen perlte durch das Schlafzimmer. »Na ja, nicht hier. Ich habe mich mit Michael in Gabriels vorigem Haus verabredet. Ich habe mich immer gefragt, wie die Schlafzimmer aussehen.«

Anne hatte Victoria schon wieder überrascht. »Das wusstest du nicht?«

»Nein.« Anne klang leicht enttäuscht. »Michael hat mich mit in sein Stadthaus genommen.«

Schwarzes Haar tauchte in dem Spiegel auf, wo eigentlich Victorias Gesicht hätte sein sollen, und war gleich wieder verschwunden. Sicher eine Einbildung von ihr.

Oder nicht?

Würde sie sich je wieder vor einem Spiegel wohl fühlen?

»Die Spiegel sind keine … Spiegel«, sagte Victoria. Und biss sich sofort auf die Lippe.

Neugierig betrachtete Anne den bodenlangen, vergoldeten Spiegel. »Wirklich.«

»Sie nennen sich transparente Spiegel. Solange das Licht auf der einen Seite heller ist als auf der anderen, kann jemand durch den Spiegel schauen und … zusehen.«

Anstelle des Bildes von schwarzem Haar trat plötzlich das Bild einer älteren Frau mit einem jüngeren Mann. Ebenbürtig in ihrer Leidenschaft.

Annes Augen weiteten sich. »Hast du … zugesehen?«

Victoria wollte nicht lügen. »Ein Mal.« Und dann abwehrend: »Ich finde körperliche Nähe nicht abstoßend.«

»Ich auch nicht, Victoria.« In Annes Augen lag keine Spur von Kritik. »Michael und ich heiraten bald. Er wäre … gekränkt, wenn Gabriel nicht käme.«

Anne … und Michael.

Wusste Gabriel, dass sie heiraten wollten?

Wie viel wusste Anne über die Ereignisse dieser Nacht?

Wie viel wusste sie über Gabriel?

»Ich kann nicht versprechen, was Gabriel tut oder lässt«, sagte Victoria wahrheitsgemäß.

Sie konnte nicht sicher sein, dass Gabriel sie immer noch wollte. Sie konnte nur hoffen.

Anne stand abrupt auf. Ihr Ziel war der Nachttisch.

Victoria trat neben sie. Sie war drei Zoll größer als Anne.

Silber und Gold schimmerte in Annes Haar. Sie hob die Silberdose mit Kondomen an. »Es gibt ein besseres Mittel als Kondome.«

Victoria erinnerte sich an die Quecksilbersublimattabletten, die Dolly ihr aufgedrängt hatte. Anne wollte doch sicher nicht …

»Es nennt sich Diaphragma«, sagte Anne; aus ihren Augen strahlte keinerlei Wissen um ein Verhütungsmittel, das tötete. »Es ist eine Gummikappe, die über den Muttermund einer Frau passt.« Blasses Rosa tönte ihre Wangen; ihr Blick wankte nicht. »Diaphragmas sind für Mann und Frau angenehmer, da sie höchste Erregung ermöglichen, aber sie müssen vom Arzt verordnet werden. Ich kann dir den Namen eines Frauenarztes geben, wenn du möchtest.«

Victoria stellte sich vor, wie Gabriel sich ohne Gummihaut um seine Männlichkeit fühlen würde. Nasses Fleisch in nassem Fleisch.

Die Glut auf Annes Wangen sprang auf ihre eigenen über. »Danke, gern.«

Victoria erinnerte sich an die Dose Pfefferminz auf dem Nachttisch, die mitzunehmen Julien sie gedrängt hatte. Sie war nicht ersetzt worden.

Impulsiv öffnete sie die oberste Schublade in dem Wunsch, die Wunder des Hauses Gabriel mit dieser Frau zu teilen, die den Mut besessen hatte, nach ihrer Leidenschaft zu streben, statt sich von ihr zum Opfer machen zu lassen.

Anne starrte lange auf die Reihe künstlicher Phalli.

»Sie heißen *godemichés*«, erklärte Victoria gelassen.

Anne berührte leicht den kleinsten. »*Und Goldilocks sagte, dieser ist zu klein …*« Anne berührte den zweiten *godemiché.* »*Und dieser ist zu groß …*« Den dritten *godemiché* berührte Anne nicht. »*Und dieser ist genau richtig.*«

Victoria schaute Anne verblüfft an.

Lachen tanzte in den hellblauen Augen.

Ein Kichern stieg in Victorias Brust auf, erstarb aber bei der Erinnerung an Gabriels Gesicht. Seine Augen waren mattgrau statt funkelnd silbern gewesen. »Ich muss gehen.«

Mitleid sollte nicht wehtun; es riss Victoria entzwei, als sie es in Annes Augen sah. »Wir alle brauchen Liebe, Victoria.«

Kein Wunder, dass Gabriel Anne mochte. Victoria mochte sie auch.

Sie schluckte. »Ich weiß nicht, wo er ist.«

Anne brauchte Gabriels Namen nicht zu sagen, beide mussten an ihn denken.

»Er ist im Nebenzimmer.«

Victoria hätte Anne gern in die Arme genommen, aber das hatte nicht auf ihrem Lehrplan gestanden. Gabriel war der einzige Erwachsene, dem sie je Zuneigung gezeigt hatte. »Ich danke dir«, sagte sie unbeholfen.

Dass sie Victoria nicht verurteilte. Dass Sie Gabriel nicht verurteilte.

Dass sie einen Engel liebte.

Gabriel lag auf einer blauen Seidendecke, den linken Arm über dem Gesicht.

Auf seinem Hemdsärmel war getrocknetes Blut; vorn auf seinem Hemd war es braun verkrustet, statt blutrot.

Victoria lehnte sich gegen die Tür, ihr Herz pochte bis zum Hals.

Gabriel schlief nicht; die Anspannung straffte jeden Muskel in seinem Körper.

»Du hast die Tür nicht abgeschlossen«, sagte sie. Und drehte den Schlüssel mit einem leisen, endgültigen Klicken um.

Gabriel nahm den Arm nicht fort, seine Stimme klang erstickt. »Du weißt, was ich bin, Victoria.«

Spannung schwang in der Luft.

Gabriel war verwundet.

Gabriel war gefährlich.

Sie schob sich von der Tür fort und griff nach den winzigen Häkchen, mit denen ihr Kleid geschlossen war. »Ich weiß, was du bist, Gabriel, und ich werde es nie vergessen.«

Das leise Geräusch von Metallhäkchen, die sich öffneten, lastete in der Luft wie winzige Pistolenschüsse.

Eben noch starrte sie auf einen blutbefleckten Ärmel, im nächsten Augenblick schaute sie in mattgraue Augen. »Ich bin kein Engel.«

Kalte Luft wehte in den weiter werdenden Spalt des Seidenkords. »Gabriel, ich glaube, Engel sind nicht so, wie wir sie uns vorstellen.«

Ein Muskel in seinem linken Mundwinkel zuckte im Takt zu ihrem Herzschlag.

»Ich glaube, Engel müssen Hunger kennen, sonst könnten sie keine Engel sein.« Victoria schob ihr Kleid von den Schultern. Gepolsterte Seide glitt über das Satinkorsett, blieb kurz an der gerafften Tournüre hängen, rutschte über seidene Unterröcke. »Ich glaube, Engel müssen Begierde kennen, sonst könnten sie die Liebe nicht kennen.«

Das schwere Seidenkleid sackte zu ihren Füßen in sich zusammen, etwas völlig anderes als das abgetragene Wollkleid, das sie vor einigen Tagen für ihn ausgezogen hatte. Sie war völlig anders als die Victoria Childers, die sich vor einigen Tagen für ihn ausgezogen hatte.

Victoria war nun eine Frau, und sie würde ihre Bedürfnisse nicht mehr verleugnen.

Gabriels Nasenflügel weiteten sich, als er die Verwandlung bemerkte.

Victoria griff nach den Bändern, die ihre Dimity-Tournüre hielten.

Gabriels Miene verhärtete sich. »Frag mich, Victoria.«

Die geraffte, schürzenartige Tournüre fiel mit einem gedämpften Rascheln zu Boden.

Victoria griff nach den Bändern der Unterröcke. »Was soll ich dich fragen, Gabriel?«

»Frag mich, ob ich Michael begehre.«

Ein weißer Seidenunterrock fiel auf das goldbraune Kleid. Sie griff nach dem Band des zweiten Unterrocks. »Begehrst du ihn?«

Erbarmungsloses elektrisches Licht tanzte auf Gabriels Haar; Dunkelheit tanzte in seinen Augen, immer noch kein Silber. »Was ist, wenn ich ja sage?«

Weiße Seide sackte auf weiße Seide.

Gabriels Blick folgte instinktiv dem fallenden Unterrock und heftete sich auf die Seidenunterhose an ihren Hüften. Sofort schnellte sein Blick hoch und hielt ihren fest. »Ich weiß es nicht.«

Der Schrei eines Engels.

Der Schmerz in Gabriels Stimme zerriss Victoria das Herz. Sie öffnete die beiden Elfenbeinknöpfe am Bund ihrer Unterhose und schaute ihm in die Augen. »Michael hat dich geküsst.«

Gabriel atmete hörbar ein.

»Hast du ihn da begehrt, Gabriel?«, hakte Victoria nach.

Die Unterhose glitt über ihre Hüften, an ihren Schenkeln herab und fiel auf den Seidenhaufen.

Gabriel war starr vor Schmerz. Schmerz, den sie ihm zufügte, aber sie wollte ihm nicht wehtun. »Sag du es mir, Victoria«, antwortete er gequält.

Der Haufen Seide war gefährlich hoch; der Teppich gefährlich dick. Vorsichtig stieg Victoria über den Grat, der sie trennte; ihre nackten Schenkel rieben aneinander, die Seidenstrümpfe sirrten; sie war keine Jungfrau mehr, sondern eine Frau, die den Schmerz und die Lust kannte, einen Engel zu lieben. »Ich kann dir sagen, dass ich an Juliens Tod ebenso schuld bin wie du.«

Schweigend schaute Gabriel zu ihr auf. Sein Schmerz ballte sich in ihrem Magen.

Sie hatte Julien gesagt, sie würde Gabriel nicht erzählen, dass er sie aus dem Zimmer gelassen hatte; Victoria glaubte jedoch nicht, dass Julien es ihr verübeln würde, wenn sie ihr Versprechen nicht hielt.

»Ich sagte Julien, ich wollte ein Gästezimmer sehen in der Hoffnung, dort etwas zu finden, womit ich dir Lust bereiten konnte. Ich sah einen Mann mit dunklem Haar im Spiegel, zumindest meinte ich, einen Mann gesehen zu haben. Aber er war so schnell verschwunden, dass ich es für eine Einbildung hielt. Gaston ließ mich wieder in deine Suite. Ich erzählte weder Julien noch Gaston, was ich gesehen hatte. Wenn ich es getan hätte, könnte Julien vielleicht noch leben.«

In seinen Augen blitzte Widerspruch auf, ein Anflug von Silber. »Er hätte im Korridor nachgesehen und wäre dort ermordet worden.«

Umgeben von Spiegeln, die keine Spiegel waren, statt von der Holztäfelung des Flures.

»Vielleicht«, stimmte Victoria zu. »Aber ich werde es nie erfahren, oder? Ich werde nie wissen, ob mein Schweigen ihn getötet hat.«

Ihr Schmerz spiegelte sich in seinen Augen wider. »Nicht.«

»Aber ich muss, Gabriel.« Victoria streckte die Hände aus, um sein blutverkrustetes Hemd zu öffnen und ihn von seiner Vergangenheit zu befreien. »Ich muss dich berühren.«

Harte Hände packten ihre Handgelenke. »Wenn du mich anrührst, nehme ich dich, Victoria.«

Victoria zuckte nicht vor Gabriels festem Griff zurück. Morgen hätte sie sicher blaue Flecken. »So ist es geplant, Sir.«

Er wollte, dass sie ihn zurückwies; er wollte, dass sie ihn festhielt.

Er war zerrissen zwischen seinen widersprüchlichen Bedürfnissen.

Sie wollte nicht, dass er sich weiter grämte.

»Du weißt, was ich bin«, sagte Gabriel steif.

»Du bist Gabriel«, erwiderte Victoria unbeirrt.

Ein Mann, der anderen das Überleben ermöglichte.

Verwirrte Verärgerung leuchtete aus seinen Augen, die immer noch mehr grau als silbern waren. »Du hast mir meine Vergangenheit nie vorgehalten.«

Zehn Finger pulsierten auf Victorias Haut; sie zählte sie einen nach dem anderen, fünf an ihrem linken Handgelenk, fünf an ihrem rechten Handgelenk …

»Ich bin selbstsüchtig, Gabriel.«

Die Wahrheit rutschte Victoria ungewollt heraus.

Es war nicht die Antwort, die Gabriel erwartet hatte.

»Du sagtest, du würdest die Vergangenheit nicht ändern wollen; ich ebenfalls nicht. Ich habe Anne kennen gelernt. Sie sagte, sie habe Michael bezahlt, damit er ihr die Jungfräulichkeit nahm. Ich wünschte, ich hätte das Geld und den Mut besessen, in dein Haus zu kommen und dir ein unsittliches Angebot zu machen.«

Er wollte ihr glauben; er hatte Angst, ihr zu glauben.

»Anne bevorzugt blaue Augen.«

Die Augen eines Mannes, der mit dem Namen eines Engels geboren wurde.

»Ich bevorzuge silberne Augen.« Die Augen eines Mannes, der ein Engel hatte sein wollen. Sie presste die Knie zusammen, damit sie nicht nachgaben, und stellte die Frage, die sie stellen musste: »Welche Augen ziehst du vor? Hellblaue oder dunkelblaue?«

Gabriel gab nicht vor, sie misszuverstehen. »Deine, Victoria.«

Obwohl sie die Knie fest zusammen presste, wurden sie vor Erleichterung weich.

»Ich habe Hunger, *Victoire*«, sagte Gabriel nachdrücklich. »Kannst du mich füttern?«

Zwei Worte drangen Victoria ins Bewusstsein. Ihr Name auf Französisch, *Victoire*, und *Hunger*.

Ihre Pupillen weiteten sich bei der Erinnerung.

Wie verführt man einen Mann …

Wenn er Hunger hat, gib ihm zu essen.

Aber sie hatte nichts zu essen mitgebracht.

Sie sah in Gabriels Augen und erkannte, dass es ihn nicht nach Essen verlangte.

»Ich fürchte, ich habe nur … Ananas.«

Ein französischer Ausdruck für die Brüste einer Frau.

Gabriel ließ ihre Handgelenke los, setzte sich auf, dass die Matratze mit quietschenden Federn nachgab, stieß mit den Knien an ihre Schenkel, spreizte die Beine in der Wollhose und packte sie. »Füttere mich.«

Mit vor Verlangen zittrigen Händen hob Victoria ihre Brust aus dem schwarzen Satinkorsett. Ihre Brustwarze war hart.

Sie beugte sich vor und reichte Gabriel ihre Brust, ihre Brustwarze, ihre Leidenschaft, statt ihrer Tugend.

Dunkle Wimpern beschatteten Gabriels Augen, als er mit leicht stacheligen Wangen und seidenweichem Haar an ihr nuckelte.

Jedes Mal, wenn Victoria zum Höhepunkt kam, schuf sie ihm eine neue Erinnerung, hatte er ihr gesagt. Victoria würde sich immer an Gefühl, Geruch und Geschmack des Mannes erinnern, der sich nach einem Engel benannt hatte.

Eine Zunge leckte sie, kostete sie, nass und kratzig.

Victoria lief ein Schauer über den Rücken bei dem fast schmerzhaften Ziehen in ihrem Schoß. Sie konnte nicht gegen sich an – sie legte die linke Hand um seinen Hinterkopf, ihre

Brust schwer in der rechten, sein Haar an ihren Fingern. Sie hoffte, dass Gabriel sich nicht zurückzog.

Er tat es nicht.

Gabriel schlang die Hände um Victorias Schenkel, zog sie näher, nahm ihre Brust in den Mund und saugte, als nähre er sich von ihrem Fleisch, nicht von ihrer Begierde.

Victoria brauchte lange, bis sie merkte, dass seine Finger sich an ihren Schenkeln mühten, die Strumpfhalter ihres Korsetts zu lösen, während sein Mund, seine Zunge, seine Zähne ihre Brust bearbeiteten.

Sobald Victorias Strümpfe an ihren Schenkeln herunterrutschten, nahm Gabriel ihr Korsett in Angriff, mit ziehenden Fingern, ziehendem Mund. Ein vertrautes Ziehen in ihrem Schoß.

Victorias Korsett glitt über ihre Schultern …

Gabriel ließ ihre Brustwarze mit einem leicht schlürfenden Geräusch los. Seine Wangen waren gerötet, sein Mund nass. Er sah mit vor Verlangen silbernem Blick zu ihr auf. »Erzähl mir etwas über Engel, Victoria.«

Wenn er leidet, gib ihm Hoffnung.

Aber sie wusste nichts über Engel, sie wusste nur etwas über Gabriel. Sie hatte keine Worte, um ihm Hoffnung zu geben,

Die Geschichte, die ihre Mutter Victoria als Kind vorgelesen hatte, kam ihr in den Sinn. Und plötzlich fand sie die Worte, Gabriel Hoffung zu geben.

Ich weiß es, denn … ich kenne meine eigene Blume gut.

»Immer wenn ein gutes Kind stirbt«, Victoria die Frau trat zurück, ihr Korsett rutschte über ihre Arme, ihre Strümpfe sackten um ihre Knöchel zusammen, »kommt ein Engel aus dem Himmel und nimmt das Kind in die Arme.«

Gabriel griff nach dem obersten Knopf seines blutbefleckten Hemdes, ein Mann, kein Kind. Sein Blick klammerte sich an jedes ihrer Worte.

Wollte hoffen. Wollte geliebt werden.

»Der Engel breitet seine großen weißen Flügel aus.« Victoria ließ das Korsett fallen, mit einem leisen Rascheln traf es auf den

Wollteppich. »Und fliegt mit dem Kind zu allen Orten, die es in seinem Leben geliebt hat.«

Mit einem Ruck und einem Quietschen der Matratze zog Gabriel sein Hemd über den Kopf. Dunkelblondes Haar kräuselte sich um eine dunkle Brustwarze.

Gabriels Brustwarzen waren ebenso hart wie Victorias.

Sie berührte ihn leicht.

Gabriel zuckte zusammen, entzog sich aber nicht.

Victoria richtete sich auf, ihr Atem ging rascher. Sie nahm die ganze Disziplin zusammen, mit der sie die Kinder anderer Frauen unterwiesen hatte, und hoffte, dass es ausreichen möge, um sie über die nächsten Minuten, Stunden, Leben ... zu bringen.

»Der Engel erklärt dem Kind, dass er mit ihm umherfliegt, um Blumen zu sammeln und mit in den Himmel zu nehmen, damit sie dort schöner blühen als auf der Erde.«

Gabriel stand auf und öffnete seine Hosenknöpfe.

Eine Unterhose trug er nicht.

Victoria leckte sich die Lippen, die sich plötzlich dicker, voller anfühlten. »Er sagt: ›Der Allmächtige drückt die Blumen an sein Herz, aber die Blume, die ihm am besten gefällt, küsst er, und sie bekommt eine Stimme und kann im Chor der Seligen mitsingen ...‹«

Dunkelblondes Haar füllte den breiter werdenden Hosenschlitz.

Victoria riss den Kopf hoch. Und starrte auf Gabriels gesenkten Kopf, während er die Hose herunterzog.

»Das sagte der Engel, während er das Kind in den Himmel trug ...«

Gabriel richtete sich auf und zog die Hose aus.

Er war nackt; weder Strümpfe noch Schuhe verbargen seine Füße.

Er hatte schöne Füße.

Zwischen zwei Herzschlägen fiel er vor Victoria auf die Knie, sein feuchter Atem streifte glühend ihren Bauch. Er hob ihren linken Fuß hoch.

Victoria taumelte, fiel, griff mit den Händen nach seinem

Kopf, fand keinen Halt in dem seidenweichen Haar; ihre Hände umklammerten seine Schultern, Muskeln spannten sich unter glatter Haut …

Gabriels nackte Haut pulsierte unter ihren Fingerspitzen. Er legte den Kopf in den Nacken. Sein Atem küsste ihre Lippen. »Erzähl weiter, Victoria.«

Erzähle ihm, dass ein Kindermärchen einem Mann helfen konnte, dem als Kind niemand Märchen erzählt hatte.

Victoria schaute in Gabriels Augen und schmeckte seinen Atem. Sie beugte sich über ihn. Gebannt von seinem Verlangen und ihrer Stellung.

Sie erzählte weiter: »Der Engel und das Kind flogen über bekannte Orte.« Gabriel zog ihr den linken Schuh aus, den linken Strumpf; seine Fingerspitzen waren unbeschreiblich erotisch, streiften über ihren Knöchel, ihren Fuß … Victoria hielt den Atem an. »Orte, an denen das Kind oft gespielt hatte, und über Gärten voller schöner Blumen.«

Gabriel ließ Victorias linken Fuß los, nahm ihren rechten und brachte sie vorübergehend aus dem Gleichgewicht.

Victorias Finger gruben sich in die knotigen Muskeln seiner Schultern. »Der Engel fragte das Kind:« Sie bemühte sich, gleichmäßig zu atmen, es gelang ihr nicht. »›Welche Blumen sollen wir mit in den Himmel nehmen, um sie dort zu pflanzen?‹«

Gabriel richtete sich auf; zwangsläufig richtete Victoria sich mit auf.

Das Zimmer neigte sich; mit einer einzigen Bewegung nahm Gabriel sie auf die Arme und setzte sie mitten auf dem Bett auf ihren Knien ab, dass die Matratze quietschend federte.

Gabriel nahm die Silberdose mit Kondomen vom Nachttisch, lange Wimpern warfen dunkle Schatten auf seine Wangen. »Welche Blumen suchte das Kind aus?«

Er erwartete das Offensichtliche: Nur die schönsten Blumen waren des Himmels würdig.

»Da war ein …«, Gabriel rollte eine Gummihaut über seine Männlichkeit, braunes Gummi verschlang die purpurne Kuppe … die vortretenden blauen Venen …, »ein schlanker, schöner

Rosenstrauch, aber jemand hatte den Stamm abgebrochen, sodass …«, das Gummi verschwand in dem dichten blonden Haar, das sich um den Ansatz seines Schaftes kräuselte, »die halb geöffneten Rosenknospen verwelkt waren.«

Hatte es in Calais Rosen gegeben?, fragte sie sich flüchtig.

Gabriel hob sein linkes Knie aufs Bett, die Matratze senkte sich – er packte Victoria, um sie aufrecht zu halten; gleichzeitig packte sie ihn – das rechte Knie zog er nach, bis er vor ihr kniete.

Brust an Brust. Bauch an Bauch. Lende an Lende.

Gabriel rührte sich nicht, gefangen in seinem Verlangen, berührt zu werden, und seinem Verlangen, frei zu sein.

Der Zipfel des Kondoms stupste ihren Kitzler.

Vorsichtig legte sie die Hände um seine Taille. Auch hier waren die Muskeln verspannt.

Schmerz verdunkelte seine Augen.

Gabriel wich nicht zurück. Er nahm Victorias Gesicht fest in beide Hände, sah sie eindringlich an, sein Atem war glühend heiß auf ihren Lippen. »Nimm mich in dich hinein, Victoria.«

Ihn in sich hineinnehmen … während sie …?

Sie befeuchtete ihre Lippen, schmeckte seinen Atem. »Soll ich … zuerst die Geschichte fertig erzählen?«

»Nein.« Sein Atem leckte an ihrer Oberlippe, sein Geschlecht leckte an ihren unteren Lippen. »Wenn ich in dir bin, möchte ich, dass du fertig erzählst. Ich muss dich spüren, Victoria. Ich muss spüren, wie du mich innen und außen hältst. Ich brauche es, dass du mich glauben machst …«

Dass ein dreizehnjähriger Junge, der in der Gosse geboren war, ein Engel sein konnte.

Gabriel füllte ihre Hand mit seinem heißen, gummiverhüllten Fleisch; er überströmte ihre Hand mit heißem, gummiverhülltem Fleisch.

Gabriel passte nicht in den engen Spalt zwischen ihren Schenkeln.

Heißer Atem füllte Victorias Lungen; hartes Fleisch glitt zwischen ihren unteren Lippen hin und her, mit jedem Atemzug, jedem Schwanken der Matratze.

Ebenso harte Hände glitten über ihr Gesicht, ihren Hals, ihre Schultern, ihre Arme … er fasste sie fest um die Hüften. »Heb dein rechtes Knie an und stell deinen Fuß aufs Bett, das Bein abgespreizt.«

»Und was dann?«, hauchte sie.

Es war unbeholfen; es war die Wirklichkeit.

Ein Mann und eine Frau, die Trost und Lust teilten.

»Dann steckst du mich in dich«, murmelte er wie unter Schmerzen, heiße, feuchte Worte, »und senkst das Knie, dass du meinen Schwanz einzwängst und es keine Stelle gibt, an der wir uns nicht berühren.«

Innen. Außen.

Victoria hob das Knie, spreizte das Bein ab und stellte den Fuß auf die nachgiebige Seide. Zipfeliges Gummi schob sich in ihr Portal.

»Nimm mich, Victoria.« Wehende Härchen bildeten eine Aureole um Gabriels Kopf. »Nimm mich in dich und mach, dass ich mich wie ein Engel fühle.«

Victoria nahm Gabriel in sich, Finger führten sein Fleisch, glitten über ihr Fleisch, ihre Brustwarzen bohrten sich in seine Brust, drahtiges Haar kitzelte ihre Brust, plötzlich öffnete sich ihr dehnbares Portal und schluckte ihn, die pralle Kuppe, den dicken Schaft …

Victoria stöhnte. Gabriel schloss die Augen, als ob auch er den Druck nicht aushalten könne.

Sie wagte kaum zu atmen, als sie das Bein senkte. Sie hielt die Luft an. Gabriel füllte sie völlig aus, ihr Geschlecht, ihre Lungen …

Er schlug die Augen auf. »Erzähl mir von dem Rosenstrauch.«

Rosenstrauch …?

Verzweifelt klammerte Victoria sich an Gabriels Schultern, ihre Gedanken drehten sich im Kreis, taumelten – wo war sie mit ihrer Geschichte stehen geblieben? »Das Kind … das Kind wollte den verletzten Rosenstrauch mitnehmen, damit er … damit er oben im Himmel blühen konnte.«

Bei jedem Wort spürte Victoria, wie Gabriel in ihrem Schoß bebte und zwischen ihren Schamlippen hin und her glitt.

»Als der Engel den Rosenstrauch nahm, küsste er die Augen des Kindes, um es aufzuwecken, weil es eingeschlafen war.« Heiße, feuchte Lippen küssten Victorias linkes Augenlid. Tränen sammelten sich in ihren Augen, sickerten aus ihrem Schoß. »Und dann sammelte der Engel noch einige schöne Blumen und ein paar schlichte Butterblumen und wilde Stiefmütterchen.«

Gabriel küsste Victorias rechtes Augenlid, ihre Wimpern flatterten, seine Lippen waren blütenweich. Der Kuss schoss in ihren Schoß.

»Das Kind sagte …« Victoria presste ihre Schenkel zusammen; Gabriels Atem wehte durch sie hindurch. »Das Kind sagte: ›Wir haben genug Blumen‹. Der Engel nickte nur, flog aber nicht in den Himmel hinauf. Gabriel …«

Lust raubte ihr den Atem.

Gabriels gequälter Blick gab ihn ihr zurück.

»Es war dunkel und still in der großen Stadt.« Sie grub ihre Nägel in seine Schultern, zwang sich, sich auf die Geschichte zu konzentrieren, nicht auf die qualvolle Lust, die Gabriel verkörperte. »Der Engel schwebte über einer kleinen, schmalen Gasse. Aber das Kind konnte nur … einen Haufen Stroh sehen … einige zerbrochene Teller … Pflaster, Lumpen, alte Hüte und … anderen Unrat.«

Die französische Gosse, in der Gabriel aufgewachsen war, spiegelte sich schlagartig in seinen Augen wider. *Stroh … Unrat … Glasscherben … Lumpen … Abfall.*

Victoria fand die Kraft, die Geschichte eines Engels weiter zu erzählen, statt zu bersten wie ein mit Helium gefüllter Ballon. »Der Engel deutete auf einen zerbrochenen Blumentopf … und auf einen Klumpen Erde, der herausgefallen war. Man hatte die Blume zum Abfall geworfen.«

Wie man Gabriel gezwungen hatte, im Abfall zu leben.

Con. Fumier.

Gabriels Brust hob und senkte sich, Brustwarzen rieben an Brustwarzen, das drahtige Haar seiner Brust kitzelte ihre Brust.

Victoria brannte nach Gabriel; Victoria brannte lichterloh von Gabriel.

»Der Engel sagte: ›Wir nehmen diese mit.‹« Ihre Kehle und ihr Schoß zogen sich zusammen, Stimme und Geschlecht waren unerträglich angespannt. »Aber das Kind … verstand nicht, warum.«

Verstand Gabriel es, fragte Victoria sich flüchtig.

»Der Engel … sagte, dass … ein … ein kranker Junge mit Krücken in dem Keller gelebt hatte … ein Junge, der … der arm war … und der nicht … nicht hinausgehen konnte … um die Blumen zu sehen.«

Gabriel starrte finster in seine Vergangenheit, von Victorias Körper und ihren Worten in der Gegenwart verankert.

»Im Sommer …« Victorias Nägel gruben Halbmonde in sein Fleisch … er zuckte nicht, sein Fleisch verwandelte sich in Marmor, während ihres vor Verlangen schrie. »… fielen Sonnenstrahlen für … für eine halbe Stunde auf den Boden … und er … und er saß in der Sonne … und sagte, er sei draußen gewesen.«

Gabriels Kindheitsträume leuchteten in seinem Gesicht. Wie oft hatte er sich vorgemacht, zu besitzen, was vorbeigehende Kinder hatten – Schuhe, Kleider, die Ellbogen und Knie bedeckten …

Wie lange konnte Victoria sich noch auf eine Geschichte konzentrierte, die sie seit dreiundzwanzig Jahren nicht mehr gehört hatte, statt sich dem prallen Fleisch hinzugeben, das jedes Mal, wenn sie atmete, jedes Mal, wenn sie sprach, in ihren Schoß stieß und über ihren Kitzler glitt?

»Eines Tages brachte ein … Nachbarjunge ihm ein paar … ein paar Feldblumen. Eine davon … hatte eine … eine Wurzel. Er pflanzte die Blume ein und sie wuchs.«

Sie hatte überlebt, wie Gabriel überlebt hatte.

Aber wer war der Mann, der seinen Wert immer noch nicht erkannte?

Gierig umklammerte Victorias Körper Gabriel, während sie sich bemühte, die Engelsgeschichte weiter zu erzählen. »Jedes Jahr blühte …« Sie atmete heftiger. »… die Blume. So hatte der Junge … seinen eigenen Blumengarten. Er träumte von … seiner Blume. Bei der Blume … suchte er Trost … selbst als er … selbst als er starb. Aber als der … der Junge gestorben war … war niemand da … der sich um seine Blume kümmerte. Und sie wurde … weggeworfen.«

Zum Abfall.

»Und deshalb sagte der Engel …« Victoria spürte, wie ihr Körper anschwoll. »… sie würden die Blume mit in den … den Himmel nehmen … weil sie mehr *wahre* Freude geschenkt hatte, sagte der Engel, als die meisten … die meisten schönen Blumen im … im Garten einer Königin.«

Victoria hatte viele Gärten gesehen, mit Blumenbeeten, die in eleganten Mustern blühten. Keine von ihnen hatte je Freude geschenkt.

»›Aber woher weißt du das alles?‹, fragte das Kind‹«. Victorias Stimme wurde lauter. »›Ich weiß es‹, sagte der Engel, ›denn ich selbst war … der Junge, der auf Krücken ging, und ich kenne meine eigene Blume gut.‹«

Plötzlich konzentrierte Gabriel sich auf Victoria statt auf die Vergangenheit. »Und wer bin ich, Victoria? Der Junge, der gestorben ist, oder der Engel, der ihn trägt?«

Victoria rang um Beherrschung, gewann. »Der Engel, Gabriel.«

Gabriels Gesicht krampfte sich zusammen, Marmor splitterte in Fleisch. »Warum?«

»Dein Haus ist dein Garten, Gabriel. Du nimmst zerbrochene Menschen auf und schenkst ihnen neues Leben.« Victoria erinnerte sich an die ältere Frau und den jüngeren Mann, die ihre Leidenschaft geteilt hatten; sie erinnerte sich an Julien, der das Haus Gabriel verteidigt hatte. »Erfreue dich deines Gartens.«

Ein harscher, erstickter Laut drang aus Gabriels Kehle – er warf den Kopf zurück, schloss die Augen, die dunklen Wimpern wie Stacheln. Victoria machte nicht den Fehler, die klare Flüssigkeit, die ihm über die Wangen rann, für Schweiß zu halten. Es waren die Tränen eines Engels.

Stumm kam Gabriel zum Höhepunkt, grub sich tiefer in ihre Hüften, zog sie an sich, bis Victorias Gesicht an seinen Hals gepresst war und sie ihre Arme nur noch um seine Schultern schlingen konnte. Sie hielt ihn fest. Teilte seine Tränen. Und dann teilte sie seinen Höhepunkt.

Kapitel 26

Die weiß lackierte Tür schwang auf. Gabriel erstarrte, die rechte Hand zum Messingtürklopfer erhoben. Kraftloses Sonnenlicht verwandelte braune Augen in Bernstein. In ihren spiegelnden Tiefen lag keinerlei Gefühl.

Diese Augen würde Gabriel überall erkennen: Es waren die Augen der Kälte und des Hungers.

Hinter ihnen wurde das hallende Geklapper von vier Pferdehufen auf Kopfsteinpflaster laut.

»Monsieur Gabriel.« Der Butler trat zurück; silberne Strähnen zogen sich durch sein dichtes braunes Haar. Er neigte den Kopf. »Mademoiselle Childers.«

Instinktiv suchte Gabriel Victorias Kreuz; seine Lederhandschuhe und ihre Kleidung versperrten ihm den Weg zu ihrem Fleisch, aber nicht zum heilsamen Trost der Berührung. Er kämpfte gegen den Drang an, kehrtzumachen und der abfahrenden Kutsche nachzurufen; stattdessen schob er Victoria in die kleine Diele des Backsteinhauses.

Drei Gestalten spiegelten sich in der glatt polierten Eichentäfelung: der braunhaarige Butler, dessen schwarzer Rock in Frackschößen endete; ein Mann, größer als der Butler, mit einem doppelreihigen grauen Wollmantel und schwarzem Bowler; und eine Frau von gleicher Größe wie der Butler, das Haar unter einem schwarzen Windsor-Hut versteckt, den Körper in einen dunkelblauen Umhang gehüllt.

Victoria schlug den schwarzen Halbschleier ihres Windsor-Hutes zurück. Ihre Haut strahlte.

Gabriels Eingeweide zuckten.

Er hatte dieses Strahlen bei Victoria bewirkt, ein Mann, der ihre Liebe forderte, aber nicht versprechen wollte, sie zu erwidern. Und nun sah er die Vergangenheit mit ihren Augen.

Die kleine Diele hatte sich in den sieben Monaten, seit er sie zuletzt gesehen hatte, nicht verändert. Eine in allen Blauschattierungen blühende Hyazinthe und ein kleines Silbertablett leuchteten auf der polierten Platte eines kleinen Tischchens. Ein spiegelglatter Eichenboden reichte bis über die Diele hinaus. Eine Marmortreppe mit schmiedeeisernem Geländer führte nach oben.

»Sie erwarten Sie, *Monsieur, Madame.*« Der Butler streckte eine weiß behandschuhte Hand aus. »Darf ich bitte Ihren Stock nehmen, Sir ...«

Gabriels linke Hand umklammerte unwillkürlich den silbernen Griff des Gehstocks. Er wusste nicht, was ihn erwartete ... von den Menschen, die ihn erwarteten.

Victoria schaute ihn an. Ihr Blick war klar und ruhig. Es war seine Entscheidung, sagte ihr Blick.

Er konnte weiter im Dunkel der Vergangenheit leben oder er konnte in eine strahlende Zukunft treten.

Gabriel gab dem Butler den Stock mit dem silbernen Griff, der kein Gehstock war. Er hielt Victorias dicken, blauen Wollmantel, während sie erst aus einem, dann aus dem anderen Ärmel schlüpfte. Der Butler nahm den Mantel und vermied geschickt, Gabriel mit seinen behandschuhten Fingern zu berühren.

Gabriel zog seine Lederhandschuhe aus; Victoria hob die Arme, dass ihre kupferrotes Seidenmieder sich über ihren Brüsten spannte – sie hatte empfindsame Brüste, schöne Brüste, nach denen er selbst jetzt hungerte – und zog die Hutnadel heraus, mit der ihr Hut festgesteckt war. Ihr braunes Haar mit leichtem Kupferton war zu einem französischen Zopf aufgesteckt; er würde es befreien, wenn sie nach Hause kamen. Ihr Kleid schmiegte sich an ihre Taille; er würde es ihr in der Zurückgezogenheit seiner Suite ausziehen.

Vielleicht würde er aber auch nicht so lange warten.

Vielleicht würde er sie mit der Lust bekannt machen, die auf seinem Schoß in einer fahrenden Kutsche zu finden war, wenn das Holpern und Rumpeln der Räder sie beide zum Höhepunkt führte.

Gabriel nahm seinen Bowler ab und steckte seine schwarzen Lederhandschuhe in den satingefütterten Filz. Schweigend nahm der Butler den Hut, wobei seine Finger Gabriel mieden. Gabriel wartete nicht, bis der Butler ihm aus dem Mantel half; das erwartete der Butler auch nicht.

Gabriel reichte Victoria die linke Hand.

Je mehr sie ihn berührte, um so mehr sehnte er sich nach ihrer Berührung.

Victoria zog ihre Handschuhe aus und steckte sie in die Tasche, die an ihrem Handgelenk hing. Heiß schoss es ihm durch seine Hoden: Die Lust von nacktem Fleisch an nacktem Fleisch.

Antoine brauchte Gabriel den Weg nicht zu zeigen. Das scharfe Klicken von Victorias Absätzen hallte durch den Flur; begleitet vom leiseren Tappen seiner eigenen Lederstiefel.

»Monsieur Gabriel.«

Gabriel stockte, den linken Fuß auf der Marmortreppe. Victoria blieb an seiner Seite stehen. »Ja?«

»Je suis heureux que vous soyez venus.«

Ich freue mich, dass Sie gekommen sind.

Es war nicht der Butler, der das sagte, sondern der Mann, der in Gabriels vorigem Haus Gäste am Tisch und im Bett bedient hatte; vor sieben Monaten hatte er begierig die Gelegenheit beim Schopf ergriffen, Butler zu werden.

Seine Hand krampfte sich um Victorias Finger. »*Moi aussi*, Antoine.«

Gabriel log. Er wusste nicht, ob er sich freute oder nicht.

Hallende Treppenstufen wendelten sich nach oben, der Vergangenheit entgegen, die Zukunft an seiner Seite.

Der Flur im Obergeschoss hatte einen Eichenboden. Schweigend überquerte Gabriel die Distanz … erinnerte sich … versuchte sich nicht zu erinnern ….

Die Tür am Ende des Flures stand offen, gab den Blick frei auf Wände, bespannt mit Seide, … Eichenboden … die durchdringende Süße von Rosen.

Ich kenne meine Blume gut …

Gabriel atmete tief durch, ließ Victorias Hand los und suchte die warme Stelle in ihrem Kreuz. Sie trat über die Schwelle, Gabriel folgte.

Violettblaue Augen schauten in silberne Augen.

In Michaels Blick sah Gabriel die Augen des dreizehnjährigen Jungen, der ihm beigebracht hatte zu lesen und den Gentleman zu spielen im Austausch gegen Unterricht im Kämpfen, Stehlen und Töten.

Aber Gabriel hatte nie gewollt, dass Michael tötete. Und nun hatte er für Gabriel getötet.

Die Stimme des zweiten Mannes – Yves – hallte in seinen Ohren. *Du liebst Gabriel, Michael.*

Ich habe ihn immer geliebt.

Aber Michael hatte geglaubt, sein Name sei Gabriel; nun wusste er, dass es nicht so war. Michael hatte geglaubt, er sei unverwundbar; nun wusste er, dass auch das falsch war.

Gabriel wartete; dumpf war er sich einer leisen Frauenstimme bewusst – Anne. Sie brach mitten im Satz ab.

»Miss Aimes?«, sagte eine unbekannte Männerstimme.

Gabriel schaute den Fremden nicht an: Er wusste, welchen Beruf der Mann hatte, auch wenn er ihn nicht kannte.

»Sind das der Mann und die Frau, auf die Sie warten?« Der Fremde klang geschwätzig.

Ein Engel hatte den Pfarrer warten lassen. Michaels Augen spiegelten die Ironie wider.

Plötzlich stand Anne vor Victoria. Elegant in einem himmelblauen Seidenkleid. Eine alte Jungfer und eine Gouvernante. Zwei Frauen, die nie Liebe erfahren hatten, aber nun von der Liebe eines Mannes strahlten.

Victoria zog feierlich eine rechteckige, in Seide gewickelte Schachtel aus ihrer Tasche. »Ich habe dir und Michael ein Hochzeitsgeschenk mitgebracht.«

Annes hellblaue Augen spiegelten Gabriels Überraschung wider. Ein Stich durchzuckte ihn, dass Victoria es für notwendig gehalten hatte, ihm ihr Geschenk zu verheimlichen.

Errötend vor Freude nahm Anne die in Seide gewickelte Schachtel.

»Das war doch nicht nötig. Du und Gabriel seid alles, was wir uns gewünscht haben.«

Eine tiefere Röte färbte Victorias Wangen. »Es ist wirklich nichts. Nur etwas, was du bewundert hast.«

Anne stockte. »Ein *godemiché*.«

»Genau die richtige Größe«, wiederholte Victoria gelassen.

Lachen.

Es brodelte in Gabriels Brust hoch, bis es aus seiner Kehle drang.

Und mit dem Lachen kam das Verlangen nach Victoria.

Gabriel streckte blindlings die Hände aus und zog sie rückwärts an seine Brust. Victoria versteifte sich verwundert mit geradem Rücken, ihre Pobacken schmiegten sich in die Mulde seiner Lenden. Er schlang die Arme um die Frau, die ihm das Geschenk der Berührung gebracht hatte und nun das Lachen schenkte. Sofort schmolz Victoria, ihre Knochen wurden zu seinen Knochen, ihr Fleisch zu seinem Fleisch.

Violettblaue Augen fingen seinen Blick ein.

Und Gabriel erinnerte sich …

Il est bien, Gabriel … Schon gut, mein Freund.

Alles war tatsächlich gut.

Gabriel drehte sein Gesicht in den warmen Duft ihrer Haut und raunte die Worte, die er nicht länger zurückhalten konnte: »*Je t'aime, Victoire.*«